MAZAI EMHENI

©Daniel Mutendi 2017
DanTs Media Publishing 2017
www.danielmutendi.co.zw

ISBN 978-0-7974-8374-3

Daniel Mutendi

Ziviso Kumuverengi

Gwaro rino ndakarinyora riri danho rekuyedza kuti isu vana veZimbabwe tibatsirike pakuchengetedza ndimi dzamadzimai edu. Vanhu vakawanda muZimbabwe uye muAfrica hatichakoshesi mitauro yemadzitateguru edu. Vazhinji vava kutosvoda kuhwikwa vachitaura mitauro iyi, uye vamwe votoita zvemaune kuramba kudzidza mitauro yamadzimai avo. Nokudaro, tsika dzedu dzakanaka zhinji dziri kuparara nekuti zhinji dzacho dzinowanikwa dzakapfekegwa mumitauro yedu. Mutauro wakashandiswa mugwaro rino wakanyanya kurerekera kuchiKaranga. Naizvozvo vaverengi vachasangana nemamwe mahwi angaita sekuti haasi echiShona. Hon'o, varungu vakauya vakatigadzirira kuti mutauro wedu wechiShona unyoreke, vakaita basa guru kwazvo, asi vakatora rurimi kubva kurutivi rumwe vakati muchiShona hamuna; 'L; Q na X'. Asi kana VaKaranga tohwereketa, unohwa 'L' kana 'Q' ichibuda, saka ini ndakanyora kuti zvibude saizvozvo.

Fananidzo yamashoko okuti muverengi anogona kusangana nawo akadero ndeawa:

Kudhla ----- **(Kudya)**
Kuthla ----- **(Kutya)**
Muqhwe ---- **(Muswe)**
Qhwanda --- **(Tswanda)**
Qhwedera ---**(Swedera)**

Izvi ndakazviitira kuti zvikwanisike kuchengetedza mataurire anoita vaKaranga. Naizvozvo ndinokuridzira kuti kana varipo vamwe vanodavo kuchengetedza mataurire avanoita chiShona kumatunhu ekwavo vanyorevo saizvozvo nekuti pasina kudaro, mitauro netsika dzedu dzakanaka zvinoparara zvachose.

Daniel Mutendi *(Murondedzeri wengano ino)*

Rutendo

Ndinoda kutenda vanhu vanotevera parubatsiro gwavakapa
kuti gwaro rino ribudirire. Zvaizoshupa dai vanhu ava vasina
kuzvipira kundiyamura pakunyora ngano ino.

VaFarai Paul Munyonga   Mupepeti mukuru
VaLevite Mutendi   Mupepeti
VaFearless Mutendi   Mupepeti

Tsitsi Mutendi *(mudzimai wangu)* uyo aindikurudzira
kuti ndinyore gwaro rino chero nhambo dziya dzekuti
moyo nefungwa zvinomboda kudzokera sure. Kuterera
ndichiverenga rungano gwose achindibetsera nemazano.

Pamusoro pavo vose ndinonyanya kutenda ivo Nyadenga. Dai
vaisava neni panhambo dzandainyora, hapana zvandaikwanisa
kubudisa. Ndinovimba vacharamba vachinditungamira
pazvirongwa zvinotevera.

Kumudzimai wangu Tsitsi Mutendi nevana vangu;
Jasmine Mufaro Mutendi, Djimon Daniel Mutendi
naNyasha Mutendi

"Kana wakazvarigwa muZimbabwe, ukakuriramo asi usingagoni kutaura nerurimi gwamai vako, ziva kuti wakapambwa kusvika nemufungwa chaimo"

Chitsauko 1

Varume vatatu vakanga vambonyarara kwechinguva chakatirebei, umwe noumwe amborashikira mufungwa dzake.

"Kriiiiiiieeeeeeeiiii!," zizi rinorira riri pedopedo. Muzanenhamo anoridza tsamwa yakakora kwazvo. Anoteta-teta marasha mumoto wakanga woda kudzima achiubaya-baya nedanda romupani raitsva pachiveso achishandisa rumwe rukuni, ndokuzopedzisira okanda rukuni gwacho mumoto wavaidziya uyoyo.

"Kriiiiiiieeeeeeeiiii!," zizi rinopamha zvakare kurira noruzha gwaibaya kusvika muzimai rezheve chaimo. Muzanenhamo anokweva zvimadzihwa zvaipota zvichidongorera kubva mumhino dzake obva adzungudza musoro murima imomo. "Hazvina kunaka izv-" Mashoko ake anovhiringwa nezizi riya parinorira zvakare.

Muzanenhamo anobudisa chibako munhava yake ombokweva fodhla yake yemumhino. Mukuwasha wake Chafunga akamboramba akanyarara akatarira mumoto achiratidza kuti fungwa dzake dzaiva kure kwazvo. Muzanenhamo akazoindirira mberi achiti, "Masikati pandainda kundogeza kugwizi uko ndaona nyoka huru mbiri dzichigwa. Ndashaiwa chero simba rekuti ndidziuraye chero zvadzo dzanga dzichigwira pedo nezhira yangu chaipo. Ndabva ndangoziva kuti zviri kushura chete. Iyezvino zizi iri riri kuratidza kuti ratumwa." Murume akaindirira mberi achitaura zvakawanda zvekusimbisa shoko rake remashura aiva pedo. Muzukuru wake Chengetai aingobvumira chero chose chataugwa nasekuru vake. Dzimwe nguva Chafunga aimboterera zvaitaugwa asi pasina nguva waidzokera kune zvaibikana mufungwa dzake.

Izvozvi paiva pakati paho husiku, huku isati yatombotanga kurira. Chero hazvo aiva mazuva echirimo,

kwaiva nechimhepo chairova chichitonhora kumisana
yevarume vatatu ava. Moto wavo waidziya kumberi asi
hawaisvika kumisana yavo. Muzanenhamo ndiye aitombopota
achifuratira moto kuti musana wake umbodziyigwavo.
Chafunga wakambomuruka achiinda kundotora dzimwe
huni, akatora chinhambo asati adzoka. Izvi aiitira kuti pamwe
paaizodzoka aiwana tsano vake votaura dzimwe nyaya.
Paakangodzoka chete, Muzanenhamo akasimudzira nyaya
dzake, otaura zveshiri dziya dzinonzi mashavishavi. Aiti shiri
idzi dzakasvika nepamba pake dzikaimba kwenguva refu
mazuva akanga apfuura. Chafunga akazongosiya zvakadero
akangozotereravo hake.

Musi uyu, zuva risati rashanyira mumakanda amai
varo, Nyaradzo, mudzimai waChafunga akanga atanga
kugwadziwa nepamuviri pake zvichiita sekuti nguva yake
yekutumbuka yakanga yasvika, chero hazvo paiva pachine
umwe mwedzi wakazara wakanga wasara kuti nguva yake
yokupona isvike. Musi uyu, Chafunga aifanira kudzokera
kudunhu rekwake kuDangadema asi akaona kuti hazvaibvira
kuti asiye mudzimai wake achigwara saizvozvo. Akanga auya
kuzosungira mukadzi wake sezvo pamuviri pacho paiva
pekutanga. Vakuru vemumusha manaMuzanenhamo vakabva
vakurumidza kuronga zvekuti Nyaradzo aindiswe kwambuya
vake avo vaiva nyamukuta mukuru munyika iyi yekwaMusita.
Zvakarongwa kuti Chafunga nemudzimai wake vaperekedzewe
naMuzanenhamo, uyo aiva hazvanzi yaNyaradzo. Vakazosara
kusvika pamusha paMbuya Nyamukuta Chafunga
atobereka Nyaradzo kumusana. Zvainetsa kubereka munhu
akanga ane pamuviri pakanga pakura zvakadai asi hapana
zvimwe zvaaigona kuita kuzhe kwekutodaro. Kubva
zvavakanga vadanana naNyaradzo, Chafunga akanga asina
kumbobvira aona mumwe wake achigwara zvakadai. Izvi
zvakamuvhundusa chaizvo. Uku aishama kuti tsano vake
vaingotaura zvisina kuzorora kana kuratidza kuvhunduka, iyo

hazvanzi yavo yaiva panguva yakanga yakaoma kudai.
Panguva dzino mishonga yakanga yamwiwa
naNyaradzo yakanga yotanga kushanda. Mbuya
Nyamukuta vakanga vataka-taka mudzi wemugwatikwati
vakamuvhenganisa nemamwe mashizha akasiyana-siyana
vakazodira zvose izvi muhari yaiva nemukaka wembudzi.
Vakapa Nyaradzo kuti amwe mushonga uyu, mumwe
vakamuzora panhengo dzake dzainanga kuchibereko.
Mushonga uyu waibetsera kugofa chibereko kuti chipfire
mwana pazhe chero nhambo yake yakanga isati yakwana.
Vakazviita izvi nekuti vaiti mwana waNyaradzo aigona
kuzofira mudumbu ramai vake pasina nguva refu.
      Nyaradzo wakatanga kubuda ziya, meso akati dhe-e,
kubuda pazhe. Pakaita rutsinga gwakaonekwa gwakaganhura
huma yake, iyo yaipenya nekuda kweziya nemoto waiva
mumba mavakanga vari. Nyaradzo wakaridza mhere
yakangotanga iri pamusoro akabata musana noruoko gwake
gweruboshwe, rudhli gwakatsamira pasi.
"Nhainhai, muera Shumba uyu watifungireiko husiku
huno? Svokwadi ungada kutikokera varoyi kuti vauye
pano panonhuwa nyama yomunhu kudai? Ndapota hangu
chitibetsera nekutidzikamira izvozvi unyarare kuti zi-i!"
Mbuya Nyamukuta vakazama kunyaradza mugwere wavo asi
izvi zvakaita sekuti vakanga vatomukumbira kuti atowedzera
kukwama.
"Iwe! Ndati ita uchiyeuka kuti takakomberedzewa nevanhu
vane nhomba yenyama yevanhu pano. Dzikama kani mwana
iwe. Hezvo nhandi!"
Chafunga achihwa mhere yakabva kumukadzi wake, akabva
angomuruka ipapo. Tsano vake Muzanenhamo ndivo
vakazomuyeuchidza kuti basa raivapo rakanga riri ravakadzi,
naizvozvo iye aifanira kungomirira kusvika atumigwa shoko.
Murume akanga achipata zvino, oshaya zvokuita. Mhere
yakapota ichiti ikakwira yombonyarara kwenguva yakati rebei,

yozotanga zvakare. Izvi zvakaramba zvichiitika kusvika utonga hwotoda kutsvuka.

Nyaradzo waiti akafugama namabvi, ombovata norutivi, ozama kumuruka, ovata nemusana achingodaro, uku madzimai achingomubata uye vachizama kuti adzore hwi rake pasi. Yaingova bataibatai mumba umu usiku ihwohwo. Kana chinhu chatanga, chinenge chasara kupera. Huku yekutanga ichangorira, Nyaradzo akazosununguka mwana mukomana. Madzimai akafara chaizvo nekuti pakanga pabuda chikomana chaisaratidza kuti chaiva chichine umwe mwedzi wekugara mudumbu ramai vacho kana. Mhere yose yakabva yangopera pakarepo. Mudzimai waiva wechiduku akabva ainda kundozivisa varume vaiva pachiveso kuti kwakanga kwava naMukanya vaduku. Chafunga wakauruka nomufaro mukuru chaizvo. Akagwinhana maoko zvakasimba naMuzanenhamo vachikorokotedzana.

"Saka wafunga kutanga nekundizvarira chikomba chomukadzi wangu haikona," akadaro Muzanenhamo, apa mhino yose yatutigwa bute. Varume vakaseka zvavo, nyama dzasununguka hino.

Nyaradzo akakumbira kubata mwana kubva kuna mbuya vake. Vakamugashidza, iye akamubata pamaoko. Pari zvino akanga akatsamhira pamadziro emba nemusana. Akasekerera akaramba akayeva kamwana kake. Akazokumbira mbuya vake kuti vaqhwedere pedo sezvo pane zvaaida kuvaudza. Akavazevezera muzheve, ivo vakaita semunhu abatwa nebuka. Semunhu wakanga achena mvi, Mbuya Nyamukuta vakakasira kudzikamisa hana yavo. Hapana akahwa zvavakaudziwa. Nyaradzo akazongoudza madzimai ose kuti aida kumbobatiwa nezvihope kwekanguva kadukuduku. Akabva angotsinzimwa akabata mwana kudaro ndiye zii. Mwana akabva angobatwavo nehope. Madzimai aiva mumba umu akambotora majana kubuda mumba vachimborohwa havo nemhepo nekuita zvimwe.

Rusvava gwakatanga kupfakanyika, ndokuzotanga kuchema guchiratidza kutsvaka mukaka wamai.

"Iwe muera Shumba iwe, chimuka upe mwana mukaka, hauzivi here kuti hope hadzina ndima," vanodaro Mbuya Nyamukuta vachizunungusa Nyaradzo. Nyaradzo hadaviri. Vanozama zvakare asi hakuna shanduro inouya. Apa rusvava gonyanya kuchema.

"Zvauchawisa mwana nhaiwe!" Mbuya Nyamukuta vanodaro vachitora mwana asi Nyaradzo haazununguki. Mbuya Nyamukuta vanobata ruoko gwaNyaradzo vohwa chiri chando. Vanobata pedo nehana yake vohwa yakati zii, apa muviri wake wose watova chando. Chembere inomuruka yakabata mwana ichiridza mhere nekutenderera mumba ichimhanya. Nenguva isipi, vamwe vakadzi vaya vanogashira mhere vachizvirovera pasi. Ko vadzimu vakanga vafungeizve…

Chitsauko 2

C hafunga aiva murume akanga anemakore makumi maviri ane mana kubva kuberekwa kwake. Aigara kuDangadema, nyika yaMambo Zihwe uye aiva uto ramambo uyu. Akanga aona Nyaradzo rimwe remazuva apo Nyaradzo paakanga ainda kuDangadema kubva kwaMusita. Nyaradzo akanga ainda kundovhakachira vatete vake vaiva vakaroogwa kuDangadema. Panguva iyi, Nyaradzo aiva nemakore gumi nematanhatu kubva achiberekwa. Chero hazvo vaviri ava vakadanana kubva musi wavakatanga kuonana, zvakazotora mazhezha maviri kuti Nyaradzo azobvuma kudanana naye uye kuti Chafunga andobvisa fuma kuvaera Shumba vekwaMusita.

Nyaradzo aiva musikana akanga akavakwa zvakanaka chose. Aiva musikana murefu waidiwa nevose, majaya nevarume vakuru, kunyanya vemaMusita. Vazhinji vaimuda chose asi mwana wairamba varume iyeye. Vabereki vake vaigara vakapihwa zvipo nevarume vakawanda vaishuvira kumuroora. Vakawanda vakazogumbuka pavakahwa kuti Nyaradzo akanga atogwa nevaeraShoko, veDangadema.

Chafunga, sekuru vake nemukoma wake, hazvanzi yamai vake, ndivo vakainda kundobvisa fuma. Pasina mazuva akawanda, mutambo wechimandamanda wakaitiwa Nyaradzo akazoperekwa musure maizvozvo. Mwenga wakapemberegwa pamusha pemukoma waChafunga, sezvo baba vavo vakanga vasisipo. Vanhu vakakorokotedza Chafunga pamusoro pekuwana musikana aidiwa nevazhinji. Zvose izvi zvakaitiwa asi hazvina kufadza Mambo Zihwe.

Mambo Zihwe waiva murume aithliwa zvikuru munyika yose yeDangadema. Murume uyu waitonga zvaigwadza pakuti zvose zvaaida iye ndozvaiitika, zvisinei kuti zvaifadza ani kana kugumbura ani. Hakuna waipikisana neshoko kana rabva kwaari. Mutongo wake kune vaaisafara navo waiwanza kuva wedongo kana kuti rufu chaigo. Hutsinye hwake hwakanga hwakawanda chaizvo. Pavakadzi vake vatatu vaaiva navo, vose hapana akanga abvuma kuroogwa naye nemoyo wake wose, asi kuti vakanga vatoita zvekumanikidziwa nevabereki vavo kuti vangobvuma kuroogwa chete namambo. Vagari vemuDangadema vaigwadziwa nekuti baba vaZihwe pavakanga vari mambo, vasati vafa, vaivavo nehutsinye hwakangoita sehwemwana wavo. Izvi zvaireva kuti nhamo yavo yekushaya mufudzi ane rudo nevanhu vake yaizoindirira mberi kwemamwe makore akawanda kana vadzimu vake Zihwe vaizomutendera kuti ararame kwenguva refu. Zvaivagwadza nekuti nyika dzaiva dzakavapoterera dzaiva nerugare, dzichitongwa nemadzimambo aiva nehungwaru nemoyo yakanaka.

Zihwe aiva murume akanga akasimba chaizvo zvekuti chero kuhondo aitotungamirira mauto ake ari kumberi chaiko. Aizvivimba chaizvo panyaya dzekugwa. Vazhinji vaiti aiva nemangoromera kana asvika pakugwa. Aiva nezivanga padama rake rekuruboshwe raakanga awana achiri mujaya paakanga ambopinda mune rimwe dzivo guru chaizvo. Chero aiva nezivanga iri kumeso, akanga asina hake kushata pauso hwake. Vamwe vakadzi vakawanda vaitomuyemura pakuvakwa kwemuviri wake.

Mazuva akashanya Nyaradzo kuDangadema kekutanga, Mambo Zihwe akahwavo nezvemusikana akanga akanaka zvaishamisa. Akamuona, moyo wake ukamuchivavo zvomene. Akabva aronga zvekuti atore Nyaradzo kuti ave mukadzi wake. Dai Nyaradzo wacho aiva mugari wemuDangadema, Zihwe angadai akangoraira chete kuti zviitike, uye izvo zvaitozoitikavo. Zvisinei Mambo Zihwe akathla kuti aite zvokutora musikana uyu neganyabvu, sezvo zvaizogona kukonzeresa kuti paite hondo naMambo Musita wekwaMusita. Panguva idzi Zihwe akanga achangobva kuhondo nedzimwe nyika mbiri dzekuMabvazuva kweDangadema, saka aida kumbozorora zvehondo, asi kwete kuti aithla

kukundwa naMusita. Afunga izvi, akazorongavo zvekuti
aite zvekungokandavo shoko kuti zvimwe Nyaradzo aigona
kuzongobvumavo.

Kuna Nyaradzo, varume vose vakanga vakafanana.
Mai vake vakanga vakamuudza kuti varume kwavo vaiva
vashoma saka aifanira kutora nguva yake achidzidza kana
paine aiva amutosvora. Naizvozvo musikana uyu akaramba
majaya nevarume vemuDangadema zvakaita mukurumbira.
Vanhu vaizevezeravo kuti chero mambo akanga audzwa kuti
achengetere moyo wake madzimai matatu aiva kumuzinda
wake. Nyaradzo wakaramba vanhu kuita seuyu riya rinonaka
rinoti nyangwe rikarohwa nemhonja yakaita sei, haridonhi
kubva pana mai varo uye rinotozosvika pakutsemuka asi
risingaregedzi pana mai varo.

Chafunga akaramba akashinga. Moyo wake waimuudza
kuti musikana akanga amuda. KwaMusita akanga ava
kungokuita sepedopedo zvekuti akanga asinganonoki
kusvikako. Mazuva ekutanga aingofambira hake mbizi yakaora
nekuti Nyaradzo waitsenga mvura zvaigwadza. Airamba zvake
kuonekwa achiti siye dzake kana kuti nzara dzake dzaigwadza,
naizvozvo aisakwanisa kufamba kuti andoonekwa naChafunga.
Chafunga aingovimba nekuti paaitarisana naNyaradzo mboni
nemboni, aikwanisa kurava zvaiva mumoyo wemusikana uyu.
Aiona rudo gwakazara kwazvo. Akaramba akatsunga kusvika
musikana azobvuma.

Vazukuru vaMambo Zihwe vaimuudza zvose
zvaiitika izvi. Zvakamushamisa uye kumutsamwisa kuti
Nyaradzo akamuramba sei achisvika pakuzodanana neuto
rake raiva risina zvaraiva nazvo. Zviri zven'ombe, Chafunga
aiita zvekutamburira. Aitobetsegwa nemukoma wake kana
nguva yekurima yasvika. Aimirira kuti mukoma wake
apedze kushandisa zvipfuwo zvake, iye ozokumbiravo. Izvi
zvaiita kuti mbeswa dzake dzigare dziri sure kwedzevamwe
vemunharaunda make. Ko vabereki vaNyaradzo vakarega

musikana aigona kuvaunzira fuma yakawanda chaizvo achitogwa nemunhu akanga asina danga sei? Paairamba achifunga izvi, Mambo Zihwe airamba achizvidhla moyo. Akasvika pakutoshaya hope nenyaya iyoyi asi chokuita ndochaakashaya.

Kudiwa kwakaitwa Nyaradzo nemajaya nevarume vakuru vemuDangadema hakunavo kugashigwa zvakanaka nevamwe vasikana vemudunhu iri. Paakaperekwa akasiiwa muDangadema, godo rakamuruka pakati pevakadzi nevasikana vakawanda. Izvi zvakaita kuti Nyaradzo wacho anonoke kuwana shamwari munzvimbo iyi. Akanzi aivhaira chaizvo uye airoya. Zvaitonzi akanga asingadi kutamba nevamwe nekuti zvidhoma zvake hazvaimutendera kudaro. Aiti kana akasvika pane vamwe vasikana aingozoona votosimuka, umwe neumwe oinda nekwake. Semunhu akanga akaraigwa, hazvina hazvo kunyanya kumunetsa. Akatanga kungoita zvinhu zvake ari oga hake. Paainyanya kushuva kutaura nyaya dzechikadzi nevamwe, aitoinda kwavatete vake vaya, hazvanzi yababa vake avo vaigara pedo nemusha wake muDangadema imomo.

Chimwe chakaita kuti hupenyu hwake muDangadema humuomere ndechokuti, panguva iyi, murume wake Chafunga aiita dzimwe nguva dzekuti iye nemamwe mauto ezera rake vaiinda kwavaindodzidza zvehondo nekusimbisa miviri kuti vagare vakakwana. Dzimwe nguva aiqhwera achivaka musha wake kuti ukure sezvo akanga aroora. Dzimwe nguva aiinda nevamwe varume kundovhima kuti awane husavi hwekupa mwenga wake. Zvose izvi zvaiita kuti nguva dzakawanda dzipere Nyaradzo ari oga. Pamazuva aainge ari oga, Nyaradzo waimukira kundoshanda mumunda wake wenzungu. Aizodzoka zuva rakwira ozvibikira kudhla kushomashoma. Aizoita zvimwe zvakaita sekudzudzura madziro edzimba dzake achishandisa vhu dzvuku nedota kuita mifananidzo yakasiyana-siyana. Kana zuva rorereka aizoinda kugwizi kunaChengura kundogeza zvake.

"Nhai sekuru, ko shiri yenyu iya makamboona kuti inogara iri yoga nguva zhinji here? Zvinotohwisa tsitsi," uyu ndiShupai, mwana wehazvanzi huru yaMambo Zihwe waitaura namambo pavaifamba vachimema musha wavo.

"Haiwavo, uchataura zvemhepo iyo here iwe. Ndakasiyana naye kare asati abvisigwa fuma," mambo vanopindura.

"Chete ndati ndingoreva. Mumwe musi hamutozvizivi kuti ndozviri kuitika"

"Ko chinomugarisa oga chii iye ane murume?"

"Aa-a, mukomana wacho idzvatsvatsva chairo Moyo. Unoqhwera achipemberera nenyika yose. Zvinomunakidza chose kuti ahwe vanhu vachimukuza kuti ndiye akadiwa nemukadzi akaramba mambo," Shupai anodaro. Vakazoramba vachitaura zvavo nyaya dzimwe asi Mambo Zihwe shoko rekurambwa kwavo naNyaradzo rakanga ratovabata moyo zvakashata. Vakazosara kuparadzana fungwa dzavo dzava kure.

Mazuva akatevera, mambo vakati vaida kumboita sechiverera kufamba vari voga. Makurukota avo aigara akateya zheve hawo asi vaisiya mambo achifamba oga sezvaakanga avaudza. Zihwe akadzidza mafambire aNyaradzo ose. Mumwe musi akatomboita zvekuita seakaruka asongana naNyaradzo pazhira. Nyaradzo akabuda muzhira akagwadama akatarisa pasi sezvaidiwa nemutemo wemuDangadema kana munhukadzi achinge aita mahwekwe namambo.

"Sununguka hako zimhandara utaure wakamuruka," akadaro Zihwe, achiedza kusekerera. Nyaradzo akaramba akagwadama. "Ndati simuka hako titaure, hapana chinokuona. Ndini mutemo saka hapana anokutongera kuti wataure neni wakamira."

Nyaradzo akati,

"Taurai henyu she wangu. Taurai ndakagwadama. Ndingori muranda wenyu sevamwe." Zihwe akazama kumuudza kuti akanga asina kufanana nevamwe uye kuti akanga asina

kumbomira kumuda chero hazvo iye akanga amuramba.
Akataura zvakawanda asi akazvihwa nechemumoyo make kuti
aingoita sebenzi murume mukuru. Mashoko ake aiva asina
kana neshumo yose. Akazodarika oindirira mberi negwendo
gwake achingozvituka uye kuzvisvora kuti chaimudero chaiva
chii chaizvo. Nyaradzo akasara osimuka oindavo nekwake.
Zihwe akashaya kuti chaiva chii chaiita kuti abatwe nekusvoda
uye kupata kana paaitanga kutaura naNyaradzo. Ko ndiye
aiva mambozve, saka chose chaaida chaiitika. Chaifanira
kutoitika. Zvaizopedzisira zvomupa hasha. Chainetsa
ndechekuti kana paaibatwa nehasha dzake, hasha dzacho
hadzaigona kuzoserera dzoga bodo. Dzaitofanira kuperera
pane mumwe munhu chete. Musi uyu dzakaperera pamukadzi
wake wepakati. Mukadzi uyu akanzi akanga abika muto
wakawandisa mvura, naizvozvo akarikitwa zvaihwisa ngoni
kune vaiona.

Chafunga paakaudziwa naNyaradzo zvakanga zvaitwa
naMambo Zihwe akashushikana chaizvo. Akazoti pava paya,
"Mudiwa, usanyanya hako kushaya hope nezvaitwa namambo.
Dai vaida chaizvo vangadai vakakutora kare zveganyabvu
pasina aiti, 'bufu', asi zvakatokona. Iyezvino vangangotaura
havo asi havachatodi. Mambo havadi mukadzi akatombovata
nemumwe murume. Vanotenda kuti zvinhu zvakadaro
zvinogona kuvapedza simba ravo." Izvi Chafunga akangotaura
hake asi aiziva kuti zvaiva zvisina chokwadi, chete kuti
akashaya zvekutaura zvaiva nemusoro panguva iyi akati regai
ndingotaura. Nyaradzo akasununguka nekuhwa mashoko awa.

Chafunga wakavata akatarira chiruvi chemba yake
usiku uhu, fungwa dzichigayana. Wakakwenya mutsipa,
akashanyarika kusvika huku yekutanga yarira, hope
dzichiramba kubata. Akatanga kupindwa nefungwa yekuronga
zvekutiza nemukadzi wake kuti vandovakira kuvakarahwa
vake kwaMusita. Iyi yaiva fungwa yakanga yakanaka asi
yaisvodesa. Vanhu vaizomuseka vachiti iye ndiye akanga

atoroogwazve. Varume havadaro. Murume anoronga zano rakasimba rinoratidza fungwa nehushingi hwake. Kutiza kwaireva kuti aizogara nemukadzi wake zvakanaka asi nyika yose yaizomuseka. Chinhu chaainyanya kuziva ndechekuti, kana Mambo Zihwe achinge ada chinhu, aiita semhuka yada chinhu. Fungwa dzose dzinongonanga pane chinhu ichocho kusvika zvaita chete. Kuti amirisane naZihwe hazvaiita. Zihwe aimurova chero noruoko gumwe, agotora mukadzi wake, apedza agomuuraya futi pasina anoti bufu. Murume wakapera zano husiku uhu. Hope dzakazomubata hadzo asi akanga afunga zvekutiza nemukadzi wake kuinda kwaMusita. Akazvinyaradza nechirevo chokuti gwara harina mbonje. Zvaingoda kurongwa chete kuti aizotiza sei zvisina mheremhere uye zvisingazihwi naMambo Zihwe.

Nhambo yaakanga otanga kubatwa nehope, Chafunga akahwa ngoma yezviziviso ichirira. Akaterera kurira kwayo. Akahwa ichirira rushanu ichimhanya, yozorirazve rushanu ichiita zvishoma zvishoma. Ichipedza kunozorira chimwe chingoma chichidzokorora zvimwezvo. Chafunga akaterera zvakare kwakubva azotura mafemo. Ngoma iyi yaireva kuti kwaiva nenhume dzaizosvika kumauto dzichivazivisa zvirongwa zvamambo. Pakanga pakanaka nekuti yakanga isiri ziviso yehondo. Akaziva kuti kana kuzhe kwachena haaifanira kuzoinda kundotema nhungo dzaaida kuzopfuririsa tsapi yake. Aifanira kuzohwa mashoko enhume dzamambo. Nyaradzo akafara chose kuti musi uyu murume wake aizomuka ari pamba.

Zuva rakwira, nhume mbiri dzakasvika dzikaudza Chafunga kuti mambo aida mauto ose echikwata chavana Chafunga kuti chiinde kundotanga kuvaka dura kugomo rainzi Katuri. Vaifanira kutanga kufamba kwapera mazuva maviri aitevera. Gwendo gwekuKaturi gwaitora mazuva matatu kufamba. Mauto ose aizodarika nekumuzinda wamambo vachitora zvekudhla uye zvekushandisa kubva mudura guru remuDangadema. Nhume dzakadarikira dzichiinda kune mimwe misha.

"Saka mudiwa, wotomboshanyira vanamai kwaMusita panguva yandinenge ndisipoka iyi. Moyo wangu haungasunungiki kuti ndiinde kwemwedzi miviri yose iwe uchisara uriwoga pamusha pano," akadaro Chafunga.

"Kundoona vanamai kwakanaka chose asi hapana hapo chandinoona kana ndiri pano. Handiti Zvanyadza naSemai dzinenge dziri pano. Handigoni kuti ndisiye nzungu dzangu dziri pazera radziri. Ndinofanira kutombopinda futi kuti ndidzisakurire. Nguva zhinji ndichange ndichindovata muimba yekubikira yavatete saka usavhunduka hako. Pasina nguva ndichange ndine vana vangu zvekuti chero ukatisiya hatitombokufungi kana," Nyaradzo anodaro, vaviri ndokubva vaseka zvavo.

Chafunga akambozama kunyengerera mukadzi wake kuti ainde kwaMusita asi Nyaradzo akaramba. Akangomuvimbisa kuti hapana chaizoitika panguva yaanenge ari oga. Fungwa dzaChafunga dzairamba kugadzikana nekuda kwezvakanga zvaitwa naZihwe. Uku haana kuda kuvhundusira mukadzi wake nekumuudza zvezano rekutama kubva muDangadema. Akafunga zvekuzomuudza adzoka kubva kuruvako kuKaturi. Chakazomudzikamisa ndechekuziva kuti Mambo Zihwe aitoindavo kuKaturi ikoko, nekuti waivenga kusaririra pazvinhu zvakadai. Zihwe aiva nenjere dzekuvaka naizvozvo aifarira kuva paivakwa kuti apote achipa mazano ake.

Nezuva rekuonekana, Nyaradzo akachema zvakagwadza murume wake. Akaramba akamumbundikira achingosvimha misodzi iyo yainyorovesa bendekete raChafunga. Chafunga akamuyeuchidza kuti akanga asiri kuinda kuhondo kundofa asi kuti aiinda kundovaka dura guru renyika kunzvimbo yaizihwa nevashoma. Naizvozvo vaizoonana musure memwedzi miviri chete. Izvi aingotaura

hake asi moyo wake waitsva nekugwadziwa. Wakanga asingadi
kusiya mukadzi wake waaidisa chaizvo kwenguva yakareba
kudai. Misodzi yake yaiva pedo chaizvo asi aiigwisa kuti
isadonha. Murume haafaniri kuchema mberi kwemukadzi.
Hazvitendegwi izvozvo.

    Uto rogaroga raifamba uta huri pabendekete miseve
iri munhava kumusana. Pamaoko paiwanikwa pane pfumo
uye imwe midziyo yakaita semasanhu nemigwara zvaishanda
pakuvaka. Kwaizowanikwavo rimwe boka revakomana
raifamba rakabata zvimwevo zvakawanda-wanda zvakaita
seufu nemidziyo yekubikisa. Usavi hwaingowanikwa
mumatondo avaifamba iwawo. Mauto echiduku akainda
achiimba akatungamirigwa naMambo Zihwe pachavo.
Vakatanga kufamba zuva ratocheka nyika. Zvikomana
zvaifudza mbudzi zvakambotevera zvichinakigwa nenziyo uye
mafambiro aiita mauto. Zvakazodzoka zvoona mauto ava kure
nemisha.

    Mauto akatora zhira yaitoindavo nerimwe divi, kwete
kuKaturi. Vakafamba vachingoimba kusvika zuva ravira. Pava
pakati paho husiku, mauto akazoudzwa nevatungamiriri kuti
vatange kufamba vachidzokera nekwavakanga vabva nako.
Mauto akazotanga kumhanya zvisina ruzha. Vakapfuura
nemujinga memisha yavo pasina aivaona. Panhambo iyi
vakanga vananga kuKaturi zvino. Vakamhanya vose kusvika
utonga hwatsvuka. Vakapinda muchikomo chaiva pedo
vakazorora ipapo. Apa vakanga vava kure nemisha yavo
chaizvo. Mukomana mumwe airamba achizarigwa muchifuva
ndiye akambotogwa nemauto maviri echikuru aitungamira
vakambonyangarika vose. Pavakazoonekwa vodzoka vakanga
vasisina mukomana uya. Hapana akavhunza nezvemukomana
uyu nekuti mauto ose aizviziva kuti ukavhunza zvakadaro
waizongonzi,

"Hande tindokuratidza kwaari," newe hawaizodzoka ikoko.
Uto hari vhunzi zvinhu zviri pachena.

Vachisvika kuKaturi, havana kutambisa nguva. Zihwe
nemachinda ake vaitoziva zvose zvaifanira kuitwa sevanhu
vakanga vakatoronga kare. Mauto akaitwa zvipoka zvipoka
vachipihwa vakuru vaizovaudza zvekuita. Basa rekuvaka
iri raifanira kuitwa nekukurumidza kuitira kuti pasawana
vavengi vaigona kuzoziva zvaiitika. Nokudaro, munhu
wose waitarisigwa kuti ashande nesimba chaizvo. Munhu
wose aizvizivavo kuti muripo wekunyozera waigona kureva
kusazotsika kumusha zvakare.

Chitsauko 3

R imwe zuva Nyaradzo apedza kusakurira nzungu dzake
akadzokera kumba. Akakurumidza kubika sadza rake
nerembwa dzake mbiri. Akaronga zvekukurumidza
kundogeza kuti abvise madhaka aiva anamira pamakumbo ake
nhambo dzaaisakura uye kugeza ziya rainamira muviri wake
wose. Vatete vake vakanga vambomuseka nenyaya yekugara
akageza. Vakanga vati havaiona chikonzero chekuti ageze iye
murume wake asipo. Kuvanhu vazhinji zvekugeza zvainyanya
kuitwa naavo vaivhima wokuzogara naye. Mazuva akanga
apfuura Nyaradzo akanga atanga kuinda kumwedzi zvakare.
Izvi zvakamugumbura chaizvo nekuti aifunga kuti pamuviri
pakanga pabata. Akanga atomboita mwedzi miviri asingaindi
kumwedzi. Vatete vake vakanga vamuudza kuti izvi zvaiitika
nguva nenguva kunhumbu dzokutanga kumadzimai akawanda.
"Unofana kutofara kana zvadai panguva dzino nekuti
mwana wacho anenge asina hana yakadzikama. Varoyi
vanenge vamudana iye oterera nekutodaviravo. Wako chaiye
achauya," vakanga vadaro vatete. Musi uyu Nyaradzo aida
kuzondodzidzisiwa kuti mwana anovharigwa sei mudumbu
kuti asahwi hwi revaroyi kana vodanidzira. Achingopedza
kudhla, akabva angomhanya kugwizi kundogeza.

Nyaradzo akabvisa nhumbi dzematehwe ake dzaakanga
akapfeka, akabvisavo mucheka wakanga wakamonera chifuva
chake ndokusara ari musvo achibva atanga kugeza zvake.
Kuzhe kwaipisa, saka akamborivara achinakigwa nemvura
yaimhanya paganda rake. Akanga apedza kugeza asi airamba
achizvidira mvura inotonhora pamuviri wake.

Shiri dzairira mumuti pamatavi aiva pamusoro pake
dzakakaruka dzangonyarara nguva imwe. Chero mhepo
yakaita seyakambomira kufamba. Nyaradzo akabva amira
kwekanguva akati tuzu. Nyezhe ndidzo dzakasara dzichirira.
Vhudzi rake rakaita serakamutekenyedza richikweva, iye

akahwa sekuti akanga akatarigwa. Akatendeuka akatarira
sure kwake asi haana chaakaona. Fungwa dzake dzakatanga
kumhanya. Kuti chaiva chikara? Bodo, zvikara zvaifamba
husiku uye zvaigara kumatondo kure nemisha yevanhu.
Akatanga kuzvidira mvura zvakare nemaoko achipuruzvira
muviri wake wose zvishoma nezvishoma. Pari zvino akanga
achivhura zheve dzake. Aingohwa nyezhe dzichirira asi pane
fungwa yaimuudza kuti akanga akatarigwa chete. Kuti nani,
haana kuziva. Akatanga kuhuta, vhudzi rake richiwedzera
kumira. Akakonewa kuti afambe atore mucheka wake uya
waaiva akamonera pachifuva. Akamboda kukotama kuti
azvidire mvura zvakare asi nguva dzino zvakaramba. Akazviti
nechemumoyo kwaiva kungovhunduka chete. Iri raiva divi
raigezera vanhukadzi. Hakuna varume vaisvikako. Kana pane
akanga akamutarira, aitofanira kuva munhukadzi. Vaimuvenga
vakanga vakawanda asi chavaigona kuita kumudongorera
chete. Chero akafunga izvi, hazvina kudzimura fungwa
yekuthla uye kuti akanga akatarigwa. Hana yake yakatanga
kurova. Akatarira mumuti asi hamuna chaivamo. Akacheuka
zvakare sure kwake, wanei kune rume rakatsvuka meso risina
kupfeka. Nyaradzo akabata muromo kwakutarirana naZihwe
mboni nembonu. Haana kugona kuridza mhere. Akaona rufu
mumaziso merume iri. Tsinga dzemumazioko aro dzakanga
dzachiti tare, kubuda pazhe. Apa raingofemera pamusoro
richiqhwedera zvishoma nezvishoma kunaNyaradzo.

Fungwa dzaNyaradzo dzakamhanya dziri panhu
pamwe. Akaziva kuti mhere hayaibetsera nekuti nguva idzodzo
vanhu vazhinji vaiva kuminda yavo, kure nekugwizi. Rume iri
raigona kungomuuraya ipapo. Kuti atize, hakuna kwaaisvika.
Akaramba akabata muromo wake apa rume richingoqhwedera
kwaari. Apa nhengo dzaro dzose nedzezasi kwechiuno
dzakanga dzangoti, twii, dzazara mazitsinga. Rakanga riri
mushutu, risina kusimira chero chinhu. Apa kusimba kwaro,
kwaiita semhuka chaiyo. Nyaradzo wakabvisa maoko ake

pamuromo omashandisa kuvhara meso ake. Nhambo iyoyo
akahwa achisundidzigwa pasi. Hapana chaakagona kuvhara
kuzhe kwekungohwa fungwa dzake dzichidzima. Mambo
Zihwe akaita zvaaida zvose pasina akamudzivisa. Akamuruka
akatora nhumbi dzake dzematehwe dzaakanga asiya mugwenzi
ndokunyangarika semasvikire aakanga aita.

Nyaradzo wakazosara kupepuka Zihwe ainda kare.
Akaona akazara ropa akaramba akagara pasi. Akafunga kuti
fungwa dzake dzakanga dzatamba nevana. Akaramba akagara
akangoti zii, akatarira nzvimbo imwe. Nguva yakafamba
akangoita sen'ombe yamavhu. Pakazosvika vakadzi vakanga
vauya kuzogezavo vakamutuka vachimuudza kuti ageze
ropa rake rekumwedzi nekukurumidza nekuti raivasemesa.
Haana kuita nharo. Akageza, akazvishingisa kuti afambe
kudzokera kumba kwake. Akasiya dende rake kugwizi
ikoko akangokamhina achiinda. Madzimai akapfira mate
vakamureva hufende hwenguruve chaihwo. Akangosvika
kumba kwake achibva azvipfigira mumba. Hope dzikati
pamusha pano takatama. Ramangwana akaqhwera arimo
mumba pasina kubika kana kudhla. Vatete vake vakatuma
vana kuti vazovhunza kuti sei akanga asina kuzouya kwavo
sezvavakanga vavimbisana. Akangoudza vana ava kuti aizoinda
kundovaona zvake mumwe musi. Akaramba akangozvivharira
mumba achivira neshungu uye achichema. Zvaimurambira
kuti abvume kuti ndozvakanga zvaitika kwaari. Nguva dzose
aifunga kuti achakaruka amuka kubva kuhope dzakashata fani
dzaairota idzi.

　　　Chisina kuziva Nyaradzo nevanhu vazhinji
vemuDangadema ndechekuti, mwedzi wokutanga woda
kupera kubva zvakanga zvainda mauto kuKaturi, Mambo
Zihwe akambonyangarika paivakwa dura mukatikati
memapako aiva munaKaturi. Mauto mazhinji havana kuona
kana kuziva kuti mambo vakambodzokera kumba sezvo
vaishandira mukati memapako umo maiva nerima guru

zvekuti maitoda mwenje kuti mauto aone pavaivaka. Vose
vaingoti mambo aiva mukati mavo, naizvozvo vose vaishanda
vasingakotoroki. Ukuvo kumisha hakuna akaziva kuti mambo
akambodzoka kuzhe kwevazukuru vake, Shupai naTakunda.
Zihwe akasvika achigara mugota maShupai uye ndomaaitodhla
sadza ari.

Vatete vaNyaradzo, Mai Shamiso, vakazoinda
kumba kwake kwapera mazuva matatu vasati vahwa kubva
kwaari. Vakawana akangozvivharira mumba akavata.
Chakanga chadhliwa panguva yose iyi pakanga pasina.
Vakashungurudzika kuti chii chaiva chakonzeresa mwana
wehazvanzi yavo kuti aite izvi. Musure mekuvhunza
kakawanda, Nyaradzo akazoudza vatete vake zvakanga
zvaitika. Vaviri vakambochemana kwekanguva pasina aitaura.
Mai Shamiso vakazoti,
"Iyi nyaya yakaoma iyi mainini." Vakamboti mwii,
vakachengetera dama ravo muruoko gwavo gworuboshwe.
Vakazoindirira mberi voti,
"Chinoshupa ndechekuti hakuna kwekureva nyaya yakadai.
Hapana kana anotomboiterera uye hapana anogona Zihwe.
Hapana akamuona achiuya kuno kubva zvaakainda nemauto
kwavanonzi vakainda. Kuti uudze murume wako unogona
kutozvitangira zvimwe ipapo. Varume havanyanyi kuda
kuramba vane mukadzi akabhinyiwa nemumwe murume.
Zvino hazvizodi kuti uku wakakanganiswa nebhinya uku
murume okuitira madambi ekuti akurambe. Hazvidi kudaro.
Chaungatoita kunyarara zvako kuti zii, kana umwe chete zvako
munhu waungaudza nyaya iyi. Murume wako kana ani zvake
haambozozivi kuti chakaitika chii. Chero ukada kudzokera
kwaMusita, unongovaziva vanhu vemunharaunda medu muya.
Hazvimbozokufambiri zvakanaka bodo."

Nyaradzo haana kunyanya kuita nharo. Simba racho
ndoraaisava naro. Akanyatsonzvera mashoko avatete vake
akaona kuti vaitaura chokwadi chero hazvo zvaigwadza

chaizvo. Akafunga kuti aizotarirana sei nemurume wake iye akanga asvibiswa nebhinya ramambo. Akademba kuti dai airoya aizoparadza Zihwe masikati machena chaiwo.

Fungwa yekuzviuraya, iyo yaigara yakamushanyira mazuva awa yakauya yakasimba panguva dzino. Kuzviuraya kwaiva kurinyore chaizvo. Aiziva kamwe katafi kaiuraya n'ombe kana dzichinge dzachimedza pamwe neuqhwa hwemugwizi dzichifura. Aingozotora chitafi ichi ongochisvada chakadaro. Aiziva vanhu vatatu kwaMusita vakanga vashandisa chitafi ichi kuzvipfuudza. Fungwa idzi dzakaita kuti ambohwa kuti hwee, nekusununguka. Izvi aizozviita kana vanaZihwe vadzoka. Aingondofira paruvazhe paZihwe chaipo kuti vanhu vagoziva kuti rufu gwake gwaiva nechokuita naMambo Zihwe. Vatete havana kuziva zvaiva mufungwa dzaNyaradzo. Vakabika sadza rikaibva iye achingofunga. Vakatozoshama pavakamuti,

"Mainini chiuyai timbodhla sadza," vakaona achiuya. Apa chiso chake chakanga chati rerukei zvino.

Mazuva akazopindana, Nyaradzo akasimba. Mauto akadzoka pakava nemufaro munyika yeDangadema yose. Nyaradzo akakwanisa kuona Chafunga, iye Chafunga wacho akangoratidza mufaro wogawoga. Mazuva akazotevera, Chafunga haana kunyanya kugara asiri pamba kwete. Nguva yakawanda yakapera vaviri vachingova vose. Kumunda vaiinda vose. Mambo paakaita mutambo wekupemberera kudzoka kwemauto, Chafunga akainda nemukadzi wake. Nyaradzo akanga amboda kuramba kuinda asi Chafunga akanga amuudza kuti waiva mutemo kuti mauto ainde nevakadzi vavo kumitambo yakadai. Zihwe akaona Nyaradzo asi haana kupedza nhambo akamutarira. Akaita sekuti hapana chakanga chakatomboitika pakati pavo. Nyaradzo aithla kuti atarire Zihwe mumeso nekuti aigona kuzokaruka aridza mhere nehasha.

Kuvapo kwaChafunga kwakaita sekuti kwakauraya

fungwa yechitafi chiya nekuti Nyaradzo wakaramba ozviverengera. Chimwe chakamudero ndechekuti akazoita mwedzi mitatu asati ainda kumwedzi. Vatete Mai Shamiso vakamuudza kuti kurutsa-rutsa kwaaiita zvairatidza kuti akanga arema. Zvaingoda kuti Nyaradzo wacho asimbise nyaya yekuti mwana wake atsindire zheve arimo mudumbu imomo kana varoyi vodana. Mukufara kwavo vachitaura nyaya iyi vakabva vangotarirana nguva imwe. Vatete ndivo vakatanga kutaura vachiti,

"Nhaiwe Nyari, ndiudze, e-e-wakapedzisira kuinda kumwedzi riini iwe?" Hapana akazopindura nekuti Nyaradzo akanga otohwihwidza.

"Nhai mai vangu kani. Ko chandakakonewa chiiko? Vandifungireiko vadzimu vangu. Maiwe-e kani ndoita zvekudiiko ini aa!"

Mai Shamiso vakamunyaradza ndokuti,

"Ihwa mwana wehazvanzi yangu. Vakuru vaiziva zvavaireva pavakati, 'Gomba harina mwana.' Chafunga haafaniri kutomboziva kuti mwana uyu wawakasenga mwana waZihwe. Nyaya yako yose ingatopata nazvo. Varume havazvizivi kuti mwana wakapinda muchibereko riini. Uchaona kuti Chafunga anongomugashira zvakanaka-naka akatopembera nenyika yose naye. Ukuvo Zihwe haatombofaniri kuziva kuti wakasenga mwana wake bodo. Angatokutora neganyabvu." Vakaindirira mberi voti,

"Uchayeuka mazuva aya andakambodzoka kwaMusita ndagwara zviya, mazuva akauya tsikamutanda kwaMusita?"

"Hongu ndinoyeuka vatete," akadaro Nyaradzo achipukuta misodzi.

"Ya-a, ndinoda kuti utarisise chiso chechikomana changu Simbai, e-ee, ichizve chinoteverana naTendai ichi. Nyatsa kuchitarira uone kuti ndiyani muvakidzani wedu wekwaMusita wachakafanana nacho." Nyaradzo wakamboita sekuvhara meso akatarira nechemudenga achifunga ndokuzoti,

"Haaaa, vatete, ko zvaari Masiririzve nhai! Yuhwiii, heeede, seka zvako mwana waZishumba. Nhaimi vatete. Saka hapana chamairapiwazve paya naMasiriri? Asi vatete! Hehehehe, yuwi," vanoseka chikwee vachirovana maoko.

     Nyaradzo akatombokangamwa zvenhamo yake. Vatete vakazoti,

"Ndakanga ndapora hangu asi ndaingoda kuti ndinyatsosimba. Ndaiinda kundopihwa mishonga imwe ari masikati, nguva dzainge mukadzi wake nevana vari kumunda. Mumwe musi ndaingohwa kuvaviwa neshungu, chiuno chichiita sechichandovhima choga, apa bamukuru vako vakanga vari uno Dangadema. Musi uyu, Masiriri achigadzira miti yangu ndakabva ndangoita zvemusikahwa ndikangoita sekugara beya zvishoma. Kana kuti Masiriri akazviona sei, handizivi asi takangokarika totofemera pamusoro tatombundikirana kare. Ndakazodzokera kumba kwake zvakare mazuva akati wandei ndichindopuwa hangu zvandaida. Iye Masiriri akandisimbisa nekundiudza kuti murume wangu panguva idzodzo akanga apedza mvana dzose dzemuno muDangadema, naizvozvo pakanga pasina chakashata kuti nhengo dzangu dzitovewevo padzaivhutira. Zvino iwe ndiwe woga wandatoudza nyaya iyi. Vamwe vose vanongoti mwana wemurume wangu. Saka iwe chitikwanira, utofara zvako kuti mhodzi yakakavigwa iri kumera uye murume unaye. Pafunge kuti dai wakabhinyiwa usina kuroogwa zvaizodii?"

     Nyaradzo akazochengeta pamuviri pake sezvaakaudzwa navatete vake. Chafunga dzaingozvirova dundundu nemufaro wekutarisira mwana wadzo. Nyaya yekutama akanga aikandira kure paakaona kuti Nyaradzo akanga anonga pamuviri. Ukuvo fungwa dzaMambo Zihwe dzakanga dzakarerekera kuruvako gwekuKaturi nekune dzimwe nzvimbo dzemuDangadema. Nguva zhinji yakapera achingofamba achiinda kunzvimbo dzakawanda dzaivakwa munyika yake. Chero moyo waNyaradzo wakanga wati sunungukei. Aiziva kuti semukadzi mukuru, kuita mahwekwe namambo hachisi chinhu chaigara chakaitika, Kana mukadzi achinge anonga pamuviri kana kuti ava nemwana aibva awana rukudzo rukuru kubva kuvanhu. Vakadzi vevanhu vaisafanira kungoinda posepose, kunyanya paiungana varume. Nzenza nemvana ndidzo dzaizihwa nekuita zvinhu zvakadaro. Vanhu vaivaregerera nekuti vaiziva kuti vanenge vachivhima havo.

Chafunga akanonoka kundosungira nekuti akanga achambotsvaka mbudzi dzacho nezvimwe zvaizodiwa kwaMusita pachirongwa chemasungiro. Semunhu akanga asati aunganidza zvakawanda pamusha pake, zvaireva kuruvira mabasa akati wandei kuti awane zvinhu zvaizodiwa kuvakarahwa vake uyevo zvekushandisa pamusha pake. Zvakatozokwana pamuviri paNyaradzo patopfuura mwedzi wechinomwe. Apa ndipo paakazoinda kwaMusita achiperekedzwa nabamukuru vake baba Shamiso.

Chitsauko 4

Pamusha paChafunga paiva nedzimba mbiri, tsapi imwe nechirugu chehuku. Pakanga pasina danga ren'ombe nekuti akanga asina n'ombe dzacho. Chero mbudzi chaidzo akanga asati ava nadzo. Dzimba mbiri dzaiva nechepakati peruvazhe, sure kwehozi ndiko kwaiva netsapi. Dzimba dzake dzakanga dzakatarira kumavirira zvekuti pairereka zuva kuti richinyura, raitombozara mudzimba idzi kana mikova yakashama. Pamusha pakanga pakachena chaizvo, dzimba dzichiyevedza kutarira nokuda kwemavara machena nematsvuku adzaiva dzakadzugwa nawo naNyaradzo.

Chafunga akamira akatarisa musha wake asi asati atsika muruvazhe. Akamira kwechinhambo akangotarira. Umwe moyo waiti, "Svika," umwe uchiti, "Unozozvigona here?" Uku ndiko kwaiva kwekutanga kwake kusvika pamusha pake kubva zvaakanga abva kundochengeta mudzimai wake kwaMusita. Akanga ambopedza mazuva akawanda achigara kwaNyaya, mukoma wake, kunova ndiko kwaakasvikira achibva kunhamo. Zvakanga zvamubetsera kuti azorodze fungwa dzake achivaraidzana nemukoma wake. Mwana wake akanga auya naye kubva kwaMusita asi zvakanga zvarongwa kuti aizombochengetwa naRudo, munin'ina waNyaradzo asi vachigara havo kwavatete Mai Shamiso. Chafunga aipota achindoona mwana wake zuva nezuva kwaMai Shamiso.

Nguva yafamba, murume akaona zvisingachaiti kuramba ari pamba pemukoma wake. Izvi akanga ambohwa maiguru vake vachinyunyuta kumurume wavo vachiti, "Bamunini vanononoka kumuka nguva dzose." Mukoma wake aitsinhira zvaitaugwa nemukadzi wake asi haana kumbozvitaura kunaChafunga. Chafunga akanga angoita zvekuhwa vanhu vachitaura havo vari mumba mavo. Izvi zvakamushingisa kuti aronge zvekuinda kumana kwake. Ko aigozosvika riini murume mukuru achigara pamba

pemumwe murume? Paakaudza Nyaya nemudzimai wake kuti
akanga ava kuda kuinda kumba kwake havana kumbozama
kumurambidza kana kumunonosa. Vakangomuudza kuti
kana pane zvaaida kuzokumbira zvekushandisa, akanga
akasununguka kuzovakumbira.

Chafunga akaramba akamira akatarira musha wake.
Akatanga kuona Nyaradzo achifamba achigara pamumvuri
weimba yekubikira. Nyaradzo aingoita seaipuruzvira dumbu
rake rakanga rakura. Aingoona Nyaradzo achisekerera chaizvo
kwaari. Akaramba achiona izvi kusvika azoona mbwa dzake
mbiri Zvanyadza naSemai dzichimhanya dzichiuuya kwaari
dzichitsvikidza nekumurova-rova makumbo nemiqhwe yadzo.
Dzakamuurukira nemufaro iye akadzibhabhadzira. Panguva
iyi ndipo paakayeuka kuti mbwa dzake dzakasara dzoga
dzakachengeta musha wake. Aiziva hake kuti zviri zvekudhla
kwadzo, dzaingondovhima zvishuro dziri dzoga kumakura.
Akazotarira paakanga amboona Nyaradzo asi pakanga pasisina
munhu. Akaona kuti akanga atozara misodzi yaiyerera kusvika
muhuro. Akapukuta misodzi akazviyeuchidza kuti aiva uto
saka hapana chaizomuwana, naizvozvo akafamba achisvika
pamusha pake.

Mazuva awa akamboomera Chafunga zvakasimba.
Zvekuzvibikira zvainetsa saka aipota achiinda kushamwari
dzake achindokwata. Mazuva mazhinji aidhla paaiinda
kundoona mwana wake kwavatete Mai Shamiso. Uku ndiko
kwaaipota achiindisa nyama yemhuka kana abva kundovhima
nevamwe vake.

Mwana akakura zvakanaka akasimba. Izvi
zvakashamisa vakawanda nekuti mazuva ekutanga ake
airarama nemukaka wembudzi. Gwirikwiti rakanga
rambomuzama asi rakamukonewa. Vazhinji vaifunga kuti
haimbozogona kurikunda. Nyaradzo akanga asiya atumidza
mwana zita rekuti Shingai. Iye Shingai wacho akava munhu
wekushingavo chaizvo. Akanga asingachemi-chemi uye

airatidza kuva nenharo chero aiva achiri muduku kudaro.
Mai vake vakava Rudo. Vanhu vakawanda vaitofunga
kuti Rudo ndiye aizomutsa maphihwa avakoma vake asi
hazvina kuita saizvozvo. Kwete kuti Chafunga akaramba
asi kuti musi waakada kutamba chiramu chakadzika, Rudo
akamuudza kuti akanga asingadi mashiripiti akadaro. Rudo
akati aiva nemukomana wake kwaMusita waaidisa samare
uye aiva nezvinhu zvake zvakakwana. Akaudza Chafunga
kuti akanga asingadi zvekufa nezhara achiroogwa nechiuto
chaZihwe. Akamuudza kuti kana aizvizama zvakare aizosara
ozvichengetera mwana wake oga. Izvi zvinova zvakadzikamisa
Chafunga.

Hakuna kuzoperavo nguva yakareba Rudo achiri
kuchengeta Shingai. Pakupera kwemazuva gumi nematatu
izvi zvaitika, mukomana wake akauya kuzomuona kubva
kwaMusita. Ramangwana racho vakafuma vakatizisana.
Shingai akatambura chaizvo nokushaya mai vake. Vatete Mai
Shamiso ndivo vakasara vachimuchengeta. Kazhinji mwana
anokurumidza kuita seakangamwa zvinhu zvakadai asi Shingai
akaramba achiratidza kushushikana kwazvo nekushaya mai
vake. Apa akanga ava negore rimwe nemwedzi minomwe.
Chafunga akawedzera nhambo yekutamba nemwana wake.
Shingai aifara chaizvo nguva dzose paaiona baba vake. Vaiita
zvekutozomunzvenga kana vodzokera kumba kwavo.

Pamba pavatete Mai Shamiso pakatanga kuwanda
mhandara nemvana dzaiuya kuzotsvaka kuruvira kana
kungozovhunza mivhunzo kuna Mai Shamiso, mivhunzo
dzavaigona kuvhunza kune vamwe vakadzi. Vatete vakaziva
havo zvaitsvakwa nemhandara nemvana idzi. Mazuva awa
vakawana vanhu vaizvipira kuvabetsera mabasa akawanda-
wanda. Zvekutsime, kutsvaira paruvazhe chero kusakura
mumunda mavo vakatombozvizorora. Pamba pavo pakanga
pongodhliwa sadza reduure chete nekuti vaqhwi vaisava
venhamo. Shingai akatanga kudiwa nevasikana vakawanda

vachimugezesa nekutamba naye.

Pavasikana vaiuya vose ava, pane imwe tsikombi yakafadza Chafunga chaizvo. Tsikombi iyi yainzi Marujata, mwana waNdove. Marujata aiva musikana akanga abve zera kwazvo. Waiva musikana murefu aiva nemaziso makuru aiva akachena semukaka. Waiva nerusaka pakati pemeno ake ekumusoro asi rusaka ugwu gwainetsa kuona, kuzhe kwenguva dzaaitamba naShingai. Hwi rake rakanga rakati korei kudarika revasikana vazhinji. Nemazuva ake ohumhandara, Marujata aizihwa nekudada uye kuramba vakomana. Akanga aita mbiri seyaNyaradzo asi iye akanga azoita munyama wekuti vakomana vakazokaruka vaita sevakanga varangana, vakamusiya akadero panguva imwe. Majaya haana kuzoda kuramba vachiverengwa pane vakanga varambwa naMarujata. Nguva yakafamba, vazhinji vezera rake vakaroogwa vakaita mhuri dzavo iye achiri oga. Hazvinavo kubetsera kuti shoko rakanga rafamba richiti Marujata waiva akagagwa neshavi rezitete rekwavo, hazvanzi yasekuru vasekuru, baba vababa vake avo vainzi vakafa vasina kuroogwa. Vainzi zveimba zvakanga zvaramba nekuti vaidhla vana vaduku, naizvozvo kana vaizoroogwa, vaingozopedza vana vavo vose vachidhla dzichipwere.

Chafunga haana kuzoona kana kuterera zvose izvi nekuti akanga afadzwa nekuwirirana kwaiita Marujata naShingai. Kwaari, hakunazve munhu aizogona kuchengeta mwana wake saMarujata. Chafunga paakasvitsa shoko kwaari, Marujata haana kunonoka kubvuma chero hazvo akavanda achiti shungu dzake dzaiva dzekuona Shingai achifara uye kuti akure ari mumba mune vabereki vose. Zviri zvefuma, vabereki vaMarujata havana kutombonetsa. Vakangoudza mukwambo wavo kuti aizogadzirisa nekufamba kwenguva. Mai vaMarujata vaingofara kuti chituko chavaihwa mumhepo chichibva kumadzimai akawanda chaiva chekusaroogwa kwemwana wavo musikana mukuru. Vakati vadzimu vavo vakanga vadavira chichemo chavo nehwi guru kwazvo. Vamwe vanhu vazhinji vaiona havo vari kure ndivo vakangoti, "Shiri yatsika pahurimbo iyo!"

Chitsauko 5

S hingai akanga atsunga zvino. Kwaari zvakanga zvaita sezvafanana; kugara kana kutiza pamusha. Kugara kwaingoreva rufu kana baba vake vadzoka. Kutiza achipinda mumhindo yaivako usiku uhwu kwaingorevavo kumedzwa nezvikara zvendudzi dzose. Fungwa dzake dzakabikana zvakare akazoguma aona kuti kutiza kwaiva nani nekuti kwaitombomupa kamukana kekukunda. Hon'o zvikara zvemudondo zvaizomubhebhena hake ari mupenyu asi aizofa aedza. Zvikara zvaainyanya kuthla ndezviya zvinotumwa nevanhu kunyanya husiku. Zvikara izvi zvainetsa nekuti vashoma ndivo vaiziva kuti zvakaita sei, uye vashoma vaigona kuzviona. Fungwa yazvo chete yaiita kuti ambodzokera mumba maaivata kundovanda nekufunga arimo. Zviri zvezvikara zvemhuka, aizopedzerana nazvo. Nyangwe zvake akanga asati aona mhuka zhinji dzaigona kukuvadza kana kudhla vanhu, zhinji dzacho aigona kudziziva kana aidziona uye aiziva kuti dzaitiziwa sei. Izvi aizviziva kubva kunyaya dzaitaugwa nevavhimi vaigara vachipinda muzidondo rainzi Mazivandadzoka. Kuti atize kwakachena zvainetsa. Vanhu vaizomuona vozoruma baba vake zheve kuti akanga ainda nezhira ipi.

Izvozvi zvaaidai kufunga, muchiuno make makanga mune nhava yaiva nezvinhu zvishomashoma neguchu remvura. Chinhu chaaivimba nacho hwaiva uta nemiseve yake. Vakomana vezera rake vakawanda vemuDangadema vakanga vasingakwani paari pakunanga nemuseve. Akasara kusvika makore matanhatu atowisa mhembwe yake yokutanga. Mukomana akarovera moyo wake pahwe akabuda mumba achipinda mumhindo hobvu yaivako usiku uhwu. Akatombofunga kuti zvaizoita nani dai kwaiva nemwedzi muchena asi akazviyeuchidza kuti "dai" kufunga kwebenzi. Kufa kwemurume kubuda ura uye gwara ndorinorohwa rakamira. Zvekutiza nzvimbo yeDangadema ndizvo zvaakanga otoita pasina kudzokera sure. Zhira yaaizofamba nayo aiiziva kwazvo nekuti yaidarika nekumakura kwaaigara achifudzira mbudzi nevamwe vake.

Achitanga kufamba kuthla kwakambotiza semunhu akanga achiri munzvimbo yaigara vanhu. Mainini vake Marujata vaisimutuma husiku kakawanda chaizvo saka akanga ati jairei zvekufamba murima. Fungwa yezvakanga zvarongwa nababa vake Chafunga kuti vamuuraye yakambodzoka achifamba kudai akasuruvara kwazvo. Ko chii chakanga chapinda muna baba vake zvekuti vangada kumupfuudza kudai? Zvechokwadi Marujata akanga avabikira muti une simba guru chaizvo. Kana kusi kudhlisiwa, bva dzavo dzakanga dzatotamba nevana chete.

Fungwa dzinogona kumhanya chaizvo dzikashanyira nzvimbo dzakawanda nenguva dukuduku. Shingai akaronda hupenyu hwake kubva paaiyeuka mukugara kwake nababa vake. Akayeuka nguva yaaigara zvakanaka nevabereki vake, Chafunga naMarujata.

Vanhu vaviri ava vakanga vamuchengeta zvaimunakidza chaizvo uye vanhu vakawanda vakasvika pakukangamwa kuti Shingai akanga asiri mwana akanga abuda mudumbu raMarujata. Marujata aida Shingai zvakanyanyisa. Zvinhu zvakazotanga kushanduka nguva dzakazvara Marujata mwana wake mukomana akamutumidza zita rekuti Svotesai. Vaimuudza vaiti Svotesai akazvagwa kwapera makore maviri kubva zvakanga zvatorana Chafunga naMarujata. Panguva idzi Shingai akanga ava nemakore mana okuberekwa. Shingai akafara chaizvo kuti akanga ava nekamunun'una kake. Ukuvo Marujata akafaravo zvakanyanya nechipo chakanga chabva kuvadzimu vake. Akati vavengi vake vakanga vasvodesewa zvaigwadza fani. Vose vaigara vachimuseka nenyaya yehutsikombi kana kushaya mbereko vakanga vadigwa mvura ine makoko kumeso. Hama dzaMarujata dzakatanga kushanya dzichigara nguva refu pamusha paChafunga dzakasununguka zvadzo. Chakashamisa Shingai ndechekuti hama dzamainini vake Marujata hadzaimbotaridza kuti dzaiona kuti iye akanga aripovo pamba apa. Nguva zhinji vaimudzinga mumba mavanenge vari kana vachiona Svotesai.

Zvishoma nezvishoma Shingai akahwa masaisai oruvengo achibva kumhuri iyi achimuputira. Marujata akatanga kumutuka uye kumurovera zvinhu zvaaisimboratidza kushaya hanya nazvo. Mumwe musi Shingai akarohwa mbama zheve dzikaita sedzichadzivira namai vaMarujata. Haana kuziva chaakarohwegwa uye haana kuvhunza. Akangobuda mumba imomo akandogara pazhe achirohwa nechando. Baba vake pavakadzoka kumba manheru akavaudza zvakanga zvaitika ivo vakavhunza mukadzi wavo. Chezuva iri Chafunga akadzidza zvitsva. Marujata akapenga zvisingabviri. Murume akanongwa kubva kushoka kusvika kuhuma yakangayobatana nemhazha. Zvikati mhazha yakanga yavakutangavo mumusoro maChafunga. Akaudziwa zvekusada kwake kuti hama dzaMarujata dzifare dziripamba pake. Chafunga akashaiwa neremumuromo akangoti zii akadaro. Ramangwana Shingai akagashidziwa dzimwe mbama nhatu nambuya vaSvotesai vakamuudza kuti azoreva zvakare kana baba vake vadzoka. Semukomana aikurumidza kudzidza, Shingai haana kuzoreva chero chinhu kuna baba vake pane mashiripiti aaiitigwa nemhuri yekwaNdove. Kurohwa, kutsvinyigwa uye kutukwa ndokwakava magariro ake mazuva akawanda chaizvo. Kana pane wekwaNdove aiva negarabgwa pahuro, aitsvaka panaShingai orikanda kumeso kwake chaiko.

Chafunga akatangavo kutora tsika yomukadzi wake yokuvenga Shingai. Ndiye akanga otozonyanya kumurova kudarika vekwaNdove. Vanhu vemunharaunda vakadzungudza misoro uye vakanyunyuta zvisingabviri nezvaiitigwa chikomana ichi. Vazhinji vaitaura vachiti Chafunga akanga abikigwa mufuhwira wakashata chose. Vamwe ndovaiti akanga amwisiwa mahewu akanga akavhenganisiwa neropa raMarujata raakanga abuda ari kumwedzi kuti akakavare saye uye kuti vafunge zvimwe. Vaihwira ngoni ndivo vaitopota vachipa Shingai zvokudhla nokuti mwana wakanga atoshanduka pamumhu wake, ava nekatumbuzenene, twumakumbo twangoita twusoso twemupangara. Svotesai akakura achitoziva kuti Shingai ndewekurova asingadzoseri. Misikahwa yakaita sekumupisa nezvikuni zvaipfuta yaiitiwa paari. Hapana waitsiura mwana uyu kana zvakadai zvaitika. Shingai zvakamunetsa chaizvo kuti sei hupenyu hwake hwakanga hwashanduka kusvika pakuoma kudai. Izvi zvakaita kuti adzidze zvinhu zvakawanda zvaiitiwa nevarume vakuru iye achiri muduku kwazvo. Akadzidza kufura miseve akazvigona kwazvo. Kumafuro kwaaifudza mbudzi, akadzidza zvemutambo wetsiva kubva kuvakomana vakuru, avo vaigara vachimurova.

Panguva yakasvika Shingai makore manomwe, zvinhu zvakanyanya kushata muhupenyu hwake. Marujata akanga asingachanyanyi kureva nhema kuti Shingai arohwe. Akanga oita zvekumutuma kwaNdove uko kwaiva chinhambo kubva pamba pavo. Aimutuma husiku nguva dzokudhla kwamanheru kuti awane zhira yokumunyima zvokudhla. Aigona kutumwa zvinhu zvakaita sekundovhunza kuti huku yambuya vaSvotesai tsvuku yakanga yatsotsonya here. Shingai aitoita saizvozvo nekuti kuregera kwaireva kurohwa zvikuru. Zviri zvokudhla, akanga asingachatoverengi kuti zvaitombowanikwa pamusha uyu. Akanga atodzidza zvekuvhima zvishuro achisasika ozodhla zvake akavanda. Paakafura mhembwe yake yokutanga, akati chiregai nditsvake dzvene ndipe mai vangu usavi uhu kuti pamwe vaizotanga kumupavo zvokudhla pamba apa. Hapana wakamutenda. Mhembwe yakangotogwa yakadaro ikaindisiwa kwaNdove. Shingai akahwa Marujata achiti, "Hameno kana isina kuwanikwa yakafa yoga mhembwe iyoyi, asi mudhle zvenyu." Izvi zvaiudziwa hazvanzi yaMarujata yakanga ichiri mukomana wemakore airaudzira kugumi nematanhatu. Kubva apa, Shingai akaziva kuti zvaakanga avhima zvakanga zviri zvake, naizvozvo zvaitova nani kupa vanhu vaipota vachimupa zvokudhla pane kupa Marujata. Muvengi wake chaiye wakanga ava baba vake. Aiti akatarira mumeso mavo, aiona ropa chetechete. Kuti zvaibva kupi, mukomana haana kuziva. Hapana waimunyeurira kuti sei baba vake vaimuvenga kudai. Ko zvakanga zvabvepiko veduwe?

Chisina kuzihwa naShingai ndechichi. Muhupenyu mune vanhu vanozvipira kutsvaka zvinhu zvakavanda kana kuti zvinhu zvisinei navo. Kana vazviwana vanozvikanda mumhepo kuti vaya vanotapirigwa nemakuhwa vawane kuzvigamha, kana vazvigamha vobva vakushavo mbeu yacho. Vamwe vevanhu ava vakatarira Shingai achikura vakashaiwa chavaiti chakafanana paari nababa vake Chafunga. Nyaya iyi yakafamba chaizvo, vakawanda vachibvumirana kuti mbeu yaChafunga yakanga yapata zvekukurigwa neyaNyaradzo wekwaMusita. Asizve paiva nevaya vaiti vaiziva zvose. Avo vaiti Shingai wakanga asina kana kufanana nevekumadzisekuru ake ekwaMusita. Saka zvose izvi zvairevei?

Shanduro yakazobva kuna mai vaMarujata. Mai Ndove avo vaihwanana kwazvo nemukadzi wepiri waMambo Zihwe uye vaigara vachiruvira kumunda kwake. Mumwe musi Mai Ndove vakavhunduka chaizvo pavakaona chikomana chaidhla sadza mumba memukadzi wamambo. Padokodoko vakakaruka vadanidzira vachiti,

"Unobatei kuno iwe Shingi?" Vakazvidzora pavakaona kuti chikomana ichi chakanga chati kurei pana Shingai. Hapana kuzopera mazuva akawanda vanhu vemuDangadema vasati voimba gwuyo gwekuti Shingai waiva mwana waMambo Zihwe. Hazvaitaugwa pachena asi mumhepo zvakanga zvakazara.

Marujata haana kunonoka kuudza Chafunga kuti

acherechedze chiso chemwanakomana muduku waMambo wemukadzi wechipiri nechemwanakomana wake Shingai. Paakazviona, Chafunga akatsvuka meso kuita seemhungu nehasha. Hope dzakaramba kumubata kwemazuva mazhinji. Akanetseka kuti sei Nyaradzo akanga asina kumuudza chokwadi nezve mwana uyu. Mumoyo make akatoti vaidanana chete Nyaradzo wacho naZihwe, uye vakanga vatoronga zvekumuita benzi rinorera gora mumusha maro. Zvaaiudziwa naNyaradzo wacho zvekuti, "He-e Mambo Zihwe andinyenga... He-e handimuoni zvakanaka..." Zvose zvaiva zvekumuvhara uso chete kuti asafungira kuti Nyaradzo yaitova tsvingudzi zvayo nhai? Chafunga akayeuka nguva yaakaudza Nyaradzo kuti ambodzokera kwaMusita kuti asasara oga pamba iye akaramba. Akatoti izvi zvinhu zvaiva zvarongwa nevaviri ava. Murume wakatsamwa zvikuru. Akapinda mudondo reMazivandadzoka akapedza mazuva achivhima arimo. Akadzoka bundu repahuro risina kuserera. Paakadzoka, haanavo kumboita mahwekwe naShingai wacho nekuti sanhu raigona kungoperera mumusoro wake.

Sezvineivo, Mambo Zihwe akadana mauto kuti vandopedzisa kuvaka umwe muzinda wake waivakwa pedo negomo reKaturi. Chafunga akainda akangotsamwa. Aingohwa sekuti chero munhu aimuona aitomuseka nenyaya yekuchengeteswa mwana wemumwe murume. Hapana zvaaigona kuita kuna Zihwe asi kuna Shingai zvaivapo. Akafunga zvekuti auraye Shingai. Paaizodzokera kumusha aizoronga zvekupinda munaMazivandadzoka kuti andovhima. Vanhu vaizomuona achiinda nekuti aitozoindavo zuva rakacheka nyika. Aizoti kwapfuura mazuva matatu odzoka mumusha husiku. Aingozosvika achitora Shingai pasina anomuona omunyengera kuti ainde naye kundomudzidzisa kuvhima. Vachisvika mukati medondo, aingozomuponda omusungirira zihwe rinorema ozomukanda hake muzidziva rakanga rakazara nengwena. Ngozi hayaizomugona nekuti vadzimu vake vakanga vasingabvumi mutemo wakapata zvakadai, wekuchengeteswa mwana wemumwe murume. Ngozi yacho yaitozonanga kuna Zihwe nekuti ndiye akanga akonewa kuzvichengetera mwana wake.

Mauto achivaka muzinda waMambo, shamwari yaChafunga yakakuvara pakawa nhungo dzeimwe imba yaivakwa ipapo. Akanzi adzokere zvake kundopora ari kumusha. Murume uyu achisvika kumusha akaudza baba vake VaChipadza nezvekutsamwa kwaChafunga nenyaya yaShingai. Akavaudza kuti Chafunga aiti akabatigwa nehope, otaura zvinhu zvakanga zvisingahwisisiki asi zvaiva nekuponda mukati. Chafunga haana kunge audza chero munhu zvezano rake asi vakanga vakasvunura vaiziona kuti paiva nemhepo yaitenderera pamurume uyu. VaChipadza semunhu wakanga abve zera vakakurumidza kuziva zvaiitika uye zvairongwa naChafunga. Semunhu mukuru vaiziva kuti mwana wakanga asina kana mhosva zvake. Mwana akanga asina waakanga akumbira kuti azvagwe naye, naizvozvo kuteura ropa rake chaive chinhu chakanga chakashata chaizvo. Izvi ndizvo zvezvimwe zvinhu zvaigona kusakisa kuti mvura iseme kunaya munzvimbo yavo kana kuti mhashu dzishanye dzichizoparadza zvirimwa zvose. Izvi zvose vaizvifunga mufungwa dzavo. Havana chero kuudza mwana wavo asi vakazvipira kuti varonge zvekunyangarisa Shingai kubva muDangadema. Vakati zvaiva nani kuti ropa rake riteugwe nezvikara zvemudondo pane kuti zviitwe nemugari wemudunhu iri.

Nemusi waitiza Shingai, achiri mangwanani, VaChipadza vakanga varonga zvekuita mahwekwe naye achiinda nembudzi dzake kumafuro. Vakamubata ari oga asati abatane nevamwe vakomana. Harahwa yakatanga zvayo kutaura ichitamba nechikomana ichi ichitaura zvaichisekesa. Yakavhunza chikomana mivhunzo yakawanda nezvembudzi

uye kuti akanga achiri kurangarira here kufamba kwavaimboita
nababa vake Chafunga mazuva avaiinda kwanasekuru vake
kwaMusita. Vakazoti pava paya,
"E-e, chihwa muzukuru. Zvawadai watova murume mukuru.
Hona nyika yose ino inoziva kuti kugara kwawakaita pamusha
pababa vako uri parumananzombe chaipo. Uri kugara
hupenyu hunohwisa vazhinji ngoni. Hon'o zvose zviri kuitika
zvinokubetsera uye zvakakubetsera kuti ukwanise kukura iwe
uchiri mwana muduku." Chibako chakambotogwa harahwa
ndokukweva mhino nhatu, ndokuzopedzisira yokwiza mhino
noruoko ichikwevera fodhla mukati-kati memhino. Shingai
akaramba akati nde-e kutarira VaChipadza achishaya kuti vaida
kutaura kuti chii chaizvo. Akakanda rimwe ziso kumbudzi
dzake akaona dzichiri pedo akazomirira kuti vaindirire mberi
nezvavaitaura.

VaChipadza vakazoti,
"Zvino chihwa, uhwisise. Handina nguva yekuti
ndikurondedzere zvose zvandinoziva pane zvehupenyu hwako
asi ndapota zvangu mwanangu, mashoko andiri kukuudza
pano mabatisise chaizvo, uye usaudza chero ani zvake.
Ukasaita zvandavakutaurira pano, ziva kuti pako pakuperera.
Saka zvaunofanira kuita ndezvizvi; kana vanhu vose vavata
husiku hwanhasi, muka utore uta hwako pamwe nemvura
yekumwa wobva wanyeruka pamba pababa vako. Kana
waita izvi wofamba chaizvo zvekuti panobudira zuva unenge
watodarika gwizi gunoganhura Dangadema neMusita, handiti
unoguziva?"
"Ndinoguziva chaizvo," Shingai akapindura.
"Ukafamba chaizvo zuva rinosara kuzovira wavapamba
pasekuru vako. Wasvika ikoko unongovaudza kuti
hauchadzokeri kuno. Ukangodaro chete, unotanga hupenyu
hwako hwakanaka. Vakakuvhunza kuti sei usina kuinda
kwavatete vako Mai Shamiso unovaudza kuti pane harahwa
yakuudza kuti, 'Rugare gwako guri kune rukuvhute gwako,'

unohwa?"

Kumeso kwaShingai hakuna kushanduka nemashoko awa. Aingova madimikira ogaoga kwaari. Paakada kuti avhunze akagarigwa nemamwe mashoko. "Ndinoziva kuti zvandataura izvi zvinonetsa kuti uzive kuti zvinorevei asi nerimwe zuva uchazviziva hako. Zvino chibata hana nekuti zvondokuudza iyezvino hazvina kufanira kuhwikwa nezheve dzako nekuti uchiri pwere chaiyo. Ndinotongokuudza nekuti hapana imwe zhira uye uri mukomana akangwara akasimba. Baba vako Chafunga vane fungwa isina kunaka newe. Hapana anoziva kuti nemhaka yei, asi vari kuronga zvekukuponda. Iwe unozviziva kuti pamba pababa vako hausi kudikwa zvachose, saka ndapota mwanangu, kana vanhu vose vangovata, pinda muzhira. Ndinotenda chose kuti unozvikwanisa izvi."

VaChipadza vakamuruka vakatanga kufamba. Shingai wakamira kwechinguva akangoshama muromo. Ivo havana kumbozocheuka kana. Shingai wakamira kwenguva refu asingazivi zvekuita, chero kufunga. Pakasvika vamwe vakomana, akangoti aiva asingahwi zvakanaka musi uyu naizvozvo zvekutamba akanga asingadi. Kumafuro akagara pamusoro pechuru akangobatira shaya mumaoko. Pazvinhu zvakataugwa naVaChipadza pane zvakanga zvanyatsa kuba fungwa dzake. Zvekuurawa kwake nababa vake zvakanga zvatosara pasi sezvisina basa. Chakanyanya kubata fungwa dzake itarisiro yekundogara nambuya vake kwaMusita. Ko akanga asina kumbofunga zvinhu zvakadai sei? Akayeuka mazuva mashoma paakambogarako. Muhupenyu hwake akanga amboinda kwaMusita runokwana rutatu. Kekutanga akanga achiri muduku chaizvo. Kechipiri vanambuya vake vakanga vambokumbira kumuona. Kechitatu akanga ainda nababa vake vachindomuratidza guva ramai vake Nyaradzo. Nguva idzi Chafunga akanga atanga kumuvenga nekumurova posepose. Akambosiiwa ariko kwemwedzi wose baba vake vakazomutevera.

Chaimunakidza pafungwa yekwaMusita ndechekuti
pose paaiindako airarama hupenyu hwemwana wamambo
chaihwo. Aipuhwa zvose zvaaida uye vanhu vose chero
vavakidzani vaimufarira zvikuru. Izvi zvakanga zvakasiyana
nehupenyu hwake kumba kwababa vake uko kwaaigara
senhapwa. Nechemumoyo, mukomana akafarira VaChipadza
chaizvo. Zvekugarira kuurawa nababa vake akabva azviramba.
Zuva rakamunonokera kuvira musi uyu. Achiri masikati,
zvinhu zvose zvaiita nyore kwaari. Zhira aiiziva uye kwa
Musita kwakanga kusingarashi.

Fungwa dzake dzose dzakambodzima paakanga
odarika muganhu wekwaigara vanhu nekumakura. Nzvimbo
iyi yaithlisa chaizvo, zvekuti chero varume vakuru vakanga
vasingaijairi. Zvainzi varoyi vose vemuDangadema vaiita
misangano yavo panzvimbo iyi. Vamwe vavhimi vaiti
magoritoto aipota achirovana zvisingabviri munzvimbo iyi
uye ndipo paitangiravo jinga reMazivandadzoka. Vhudzi rake
rakamira asi iye haana kumira kufamba. Aingohwa muviri
wake wose uchiita sewaibaiwa-baiwa nemeso evaroyi nezvikara
zvavo. Ko hino varoyi ava vaisazoudza baba vake here kuti
akanga ainda nezhira yekwaMusita? Izvi zvakamunetsa.
Zvimwe zvitsiga zvaiita sezvaida kumhanya zvichiinda kwaari
asi zvozoramba zvakamira kana azvitarira. Zvainetsa kuti
azive kuti chitsiga ndechipi kana kuti chidhoma ndechipi.
Vaitaura vaiti zvidhoma zvinogona kushanduka kuva zvitsiga
kana zvikaona kuti zvaonekwa. Shingai wakatanga kudemba
kuti fungwa dzakapata kudai akanga adzibvuma sei chaizvo.
Akazvituka kwenguva refu asi akazomira atoona kuti akanga
atopfuura nzvimbo yaainyanyisa kuthla yacho. Chero vhudzi
rake rakanga ratodzikama. Pamwe musi uyu magoritoto
akanga ambozorora zvekugwa uye varoyi vakanga vatopinda
mumisha kuti vabate basa ravo kusati kwayedza. Pari zvino
akanga asvunurira zvikara zvemudondo chero hake aifambira

muzhira chaimo. Aizviziva kuti zvimwe zvikara zvaibuda munaMazivandadzoka zvichitsvakavo twumwe twupuka twaifarira kugara pedo nevanhu.

Utonga hwotsvuka Shingai akaita seakaona mhuka kana kuti zvinhu zvaifamba zvakananga kwaari. Akamira akaita semumhu waoma nechando apa zvinhu zvichiqhwedera kwaari. Akazohwa sekutaura kwevanhu asi panguva imwe chete iyoyo, mahwi zvose nemimvuri yezvinhu yakabva yanyangarika. Shingai wakaramba akamira asingachazivi zvokuita. Fungwa dzakamhanya kuti akanga azochisongana nevaroyi vaya zvino. Kuti odini, wakashaiwa zvokuita. Akazofunga zvokutsauka kuti anyenyeredze pakanga panyangarikira zvinhu. Akafamba zvinyoronyoro asingadi kuhwikwa achiinda nedivi rekurudhli kwake. Apa aingokwenya mhino kuti zvinhu zvakanga zvisina kumuona. Uqhwa hwakanga hwakaoma uye hwakareba panzvimbo iyi. Izvi zvakaita kuti Shingai ave akavanzika. Kuzhe kwakanga koyedza, naizvozvo kuchena kwakanga kouyavo. Izvi zvakafadza Shingai nekuti aiziva kuti varoyi havaizoda kuonekwa vakashama saka chero vaizomuona achifamba oga, vaimusiya akadaro. Kana dzaiva mhuka dzaizongoita madiro naye.

Ari mubishi rekufunga izvi akakaruka aona mauto achimuruka akamukomba nguva imwe chete achidzvova zvinomutinhira mamwe achiridza miridzo meso akanzi dhe-e pazhe. Apa mapfumo aipinza akanga akanangiswa muviri wake wose. Shingai haana zvaakazoona zvakaitika nekuti akanga atooma zvake saka akangowira pasi akadaro.

Paakazomuka akaona kuzhe kwatonyanya kuchena. Akaona mauto mapfumbamwe atovesa moto vachitodziya zvavo. Mauto akaseka chaizvo vachiona kushamisika nekurashika kwakanga kwaita Shingai. Umwe wavo ndiye akati,

"Nhaiwe mwana waChafunga, unobatei kure nekumusha

kwakadai uri woga husiku hwakadai. Unoshura here iwe?"
Shingai wakashaya mhinduro. VaChipadza havana kunge
vamuudza kuti kana zvakadai zvaitika aizotaura kuti kudii.
"Ko hauchagoni chero nekutaura?" akadaro umwevo
wemauto, vamwe vake vachibva vaputika nekuseka. Shingai
akahwa zvihasha zvichiuya nekusekwa kwaiita nemauto awa.
VaChipadza vakanga vati iye akanga atova munhu mukuru uye
aigona kuzvimirira pakawanda naizvozvo akazokasira kufunga
zvokutaura. Shingai akazotaura achiti iye akanga achivhima
saka akanga asina kuona kuti akanga ainda kure nemisha.
Mauto akaseka zvakare.

Mauto awa akanga akazora zvaiita semazimbe
matematema kudivi rerudhli remuviri yavo yose. Kudivi
reruboshwe rekumeso kwaiva norudzi ruchena kubva pashaya
zvichidzira kuchirebvu. Iri raiva boka remauto anaChafunga.
Kuna Shingai zvaireva kuti baba vake vaiva muzhira kana kuti
vakanga vatosvika kumba husiku hwaakanga atiza. Mauto awa
akanga asingamboterери zvaitaugwa naShingai saka mukuru
wavo akangozomuti,
"Hatichifambai tichidzokera kumusha chikomana." Shingai
akambozama kuti ati vamurege nokuti aiziva kudzokera oga
kumba asi ivo vakati havaizoita mapenzi ekurega mwana
mudoko ari oga mudondo rakadai. Vakati vaizozvitaura
vachiti kudii kana iye aizodhliwa nezvikara. Haanavo hake
kumboronga zvekutiza nekuti aiziva kuti haaimbokanda
kana nhambwe nhatu chaidzo mauto asina kumubata.
Akatongozviona kuti akanga oinda kundourawa zvake nababa
vake.

Gwendo gwekudzokera kumusha gwakaremera
Shingai. VaChipadza vakanga vamuudza kuti baba vake
Chafunga vaironga zvekuzomuuraya asi mafiro aaizoita ndiwo
aakanga asingazivi. Vakanga vasina kumubudira pachena. Izvi
zvakaita kuti afunge mafiro aakamboona achiitwa nemhuka
dzaakanga ambouraya iye uye dzimwe dzaaiona dzichiurawa

dzakaita sen'ombe. Izvi zvaiwedzera kumuvhundusa. Baba vake vaigara nerimwe zibanga ziguru raipinza chaizvo. Banga iri raigara rakapfekegwa mumbariro yepazasi yemuhozi mavo. Iri ndiro raaingoona richimupaza musoro. Mauto airatidza kuti akanga asina kumbofungira kuti Shingai waiva pakati pekutiza panguva dzavakamubata. Vanenge vakanga vangofunga zvavo kuti aitaura chokwadi pane zvekuvhima. Vaitotaura zvavo dzimwe nyaya dzavo uku Shingai achifa nezhira dzakasiyana-siyana mufungwa dzake. Vakambozorora apo zuva parakanga rorova panhongonya vachigocha nyama yemhara yavakanga vabaya ichimwa mvura.

Shingai nemauto vakasvika mumisha yokutanga zuva rarereka asi kuchapisa. Mauto achiona pamusha paiva nedoro nevamwe varume vemu misha vakabva vangotsaukira ipapo. Mumwe wavo ndiye akangoti kuna Shingai, "Chimhanya kumba kusati kwasviba chikomana. Baba vako vanofanira kuva vasvika kare nechikwata changa chiri mberi kwedu. Uvaudze kuti kwanzi naHasha 'Ndinosvika pamukova pavo mangwana kumasikati uko wazvihwa?'" Shingai akati, "Zvakanakai baba," ndokukasira kufamba akananga kumba. Haana kucheuka kusvika ava mberi chaizvo. Muromo wake wakanga wangoshama zvino asati ahwisisa kuti chii chakanga chaitika. Ziso rake rakatanga kufurira kumusoro risingamiri. Nechemumoyo akangoti, "Inga midzimu yangu yandipa ruviri chokwadi." Achingosvika kwaakanga asingachaoni pamusha uya paiva nedoro akabva angotsauka kubva muzhira achipinda mudondo. Akatanga kuvanga chaizvo achipinda mukati medondo asi achinanga kwaMusita. Nguva dzino kuthla kwakanga kwanyangarika. Aida kungoinda kure nemisha chaizvo. Wakaramba achimhanya kusvika zuva ranyura. Gomo raaishandisa kuti rimuratidze kwaaiinda rakanga risingachanatsi kuonekwa asi wakaramba achimhanya achiinda mberi. Hapana wakamutevera kana kuti zvimwe aivapo asi kuti akanga atevera ari muzhira yekuinda kwaMusita, naizvozvo hapana akanga amuona.

Rima richikora, kuthla kwakatanga kudzoka. Pari zvino
misha yakanga yasara kure chaizvo. Akatombomira, akaterera
kuti ahwe chero mbwa dzaihukura dziri kumusha akasadzihwa.
Varoyi nezvidhoma vakanga vasingatambiri kuno. Kuno
kwaiva nevaridzi vako; vanashumba nezvimwevo zvikara
zvemudondo. Kana pane munhu aida kumutevera, aizotanga
apedzerana nezvikara izvi asati amubata. Kunyara kwakauyavo
asi Shingai wakazviona kuti akatevedzera zvemuviri wake
izvozvo aizongobatiwa akazorora achibva adigwa zibanga
riya. Izvi zvakaita kuti arambe achifamba. Nyeredzi uye gwara
reVarozvi zvaionekwa mudenga zvaimubatsira kuti azive
kwaakanga akananga. Mvura yake yaimubetsera kupedza
nyota nekuti waifambisa chaizvo. Paakapfuura nepane chimwe
chikova akazadzisa guchu rake akaindirira mberi negwendo
gwake. Achifamba kudai akazohwa shoka dzorema uye
kufamba koti netsei nokuda kwemahwe akanga awanda.
Nzvimbo yaakanga ava akanga asina kumboisvika zvachose.
Akagara pasi perimwe zihwe ziguru kuti ambotura befu.
Akatsamhira pazihwe iri akabva atanga kusekerera ari oga.
Haana kuzotora nguva refu hope dzikabva dzangomubavo.

Shingai haana kuziva kuti akanga avata kwenguva
yakareba zvakadii asi akazongomuka ohwa chimhepo
chaitonhora zviri kure. Kwakanga kuchakasviba uye hweva
yakanga isati yabuda. Mukomana akangozamura kwakutanga
kufamba. Panguva dzino akanga asingachafambisi nekuti aida
kutanga aoona kana kwachena kuti akanga ari papi. Aiziva
kuti akanga ari mujinga reMazivandadzoka asi aida kuona kuti
kwaMusita kwakanga kwava kure zvakadii.

Kana zuva rakamirigwa rinobva raita husimbe.
Mukomana akati achatarira kuMabvazuva kwacho asi
waingoona rima roga. Wakaramba achifamba zvake
achingoti richabuda chete. Zvechokwadivo chero rikaita
husimbe hwakadii, kubuda rinotongozobuda chete. Utonga

hwakatsvuka, shiri dzikatanga kusheedzerana nemahwi akasiyana-siyana. Pakarira hanga zuva rakanga ratsvuka richibuda. Zuva rakabudira kurutivi gwakanga gwusina kujairigwa naShingai. Zvisinei akaona kuti aiva mukati mezvikomo zvakawanda-wanda. Gomo rake raaiziva rakanga risingaonekwi. Akakwira pamusoro pechimwe chikomo kuti anatse kuona kuti gomo rake raiva papi asi wakarishayiwa. Izvi hazvina kana kumuvhundusa. Zhira yake yaiva pedo. Zuva rakanga rabudira parutivi, naizvozvo iye aingozonanga kwaiziva kuti ndiko kwaiva kwaMusita. Akatanga kufamba zvakare.

Chimushana chemangwanani chakamurova zvihope zvikati tiri tose. Akavata zvake pamumvuri akati aizomuka osimudzira negwendo gwake. Achimuka akatanga kufamba. Zuva rakanga risingakwanisi kumuratidza gwara rakanaka nekuti akanga ava masikati chaiwo, naizvozvo akangofamba achiti dzimwe nguva onzvenga matenhere aiva mberi kwake, dzimwe nguva ofamba akananga kwaaifunga kuti ndiko kwaiva nezhira yaifamba vanhu. Akatanga kufambisa nekuti zuva rakanga roda kunyura zvakare asati anatsa kuona kuti gwara rake rakanga rakamira sei. Chakanga choita sekumuvhundusa ndechekuti haana paakanga avambuka Mukukurajecha, gwizi guya gwaivambukwa kana munhu oda kusvika kwaMusita achibva kuDangadema. Shingai wakanga afamba chaizvo zvekuti zuva raifanira kuvira apinda maMusita.

Nyoka dzemudumbu make dzakatanga kugunun'una nekushaiwa chekutsenga asi iye akangoti aizondodhla raibikwa nambuya vake manheru iwawo, saka akaramba achifambisa chaizvo. Zuva rakavira chikomana chikatanga kuthla. Kuti akanga arashika? Kwete, haana kufunga seizvozvo. Kufamba mudondo kunosiyana nemunhu anofamba muzhira. Mudondo munoita kure. Akatanga kumhanya asi akakurumidza kufamba zvakare paakagumbugwa nemudzi wemumwe muti. Imwe fungwa yakangobvavo nekwayo yakamufungidza kuti zvimwe

akanga asvika kwaiitira varoyi vekwaMusita misangano
yavo saka vaigona kuzomudzivaidza kuti asasvika kumba
kwambuya vake. Fungwa iyi haina kumuvhundusa seyokuti,
ko kana akanga ari kurashikira munaMazivandadzoka aizodii.
Achifunga izvi akabva amira kuti twi, akaterera. Kuzhe
kwakanga kwakati zii. Haana chaakahwa chakamuzivisa
kuti akanga ari papi zvino. Akatsvaga pekuzorora ari, hope
dzikaramba kubata. Apa akanga ochithla zvikuru zvino.
Akatanga kuchema achizvishora kuti akanga arashika sei
chaizvo. Zhara yaivapo asi yakanga isina basa panguva dzino.
Aizoona zvokuita kana mangwana asvika.

    Mangwana akasvika, Shingai akashamisika achimuka.
Haana kuziva kuti akanga abiwa nehope nguva dzipi. Akafara
kuti akamuka ari mupenyu chete. Nguva dzino akanga ari
mukati memiti yakawanda zvekuti akanga asingaoni kuti
dzaitangira papi uye dzichipererepi. Akakwira mune mumwe
muti asi hapana kwaigona kuona kuti onanga nekupi. Akati
zano kungofamba achiinda chero kwaakananga. Paakaona
ndove yezhou yaiva nyoro ndipo paakaziva kuti akanga apinda
mukati medondo raithliwa chero nemauto makuru. Vavhimi
vaitopindamo vari zvikwata uye vaifamba nembwa dzavo
dzaiziva kudzokera kumba pasina kurashika. Shingai akayeuka
vavhimi vaigara vachitaura kuti munaMazivandadzoka
maiva nechadzimira chakanga chakashata. Vazhinji
vaitenderedzwa misoro nacho. Kwaiva nevanhu vakawanda
vainzi vakanyangarikira mudondo iri. Izvi zvaireva kuti
kana aisaita rombo rakanaka, Shingai waizopedzisira aitwa
husavi nemhuka. Izvi zvakamugwadza chaizvo. Achinetseka
kudai, akaona mhembwe akaibaya nemuseve ikafira ipapo.
Akasika moto wake nezvitanda, akagocha imwe nyama imwe
akabva aisasika pamoto uyu. Nyama zhinji yaiva nemagodo
akangoisiya iri ipapo. Zvimukuyu akazviisa munhava yake
akatanga kungofamba achiinda kwaakanga asingazivi.

    Zuva rakavira, rikabuda rikasvika pakuvira zvakare

Shingai asati aoona kana chinhu chairatidza kuti pane misha yaiva pedo. Panguva dzino akanga ofunga kuti chero kuurawa nababa vake kwaiva nani pane kungombeya nedondo asingazivi kwaaiinda. Chainetsa ndechekuti chero kumusha kwake kwaakanga atiza akanga asingachazivi kuti nyangwe aida kudzokerako aizofamba sei. Aiti akaona pane mvura yakaungana ozadza guchu rake asi okurumidza kubvapo nekuti aiziva kuti mhuka dzakawanda dzaisvika napo kana zuva roda kundovira kuti dzimwe mvura.

Chitsauko 6

Mazuva akapindana, chikomana chichingofamba
nedondo. Chaipfuura nemunzvimbo dzakasiyana-
siyana. Rimwe zuva chakadarika nemunzvimbo
yakanga isina miti yakawanda chikaona makomo aiva
kure chaizvo. Fungwa dzakangoti pamusoro pegomo
ndipo pakanaka kutarira nyika yakapoterera nekuti ipapo
meso aigona kuona nzvimbo dziri kure chaizvo. Pamwe
chaitozogona kuona nzvimbo yachaiziva kana yairatidza
kune vanhu. Chakafamba chakananga kumakomo awa.
Chakazokwanisa kusvika mujinga megomo rekutanga ratova
rimwe zuva. Hachina kunonoka kukwira gomo iri. Chichisvika
pamusoro chakaona kuti mamwe makomo aiva pedo, uye
akanga asinganetsi kukwira. Chakachishamisa ndechekuti
mukuramba chichikwira, chichidzaka zvishoma, chichikwira
zvakare, makomo acho akanga asingaperi. Makomo
akatanga kuita mazipako makuru uye nzvimbo dzakawanda
dzaithlisa mukati mawo. Chakambovhundusigwa nemakudo
chikamhanya zvisingabvriri, chero zvacho chakanga chaaona
kuti aingova makudo achaisidzinga kuminda vari kumusha.

 Kose kwaaitarira Shingai aingoona makomo
ogaoga. Zvekumhanya-mhanya zvakanga zvapera nekuti
kwaimhanyigwa kwacho ndopakanga pasisina. Iyezvino akanga
ongoti chaimuvinga chaigona kungouya hacho asi akanga
asisina hanya nazvo. Kufamba akanga ongoitira hake kuwana
zvokuita nekutovhima zvishuro nemhembwe kuti awane hake
kudhla. Mumakomo umu akarasha miseve yake inokwana
mitatu achida kufura mbira dzaiva pamusoro pemahwe.

 Rimwe ramazuva paakanga oda kuvata zvake pamusoro
perimwe zihwe, akaona moto waipfuta muzasi merimwe
gomo. Mwana wakavanga iyeye achidzaka gomo. Moto wacho
waiva kure asi akaramba achimhanya akatarira pawaiva.
Akazosvika nepamwe paiva pakanyanya kudzika zvekuti

kumhanya kwaiva kusingabviri asi kutodzaka zvinyoronyoro
uye zvine hungwaru. Chakamutsamwisa ndechekuti
adzaka kudaro, moto wakaita sewakanga wanyangarika.
Akakwira gomo zvakare achitarira divi raakanga aona moto
akatanga kuuona zvakare. Akadzaka akazama kuramba
akachengetedza gwara raakanga aona moto uya akaushayiwa
zvakare. Akaita izvi kwenguva yakareba asi moto uchiita
sekuti waizonyangarika kana apfuura panzvimbo yakanga
yakadzakira iyi. Akazotsvaka pekuvata achiti ozofuma otsvaka
paakaona moto kwayedza. Kuchiyedza haana kuzononoka
kumuka. Akatsvaka paiva nemoto uya kwenguva refu chaizvo
akazopawana atova masikati. Akakurumidza kuziva zvakanga
zvaitika panzvimbo iyi. Pane vavhimi vakanga vabura uchi
pane rimwe zimuti. Pakanga pakazara mashizha manyoro
uye mamwe mazenga euchi aiva nemazana enyuchi akanga
asiiwa ipapo. Akasvika zvakanaka asingadi kudenha nyuchi
dzakanga dzichipo. Kuti azive kuti vavhimi ava vakanga
vainda nekupi kana kuti vaibvepi, haana kuziva. Panzvimbo
iyi paiva neuqhwa hwakaoma hwakawanda saka haana kugona
kuronda kuti vanhu ava vakanga vafamba vachiinda nekupi
uye kuti vaiva vangani. Akaronga zvokuvata panzvimbo iyi
kuti agozowana kutoravo zvimwe zviuchi zvakanga zvasara
mumhango. Izvi aizogona kuzviita husiku panhambo iya
inenge yapata nyuchi.

Vavhimi vaya havana kuonekwa. Mazuva akaramba
achingofamba Shingai akava mugari wemudondo. Zvekugeza
zvaingoitiwa mukuvambuka zvikova. Nzara dzake dzakakura
kuita sedzemhuka chaidzo. Meno ndiwo aaipota achikwesha
nezvitanda zvemichakata paaizviwanavo. Miseve yake yakanga
isingachashandi posepose. Akanga asingadi kuperegwa
nemiseve nekuti kwekuwana utare hwacho mudondo umu kuti
agadzirise imwe ndokwakanga kusipo.

Kuzhe kwakatanga kushanduka. Miti yakatanga
kudonha mashizha kukauya chimhepo chaivhuvhuta

kwemazuva akawanda. Mazuva iwawo Shingai akamboita
dzihwa uye mudumbu make makatombodurura chaizvo.
Akabva aziva kuti chirimo chakanga chapera uye kuti nguva
yemvura yakanga yoda kuzosvika. Haana kunyanya kushupika
nazvo nekuti nzvimbo yaakanga ari yaiva nemapako akawanda,
naizvozvo kana mvura payaizouya akanga ane pekuvanda
pakawanda.

Mwedzi yakabuda, ikapera ikadzokazve Shingai
achingova mudondo. Mwana wakasongana nezvakawanda
iyeye. Akambopedza mazuva matatu ari mumuti imwe shumba
hono yakamugarira pasi pemuti uyu. Paakaona shumba
iyi ichiramba yakamurinda akaziva kuti yaiva yakwegura.
Zvisizvo ingadai yakainda kundovhima dzimwe mhuka
nokukurumidza. Zvakanga zvamutsana neshumba iyi achida
kuchera mvura kuti aise muguchu rake pane rimwe dziva.
Kugara mudondo kwakanga kwamubetsera pakuti muviri
wake wakanga wasimba chaizvo uye zviri zvekuvanga wakanga
ava nyanzvi. Paakangoona kuti shumba iyo, haana kumirira
kuti aone kuti yaizomusvoda here kana kuti yaizomudzingirira.
Shingai akanga ambohwa kuti kana munhu akatarisana
neshumba mumeso chaimo inowanza kusvoda yoinda hayo,
asi shumba yacho yaizomuvandira kana asina kuchangamuka,
yobva yangomuurukira pamutsipa ichimuuraya ipapoipapo.
Haana hake kuda zvokuzoera nyoka mhenyu negavi. Iye
akangoudza makumbo ake kuti amubereke, kwakungonanga
pamuti mukuru waiva pedo. Shumba yakatevera isinganyanyi
kumhanya zvayo ikangondomiravo pasi pemuti. Shingai
wakazvisunga negavi raigara munhava yake achibatanidza
nerimwe davi guru remumuti maaiva. Izvi aiita kuti chero
hope dzikaita sedzobata asawira pasi. Pazuva retatu shumba
yakazoinda ichidzokera nekudivi redziva riya ichitevera
mhuka dzakanga dzainda kumvura. Izvi zvakaitika zuva
roda kunyura saka Shingai waiona zvose zvaitika ari mumuti.
Haana kushanyarika zvaigona kuzopepusa shumba iya

kana kuvhundusa mhuka dzaida kundomwa mvura dziya.
Pakangonyangarika shumba nedzimwe mharapara dziya iye
akabva angoti,
"Zvandibvira nepi," akaburuka nekukurumidza ndokumhanya
chaizvo achiinda norumwe rutivi.
Mvura yakazotangavo kunaya ikauya nezvayo. Shingai
wakamborohwa nechimvuramahwe chaigwadza chaizvo. Imwe
mvura yakamboperera paari anonoka kuwana pekuvanda.
Mune mamwe mapako zvakambozoburana nemazinyoka
nezvimwe zvipuka zvakadaro, nekuda kwekuti iye akanga
ada zvekugara panzvimbo yazvo. Nzizi dzakatanga kuzara
dzikanetsa kuvambuka. Mazuva akawanda moto wainetsa
kupfutidza nekuti zvitanda zvainyorova uye kutsvaka zvaipfuta
kwainetsa. Umhutu hwakauyavo hukati haungasariririvo
kuwana chekutora paari. Zvakamuruma zvikamwa ropa
rake zhinji chaizvo. Akatomboita mamwe mazuva akawanda
achigwara ari mune kamwe kapako. Paakangosimba haana
kunonoka kufamba achiinda kwaakanga asingazivi. Kuthla
kwakanga kwapera asi shungu dzekuda kuti awane kwaigara
vanhu hadzina kumbobvira dzakapera kwaari. Chaaiziva
ndechekuti wakanga ava kure nenyika dzinoti Dangadema,
Musita uyevo dzimwe dzakaita sana Chifumi, Chiutsi,
Manjeka, Dotarehwe nedzimwe dzaiva pedo neDangadema.
Vaisitaura achiri kuDangadema vaiti kwaiva nedzimwevo
nzvimbo dzaiva kurekure kweDangadema asi Shingai akanga
asingadzizivi. Vaiti kwaitova nevamwe vanhu vaitotauravo
dzimwe mitauro dzisina aidziziva kuzhe kweve kure ikoko.
Fungwa dzake dzaingoti achasvika kune vanhu chete. Vanhu
ivavo ndivo vaizomuratidza kwaMusita uko kwaaizondofara
nambuya vake.
        Mvura yakamboita sekuvara kwemazuva akawanda.
Apa miti nebundo zvakanga zvasvibira zvekuti mhuka
dzinofura bundo dzaipembera. Akatomboyeuka mazuva
ake ekufudza mbudzi dzake. Akafunga kuti vaiva nen'ombe

nembudzi vaifara chaizvo nekuti zvipfuwo zvavo zvaikora mazuva awa. Mudondo maaifamba mhuka dzakanga dzoonekwa pakawanda nekuti pekumwa pakanga pawanda posepose. Shingai wakaramba achingofamba achiinda nedondo rake. Mumwe musi achifamba kudai, akaona chiutsi chakawanda chichikwira mudenga. Hana yake yakaita sekurova zvishoma. Zvakatomushamisa iye kuti ko sei asina kufunga zvekumhanya achiinda kwaiva nechiutsi ichi. Chakamunetsa ndechekuti chiutsi ichi chaiita sezviya zvinoita kana vanhu vachipisa mavivi emakombo avo. Zvino munguva dzemvura ino waipisa mavivi waiva munhu wakadii? Akafamba zvinyoronyoro akanangako. Ava pedo akaona kuti paiva nemisha yakawanda yakanga ichitsva matenga, zhinji dzedzimba dzacho dzakanga dzatowira matenga mukati. Mbwa dzaingomanya dzichihukura posepose. Shingai akaqhwedera pedo nemisha iyi asi haana kuona vanhu. Imwe fungwa yakati, "Shingai, pano hapana chako, furatira uvange chaizvo uchiinda kure nemusha uyu!" Asati atevedzera fungwa iyi akaona mitumbi yavanhu vakachekwa-chekwa yakazara paruvazhe gwemusha waiva pedo naye. Mitumbi yaiva yevanhurume vogavoga. Yakanga yatozara nhunzi uye imwe yacho yakanga yatozvimba. Akamurudza meso kutarira mimwe misha akaona zviri zvimwezvo. Pane mimwe misha mawanga akanga atomhara kare pamitumbi yevanhu achitonetsana nembwa. Moyo waShingai wakamira akarutsa chaizvo. Mabvi ake akapera simba akatanga kukambaira achidzokera sure. Simba richidzoka akatanga kumhanya achiinda kure nemisha iyi.

Ko chii chakanga chaitika? Haana kuziva. Shingai akanga asina kumboona chinonzi hondo asi akanga ahwa kuti hondo yaigona kuparadza nezhira yakadayi. Iyi yaifanira kuva hondo yakanga yagwiwa chaizvo kana kuti vanhu vakanga vangosvikigwa vakaparadziwa nemauto aiva nehutsinye

hukuru. Kuti ugu gwakanga guri rudzi gwevanhu vainzi
vaidhla vamwe vanhu zvekutobika muhari chaimo kwete
zvevaroyi zviya? Rudzi ugu gwainzi gwaigara kune imwe
nzvimbo guri goga. Zvechokwadi misha yakanga yoonekwa
naShingai yakanga yakavakwa zvakasiyana nedzimba dzaaiziva.
Kunyika dzaakanga ainda dzaiva nedzimba dzakada kufanana
asi dzaakanga aona pamisha yekutsva idzi, dzaiva tsva kwaari.
Kuti vanhu vakanga vaparadza misha iyi vakanga vainda
nekupi, hakuna anga achaziva. VaShingai vedu takangovanga
tichiinda chete. Takatozondofamba tava kure chaizvo. Hope
ndidzo dzakangoti kwemusi uyu dzaimbotora hadzo zororo.
Shingai akatora nguva refu achicheuka-cheuka mativi ose
achitarira kuti pamwe pane chaaizoona chichiuya kwaari kana
kuterera kuti pane zvaangahwa mumhepo. Hapana hapo
chaakaona kana kuti chaakahwa asi kuvata akakonewa.

Kuchiyedza akatangana negwendo gwake gwekutiza.
Aida kuinda kure chaizvo nemisha yehondo iyi. Muviri wake
wakamuudza kuti akanga asingachahwi zvakanaka. Mazuva
matatu apera achifamba, kugwara kwake kwakawedzera.
Mudumbu maiita semaimonewa. Hazvinavo kubetsera
kuti makore akatanga kurongedzana achisviba mudenga.
Apa nzvimbo yaaifamba yakanga isisina mapako kana
kuti pamwe pekuvanda mvura. Mvura haina kunonoka
kunaya. Yakaita zvekupurana chaizvo ichinanga pamuviri
wake. Kuti amire pasi pemuti wakathla. Waiziva kuti mheni
yaiwanza kukandirira mazai ayo pamiti iri yoga kana kuti
pazvikwenzi zvaiva mumapani. Mheni yaipota ichidzoka
pane mazai ayo yorova ipapo. Izvi yainyanya kuzviita kana
pane munhu kana kuti mhuka inenge yaiinda kundovanda
mvura pasi panzvimbo idzodzi dzaiva nematendere ayo.
Mheni yaikasira kutsamwa kana munhu aisvika pamazai ayo.
Mvura payakaita seyakambovara, Shingai akaona miti yakati
wandei iri nechekuzasi kwepaaifamba. Akafamba achiinda
ikoko ndokutanga kuhwa kushinyira kwemvura yaiyerera.

Paakasvika kumiti iyi akaona gwizi gwakakura zvaakanga asati amboona. Gwizi ugu gwakanga gwakafara chaizvo uye gune mvura zhinji. Akafamba achitevedza mujinga megwizi ugu mvura ikatanga kunaya zvakare. Panguva ino akanga ofamba zvishoma nezvishoma nemhaka yekugwara kwaaita.

Achifamba murutivi megwizi ugu, aipota achidhla chimukuyu chake, kwete kuti aihwa zhara, asi kuti atsvake simba. Musoro waitema, kana wapedza wogashidza maziso, maziso ozvikandira kudumbu. Ngwena nemvuu zvaimuona zvinenge zvaitomuhwiravo ngoni nekuti aisvika pedo nazvo zvichingomusiya akadaro. Mvura yakambovara kwezvimazuva Shingai akatomboita seohwa zviri nani. Akatogona kumbovesa moto akadziyisa muviri wake nekutombovatavo hope dzikatobata. Akavata kudai, akaita sekurota achiona mumwe mukadzi waiva nechiso chaaiita seaiziva. Akaona sekuti vakanga vari mai vake asi mai vake akanga asingavazivi. Mukadzi uyu aiva nevhudzi rakanga rakareba rakasvibira chaizvo uye rakaita mhotsi. Paaiva pose paiita kakuchena kudarika dzimwe nzvimbo dzaiva pedo naye. Mukadzi uyu akanyemwerera kwaari akati, "Ndini Muthlomo, tinewe Shingai." Apedza kudai, akangonyemwerera zvakare kwakubva anyangarika.

Shingai akanga amborota munhu wakadai mamwe mazuva akatotiwandei achiri kuDangadema asi aingozokurumidza kukangamwa nezvake kana mukadzi wacho angoinda. Kazhinji paairota mukadzi uyu paingozoitika zvimwe zvinhu zvikuru asi chainetsa ndechekuti aingozomuyeuka nguva yekurota chete. Kuti abatanidze hope nezvinenge zvaitika zvaitomurambira.

Hazvina kuzotora nguva yakanyanya kureba asati amutsiwa nemvura yakawanda payakanga yonaya zvakare. Akamuka akatanga kufamba achidzika nemujinga megwizi guya. Kugwara kwakadzoka kwanyanyisa. Meso ake akaita seakanga asingachaoni apa achiita sekuti aitsimbirigwa

mukati achipfanyiwa nezvigumwe. Akasvika kwakubondera
pane mumwe muti, ndiye pasi dhii, mumachakwi emvura
yainaya imomo. Akavata akatarira mudenga. Mucheka wake
waiva muchiuno wakanga wava rise rani zvaro. Iko kusviba,
nda dzakanga dzotogwirana pekugara mumusoro make
nemunzvimbo dzakavigika dzake. Shingai akaona kuti akanga
amboshinga chaizvo asi hupenyu hwake hwakanga hwagumira
panzvimbo iyi. Chekugwira akanga asingachachioni.

Kwaari vadzimu vakanga vaona kuti nguva yake yekuti
achivavhakachira kuti vagare vose zvamuchose yakanga
yasvika. Zvishoma nezvishoma akahwa simba rake richipera,
ndiye zi-i, muromo wakangoshama kudero.

Chitsauko 7

Boka remauto nenhapwa dzaro raiva mberi kwaShingai. Parakasvika pedo neDzivarenjuzi, mauto akavaka musasa kuti ivo nenhapwa dzavo vawane kuzorora. Pavaizobva pamusasa uyu, vaizofamba chaizvo kuti vasvike paisongana nzizi mbiri huru, Nyanjuzi naManyoka, panova ndipo pavaivambuka kuti vainde kunyika yekwavo kuMagocha. Mvura yainaya yakanga yavarova ikaperera pamiviri yavo. Payakavara ndipo pavakavesa zvoto kuti vanhu vawane kudziya nekubika. Vana nevamwe vakuru vaikurumidza kuhwa zhara vakanga vatotambura nezhara.

Umwe wemauto makuru aiva muboka iri ainzi Magodo akafamba-famba achiinda kure nemusasa kuti ambondozvibetsera hake pedo negwizi. Apa kuzhe kwakanga kwachena, zuva richangobuda. Mudenga makanga musina kana kakore zvako uye kwakanga kusina mhepo yaivhuvhuta. Magodo akatonona achiita zvake basa, panguva imwe iyoyo achisvuta fodhla yake yomumhino. Akatonona kudaro akatanga kukanda meso ake munaManyoka ugo gwaishinyira nekuda kwekuzara nemvura yaiyerera. Akatarira mukati megwizi achingoyeva mvura yaiyerera ichikukuzva zvakasiyana-siyana. Dzimwe nguva mazitanda makuru aikwekweredzwa, dzimwe nguva kwaidarika iri miti chaiyo mumvura imomo. Dzimwevo nguva kwaidarika dzimwe mhuka dzakafa dzichiyeredzwa. Magodo akatofunga kuti ngwena dzaiva pamabiko chaiwo mazuva iwawa nekuda kwekuwanda kwemhuka dzaiyeredzwa nemvura. Fungwa dzake dzaimbomutora kuinda naye mberi, achizviona iye nemamwe mauto ake makuru vachikorokotedzwa naMambo Rubonga pakugona kundotapa chinyika chomudondo; Chemhindo. Akarivara kudaro, meso ake akadzoka kumhenderekedzo kwegwizi kudivi raakanga ari zvishoma nezvishoma akazomira pane chimwe chinhu chakamushamisa nekutoda kumuvhundusa.

Meso ake akanga atarira mutumbi waiita sewemwana muduku wakanga uri pedopedo naye. Akatanga kusvoda kuti akanga abatwa nemwana uyu achizvibetsera. Uto rakatanha mashizha chinyararire ndokuzvitsvaira risati ramuruka. Rakazomuruka zvekukasira richida kuvhundusira mwana uya, wanei mwana wacho akangoti zii. Fungwa yekutanga yakati mumwe wevana vavakanga vatapa wakanga afa asi pakutarisisa rakazoona kuti kwete, handizvopi. Chikomana chaiva apa chakanga chakasiyana nevana vemuChemhindo kana kuti vana vaaiziva vekunyika dzekwavo. Muviri wake wakanga usina kana nyora imwe zvayo kuzhe kwemavanga chaiwo. Izvi zvakamuvhundusa. Akaqhwedera pedo akaona kuti chikomana chakanga chichifemera zviri kurekure. Akambofunga kuti angosiya zvakadero, zvikamunetsa. Ko sei iye ariye akanga aoona mwana uyu? Nzvimbo yaakanga ari yakanga isina kunaka. Vakanga vari pedo chaizvo nenzvimbo yaiyera fani. Mudziva renjuzi maizihwa nemashiripiti akawanda. Vazhinji vainzi vakapereramo pavakadaniwa nenjuzi vakadzidavira.

Izvi zvekunyangarisigwa mumadziva akadai zvaiwanza kuitwa kunyanya kune vaya vaiva vambodadira vadzimu vavo. Asizve, vamwe vainzi vakazotevegwa nefuma yakawanda chose napamusoro pekudigwa mvura kana kukandigwa jecha nezvimwevo zvakadaro kubva mumvura nenjuzi. Achizvinzvera mumoyo make, Magodo akaona kuti hapana chaakanga aita chaigona kuti apokane nevadzimu vake naizvozvo zvekuthla njuzi zvakanga zvisina kunyanya paari. Chakamuti netsei ndechekuti chero vaiva pedo neDzivarenjuzi, pakanga pane chinhambo nepaakanga ari panguva ino. Akangozoti hake hapana akanga achiziva paiva neruzhowa gwairambidza njuzi kubuda mudziva radzo dzichimboshambira hadzo negwizi.

Magodo akafunga hope dzaakanga amborota

kwemazuva mazhinji. Pahope idzi, airota achishambira mumvura yakazara manyoka evanhu akawanda chaizvo. Chero airema zvakadii, aizongopedzisira achingokunda kubuda mumanyoka acho. Hope idzi dzakanga dzamushupa kwazvo kusvika ainda kune vanhu vaigona kududzira hope mazuva iwawo. Akaona vanhu vanomwe, vashanu vakamuudza zvakafanana. Vakamuudza kuti kurota svina yemunhu chinhu chakanga chakanaka nekuti zvaireva kuti aizoita rombo rakanaka munguva dzaizotevera. Fuma yaizoita zvekuyerera ichiuya mumba make. Chete chainetsa ndechekuti hapana aimuudza kuti fuma yacho yaizouya kana zvaita sei, kana kuti yaizouya yakaita sei. Iye akanga angoti aizozviona kana payaizosvikira.

Achiona Shingai akavata kudai akabva azviudza kuti chikomana ichi chakanga chakandwa nenjuzi kubva pasipasi pemadziva kuti iye azochitora chigozomupa fuma huru. Pakasvika fungwa idzi Magodo haana kuzononoka kumurudza Shingai achiinda naye kumusasa kwaiva nevamwe. Akasvika achidana vamwe vakuru vaakanga anavo ndokuvarondedzera zvaakanga aitigwa nevadzimu vake. Pakamboita sekamukarirano vamwe vachiti zvakanga zvakanaka kuti amutore, asi vamwe vachiti akanga avakuda kuzvitorera ngozi yaakanga asingazivi kwayaibva nako. Vazhinji vakatora fungwa iyi kunyanya pavaihwa Shingai achitaura oga nemutauro usina waiuziva kana kuuhwa. Izvozvi Shingai wacho waipupira furo mumuromo achingopfiza-pfiza kubva zvaakanga aqhwededzwa pedo nemoto. Magodo akaramba akaruma rushaya akavaudza kuti kana pane vaizoramba kuti amuchengete, zvaitozorambwa nevakuru vekuMagocha, kwete vamwe vake vaaiva navo. Vose vakazonyarara vakamusiya naShingai wake. Rimwe uto ndiro rakazoti, "Magodo, mwana wako uyu anenge ari kuhwa nyon'o uyu. Rega ndimubetsere uone." Uto iri rakatora rumbuqhwa gunyoro ndokukushamisa Shingai muromo. Uto rakabva

ratekenyedza zvidikwadikwa zvaShingai nerumbuqhwa guya.
Ipapo Shingai wakarutsa nyon'o yakawanda chose, imwe
ichibudavo neseri. Vanhu vakavhunduka vachibudira. Shingai
wakasvunura ndokumuka achivhundukavo. Chakanyanya
kumuvhundusa kuona zviso zvevanhu vakawanda
zvakamutarira. Pakunyatsotarira akaona kuti vanhu vakadai
akanga asati ambovaona kana kuhwa nezvavo muhupenyu
hwake hwose. Zvavaitaura haana chero shoko rimwe raaihwa.
Iye paakataura achivavhunza mufaro zvetsika vakangotarirana
vakatanga kutaura zvaakanga asingahwi zvakare. Miviri
yavo yakanga yakanyogwa-nyogwa zvakasiyana-siyana pane
nzvimbo zhinji. Vazhinji vavo vaiva nevhudzi rakasvibira
rakareba. Shingai akatanga kuhuta. Akaona kuti pavanhu ava
paiva nemauto akati wandei.

Magodo akamutora akamudira mvura
ndokuzomugezesa. Shingai hapana chaaigona kuita kuti atize
kana kutaura. Akazama kutsvaka mufungwa dzake kuti akanga
ari papi uye akanga asvika panzvimbo yakadai sei. Achipedza
kugezesewa akadzosegwa pedo nemoto. Akapuhwa bota
rakanga rakaita masvusvu akaridhla nekukasira. Apa meso
evanhu vaiva vakamuunganira akanga akangodzvondora
paari. Achipedza kudhla akatanga kuhwa hope zvakare.
Paakatanga kuvhara meso akaona mukati mevanhu vaiva
vakamutarira mune mukadzi uya, Muthlomo. Muthlomo
akatanga kumusekerera achibudira zvishoma nezvishoma
kubva muvanhu achiinda. Pari zvino akanga afanana nevanhu
ava. Shingai akada kumudanidzira asi simba akarishaiwa.
Muthlomo achinyangarika, Shingai achivharavo meso ake.

Paakamuka akapuwa imwe mvura yaiva nemidzi
yaakanga asingazivi asi akangoimwa. Mvura iyi yakaita kuti
Shingai arutse nyon'o zvakare. Achipedza kurutsa akatanga
kuhwa zviri nani. Vanhu vakazama kumutaudza asi havana
kuhwanana naye. Magodo akatarira Shingai mumaziso iye
Shingai akatariravo Magodo. Vakatarirana kwekanguva

vakaonana mukati mehana chaimo vakawirirana. Shingai
akazviona kuti pakanga pasina dambudziko kuti agare
pakati pevanhu ava. Chero kana vaironga zvekumuuraya
kana kumubata senhapwa, zvakanga zvisina basa sezvo iye
akanga asingachazivi kuti waibva kupi kana kuti akanga asvika
munzvimbo iyi sei. Akazama kufunga chaizvo kuti akanga
asvika panzvimbo iyi riini uye nemhaka yei asi fungwa dzake
dzakaramba kumubetsera.

Chitsauko 8

Dare raMambo Rubonga rakanga riine makurukota gumi nerimwe. Makurukota awa aizihwa sekuti Dare Revachenjeri Gumi Neumwe. Munyika yeMagocha maiva nematunhu gumi nerimwe, naizvozvo vachenjeri ava vaiva masadunhu kana kuti madzishe aimirira matunhu gumi nerimwe awa. Dunhu rimwe nerimwe raishara murume akanga ane hungwaru hwaitendegwana nevanhu vakawanda vemudunhu iroro kuti avamirire sashe kudare guru rekwamambo.

Madzitateguru enyika yeMagocha vakanga varonga kuti nyika yavo iganhugwe kuita matunhu gumi nerimwe uye kuti dare ramambo rive nemakurukota gumi neumwe. Izvi vaizviitira kuti panyaya dzose dzaisunga nyika yavo kana paitiwa mukarirano, poitiwa sarudzo. Sarudzo iyi yaiva isingakwanisi kuti vanotsigira mitongo vaite huwandu hwakafanana. Kana paitoita mangange zvaitoreva kuti vamwe vaiita vatanhatu vamwe vari vashanu, zvichireva kuti mutongo wemakurukota matanhatu ndiwo waizokurudzigwa kuti mambo ateme. Chero zvakadai, mambo waigona hake kuzopa mutongo wake uyo wakanga usina anopikisa. Simba ramambo raiva guru chaizvo. Nguva zhinji mambo aingoita zvaiva zvabuda kumakurukota ake. Pedo nemusha wamambo murusvingo, paiva nedzimwe misha miduku miviri. Misha iyi yaigara makurukota aiva ari pajana rekuva pedo namambo mazuva iwawo, sezvo nguva dzogadzoga mambo aifanira kugara ane makurukota maviri pedo naye kuti vamhanyise nyaya nemhere-mhere dzaigona kukaruka dzabuda dzichida kukasira kugadziriswa.

Nyaya dzakawanda dzairongwa kana kuperera padare raiva pasi pezimushavhi ziguru raiva nemashizha aigara akasvibira nguva dzose. Izvi zvaireva kuti chigaro chamambo chaigara chiri pamumvuri nguva dzose. Zvigaro zvemamwe makurukota zvaizoita sekutenderera chigaro chamambo, zvitanhatu kune rimwe divi; zvishanu kune rimwe racho. Kana waitarira kumira kwazvo ari mudenga waiona kuti zvaitora chimiro chemwedzi uchangogara. Vanenge vakokwa kudare vaizogara rimwe divi racho vakatarira chigaro chamambo uyevo zvigaro zvemamwe makurukota ose. Nzvimbo iyi yaigara yakachena kwazvo uye paigara pane mauto aitenderera anokwana mana panguva imwe chete. Vanhu vose, kuzhe kwemauto awa nemakurukota, vakanga vasingatendegwi kupinda mudare vane zvombo zvavo. Zvombo zvaisiiwa nechepasi vasati vatanga kukwira zvimanera zvemahwe zvaivapo, nekuti panzvimbo iyi paiva pakaita pamusoro.

Chero zvake Shingai akanga asingachayeuki kuti akanga akabva kupi, akaona kuti padare pamambo wemuMagocha pakanga pakarongeka zvakachenjera uye zvaiyevedza kuona. Iye naMagodo vakanga vakagara pakati pedariro vakatarira kunamambo nemakurukota ake. Mambo Rubonga akanga akapfeka ngundu yaiva yakagadzigwa neminhenga yehanga. Ngundu yacho yaiwanavo pamwe paiva nemanhenga edzimwe shiri dzaiva nemavara machena nematema. Pakati payo, nechepahuma paiva nemihwa mitatu yenungu. Manhenga nemihwa iyi zvaiva zvakabatanidziwa nerukusha gwaiva gwakagadzigwa nemuqhwe wengwe. Muviri wake wakanga wakaputigwa nedehwe rengwe, iro raizoita sekunongana nengundu yake. Sure kwake kwaiva nemauto maviri akanga akagwinya chaizvo. Mauto awa aivhundusa kuatarira. Shingai aiona sekuti maziso awo aiyerera ropa kuri kutsvuka kwawo. Vanhu vaiva padare apa vakanga vakasunga zviso sevanhu vaiva pamariro. Mambo Rubonga akanga ari murume wakasimba chaizvo pachimiro. Akanga asingawanzi mashoko padare. Madzishe ake ndiwo ainyanya kuvhunza mivhunzo nekutaura pakawanda-wanda. Musi wekutanga Shingai haana kana kutombohwa hwi raMambo Rubonga.

Magodo akanzi ataure nyaya yake akatanga

kurondedzera. Shingai hapana kana chaaihwa asi aiizviona
kuti vanhu ava vaitaura pamusoro pake. Magodo
akarondedzera kupuhwa kwaakanga aita mwana uyu nevagari
vemunaManyoka. Makurukokota akatora nguva refu
vachivhunza Magodo mivhunzo yakawanda-wanda. Shingai
naMagodo vakanzi vambodzokera kumba vozouya kwapera
mazuva matatu. Izvi Dare Revachenjeri Gumi Neumwe
rakaitira kuti riwane nguva yakati wandei yekudzeya nyaya
yaShingai.

Magodo wakadzokera kumba kwake naShingai.
Magodo waiva nevana vatanhatu, vaviri vari vakomana.
Mukomana mukuru akanga abuda mugota kare saka Shingai
akagara nemuduku wacho ainzi Kurauone. Kurauone
akanga ari mukuru kuna Shingai nemakore aikwana matatu.
Zvaaitaura Shingai akanga asingazvihwi asi airatidza kuti
akanga akasununguka moyo wake. Mukadzi waMagodo
haanavo kuita nharo kuti murume wake wakanga auya
nemunhu waiva asingahwisisiki zvakadaro nemhaka yei.

Pakapera mazuva matatu Magodo, Shingai nevamwe
vemumhuri yaMagodo vakadzokera kudare. Vakavhunziwa
kuti vakanga vabvuma here kuti Shingai agare mumusha
mavo. Vemhuri yaMagodo vakati vakanga vazvigashira
zvakanaka chaizvo uye vakanga vasingaoni chakashata pakuti
Shingai agare ari pamba pavo sezvo dzimwe mhuri zhinji
dzakanga dzichigara nevatogwa nenhapwa dzaipambwa
kuhondo dzakawanda-wanda pasina matambudziko.
Mamwe makurukota matatu aidzungudza misoro asi vamwe
vaisaratidza kubatikana nazvo.

Rimwe gurukota rainzi VaGondo ndiro rakazosimuka
roti,
"Vechivara, nyaya yatinayo pano haina kunyanya kushata.
Ndingati haina kana kutomboshata zvachose. Mukatarira
vazhinji vedu tine vatogwa vakawanda chaizvo vatinogara
navo vachitibetsera mabasa pamisha yedu. Tinozviziva tose

kuti vakuru vedu vakati, 'Aita yake ihombarume.' Kana Magodo akazvigokera ngozi pakuuya nemwana uyu mumusha make, bva ndezvake. Ngozi yakangwara, inotevera uyo wakaisvosva, yoronda ropa rake ichiradzika mitumbi yehama dzake. Kana vadzimu vake vakamukandira mwana uyu mberi kwake, ko isu tiri vanani kuti timurambidze kumuchengeta? Chatingatokumbira kuti iye Magodo apote achizivisa dare rino kuti mwana uyu ari kukura sei uye kuti agare akasvunura. Tichaona kana chikomana ichi chava kugona kutaura mutauro wedu kuti chakabva nepi chaizvo. Naizvozvo tinoti Magodo uchengete mwana uyu asi uzive kuti mwana wacho wakasiyana nesu zvikuru. Midzimu yake haiko kuno."

Vanhu vakauchira maoko, VaGondo vachigara pasi. Mambo Rubonga akangogutsirira musoro wake akatarira Shingai, kwakuzokorokotedza hake Magodo pabasa raakanga aita nemamwe mauto ebato rake pakupamba Chemhindo.

Dare rakapera vamwe vanhu vakakorokotedza Magodo nekupuwa mwana nenjuzi vachiinda kudzimba dzavo.

Chitsauko 9

Shingai wakatanga nekuziva mazita evanhu vakawanda, kutanga neve mumusha maMagodo achizoinda kune evavakidzani vavo nevamwe vanhu vakuru vemuMagocha. Chero paakatanga kuhwa mashoko akati wandei, akanonoka kuratidza vanhu kuti akanga ava kuhwa zvavaitaura. Vanhu vaimureva iye aripo achiita seasingazvihwi zvake. Izvi zvakatombomunakidza chaizvo nekuti akahwa zvaifunga vanhu pamusoro pake ivo vasingazivi kuti akanga ava kuvahwa.

Mazuva ekutanga vanhu vakawanda vaimuthla, vamwe vachimuvenga. Vamwe vaiti aiva mwana wemhepo huru yakanga yatumwa kuzoparadza nyika yeMagocha yose. Vamwe vaiti aiva mwana wevaroyi vakuru vaibva kure uye akanga arashigwa kuti uyo aizomunonga atore munyama mukuru. Vana vezera rake vaitsauka kupinda mudondo chaimo kana pavaisongana naye achifamba. Kumutendeka nechigumwe zvakanga zvakafanana nekutendeka guva. Umwe mukomana ainzi zvikumwe zvake zvakafonyoka musure mekunge atendeka Shingai. Vamwe vaiti mumvuri wake waigona kutotanga moto kana aidarika nepane uqhwa hwakaoma.

Shingai asati atanga kutaura mutauro wevanhu vekuMagocha, vanasikana vaviri vaMagodo vakaroogwa nemurume mumwe chete panguva imwe. Murume uyu akanga ari mwana wamambo wekuMagondo. Akabvisa fuma yakawanda chaizvo, yaisanganisira n'ombe, mbudzi, makwai uyevo ngoda dzakawanda-wanda. Akauya nematehwe emhuka dzakawanda akatsetseka zvekuti Mai Magodo vakambochena zvisingabvviri mazuva iwawo. Nyaya iyi yakafamba mumatunhu ose emuMagocha. Vanhu havana kunonoka kutaura kuti izvi zvakanga zvakonzegwa naShingai. Vanhu vaingoti, "Chikomana chiya chatanga basa racho zvino." Nenguva isipi Shingai wakashanduka kubva mukuva mwana wemhepo dzesvina kuva mwana akanga abva kuvadzimu chaiko. Vanhu vakatanga kumudavo zvakanyanya. Vaisangana naye vaitoda kuti vamumhorose muruoko chaimo. Izvi vaizviitira kuti vanombore rombo rakanaka kubva paari. Vakuru navadoko vakatogwa moyo nemwana uyu.

VaKanisiyo, muvakidzani waMagodo vakarumwa nengwena gumbo rikabva nepabvi pavaifamba vachitevedza Manyoka pedo neDzivarenjuzu. Zvainzi VaKanisiyo vakanga vava nemazuva akawanda vachinetsewa nemudzimai wavo kuti vaite zvaiitwa nevamwe varume. VaKanisiyo vakatozoita rombo rakanaka kuti mbwa dzavo dzakagona kuronda pavakanga vafamba napo vakatozoyamugwa nevazukuru vavo, avo vakavatora vakainda navo kwagodobori. Godobori uyu akakwanisa kuvazora mishonga yakaita kuti ronda ravo riome nekukurumidza. Ronda rakaoma haro asi VaKanisiyo vakatozopedzisira vofamba nemadondoro.

Shingai wakakura akatanga kugona kutaura mutauro wevanhu vemuMagocha. Akatanga kudzidza zvakawanda zvenyika iyi. Rimwe zuva, Magodo achirima mumunda make, akakaruka arova nebadza rake, rimwe hwe raiita seruware rikaputika ndokutanga kubuda mvura yakawanda isingamiri. Izvi zvakamushamisa chaizvo. Shingai akamuudza kuti akanga akambohwa kuti kune dzimwe nzvimbo dzainetsa mvura, vanhu vaiita zvokudiridza zvirimwa zvavo, naizvozvo iye Magodo aizogona kudiridza mbeu dzake nemvura iyi akatoyibvisa vamwe vose vasati. Magodo akaona iyi iri fungwa yakanaka akatanga kugadzirira zvekuti ashandise mvura iyi kudiridza mumunda make.

Nyaya yemunda waiva nezvirimwa zvakakura uye zvakasvibira mvura isati yanaya yakafamba muMagocha ikatopfuura kuinda chero kune dzimwe nyika. Vanhu vakafamba vachiinda kwaMagodo kundoona shura rakadai. Vazhinji vakaita godo guru kwazvo vakataura zvedivisi raMagodo. Hama dzake dzaikumbira kuti Shingai avashanyirevo kwekanguva kaduku zvako asi Magodo akanga asingabvumi zvakadaro.

Haana hake kuzonyanya kugara nemufaro wake nekuti rimwe remazuva iwawo, mauto maviri akauya pamba pake kuzotora Shingai nekuti aidiwa kwamambo. Magodo akada kugadzirira kuti ainde nemwana wake asi mauto akamurambidza. Shingai akatarira Magodo mumeso akatanga kudonhesa misodzi.

"Nyarara zvako mwana wangu, unodzoka iyezvino. Mambo Rubonga munhu akanaka chose. Pane zvavanoda kukuvhunza chete," akadero Magodo. Mashoko awa haana kudzima kugwadziwa kwaShingai. Mukomana akazvidhla moyo kuti kana pakanga pasina nyaya, ko sei akanga adaniwa namambo? Mambo vakanga vasiri pwere saka vaigoda chii kwaari, murandavo zvake? Magodo akanga amuchengeta zvakanaka zvokuti akanga otohwa kuti ari pamusha pevabereki vake chaivo. Ko sei iye aihwa sekuti akanga asingachadzoki kuzogara naMagodo idzo nhume dzakangotaura kuti iye chete ndiye aida kuonekwa namambo? Moyo wake wakamuudza kuti pane zvakanga zvisina kumira zvakanaka.

Vachisvika kumuzinda kwamambo, Shingai akaudzwa kuti aizogara namai vakuru, kubvira mukadzi mukuru waMambo Rubonga. Rubonga aiva nevakadzi vashanu. Dzimba dzevakadzi ava dzaiva dzakapoterera imba yake huru. Mukadzi mukuru ainzi Mai Tongai uye dzimba dzavo ndidzo dzakanga dzakatsamirana nehozi yamambo. Vana vavo vakanga vakura, kuzhe kwaMasimba, uyo aiva zera raShingai. Mamwe madzimai amambo aiva navana vakomana navasikana vaduku kuna Shingai. Shingai akasvika achigara mumba maMai Tongai. Mai Tongai vakamubatavo zvakanaka chaizvo uye pasina nguva huru, Shingai naMasimba vakaita hushamwari hukuru.

Kwakanga kusina basa ravainzi vaite sevana vamambo kuzhe kwekungodzidziswa zvakawanda nemauto akasiyana-

siyana. Shingai akatanga achithla uye asingavimbi nevanhu
vose vemumusha maRubonga asi nekufamba kwemazuva
akatanga kusununguka uye kutonakidzwa nehupenyu
hwekuhushe. Zvokudhla zvakanga zvisiri zvenhamo pamusha
apa. Kana iri nyama yemhuka vaingodhla yedzichangourawa
uye ichiri nyoro. Vaitoita zvekushara kuti vaida kudhla nyama
ipi. Kwaitova nemapoka aigara achivhimira mambo nemhuri
yavo nyama yavaishuvira kudhla.

Mangwanani nemanheru ogaoga kana mambo varipo,
Shingai naMasimba vaiinda kundovamutsa kana kuvaqhwedza.
Mambo vakanga vasina nyaya dzakawanda navo. KunaShingai
havana kumbonyanya kutaura naye. Vakangomudana rimwe
ramazuva iwawo vakamuti,

"Ini zvengoda kana kuti n'ombe handinei nazvo, ndakakwana
kare. Chandinoda kuti simba rangu riwedzere ndiwisire nyika
dzose pasi, wazvihwa?"

Shingai akangoti,

"Zviri muzheve mambo wangu." Kuti azive kuti zvairevei,
haana kumbovhunza. Chaaitoreva pamhinduro yake kuti
akanga ahwa mahwi amambo ose, asi kuti iye aifanira kuiita
chii, zvaiva kure naye. Iye Rubonga waizviziva. Mufungwa
dzake akanga asingatauri naShingai asi kuti aitaura nezvakanga
zviri panaShingai. Chero zvake aiva asingazvitaridzi, vaitaura
vaiti Rubonga waiva negodo sere munhukadzi. Vazhinji
vakanga vachifunga kuti nyaya yaShingai yaiva kure naye
kubva zvakanga zvaitiwa matare ekuongorora nyaya yake
asi vakanga vakarashika. Rubonga aiva nechipo chekugona
kuviga zvaiva kutsi kwemoyo wake. Aigona kusekerera
munhu chaizvo nekutomuitira zvakanaka asi achitoronga
zvekutomuuraya nguva imwe chete iyoyo. Nemhaka iyi
murume uyu akanga asingadi zvekutarirana nemunhu
mumeso. Mazuva aakagadziwa pachigaro chohumambo hwake
ndiwo aakaisa mutemo wekuti hapana munhu waibvumigwa
kutarirana namambo mboni nemboni. Nyaya yakanga

yamubata panaShingai kubva musi wekutanga Magodo
achitaura nyaya yake padare ndeyekuti Magodo aitenda
kuti Shingai aizouyisa maropafadzo mumusha make kana
aizotendegwa kugara naye. Kubva musi uyu, Rubonga aigara
zheve yake yakamira mumhepo ichigashira zvaiitika kuna
Shingai naMagodo wacho. Zvemvura yakabuda mumunda
waMagodo zvakazosara kusvika iye atoronga kare kuti Shingai
aizofanira kuuya kuzogara mumusha make. Izvi zvakaitika
Shingai ava nemakore gumi.

Kana gava rikanyangira rikabata mhuka yaro rikatanga
kuidhla, riripakati pakasvika shumba, shumba inongoomba
yosvika ichitanga kudhla mhuka iya. Gava rinobudira
kure, romira kwakadaro rakatarira. Mumoyo maro rinenge
richingodemba kuti dai shumba yasiya nyama yaro. Shumba
inogona kudhla kusvika yapedza, gava richingogwadziwa
rakatarira. Izvi ndizvo zvakaitiwa kunaMagodo. Kubva
zvakatogwa Shingai naRubonga, Magodo haana kukwanisa
kuti ataure naShingai wacho kana kumuvhunza kuti hupenyu
hwake hwakanga hwakadii. Akamirira kwemazuva nemakore
akawanda achiti mwana wake achadzosewa namambo, asi
hazvina kuitika. Vana vamambo vakanga vasingataugwi navo
posepose, kunyanya nevanhu vakuru. Shingai naMagodo
vaingoonana mazuva emisangano yaiitiwa pamuzinda
waRubonga asi vakanga vasingakwanisi kutaura vose kana
kumhorosana nemaoko chaiko. Musi wekutanga kuonana,
Shingai akamhanya achiinda kunaMagodo asi akakaruka
abatwa noruoko gune simba nerimwe uto. Magodo
akakurumidza kuziva kuti haaifanira kana kutombovhunza
kana kukumbira kuti aone Shingai chaiko. Aiva uto
rakachenjerera. Mamwe mazuva avaizoonana Magodo
aingobvumira nemusoro achiufambisa zvishoma nezvishoma.
Shingai waiisa ruoko gwake gworudhli pachifuva pake
oramba akabatapo. Izvi aizviitira kuratidza rukudzo, kutenda
nechishuvo chake kuti ave nababa vake vakanga vamuratidza

hupenyu norudo muhupenyu hwake.

Chitsauko 10

Shingai naMasimba vachisvitsa makore gumi nematatu vakatanga kubvumigwa kufamba-famba vachiinda nzvimbo dzaiva kure vari voga. Vainzi vakanga vava vakomana vakuru uye paizopera mamwe makore maviri, vaizoinda kundodzidzisiwa kuva varume vakuru. Vaizoinda ivo nevamwe vakomana vezera ravo. Izvi zvakavanakidza chaizvo. Vaifamba vachindovhima uye kumema nzvimbo yohumambo hwemuMagocha. Kwavaiinda kose vaifamba vakapfeka matehwe aiyevedza vazhinji. Munyika yeMagocha, mhuri yekwamambo ndiyo yoga yaitendegwa kupfeka matehwe engwe. Shingai akanga asingapfeki matehwe engwe asi aipfeka ematindingwe. Musiyano wematehwe awa wakanga usina kunyanya asi waitovapo. Matehwe ematindingwe aipfekwa nevepedo nohushe, vakaita sevazukuru, vana vevanasikana vekwaMupingamhuru. Matehwe avaipfeka aigadzigwa nenyanzvi chaidzo achitakwa-takwa nekunyikwa mumvura dzaiva nemiti yakasiyana-siyana kusvika ava micheka yakatsetseka kwazvo. Mumuzinda waMambo Rubonga basa rekugadzira matehwe raiitiwa nevarume vana vaingogarira izvozvo chete. Varume ava vaitoziva mazera emhuka dzavaida kuti ashandisiwe pakugadzira nhumbi dzemhuri yamambo. Pamazuva awa, hufumi hwemunhu hwaionekwa nemapfekere aaiita. Vaiwana zvakawanda vaionekwa nekupfeka micheka yakatsetseka uye yaihwinya. Vaiva neshuku vaingozoonekwavo nekupfeka matehwe embudzi kana kuti edzimwe mhuka dzemumisha akanga asinganyanyi kuyevedza.

Paifamba vanaMasimba, nedzimwe hama dzamambo dzepedopedo muzhira, vanhu voruzhinji vaifanira kuti kana vakasongana navo, vobuda muzhira yacho nekukasira vobva vogwadama. Izvi zvakanga zvisinei kuti munhukadzi here kana kuti murume, munhu wose waigwadama otsikitsira kusvika vohushe vadarika havo. Chero munhu

akanga akasenga zvairema sei aitofanira kugwadama chete.
Harahwa nechembere chaidzo vaitotevedzeravo mutemo
uyu. Mazuva ekutanga Shingai naMasimba vaifamba
vachitevegwa nemauto maviri ari nechekure asi pakapera
mwedzi yakati wandei, vakatanga kuregwa vachifamba
voga havo. Vaizongoperekedzwa kana pavaida kufamba
vachibuda mumatunhu emuMagocha chete. Ivo havo vakanga
vasingadivo zvekubuda muMagocha nekuti vaiziva kuti
vavengi vakanga vakawanda chaizvo kuzhe uko.

Mumwe musi Masimba akaudza Shingai nyaya
yakamunetsa. Akataura nyaya iyi vachifamba havo akati,
"Nhaiwe Shingi, unozvionavo sei zvinoitwa nababa
zvekusaguta vakadzi izvi?" Shingai akaseka, asi kuseka kwacho
kwaiva kuya kunoratidza kuti munhu amanikidzika nenyaya
inenge yapinda mudariro. Akapindura achiti,
"Ko iwe wakazvidzidza kupi kuti nyaya dzepanoda moyo
wababa dzinotaugwa? Hauzivi here kuti isu vana tinofanira
kupofomara nekuita matsi panyaya dzakadai?"
"Aa-a iwe, hauoni here kuti isu tisu tinobaika nekusvoda
nenyaya dzakadai? Iyezvino zviri kutonzi baba vanoda kuwana
mumwe mukadzi wechitanhatu asi mainini vaduku vachine
chimwana chimwe chichiri pamaoko chaipo. Handiti ndiko
kuzvifumura kunoita munhu mukuru ikoko?"
Shingai akashaiwa mhinduro. Idzi inyaya dzakanga
dzisingasimbomubati kana. Akanga asingatodi nezvekutaura
pamusoro pazvo zvachose. Akazongogona kuvhunza achiti,
"Ko iye mukadzi wacho wavari kuda kuwana ndewekupi,
tinomuziva here uye iwe wakahwa nani zvandisina kumbohwa
ini?"
"Uyuzve uyu, mwana waMadhlira anezera nesu uyu, kwai
ani zviya zita rake... aa-a, riri kunditiza kani... uyu," akadaro
Masimba. Shingai akamugamha achiti
"Haurevi Ndakaziva here-"
"Ehezve. Ndaka iyeye ndiye chaiye shamwari. Pafunge."

Shingai akaseka akati Masimba aireva nhema chete. Akaramba achivhunza kuti akanga azvihwa nani izvozvo. Masimba akazomuudza kuti akanga ahwa mai vavo Mai Tongai naMai Simbai, mukadzi wamambo wechitatu vachitaurirana, asi vaiti pane zvinenge zvaida kunetsa panyaya yacho nekuti Madhlira akanga akagashira ngoda neimwe n'ombe kare, Ndakaziva achiri mudoko kubva kune mumwe murume aigara munyika yekuMachera.

"Aa-a, inga zvakaoma. Ummmn, yaa, pane nyaya wena. Asi Ndaka achiri mwana mudukuka uya. Hazvingaiti kuti aroogwe kana," Shingai akadaro achidzungudza musoro.

"Vana mai vaitoti Ndaka wacho achine mukaka pamhino asi ivo hapana zvavangaita nekuti kana mambo ada chinhu, hapana anomurambidza. Vaiti vaizoronga zvekutombondoudza bamunini Vandirai kuti pamwe vangagona kutaura navo."

Zvekuna bamunini Vandirai zvainetsa nekuti vakanga vasingahwisisikwi. Nyaya dzemumhuri vakanga vasinganyanyi kuda kudzipindira. Vandirai akanga ari munun'una waMambo Rubonga, mwana wababa asi madzimai avo akanga akasiyana. Kuti madzimai amambo vafunge zvekundoudza hazvanzi dzamambo vakanga vaona zvichinetsa. Ukuvo hazvanzi dzacho hapana zvadzaigona kutaura panyaya dzakadai uye chero dai dzaizama, hapana waivaterera. Kana pakanga pasvika panyaya dzevakadzi vaidiwa naRubonga hapana aigona kutaura achiita sekusvora kana kumupikisa. Idzi inyaya dzaaipedza oga zvake.

Nyaya yamambo yekuda kuroora Ndakaziva yakagara muhana maShingai kwenguva yakareba chaizvo. Achitarira vakadzi vamambo, vazhinji vavo vakanga vasina chaishoreka pamiviri yavo kuda kuzhe kwaMai Chipo, mukadzi waRubonga wechina uyo wakanga akashata uso zvaivhundusa. Vakawanda vaiti vaishaya kuti, "DzaRubonga dzakanga dzatamba nevana here," paakamutora. Akazvivhunza mufungwa kuti ko kusagutsikana kwaibva kupi uye kuti akanga achazomira zvekutora vamwe vakadzi riini. Chimwe chinhu chaimunetsa ndechekuti vakadzi vamambo vaiita sekuti vaingovapo kuti vamuberekere vana nekuti Rubonga akanga asina nyaya nevakadzi vake kana. Zvino kana aizotorazve Ndakaziva iye Ndakaziva wacho achiri muduku kudai, zvaitoreva hazvo kuti hupenyu hwake hwaitoperera ipapozve. Zvose izvi kwaari Shingai zvaiita sehutsinye. Zvaimuitira senyoka iya inoruma nekuuraya zvaisingazodhli. Kufunga izvi kwaitomuvhundusa nekuti aihwa sekuti Rubonga aigara naye mufungwa dzake uye aizomuranga chaizvo nokuda kwefungwa idzodzo. Ko kuzvisiya zvoga zvaizobvisa chii paari? Izvi ndizvo zvaaizoita. Aizotora muhwa obatanidza muromo wake wezasi newekumusoro obva abaya kuti zvibatane zvakadaro. Kana adai, hazvaibvira kuti azotongegwa nyaya yakanga isinei naye.

Pakapfuura mwedzi kubva Shingai zvaakanga ahwa nyaya yekuti mambo aida kuroora mukadzi wechitanhatu pasina chakanga chaitika chairatidza kuti iyi yakanga iri nyaya yamazvirokwazvo. Pakapera mwedzi uyu, pakatanga kufamba shoko mumhepo rekuti Ndakaziva akanga atiziswa nemurume wake wekwaMachera. Apa vanhu vazhinji vakanga votoziva kuti Rubonga aida kutora Ndakaziva wacho kuti ave mukadzi wake. Madzimai amambo, kunyanya echiduku akaratidza kufara nenyaya iyi. Chero Masimba akati zvekusvodesewa zvakanga zvapfuura nezhira zvakadaro. Rubonga haana kana kumboratidza kuti zvakanga zvamugumbura here kana kuti kwete. Hapanavo waigona kuita nyaya kana kuvhunza zvakadai kwaari.

Vanhu vakangozoomeswa mate mumuromo nezvakazoitika pamazuva akazotevera. Nerimwe zuva rechisi, Madhlira akasvika pamuzinda wamambo ane munun'una wake nevamwe varume vaviri. Vakauya vanechimwe chisikana chaiva nemakore aisvika matanhatu kana kuti manomwe. Vakasvika vakataura nemauto aivapo kwechinguva chidukuduku. Mauto

akazofamba achiinda kune dzimba dzemadzimai amambo ane
chisikana chiya. Vakasvika pamba paMai Tongai vakafugama.
Mumwe muuto akati,
"Mhai, kwanzi namambo mugare nemudzimai wavo uyu"
Chisikana chakanga chakatsvuka meso chichiratidza kuthla
chaizvo. Mai Tongai vakati,
"Munotaura seiko vakomana? Handihwisisi zvamuri kutaura
ini" Uto riya rakapindura richiti,
"Uyu mwana uyu apuhwa kuna mambo naMadhlira kuti ave
mudzimai wavo, saka ivo mambo vati afane kugara mumba
menyu, ivo vachauya votaura nemi kana vadzoka."
Mai Tongai vakaramba vakashama muromo vachishaiwa
kuti voti kudii. Vakada kuti vataure asi rimwe uto rakangoti,
"Mhai chiregai isu tidzokere pabasa pedu. Hatina zvatinoziva
nezvenyaya iyi. Ivo mambo varaira kuti vachauya vachizotaura
nemi."
Vachipedza kutaura vakabva vamuruka ndokudzokera
pavairinda. Vana Madhlira vakanga vatobva ipapo
vatodzokera. Mai Tongai vakamira vakabata chiuno chavo
vachidana vamwe vavo kuti vazoona avaiti mashura aivapo.

Madzimai akainda akandohwa nyaya yaivapo.
Vakatarira kamwana kaya vakati unoridza tsamwa, unoseka,
unodemba… Vose vakangoperegwa neshumo yazvo. Chero
vakadzi vadoko vaviri vaigara vachiita zvekuda kugwa pakati
pavo nekuda kwekuitirana godo vakamboperegwa nehasha
musi uyu. Panguva dzino chimwana chiya chakanga chochema
zvino. Apa vana vakawanda vamambo vakanga vauya
vachikomberedza. Mai Tongai vakavhunza vachiti,
"Nhai mwana'ngu, ko unonzi aniko?"
Chimwana chakati,
"Ndinonzi Mukai, asi ndinoda kudzokera kunamai vangu!"
Chichipedza kutaura chakabva chaikwetsura mhere.
Madzimai akasvika pakuhwa tsitsi nemwana uyu. Mai Tongai
vakazomunyengerera vachimuudza kuti aizodzokera hake

kuna mai vake. Vakamukumbira kuti apinde mumba awane
zvokudhla. Mukai akambozama kuramba asi akasvika
pakuzobvuma. Akapinda mumba maMai Tongai maziso evana
vamambo neemamwe madzimai akanamira kumusana kwake.
Mambo Rubonga akanga aroora vakadzi vamwe vose
vabve zera. Akanga asina kumboita zvakadai. Madzimai ake
akashaya kuti zvakanga zvafamba sei kuti aite zvinhu zvakadai.
Hapana mukadzi aiti, "Bufu" kana mambo ataura. Vaizviziva
kuti Rubonga waiita zvokubinha chaizvo kana orova
mukadzi. Dai akanga asina kuitwa mambo angadai aigara
ari kumatare nenyaya dzekurova vakadzi vake. Mai Tongai
ndivo vaitokwanisa kutaura naye zvinhu zvakawanda kana
kumudzora achiterera. Chero zvavo vaiteregwa vaizviziva kuti
pane pazvaigumira. Zviri zvekuroora zvake vakanga vasisineyi
nazvo. Vakanga vasisina godo seravakaita pakauuya mukadzi
wechipiri. Vakanga vava kutogwa samai vemamwe madzimai
ose. Mai Tongai vakaziva kuti chaivapo chete chakanga chaita
kuti Rubonga aite zvaakanga aita izvi. Kuti uku kwaiva kuda
kudzosera kusvodesewa kwaakanga aitwa naNdakaziva? Bva
asizve, Ndakaziva wacho waivavo pwere zvayo, saka chaiva chii
chakanga chakonzeresa shura rakadai? Kuti ndiyo n'anga yavo
yakanga yauya mazuvano yakanga yashopera zvakatsomwaira
kudai? Mukai wacho waiva chisikana chakanaka kwazvo asizve
chaigona kuzoshanduka chichikura. Ko iye murume mukuru
waigotarira runako gwesvava yakadai nezhira iyoyo here?
Kwete Rubonga. Aiwa. Vaizozviwana chete. Kwavaimanyira
pakanga pasina hapo.

Nechomumoyo, Shingai akanetseka chaizvo. Aiita
seairangarira vakuru vachiti nyaya yakaita seiyi yakanga
yaiitwa naRubonga yaiparira nyika yose. Izvi zvainzi zvaigona
kuita kuti vekumhepo varamwe kunayisa mvura kana kuti
vaituma mauto ekumhepo ikoko kuti auye azadze zvigwere
munyika iyoyo. Zvakamunetsa kuti ko ivo vekumhepo
vekuMagocha vakanga vasina basa nezvinhu zvakadai sei.

Ko ivo mai vaMukai vacho vakanga vabvuma sei kuti mwana aroogwe achiri mwana muduku zvakadai? Idzi dzaingova hadzo fungwa dzaimunetsa asi iye akanga azviyeuchidza kuti hapana zvaaigona kuita nezvazvo uye akanga asingafaniri kutombotaura nezvazvo. Chero Masimba aida kuzomutaudza izvi aingozowana kuti aizvinzvenga sei. Masimba haanavo kuzombotaura nezvazvo.

Rubonga akazodzoka kwaakanga amboinda akaunganidza mhuri yake achivazivisa kuti Mukai akanga auya kuzogara navo. Aizokura ari pamusha ari mainini wavanhu vose pamusha apa. Akavauudza vose kuti hapana aizofanira kushungurudza mwana uyu kana aida kugara murugare pamusha ipapo. Akavhunza kuti pane akanga ane muvhunzo here kana kuti pane aiva nezvaaida kutaura. Pakashaikwa akataura, nyaya ikaperera ipapo yakadero. Mazuva akafamba Mukai akatanga kujaira kugara pamusha uyu. Nenguva isipi mhuri yamambo yakakangamwa kuti Mukai akanga ari mudzimai waMambo, asi kuti akangoita sevamwe vana. Vana vose vaimushevedza vachiti "Mainini Mukai" asi madzimai aingomuti "Mukai." Rubonga akanga asingatombotauri naye kana. Izvi zvakaita kuti madzimai ake nevamwe vanhu vakawanda vati mwana uyu akanga atogwa kuti paitiwe ChiKaranga. Vaiti iyi yaiva raviro yagodobori Gezi chete. Chainetsa ndechekuti vakanga vasingazivi kuti raviro yacho yaiva yekuti zvizodii.

Chitsauko 11

akasvitsa Shingai naMasimba makore gumi nematanhatu vakagadzirira kuinda kundodzidziswa kuva varume vakuru. Vaizoinda nevamwe vakomana vemazera avo vose vaibva munyika yeMagocha. Nguva iyi yaishungurudza vabereki vakawanda kwazvo kunyanya madzimai. Vakomana vaindodzidzisiwa kurarama kwakaoma. Dzidzo yacho yakanga yakaoma zvekuti gore negore paitowanikwa vakomana vakanga vasingadzokeri kumusha nekuti vaizenge vashaika vari padzidzo iyi. Madzimai akawanda aipedza nguva yakareba achichema uye kudemba paisvika mazuva awa. Varume vakawanda vaigwadziwavo asi vaiva vasingazvitaridzi kuti moyo yavo iri kugwadziwa. Murume ndewekushinga. Murume haaiti hana iri pamhene. Madzimai aigadzirira majaya awo mbuva yakawanda yekuti vafambe vachidhla vari muzhira yekuinda kwavaindodzidza vari. Majaya aiindisiwa kunzvimbo yaiva kure kwazvo nemisha yemuMagocha. Gwendo gwavo gwaitora mazuva mashanu kubva pamuzinda wamambo kusvika pavaizogara kwegore rose. Boka rose ramajaya raitanga raungana padare pamambo apo pavaizoudziwa mashoko okuvasimbisa namambo. Vaizomuruka kwakachena vachitevera vamwe vevadzidzisi vavo kuinda kumakomo ePengapenga, uko kwaiva nenzvimbo yedzidzo yacho.

Kudzidzo yohupenyu uku kwaidzidziwa zvidavado zvakawanda. Vakomana vaidzidzisiwa nezvekuti munhu akwanise kurarama mudondo ari oga, kushambira, kuvhima, kugwa zvemusimba kana kuti kutamba tsiva uye kugwa munhu achishandisa zvombo zvakaita semapfumo, miseve uyevo mapakatwa. Vaizodzidzisiwavo zvinhu zvakaita sekugwa muhondo vari mapokamapoka uye vachibetserana kuraramisana. Vaidzidzisiwa kusenga vanenge vakuvara muhondo vasingavasiyi vari voga kuti vaurawe nevavengi. Vaidzidzisiwa hushingi hwekuti hapana aifanira kukuvadziwa

nechombo chomuvengi kumusana nekuti zvinhu zvakadai
zvaizoratidza kuti pakukuvara kumusana uku, munhu aifanira
kuva anenge ototiza muvengi.

Kwaivavo nevadzidzisi vaidzidzisa majaya kuchera
midzi yakasiyana-siyana iyo yaishandisiwa pakurapa zvigwere
zvakasiyana-siyana zvisiri zvaida vanagodobori kana kuti
vamwe vaya vaishopera. Vaidzidzavo zvimwe zvakawanda
sekuti, murume benzi chete ndiye airova munhukadzi kana
kuonekwa achinetsana nemunhukadzi pakazara vanhu. Mujaya
aifanira kudzoka kumusha ava murume akakwana, ane hunhu
uye aigona kuzoriritira mhuri yake. Chikuru kwazvo aifanira
kugona kuzogwira nyika yake kana vavengi vachinge vada
kuuya kuzogwisa Magocha kana kuti mambo achida kugwisa
dzimwe nyika.

Pavaidzoka kumusha vakomana vaipuhwa mabasa
nokuda kwekukunda kana kukonewa kwavaiva vaita
kuzvidzidzo kwavo. Vainyanya kukunda vaiitwa mauto
apamusoro. Vaitevera vaipuhwa mabasa akaita sekundovhimira
mambo nemakurukota ake uye kurinda nzvimbo dzakawanda
mumatunhu gumi nerimwe emuMagocha. Vairarama asi
vozokundikana pazvidzidzo zvakawanda vaizopuhwavo
mabasa akaita seekurima nekukohwa minda yemauto anenge
ainda kuhondo kana kuti vanenge vatumwa namambo.
Ndivozve vaishanda pamwe nenhapwa kutsemura nekusenga
mahwe ekuvakisa masvingo nedzimwe dzimba dzakakosha
panzvimbo dzaigara mambo kana kuti dzaiyera. Majaya
awa aisvoda zvakanyanya uye chero kuvasikana zvaivanetsa
kuti vadiwe. Vazhinji vavo vaitozotora tsikombi nemvana
dzemumusha. Izvi zvaiita kuti kana vakomana voinda
kudzidzo, vainde vakazvipira kundokunda chaizvo. Chero
zvakadai, zvakanga zvisingaiti kuti pashaikwe vaikundikana
pazvidzidzo izvi.

Pavakasvitsa makore gumi nemashanu kubva
mukuberekwa kwavo, Shingai naMasimba vakanga vanguva

vatanga kudzidzisiwa muchivande zvidzidzo zvakawanda
zvavaizondodzidza kumakomo ePengapenga. Izvi zvaiitigwa
kuti vana vamambo vasandosvodesa kana vainda nevamwe
nekuti kuPengapenga kwakanga kusina zvokuti uyu mwana
wamambo kana kuti wegurukota ripi zvaro. Vose vaindoita
varanda ikoko. Uyu wakanga uri mutemo waiongorogwa
kubva kumadzitateguru emadzitateguru emuMagocha. Shingai
hapana chakamunetsa sekuti zvizhinji zvaakadzidzisiwa
akanga asangana nazvo nguva yaakagara mudondo achine
makore mapfumbamwe. Akanga adzidzisa Masimba zvaaiziva
mazuva avaitamba vose vachiri vakomana vaduku, asi hapana
aiziva kuti zvidzidzo zvegore iroro zvakanga zvakamira sei.
Varairidzi vaiinda kundoronga zvidzidziso zvavo vari voga
kwenguva refu. Gore negore kwaiuya zvidzidzo zvakasiyana
asi zvose zvichirema kana kuvhiringa majaya mazhinji.

Ngoma dzekukokorodza majaya dzakarira mumatunhu
gumi nerimwe emuMagocha. Majaya akatanga kuungana
kumatunhu awo akasiyana-siyana zuva rekutanga. Pazuva
repiri mapoka ose akafamba achiinda kumuzinda kwamambo.
Madzimai mumatunhu ose aingohwihwidza akabata ura sekuti
pane zvaizokaruka zvashanduka nguva iyi ikangonyangarika
kana kupfuura pasina aiiona. Mumisha maiita semakazara
ndufu pamazuva awa. Iwo majaya aingofamba asingacheuki
kwaibviwa, matundundu ari mberi. Vaifamba vachiimba nziyo
dzehondo. Gwuyo gwavainyanya kuimba ndeguya gunoti
"Amai nababa
musandicheme
kana ndafa
nehondo!

Ndini ndakazvida
Kugwira nyika
yaMambo
Rubonga!

…"

Mai Tongai havana kuratidza kunyanya kunetsekana vakomana vavo zvavakabuda vachiinda kudare kwamambo uko kwakanga kwatanga kuungana vamwe vakomana. VanaMasimba vakanga varongedzegwa mbuva yavo yakawanda chaizvo. Vachipinda padare ramambo, majaya ose akasiya uta nemiseve zvavo pamauto ekutanga vakandogara pasi vakamirira kuti mambo ataure navo. Vakamirira mambo, kwakauya umwe wevadzidzisi akatanga kuronga majaya achivasiyanisa mugarire wavakanga vakaita. Vakanga vasingadi kuti shamwari neshamwari kana kuti hama nehama vagare pamwe chete. Mudzidzisi uya akavataurira kuti munhu wese waiva ipapo wakanga ari hama yake uye wakanga ari muvengi wake. Gurukota ramambo raizihwa nezvekutaura rakauya rikatanga kutaura nevakomana. Gurukota iri rainzi Chitsere. Chitsere akanga ari murume murefu uye ari mutete. Airatidza kuti chero zvake akanga ari murume mutete, nyama dzake dzakanga dzakasimba uye dzakaoma sedzoruchongwe gwakura gwava nezvimbi zvirefurefu. Chitsere akaudza vakomana mitemo yaifanigwa kucherechedzwa kana mambo achitaura. Achipedza kutaura akabva ainda kundosheedza mambo.

Ngoma dzakatanga kuridziwa zvishomashoma uye zvaiva pasipasi uku mbira nehosho zvichidavira. Makurukota mamwe akatanga kupinda mudare achitora nzvimbo dzawo. Chitsere akadzokera akatoravo nzvimbo yake. Musure make makauya gurukota raiwanza kugara pedo namambo, VaGondo. VaGondo vaiva murume wakanga akamwa mukaka akaguta. Vakanga vane mhazha yaisvika kugotsi chaiko. Dumbu ravo raiita seremukadzi akazvisenga nemapathla, kurikura ikoko. Murume uyu waithliwa nevanhu chaizvo nekuti vazhinji vaiti chero zvaanenge afunga akazvitaura, Rubonga aizvitevedzera. VaGondo vakagara pachigaro chavo chakanga chakafara kudarika zvemamwe makurukota ose kuri kuitira kuti vagare vakasununguka, nyama dzavo dzose dzakazorora pachigaro ichi.

Ngoma nembira zvakanyarara, panguva imwe iyoyo pakaita mauto masere akanga akasimba chaizvo akauruka achiridza mhere achibva nekwakanga kwabva nemakurukota achibva amira panzvimbo dzawo. Mamwe majaya akatombovhunduka nezvakaitwa nemauto awa. Mazhinji ndiwo aiyeva zvose zvaiitika padare apa. Kwakazohwikwa rimwe zihwi raiita serezirume ziguru richidzvova detembo rekukuza Mambo Rubonga. Shingai akanga asina kumbohwa hwi rakadai kana kuona zvakadai zvichiitiwa padare apa kubva zvaakanga atanga kugara mumusha wamambo. Pavakahwa zihwi iri, makurukota ose akasumuka, Chitsere akamurudza ruoko gwake akatarira kumajaya. Majaya akasumukavo pamwe ipapo. Rume rehwi gobvu rakaramba richidzvova zihwi richiwedzera kuhwikwa uye kuqhwedera pedo. Chakashamisa majaya akawanda ndechekuti pakazoonekwa munhu aibudisa zihwi rakakura kudai vazhinji vakaona kuti zihwi nemunhu wacho zvakanga zvisingapindirani. Munhu wacho waiva zvake nekamumhu kaduku kasina waikafungira kuti kangadzvova zvakadai. Karume kaya kakaramba kachidzvova kachidetemba hukuru hwaRubonga kachiti;

"Wauya mambo wamadzimambo
 Icho chikara chemudondo
Shumba pachezvayo.
Ukatamba naye unoqhwera mweya wako wavakunyikadzimu
 Iye unothliwa chero nemiti chaiyo!
Wauya mwana waMupingamhuru
Iye unomedza marasha omupani!"
Wauya murume wedu tose!

Miridzo yakaridziwa, ngoma dzikarohwa zvokuti maungira adzo aisvika muhana dzavanhu achivhutira. Rubonga akapinda mudariro ruzha gose gukati kwaka-a kunyarara. VaGondo nedumbu ravo ndivo vakatanga kugwadama nebvi rimwe chete vakatarira pasi. Mamwe makurukota ose akatevedzera, zvichibva zvangoita sesaisai remvura kusvika kumajaya. Mauto airinda mambo aiva ane zvombo ndiwo akaramba akangomira vachiita sevakanga vakaoma mitezo yavo yose. Rubonga akafamba zvishoma nezvishoma achitarira vanhu vose ari mudariro. Izvozvi wakanga akashongedzewa zvakaisvonaka nemakanda engwe muviri wose. Apa pfumo raipinza raiva muruoko gwake richingovaima. Apedza akagara pachigaro chake vanhu vose ndokumurudza misoro yavo vakangogwadama kudero. Rubonga akazongofambisa musoro zvishoma uchiita seunokwira mudenga ndokuzoudzasa zvishoma. Achidai, VaGondo vakatanga kugara pachigaro chavo, makurukota mamwe achitevedzeravo kusvika majaya aitavo zvimwezvo.

VaGondo vakatarira vanhu vose, kwakutarira kuna mambo vakati,
"Timbosvitsa maoko kumuzinda varume!"
Gusvu rakarohwa, miridzo ikarira. VaGondo vakakuzavo zvishoma mutupo weShumba. Mambo akangodavira nekumurudza musoro chete. Chitsere wakazomurukavo akati,
"Mambo, tauya neboka renyu regore rino. Vagadzirira kuti vachiverengwa pavarume veMagocha. Vose vanoshuvira kukubatirai kusvika mundufu dzavo chaidzo. Vati ivo hazvibviri kuti vainde kundotanga kudzidza kwavo vasati vahwa mahwi enyu kwavari. Vati vonoda kuti muvhure zhira yekwambuya pamuguri webagwe ravo…"
Shingai wakashaya kuti majaya aya akanga azvironga kupi zvose izvozvo. Akazongofunga kuti zvimwe vakanga varonga vachiri kumatunhu ekwavo. Pari zvino Masimba akanga andogarisiwa nevamwe vakomana vekune mamwe matunhu vaakanga asingazivi. Iye Shingai akanga aripakati pevanhu vaakanga asingazivivo. Musi uyu vakomana ava vakanga vapihwa matehwe en'ombe akanga akangofananavo neevazhinji. Vashoma ndivo vaiva needzimwe mhuka akaita

seemhofu kana kuti engongoni. Hapana akanga achaona kuti vanhu vaibva mudzimba dzohushe ndevapi nokuda kwekupfeka kwavakanga vakaita kuzhe kweavo vainyatsa kuvaziva zvakanyanya.

Mambo Rubonga akamuruka akatangavo kutaura. "Chinonzi nyika, vanhu. Chinonzi nyika inokosha vanhu vemunyika iyoyo vanenge vakakosha. Chinonzi nyika yakasimba, varume vakasimba vemunyika iyoyo. Nyika ino yeMagocha inyika inozihwa kosekose nekusimba uye kukosha kwevagari vayo. Gore negore tinorashikigwa nemauto uye varume vakawanda nendufu uyevo nekukwegura kwevamwe. Gore negore tinobura vamwe varume vane uturu kana zvasvika panguva yekumiririra Magocha. Ikezvino tabata zvinyika zvakawanda zvakaita sana Chemhindo, Machera, Matangi, Magondo nezvimwe zvakawanda zviri kuMabvazuva kwedu izvi. Hatisati takwana. Tinoda kutonga dzimwe nyika dzakawanda dziri mhiri kwenzizi idzo, vanaNyanjuzi nanaManyoka asi tinoda kutanga tabata nyika dziri kuMavirira kwedu uko. Izvi zvose zvinhu zvakamirigwa kuitiwa nemi, naizvozvo zvekuti kunoita boka rakawanda rinoronga zvekundokundikana kuPengapenga uko kurikuthla hondo, munozviona. Ini ndinovimba nemi ini. Ndinoda kuti mudzoke mose muri vapenyu asi mava varume vakagadzigwa neutare. Fuma yose yenyika dzekuMavirira yakamirira imi." Mambo akataura zvimwe zvakawanda majaya akaterera. Achipedza kutaura, chirume chiya chekudzvova chakatanga kudzvova zvakare apo mambo akanga obuda.

Pasina nguva pakarongwa mapoka mashanu aifanira kuzofamba achitevera mutungamiri wavo. Mapoka awa akatanga kufamba achiinda nezhira dzakasiyana vachifambisa kwazvo. Miseve yevakomana yakasara pavakanga vatanga kuisiya vachipinda mudare. Vakomana vazhinji vakanga vane kamwe kamufaro, chero hazvo vaithla kwavaiinda. Apa vakanga vakanyanisiwa zvekuti vashoma ndivo vaiita mhazha yekuva muboka rimwe nevanhu vavaiziva.

Mapoka ose ari mashanu akasangana panzvimbo yavainzi vaizovata musi iwoyo. Apa hwakanga hwatova husiku hutema chaihwo uye vakanga vava kure zvikuru nemisha. Vakanga vadarika paiperera dunhu rekupedzisira reMagocha, vatopinda muzidondo raindobatana nemakomo ePengapenga. Mumwe mudzidzisi akakumbira kuti vakomana vose vambosiya mbuva dzavo panzvimbo iyoyo. Mumwe nemumwe aifanira kuziva paaiviga mbuva yake zvekuti kana vadzoka paaida kuti vamboinda nguva idzodzo, havaizorashika nzvimbo dzacho. Vakapuwa nhambo duku vakabva vanzi umwe neumwe atevere kwaiva nemukuru weboka ravo. Vatungamiriri vakafamba, boka rimwe nerimwe richitevera mutungamiri waro. Vakafamba kwenguva yakareba, vazhinji vakakathlamara kuti vaizodzokera riini kumbuva dzavo. Izvi zhara yakanga yoruma chaizvo kuvakomana asi hapana wakamira. Shingai zvezhara waifunga kuti achazvikurira asi pakanga pava nenguva yakareba zvikuru kubva zvaakanga aita nguva yakareba kudai pasina kudhla. Vakomana vakatevera vachingofamba. Utonga hwakatsvuka, zuva rikatanga kubuda vachingofamba. Vakazosvika pavakanzi vambozorora vakawira pasi vose nekunyara. Chimwe chikomana chakanga chakaita chivhindikiti chakavhunza nezvembuva chikapuhwa mheni yembama nemumwe wevadzidzisi. Majaya ose akanyarara kuti mwi-i nekuda kwekuvhunduka zvakanga zvaitika. Pakazorova chimushana chamangwanani vazhinji vakatombobatiwa nezvihope.

Pasina kupera nguva yakareba, vakamuka vakasumudzira kufamba. Pavakasvika pane gumwe gwizi hapana wakamwa mvura nekuti hapana akanga audziwa kuti amwe. Vachivambuka gwizi ugu vakaona mitamba nemizhumwi yakawanda yakanga yakaibva asi hapana kana wakanonga rimwe. Zvaiti mberi kweboka kunenge kune mutungamiriri, pakati poita vamwe, surevo koita vamwe.

Majaya aingomedzera mate chete uye meso avo aigona hawo
kuona, kunonga kana kukuzha michero iyi, kuputsa uye
kutodhla pasina dambudziko. Chete izvi zvaifanira kuperera
mumeso chete. Pazuva retatu kwakanga kwaita vakomana
vanokwana vanomwe vakanga vatomboziya vakazopepuka
vodigwa mvura. Vakasvika pane gumwe gwizi vakatendegwa
kumwa mvura. Vamwe vakaita zvekuwira nekutombonyurira
kuti vanatse kuguta mvura. Vakapuhwa kanguva kaduku kekuti
vatsvake michero yokudhla. Vakaudziwa kuti pavaizohwa
ngoma yorira, vaifanira kumhanya vachidzoka. Pakaita
chipatapata ipapo majaya achitsvaka michero. Pakazorira
ngoma majaya akadzoka achimhanya akawana vadzidzisi
vabaya mikono miviri yenhoro. Chemusi uyu, nyama
yakadhliwa zvisina mwero. Hapana waiziva kuti vakanga
vachazopuhwa kana kubvumigwa kudhla zvakare riini,
naizvozvo vakomana vakaita zvekurongedza mudumbu kuti
zvokudhla zvinatse kugarisana mumatumbu avo zvakawanda.
Vakazosvika kumakomo ePengapenga pazuva raitevera,
iri rakanga rava zuva rechishanu kubva zvavakanga vabva
pamuzinda waMambo Rubonga.

KuPengapenga vakawana kune vamwe vadzidzisi
vakuru vakanga vakatungamirako kare. Mumwe wavo anova
aiva mukuru wavo vose aiva murume ainzi Vandirai, uyo
aiva munun'una waMambo Rubonga. Shingai akanga asina
kumbomuona asi akanga angohwa nezvake chete. Murume
uyu akanga akasiyana naRubonga negore rimwe pakuberekwa
kwavo. Vakanga vakafanana pauso zvavo asi zvisina
kunyanyisa. Kubva zvaakanga akuvara muhondo, Vandirai
akanga azvipira kuva mudzidzisi wevakomana vemuMagocha.
Izvi zvakanga zvakafadza vakawanda vemuMagocha nekuti
vaiona kuti humhizha hwake hokugwa hwakanga hwawana
basa guru mukudzidzisiwa kwemauto emunyika iyi. Gore
negore aigara ari kuPengapenga achiona zvekudzidziswa
kwemajaya emuMagocha. Chero zvavo vadzidzi vaigara

mumajachani euqhwa, kwakanga kwakavakwa dzimwe dzimba dzaigara vadzidzisi. Vandirai aifamba achikamhina zvishoma kugumbo rake rekurudhli. Maoko ake aiva nemazitsinga ekusimba. Murume uyu akanga asingasekereri sezvaiita vamwe vadzidzisi. Vamwe vadzidzisi vacho vaitoratidza kuti vaimuthla chaizvo. Aiti akaramba akatarira munhu, munhu wacho aibva ahwa sekuti akanga asina chaakasimira. Majaya akawanda aishamisika nekuziva kwaiita murume uyu mazita avo nekukasira munguva yavakasvika kuPengapenga. Aiti zita raahwa kamwe akanga asingazorikangamwi zvachose. Paakaona Masimba, vakambotaura kwekanguva karefu achimuvhunza zvevanhu vakanga vari kumusha. Iyi ndiyo nguva yoga yaakatomboonekwa achisekerera.

Mazuva matatu ekutanga akapera majaya achingonzi arovane neshamhu chete. Vakatanga vachiita zvekuhwirana tsitsi asi nguva ichifamba vaizoita zvekuzamudzirana kana umwe afunga kuti anyanyisa kurohwa. Majaya maviri aipinziwa mudariro otanga kurovana vamwe vachikuza. Vaibatiwa vasingakuzi ndivo vaitanga kukandigwa mudariro kuti varovane. Izvi zvaiita kuti mhere yekukuza ikure chaizvo. Pazuva repiri rekurovana vazhinji vakanga vasisina mahwi nenyaya yekukuza asi vadzidzisi vaiita sekuti vakanga vasingazvizivi havo kuti mahwi evazhinji akanga apera. Pamazuva awa hapana akarohwa nemudzidzisi chero hazvo vadzidzisi vacho vaivimbisa kuti vaizovadzidzisa kuti chinohi kurova neshamhu kudii. Vaisikiza kubuda misodzi ndivo vainyanyovimbiswa zvokurohwa zvomene. Majaya akashamisika nedzidziso iyi. Vakashaya kuti zvaireva chii kungoita zvekurovana zvakadai. Pakaperera mazuva matatu vakomana vakanga vachekeka-chekeka miviri yose.

Zvidzidzo zvakaitiwa, vana Shingai naMasimba vakaratidza kukunda zvakanaka. Mwedzi yekutanga miviri yakapera majaya achingoitisiwa zvekusimbisa miviri chete. Vaimhanyisiwa vachikwidziwa makomo, vachivambusiwa nzizi dzakazara. Vaisengedzewa mazihwe airema vachiamurudza kubva pane imwe nzvimbo, vofamba nawo kuinda kure vozodzokazve nawo. Vaikwidziwa miti yakasiyana-siyana. Pakumhanya, mujaya aiindisiwa kune rimwe gomo, osvika achipiwa chimwe chihwe chiduku nemudzidzisi anenge ari pamusoro pegomo. Aizofanira kudzokera nechihwe ichocho ondochigashidza mumwe mudzidzisi anenge ari kune rimwe gomo. Kana airasha chihwe chake aifanira kudzokera kugomo rekutanga nekuti zvisizvo, airakashiwa zvaigwadza fani. Zvekurasha zvihwe zvaigona kudzosera sure pakupera pezvidzidzo naizvozvo vakomana vaizama chose kuita zvaidiwa.

Zvidzidzo zvekuvhima nezvekurarama mudondo ndizvo zvainyanya kugwadza uye kuthlisa. Zvaidaro nekuti majaya aivhima mhuka dzaigona kuvakuvadza kana kuvadhla chaiko. Shumba dzaivhimiwa vakomana vari muzvikwata zvine vanhu vana. Shumba nenyati ndizvo zvainyanya kuuraya kana kukuvadza vanhu pakuvhima.

Pamapoka anaShingai pakangofa vakomana gumi nevatanhatu chete. Vakomana vasere vakanga vaurawa nenyati pavaidzivhima. Nyati imwe yakauraya vakomana vatatu, umwe akazorarama nekuti akanga akwira mumuti uyu kuti avande. Mukomana uyu haana kuzokunda pakaperera zvidzidzo nekuti paakavhunziwa kuti zvakanga zvafamba sei kuti iye asare ari mupenyu, akaudza vadzidzisi kuti akanga aona zvose zvakanga zvaitika ari mumuti. Izvi zvaireva kuti akanga asiya vamwe vake vachitambura vari voga. Vadzidzisi vakamuti pamwe dai akanga asina kutiza vamwe vake zvimwe vangadai vakakurira nyati varivose. Vamwe vashanu vakanga vafa zvakasiyana-siyana. Vamwe vakanga vazofa nemaronda ekutungwa nadzo. Mumwe mukomana akasvika pakubuda ura hwose pazhe dumbu radhedwa nenyanga yenyati. Nyati yaisvika pakuzofa yabaiwa nemapfumo akawanda. Yaibaiwa nevanhu vobva vakasira kukwira mumiti vachizopota vachiibaya zvakare varimo mumiti dzacho. Nyanzvi ndidzo dzaizogona kuitema nesanhu nechepahuro sezvinoitwa n'ombe asi izvi zvainzi zvaingogonekwa nevaya vakanga vakagagwa nemashavi ekuvhima.

Vamwe vakomana vakadhliwa nengwena pakuvambuka nzizi dzakanga dzakazara. Zvimwe zvakagwadza vakomana ndezvekuti vamwe vevakanga vafa, vakanga vafa, kwete nekuti vakanga vari mbwende bodo, asi kuti vazhinji vaitofa nekuda kwekushinga kwavo, nguva zhinji vaifira pakuzama kubetsera vamwe vavo pavainge vokundikana.

Vakomana vakadzidza zvimwe zvakawanda zvakaita sezvekuhondo, kuvaka dzimba, kugadzira nhumbi dzematehwe, kubika mahwe eutare kuti vagadzire miseve, mapfumo, mapadza masanhu nemimwe midziyo yakadaro. Zvimwe zvidzidzo zvaiva zvitsva kwavari asi zvimwe vaiva vakazvidzidzavo kune dzimwe hama dzavo. Hama yemuvhimi yakanga isinganyanyi kunetseka nekudzidza zvekuvhima nekuti mujaya wacho anenge akadzidzisiwavo zvakawanda zvekuvhima nehama yake vachiri kumusha. Vakomana vaidzidzisiwavo zvakaita sekugara zvakanaka nemhuri. Vaidzidzisiwa zvinhu zvaitarisigwa kuti murume anoita pamusha uye kuti aifanira kuchengeta mukadzi wake nevana sei. Kusvika pakupera kwegore, vakomana vakanga vadzidza zvakawanda chaizvo. Vapedza, Vandirai akavaudza kuti zvavakanga vadzidza zvaingova zvekutangisa hupenyu hwavo savarume vakuru. Akayambira majaya ose kuti umwe neumwe wavo aifanira kuti arambe achizvidzidzisa zvimwe kuti zvimusiyanise nevamwe vose kana vava munyika. Akavaudza kuti vakuru vose vavaiziva nemauto makuru ose vaiva nezvavakazozvidzidzisa vava voga.

Akati,

"Handiti izvozvi tikati igwai pano mose munongoita zvatakakudzidzisai? Zvino mumwe nemumwe wenyu anofanira kugwa zvakasiyana. Munoziva mitambo yemisimba

netsiva yamuchandoita kana madzokera kumusha. Iye zvino zvava kwamuri, imi vene vemachira, kuwadza kana kufuka."
Vandirai akazoudzavo vakomana nevadzidzisi vakanga varipo gore iri kuti akanga avakuzombotora zororo pane zvekudzidzisa izvi. Akanga oda kumbodzokera kundogara mumusha hake.

Pakasvika nguva yekudzokera vakomana vakanga vava nemapfumo nemiseve zvitsva. Vakanga vozvihwa kuti vaiva vava varume vakuru. Shingai akabata shoko rokundowedzera kuzvidzidzisa kugwa. Pane zvikiribidi zvaiita sekuti akanga amboona pamitambo imwe muhupenyu hwake zvaakanga asina kumboona zvichishandisiwa muMagocha kana kuPengapenga ikoko. Kuti aizvizivira kupi, akanga asingachazivi asi mumusoro make zvakanga zvakazara.

Izvi zvaizomupa pekutangira. Majaya akadzokera kumisha yavo. Misodzi nemifaro zvakavagashira vachisvika mumisha yemuMagocha dzose.

Chitsauko 12

Kwapera mwedzi mitatu kubva majaya adzoka kumisha yawo, zuva remutambo wekugashira majaya, akanga ava kuverengwa pavarume zvino rakasvika. Mutambo uyu waiitigwa kumuzinda wamambo. Varume vaduku ava vaiuya vakapfeka nhumbi dzematehwe akaisvonaka. Vaidaro nekuti musi uyu vasikana vaiita sekuti vainge vakushiwa kuri kuwanda. Vasikana vaipfekavo nhumbi dzematehwe dzavo nemicheka yakasiyana-siyana uye vaizvigadzira zviso kuti vazviviratidzire kumajaya akawanda. Vaipfekavo shambo nezvuma zvemhando nemhando. Mutambo waitanga mangwanani nemabiko makuru. Paiurawa n'ombe dzakawanda uye vavhimi vamambo vainge vavhima mhuka dzakawanda kuitira kuti dzizodhliwa pamutambo uyu. Paibikwa zvokudhla zvakawanda uye mipeta yemhando nemhando. Vamwe varume vaiva neura husina kusimba vaizihwa nekudhakwa kusvika pakuzvipazhira pakazara vanhu. Kana zvakadai zvaikona kuitika, vaya vabiki vedoro vaishuwa chaizvo nekuti vaiti doro ravo rinenge rashaya hukasha. Paizoimbwa nekutambwa zvakaoma pazuva iri. Vanagwenyambira navana nyanduri vairatidza hunyanzvi hwavo. Nguva idzi, Chitsere waiita seaisvikigwa pakutamba. Murume waitamba zvisingabviri iyeye. Waiwana musana woita zvekupeteka kuita semuqhwe chaiwo. Aiti kana asvika pakutamba ngororombe, waiwana vanhu vosumuka dariro rose kuti vanatse kuona. Chero Mambo Rubonga vaizihwa nekugona kuviga zviri muhana mavo pamberi pevanhu waizovaona vouchira maoko avo vachinyemwerera kana Chitsere otamba.

Zuva rakwira, vechikuru vaizobva zvavo voinda kunerimwe dariro kwavaindofara vachiratidza mambo nemakurukota avo mitambo nezvimwe zvaifadza vechikuru. Vechiduku vaizoita havo zvechivhevhano nemamwe matambiro akawanda-wanda. Vamwe vakawanda vaibva

vatoshara vaizova varume kana vakadzi vavo musi uyu.
Nemusi wakaitiwa mutambo uyu, Shingai akaona
mumwe musikana wakanga akanaka zvaakanga asati amboona.
Musikana uyu akanga achiratidza kuti akanga ane makore
mashanu kana kuti mana kuva maduku pana Shingai.
Mwana wakanga akachena iyeye. Chero zvisikana zvaakanga
ambodanana nazvo mazuva iwawo zvakanga zvisingakwani
nekure chaizvo. Shingai wakahwa hana yake kurova akatarira
musikana uyu. Apa musikana wacho akanga achitaura
naKundai, mwana wemudzimai wechipiri waMambo Rubonga.
Musikana uyu waiva nevhudzi guru rakasvibira, pahuma pake
paiva nezvinyogwa zvaiyevedza kutarira. Muchiuno chake
makanga mune dehwe rakatsetseka remhara. Chifuva chake
chakanga chakavigwa nedehwe rengwe rakanga rakatsetseka
chaizvo zvekuti zvose zvaakanga akapfeka zvaikonewa kuviga
chimiro chake. Paaitaura naKundai aisekerera chaizvo achiti
kana akarereka musoro, Shingai worerekeravo wake divi iroro.
Zvichidai, mufungwa dzake akazotenda kuti akanga aona
nhongoramutsipa yomene musi uyu. Apa Kundai chacho
chaingoramba chichingotaura nyaya dzakawanda musikana uya
achingoterera nekusekerera. Shingai akaramba akangotarira
musikana uya achiyeva zvose zvakanga zviri paari. Musikana
wacho haana zvake kana kumbocheuka kuti aone kuti akanga
akamutariravo aiva ani.

Musikana uyu zvekutarigwa anenge akanga azvijaira
nekuti vakomana, uyevo varume vakuru vaiti kana vakamuona
vaimutarira nemeso airatidza kukara. Ko vakomana vakanga
vasingasviki sei pakanga panevasikana ava? Musi uyu
zvaizihwa kuti vakomana nevasikana vaitaura zvakawanda-
wanda vachisasana havo. Chero vasikana vaya vaiva nehazvanzi
dzaichengera, musi uyu vaiziva kuti hapana aiti "Bufu" kana
aona hazvanzi yake ichisasana nemukomana nekuti zvaiitika
musi uyu zvaiva mutemo wamambo, naizvozvo hapana aida
kudarika mutemo waMambo Rubonga. Ari mukati mekufunga

kudai, meso ake akangonamira pamuviri wemusikana uya,
Shingai akahwa maoko manyoro achivhara meso ake iye
akabva aziva kuti maoko akanga ari ani.

Shingai akacheuka achisvoda asi ane zvimwe zvihasha
zvaakashaya kuti zvakanga zvabva nepi.

"Zvokwadi, uchida kutondikangamwa nekuda kwezuva
ranhasi here nhai mudiwa?" Tendai akavhunza
achiyemerera. Shingai akatendeuka akatarisa musikana wake,
ndokunyemwerera, asi kunyemwerera kwacho hakuna kutora
nguva refu kuripo.

"Ko chiiko chiri mufungwa dzako zvaurikuita semunhu
ambodzikweretesa kuneumwe?" Tendai akavhunza zvakare,
apa akanga asati apindugwa muvhunzo wake wokutanga.

Shingai akaona kuti Tendai akanga akapfeka dehwe rembizi
rakanga rakamugara chaizvo. Tendai akanga azvishongedzavo
zvakaisvonaka asi Shingai haana kuita semunhu akanga
azviona. Shingai akazoti,

"Ko ndianiko akakuvhimira mbizi yawakapfeka iyi?"

"Hezvo, nhaiwe Shingi, unodadireiko ukadaro?" Tendai
akavhunza achiratidza kushamisika chaizvo.

"Ko zvinorambidzwa here kuvhunza zvakadai?" Shingai
akadaro achimurudza meso ake kuti atsvake paiva naMasimba
mumvicha-mvicha yaivapo musi uyu. Mufungwa dzake akanga
asingadi kuti Masimba akarike aona chishamiso chemusikana
uya nekuti Masimba waigona kuzomutangira kusvitsa shoko
semunhu akanga asinganonokivo pakunyenga. Masimba
akanga achachura-chachura vasikana vakanaka vakawanda
achingozovasiya zvake. Kana zviri zvepanhongoramutsipa
yaakanga aona musi uyu zvaitozonetsa. Akanga asingafaniri
kumurega achiita izvi. Shingai naMasimba vakanga vaitirana
chitsidzo chekuti kana umwe wavo aizviwanira shiri yake,
umwe akanga asingafaniri kusvika pairi, chero shiri yacho
yairamba mumwe wacho. Vaiti kurambwa kweumwe
kurambwa kwavo vose.

"Unorevesa here Shingi nemuvhunzo wako?" Tendai akavhunza achinyatsakuona kuti dzaShingai dzakanga dzisipo panguva iyoyo. Izvi zvakamushamisa. Shingai akanga asingadaro. Kana pavaiva vari vaviri, Shingai aiterera zvose zvaitaugwa naTendai chero nezvisina basa. Ko zvino chii chakanga chaiita kuti musi uyu aite zvaaiita izvi? Tendai akafungisisa.

Shingai akazoona Masimba ari pakati pevasikana achizavaza zvake mwana wamambo. Vasikana vairova chikwe-e, vachipota vachirovana maoko. Moyo waShingai wakadzikama. Akacheuka kuti atarire kwaiva naKundai nemusikana uya asi haana kuvaona. Akatarisa posepose asi haana kuvaona. Izvozvi zuva rakanga rovira, vasikana vakawanda vofamba nezhira dzakawanda-wanda dzaibva pamuzinda wamambo vonanga kumisha yavo.

Muromo waTendai wakanga wachikwana mumhino make zvino. Shingai akatanga kusvoda kuti akanga aita chii chaizvo. Fungwa dzake dzakanga dzabamuka nepakati. Aifanira kuperekedza Tendai kundomusiya pedo nekumba kwavo. Nhambo dzaaizondosvika kwana Tendai, zuva raizova ranyura kare. Kuti azoziva kuti musikana akanga ataura naKundai akanga ari ani kana kuti akanga aindepi, zvaizonetsa. Tendai akati

"Aa-a, ini ndava kuinda kwamai'ngu ini. Zvokukutevedzera iwe nhasi kwete." Shingai akazokumbira ruregero achiti zvose izvi zvakanga zvichiitika nekuti aifanira kuva akanga amwa twumangisi twaiva nehasha, naizvozvo musoro wake wakanga usingahwi zvakanaka. Vakatanga kufamba vachiinda kumba kwanaTendai. Nyaya dzakanga dziri shoma musi uyu nekuti Shingai akanga asinavo nyaya dzacho panguva idzodzo. Tendai aifamba ari mberi mukazhira kacho, Shingai achitevera ari sure, fungwa dzake dzose dziri pamusikana waakanga aona uya. Achifamba ari sure kudaro akatanga kuzvitongesa nenyaya yekurasisa Tendai kwaaida kuita.

Tendai aiva mwana kwaye, uye vabereki vake vakanga votoziva kuti Shingai ndiye akanga achazotinha n'ombe akananga kwavo. Akamutarira akaona kuti chero hake akanga akaumbwa zvakanaka, akanga asingasviki pane musikana waakanga aona musi uyu. Dehwe rembizi rakanga rakamugara, iye akaita mbizi chaiyo. Shingai akazoyeuka kuti ndiye akanga avhima mbizi yacho akaudza Tendai kuti apfeke mucheka wacho nezuva remutambo iri. Hana yake yakahwa kubaiwabaiwa nekusvoda pamwechete. Ko aigwadzisireiko mwana wavanhu zvakadai? Asizve, moyo wemunhu une nharo dzisingabviri. Moyo unonetsa kutenhera mudanga. Moyo unogara paunenge wada. Vakuru vakati moyo muti unomera paunoda. Moyo waShingai panguva dzino wakanga uchivanga uchitevera munhu wawakanga usingatombozivi kuti waibvepi, uye kuti waizogona here kuramba uri pamunhu uyu. Aizoona munhu uyu zvakare here kana kuti ndezviya zvekuti kana aizomuona zvakare, moyo wake waizobvapo uchitiza zvakare. Ko kana musikana wacho aizomuramba iye akanga atanga kuita sebenzi kunaTendai wake kudai aizodzoka sei?

Vakasvika pedo nemusha wanaTendai, Shingai akafara chose kuti akanga odzokera kundovhunza Kundai nezvemusikana uya. Vakambundikirana naTendai, Tendai akaramba akati ndee, kutarira mumeso maShingai. Shingai akagwadziwa nekuti Tendai airatidza kuti aiona zvaiva muhana yaShingai. Shingai akahwa hana yaTendai ichirovera pamusoro, izvozvi meso aTendai wacho akanga azara misodzi. Shingai akatanga kumuregedza zvishoma nezvishoma akati, "Chirega ndimhanye shamwari, kwavira. Tozoonana musi, e-e, haa- uchangoona ndouya." Achipedza kutaura mashoko awa, Shingai akamhanya asingacheuki achidzokera akananga kumuzinda. Musi uyu Tendai akaona kuti Shingai akanga asina kumusheedza achiti "Mudiwa"

Achisvika pamuzinda wamambo, Shingai akawana akamirigwa naMasimba nemauto akawanda. Akangohwa zvichinzi,

"Uyo, wasvika Shingi. Ngatipinde muzhira tione!"

Masimba akazoudza Shingai kuti vakanga vatumwa namambo, ivo nerimwe boka remauto kuinda kuMagondo kundotora zvipo sezvo jana reMagondo rakanga rasvika rekuti vazviratidze kuti vakanga vari pasi paMambo Rubonga. Nyika dzose dzakanga dzakurigwa hondo naRubonga dzaifanira kupota dzichibvisa zvipo dzichimupa. KuMagondo kwaiva nengoda dzakaisvonaka. Vazhinji vaidzida uye pane mamwe makurukota akanga ambotumwa kundotora zvipo izvi kuMagondo vakambozotsaura dzimwe ngoda. Chero hazvo makurukota maviri awa akanga aurawa naRubonga, mambo akanga asingachavimbi kuti ngoda dzibatiwe nevamwe vanhu. Kana iye akanga asingaindi omene, aitumira vana vake, Shingai naMasimba.

Mwanakomana waRubonga mukuru Tongai akanga asvodesa bambo vake nekuti ainzi aiita semunhukadzi. Akanga asingadi kuhwa nyaya dzezvekugwa kana zvehondo. Akanga asingadi chero zvokupfeka zvakasiyana nezvaipfekwa nevamwe vemumba mehushe. Mai vake vakanga vamuponesa nekumuyambira kuti andovakira kwana sekuru vake kuMatangi sezvo Rubonga aigona kukaruka amuponda. Tongai haana kutombozoinda kundodzidza kuPengapenga nevamwe vezera rake mazuva avaifanira kuindako. Masimba ndiye akanga aratidza kuti aiva nemusana wechirume, naizvozvo Rubonga akanga atanga kudzidzisa Masimba zvokutonga kubva chero asati ainda kumakomo ePengapenga.

Shingai paakahwa zvegwendo ugu akati ane zvaaida kutora kubva kunaKundai asi akaudziwa kuti Kundai akanga ainda kwavatete vavo. Shingai akapinda muzhira bundu guru rakagara pahuro pake. Moyo wake waiva nezhara huru yekuda kuziva zvetsvarakadenga yakanga yataura naKundai zuva iroro kuchakachena. KuMagondo kwaitora nguva refu kuinda nekudzoka. Mwedzi wose waiita seuchapera vanhu vachingofamba chete. Kudzoka kwairema nekuti vanhu vanenge vakasenga zvinhu zvakawanda zvinova zvaiwedzera nguva vanhu vasiri pamisha yavo. Nguva dzose paaiva pagwendo ugu, Shingai aingofunga kuti akanga achazoona here musikana akanga akanaka seuya muhupenyu hwake hwose. Chero hope dzake dzakanga dzongowandira kune musikana uyu. Mamwe mazuva aimborota achingoona musoro wemusikana uya uchimusekerera. Pane zvose zvaaitaura nemusikana uyu kuhope, musikana akanga asingapinduri. Aingosekerera chete. Dzimwe nguva musikana wacho aizopedzisira avaTendai, Shingai omuka achigwadziwa.

Semunhu waakanga angoona asi asina kutaura naye, hope yemusikana uya yakatanga kutiza mufungwa dzake. Pakanga poita sekuti munhu waakanga angorota chete, asi kusina munhu wakadai. Akatombofunga nezvaTendai. Tendai aimuziva nezvinhu zvakawanda saka paakatanga kufunga nezvaTendai, fungwa dzake dzakafara. Akaona kuti aida Tendai. Kana vadzokera kuMagocha, aizondoona Tendai ogadzirisa kuti moyo wake udzokere pabvute rawo.

Basa rekuMagondo rakafamba zvakanaka, boka rikadzoka pasina kana bongozozo. Mambo Makanda wekuMagondo akanga abata boka rose zvakanaka chaizvo. Vana Shingai naMasimba vakatombopedza mazuva vachigara mumuzinda wake. Akavapa ngoda dzaRubonga vakadzokera nemufaro. Masimba akaudza Shingai kuti agadzirise zvaimushungurudza fungwa dzake nekuti kana aipota achifamba fungwa nenyama zvakaparadzana sezvaakanga aita pagwendo ugu aigona kuzokuvadziwa kana kuparadzwa nevavengi. Paakahwa izvi, Shingai akazvionavo kuti akanga akona kuzvibata sechikomana chakanga chichangotanga kudiwa nemusikana. Akanga asingafaniri kuita fungwa dzaiverengwa nevanhu zvirinyore kudaro.

Vakasvika pamuzinda pamambo pari pakati pahwo husiku. Vakomana vakananga kumagota avo, mauto akamira padare akamirira kuti kana mambo vazomuka vagokwanisa kushuma zvavakanga vauya nazvo. Kuchiyedza, mambo vakainda padare, boka rikavagashidza zvarakanga rauya nazvo. Vakaita izvi vachitungamirigwa naMasimba. Masimba akarondedzera mafambire avakanga vaita, makurukota ose akanga aripo akarova gusvu, vachikuza mwana wamambo. Vanhu pavakabva padare, Rubonga akadana Shingai akamuti, "Mashoko andakakuudza uchitanga kuuya pano pamusha uchiri kumaziva handiti?"

Shingai akati,

"Ndinoaziva chaizvo mambo wangu."

"Zvakanaka. Ndangoda kuti ndikuyeuchidze kuti hapana kana chinhu chimwe chandinoita kana kutaura chisina zvachinoreva. Nyika dzokuMavirira dzandimirira zvino. Ndinotaura neari pauri, unozviziva handiti?"

Rurimi gwaShingai gwakanamira mumuromo make akaramba akanyarara. Mambo akaita kakunyemwerera kakaita sekuvhundusa Shingai. Shingai akanga amboona vanhu vaiva nekakusekerera kakadai asi vari vaya vanenge vakafa panguva dzavanenge voda kupinzwa mumabwiro avo. Ropa raShingai rakapindwa nechando richimhanya netsinga dzake. Mambo akamuudza kuti achiinda zvake, iye akabva angotenda ndokumuruka achiinda.

   Zano rake rokumhanya kuna Kundai kuti andovhunza nyaya yake akamborisendeka padivi kuti adzeye mahwi aakanga ahwa naMambo. Akandogara pamumvuri waiva pedo negota rake akatanga kudzeya. Akafunga mauyire aakaita kuzogara pamusha pamambo. Akayeuka kuti mambo vakanga vataura zvavaida paari semunhu ari kureva zvaanoda kuvadzimu. Ko izvi iye aizozviita sei? Ko iye aitaugwa naye namambo achinzi akanga akagara paari kana aizokonewa kuita zvaidiwa namambo handiti zvaingoreva kuti mambo aizomuuraya? Ko chiizve chakanga choda kuitika muhupenyu hwake hwakanga hwonakidza kudai? Kuti yakanga yasvika nguva yekuti atize? Aitiza achiinda nekupi? Aitiza chirudzii nemauto aRubonga aigona kunhuwidza hwema hwevanhu sembwa? Fungwa dzakamunetsa. MuMagocha makanga mava kumunakidza chaizvo. Aigara semwana wamambo. Vanhu vakawanda vaimufarira uye vaifunga kuti aiva munhu akanga akakomboregwa nekuti akanga akabva kunjuzu.

Fungwa dzake dzakaganhugwa nezvaakaona mumeso ake kudzimba dzemadzimai amambo. Kundai nevamwe vasikana vana vamambo vezera rake vakanga vachitaura naMasimba asi pakati pavo pakanga pane musikana uya wokunaka futi. Shingai wakamuruka, ura hwake hukagwinha-gwinha mudumbu make. Masimba wakanga amutangira kusvika pamusikana uya. Kunaka kuya kwakanga kuchingoripo, kuchiita sekuti kwakanga kwatowedzera. Musikana uya aingosekerera chete vamwe vachitaura. Chikwata chakatanga kufamba chichiinda kwaaiva ari. Hana yake yakatanga kutinha chaizvo. Akada kumhanya akananga kudondo, akazodazve kupinda mumba. Mukomana akashaiwa chokuita.

Fungwa dzinogona kumhanya nenguva duku dzikasvika kure. Panguva idzi, dzaShingai dzakamhanya kuinda kumakomo ePengapenga, dzikasvika kuMagondo. Dzakadzoka dzikainda kumba kwanaTendai dzikasiya Tendai achichema misodzi. Dzakadzoka dzikamuvhunza kuti aizopindura kuti kudii kana aziviswa zvemusikana waMasimba mutsva uyu. Aizomuti makadii maiguru here kana kuti aizongomumhorosa nezita raanenge audziwa iroro? Chero hadzo dzichimhanya samare, fungwa dzinongozobatiwa nenguva. Nguva yakakwana, chikwata chikasvika panaShingai. Masimba achisvika akangotanga zvejee naShingai achimuvhunza kuti akanga agara pamumvuri oga achifunga mudiwa wake Tendai kusvika pakukangamwa kundomutsa vanamai vose nekuvavhunza hupenyu semunhu akanga afamba kwemwedzi wose. Shingai wakashaya noromumuromo. Akahwa awa ari manyawi zvekuti mufungwa dzake akagashidza Masimba chepamatsenganzungu akawira kwakadaro. Achisvoda kudai, Kundai akabva ati, "Hii, musamudaro veduwee. Munoziva here kuti iye Tendai akasara achingochema achiti haazivi kuti chakapinda munaShingi chii. Akauya mangwana emusi wamakainda kuMagondo achida kuzoona Shingi. Tendai ari kuhwisa tsitsi chaizvo veduwe"

Shingai akashama asi hapana kana hwi rakabuda mumuromo make. Akatarira musikana uya, wanei anongonyemwereravo akamira sure kwechikwata chaiita jee naye. Masimba akazotanga kutaura. Shingai akaziva hake kuti akanga avakuchizivisiwa kuti uyu akanga ari musikana wake uye sechitsidzo chavo chiya, akangogadzirira hake kuti muururo unopisa uchibva wabaya moyo wake.

Masimba akati,
"Shuvai, uyu ndiye anonzi Shingi uyu, mumwe wangu kusvika muguva chaimo." Shingai akasekerera achisvoda.
"Shingi, uyu ihazvanzi yangu uyu, mwana wabamunini Vandirai, unovazivaka iwe?" Shingai wakahwa mhepo ichitonhorera neropa richitekenyedzeka. Muururo wakabaya asi wakanga usingachapisi. Kwechinguva chiduku moyo waShingai wakafara. Apa akaona kuti mukana wakanga uchipo. Ipapo ndipo paakayeuka kuti musikana uya aipfekavo matehwe engwe, kuratidza kuti akanga ari wekuhushe. Ko akanga asina kukurumidza kuzviona seiko izvi? Masimba akaindirira mberi achiti,
"Shuvai ainyanya kugara kwanasekuru vake, hazvanzi dzamai vake kuMawisire uko. Iye zvino akadzoka kuMagocha nekuti bamunini vakadzoka kuzogara kumusha kubva kumakomo ePengapenga. Handiti uchayeuka kuti paya vakati vakanga vanyara zvekudzidzisa majaya."
Shuvai akati,
"Makadii henyu hazvanzi?"

Kundai nevamwe vasikana vakaseka, vakati,
"Shuvai vakomana, itsika dzeiko dzaunotiitira pano. Isu
tinongomuti Shingi isu"
Shingai akati,
"Ndiripo hangu. Ini ndiri uto rinochengeta hushe hwedu
uhwu, saka usanetseka hako nekundikudza. Ndini
ndinotofanira kukukudza. Ndinofanira kukukudzai."
    Vose vakaseka zvavo. Shingai zvakazomugwadza kuti
ati musikana waakanga ada kudai agova hazvanzi yake. Hazviiti
izvozvo. Imhepo yakanga yasumuka zvisina kunaka. Akaona
zvakaoma kwazvo kuti chero aizowana mukana, asvitse shoko
kunaShuvai. Hon'o, akanga asina ukama kana nevanhu ava asi
vanhu ava vakanga vamutora semwana wavo. Vakuru vemusha
ndivo vakanga vaudza Mambo Rubonga kuti Shingai aregere
kupfeka matehwe engwe nekuti akanga asiri wemba yohushe.
Izvi vakanga vazvisimbisa kunaRubonga kuti azvingwarire
chaizvo. Vaiti zvakanga zvisingafaniri kuti pakaruke
pazokanganisika zvekuti mutogwa aizogona kukaruka abvuta
humambo hwevaridzi nekuda kwekunyanya kuqhwededzewa
pedo. Hapana aitaura nezvazvo asi mhuri yamambo vaizviziva
kuti Shingai akanga ari mutogwa.
    Masimba akazovhunza Shingai achiti,
"Yanga ichida chiiko Mhungu payanga ichitaura newe apo?"
Mhungu raiva zita rakanga rapuhwa Rubonga rikazihwa uye
kudamwa nevazhinji asi iye asingarizivi. Vanhu vaimuthla
uye vakanga vasinga muhwisisi. Akanga ari munhu wakanga
asingashungi kupfuudza uyo anenge amukanganisira kana kuti
waanenge afungira zvisina kunaka. Izvi zvakaita kuti mumwe
munhu ati,
"Iya imhungu chaiyo iya …"
Kubva ipapo vanhu vakatanga kuti "Mhungu" kana
vachitaura pamusoro paMambo Rubonga. Shingai akamuudza
kuti Mhungu aimukurudzira kuti achengete iye Masimba
chaizvo, nekuti vavengi vakanga vakawanda. Vakaseka zvavo

vakazotaura dzimwe nyaya. Shuvai akanga asina nyaya dzakawanda kuzhe kwekungosekerera chete pane zvaitaugwa. Shingai zvakanga zvamuomera. Nguva dzose idzi moyo wake wairamba uchingomuudza kuti uyu ndiye chaiye aizofanira kuva mukadzi wake. Chero zvodii aitofanira kuita zvose zvaaigona kuti abe moyo waShuvai. Shuvai akanga achiri musikana muduku asi akanga atoziva kuti zvevakomana zvairevei. Shingai akatoona kuti aitozofanira kuita hweshato chaihwo kuti zvinhu zvimufambire. Shato inotora nguva ichiyevedza mhuka nekuhwinya kweganda rayo. Mhuka inoyeva yakatarira ganda reshato yacho, yongozoyeruka yatobatwa zvakasimba zvekuti hakuna kwainozoinda nako. Shingai aitozoita zvidavado chete zvekuti Shuvai agoona kana kufunga kuti hakunazve munhu wakanga akaita saye. Zvose zvaaifanira kuita kuti adiwe naShuvai zvaitofanira kuitiwa nekukurumidza.

Chitsauko 13

Nguva yakafamba. Shingai akatanga achionana nekudanana naTendai asi zvakanga zvisisiri sezvemazuva okutanga. Pane chakanga chashanduka panaShingai asi Tendai haana kuziva kuti chaiva chii. Chakanyanya kumushamisa ndechekuti chero hazvo vasikana vakanga vakateya Shingai vakanga vakawanda chaizvo, hapana wairatidza kuti akanga ava kudanana naShingai wacho. Ko zvino moyo wake wakanga waora nei? Tendai akazvinetsa mumoyo make. Akazama kuferefeta kuvanhu vemumusha mamambo asi hapana chaakawana. Tendai aiti akavhunza Shingai kuti aizomutora riini, Shingai waitsamwa chaizvo zvekuti akatozopedzisira asingachazvivhunzi. Chete chaimuvhundusa ndechekuti vasikana vazhinji vezera rake vakanga vava mudzimba. Akatanga kuthla kuti aizogona kuitwa garandichauya zvikazomuomera muhupenyu hwake. Uku vatete vake vakanga vongomushusha kuti achiroogwa nguva ichipo. Mumwe musi Tendai akafunga zvokuedza Shingai kuti aone madzamire erudo gwavo. Akauya nerukusha gweganda retwiza gwaakanga apuwa naShingai senduma pavakanga vachapengesana. Akati iye akanga asingadi zvokuramba achitambisigwa nguva nemunhu akanga asina chinangwa chokuvaka mhuri kana kukudza rudzi gwake. Shingai wakati nechomumoyo,

"Hekani waro!"

Akazoti,

"Unoona Tendai, wauya nenyaya yakanaka fani. Zvanga zvichindinetsa chaizvo kuti ndokuudza sei. Kwandinobva kumatope epasipasi pemvura uko, hatitendegwi kuti titore vakadzi vepano pazhe. Kana ndikaita izvozvo, munyika ino hamungazogariki chero nani zvake." Shingai akazosara kupedza kutaura matama aTendai atonyorova ose nemisodzi. Tendai akangobvapo achimhanya achiinda kwavo. Shingai

akangotarira akamira. Akahwa moyo wake uchigwadza asi
panguva imwe iyoyo akahwa kuzorora.

Shingai akatanga kutora zvidzidzo zvake
zvekugwa ari oga mumatondo. Vazhinji vemunharaunda
vakatombomushaiwa. Aingoudza Masimba chete pane zvose
zvaaiita. Masimba wacho waidzidzavo nedivi rake. Dzimwe
nguva vaiinda kundodzidza zvehondo uye kusimbisa miviri
nemamwe mauto. Mazuva iwawo vakatomboinda kuhondo
nevanhu vemunyika yaiva pedo neMagocha yainzi Machera.
Vanhu vekuMachera vakanga varamba kubvisa zvipo
kunaRubonga naizvozvo Rubonga akanga atumira mauto
akawanda kundogwisa vanhu ava. Hazvina kumbovatorera
nguva refu kuti vatsivamise mambo wemuMachera pamberi
pevanhu vake. Vakaudza vanhu vose kuti kana vaizorega
mambo wavo achiita zvinhu zvisina maturo zvakare
vaizongodzoka vachiparadza nyika yavo yose. Mauto
emuMachera ndiwo akatoita zvekutozoinda kuMagocha
nezvipo zvaRubonga, kwete kuti ake Rubonga asenge
zvaakanga atapa.

Mumauto emuMagocha makanga mune vatungamiriri
vaigona kugwa chaizvo asi vose vaifanira kutevera Shingai
naMasimba. Vakomana ava vakanga vauya nedzimwe
zhira dzekugwa hondo dzakanga dzisati dzamboonekwa.
Masimba aigona kuronga mauto nekugona kuziva kuti hondo
yaizofamba sei, asi vanhu vazhinji vainyanya kufungira kuti
Shingai ndiye aironga zvose ozoudza Masimba pachivande,
nekuti vaiti Shingai aiudziwa nevaiva kumhepo zvekuita. Izvi
zvakaita kuti Rubonga asunenguke paneimwe fungwa asi
pamwechetepo akatanga kufunga mahwi en'anga yaakanga
amboona yaigara mumhenderekedzo merimwe zidziva rainzi
Doperakondo. N'anga iyoyo yakanga yamuudza kuti chigaro
chohumambo hwekwaMupingamhuru chaigona kuzowisiwa
nemutogwa. Paakatora Shingai akanga akangamwa zvose
izvi uye chaaingoona irombo rakanaka iro rainzi raitevera

Shingai posepose. Rubonga akakurumidza kukanda mashoko en'anga iya parutivi nekuti akanga zvino oda kundogwisa nyika dzokuMavirira, naizvozvo Shingai aizouya nerombo rake rakanaka, uyevo hungwaru hwake pakugwa hondo. Kana apedza kutapa nyika idzi, iye Rubonga aizongogona kuronga zvekuti Shingai apfuure asati anyanya kuonesa zvakawanda zvechigaro chake. Mumoyo make akanga azviudza kuti n'anga yakanga yamuyambira kuti achenjerere, kwete kuti zvaitozoitika. Rubonga aizvivimba pakuchenjera.

Kubva Shingai zvaakarambana naTendai, Shuvai akabva ambodzokera kundogara kwana sekuru vake kuMawisire. Shingai zvakamunetsa chaizvo. Akaita zvokuferefeta achivhunza mivhunzo yakawanda kunana Masimba naKundai kuri kuda kuziva kuti Shuvai aizodzoka riini. Haana kuudziwa zvakawanda nekuti zvizhinji vairatidza kuti vakanga vasingadi kutaura. Vakamuudza kuti baba vaShuvai, vanova bamunini vavo, vairowa chaizvo uye vaivenga baba vavo zvisingabviri. Vakati Vandirai aiva munhu akanga asina kunaka. Shingai akanga achiziva kuti vanhu vemudunhu ramambo vaikudza Vandirai chaizvo uye munhu wose waitora Vandirai wacho semurume akanga ane moyo wakanaka zvikuru. VanaMasimba vakamuudza kuti vanhu vakanga vasingazivi zvavaitaura. Baba vavo, Mambo Rubonga ndivo vaiziva zvose nekuti vakanga vakura vose. Vandirai aiva nohutsinye husingaiti. Masimba akati "Iwe wakambozvivhunza here kuti sei murume mukuru akadaro achigara asina mukadzi? Murume mukuru akadaro angaramba asina kuroora mumwe mukadzi chero wake akanga afa?"

Shingai haana kugona kupapindura. Masimba akaindirira mberi oti,

"Zvinonzi anotoshinha nemwana wake iye Shuvai uya. Kwanzi ndosaka asingadi zvokuroora. Chero iye Shuvai wacho unonzi haachatobviro pakufamba husiku. Usaona tichimusekerera kana auya pano tinenge, tichitothla kuqhwera tava husavi hwake!"

Masimba akapedzisira achiseka. Shingai akamuti,
"Iwe unozvibvuma here izvozvo?"

Masimba akaseka akati,
"Zvekuti naShuvaivo unorowa handizvibvumi hangu asi
bambo yacho iya, ummmnn, pakaoma wena. Wakamboona
here kuti haisekereri kana, chero kunani zvake. Kare, iwe
usati wauya, yaitombosekerera uye ini yaindifarira chaizvo
asi zvakazoshanduka. Mudhara vakazotiudza kuti titambe
takachenjera nekuti vakati bamunini vanoda kubvuta hushe
kubva kwavari. Kwanzi kana vachitiona izvozvi vanenge
vachitotiona sekuti tisu takagara muzhira yavo yohumambo."

Shingai akangoti,
"Ho-o, inga zvakagozha. Ndangoti ndizivevo."

Masimba akamuudza kuti asadzokorora mashoko avakanga
vataura chero kunani zvake. Izvi ndizvo zvavakanga vaudziwa
semhuri naMambo Rubonga.

Shingai wakambotora mazuva akawanda achifunga
zvaakanga ahwa pamusoro paVandirai nemwana wake.
Akaona kuti zvechokwadi kana Vandirai akanga ari munun'una
wamambo, ko sei akanga asingagari achiuya kuzoona mambo.
Aiuya zvake asi zvaingova zvekanguva kadukuduku obva
atooneka. Panguva dzaaiuya, Mambo Rubonga aingomira-
mira achiratidza kusagadzikana. Aitozodzikama kana Vandirai
adzokera. Heya izvi aizviita nekuti aiziva kuti Vandirai
aigona kukaruka amudzika sanhu obva atotora chigaro.
Nguva zhinji paiuya Vandirai kumuzinda, Musavengana,
muzukuru wavo, mwana wehazvanzi yamambo huru vatete
Mai Musa aiwanza kuvapo. Pamwe Musavengana aitouya
kuti achengetedze madzisekuru ake kuti vasapondana. Izvi
zvinhu zvakamushamisa chaizvo. Shingai akatanga kuona
kuti Vandirai aifanira kungwarigwa. Chero hake aida Shuvai,
Vandirai aifanira kungwarigwa. Godo rake kunaRubonga
raionekwa pauso hwake. Kusasekerera kose kwaibva

mukutsamwira kushaiwa chigaro chohumambo chaaida nhai. Fungwa yaakanga asingadi kuti irambe ichimudhla ndeyekuti Vandirai aigona kushinha nemwana wake Shuvai. Kwete Shuvai. Nekusekerera kwake kuya agoita zvakadaro, kwete. Shuvai aifanigwa kusunungugwa mukutapwa nabambo vake kwakadai. Mwana aifanira kuti asununguke. Kureva kuti varume vose vaiyemura Shuvai chaizovakonesa kukanda shoko kwaiva kuthla Vandirai nhai? Saka vanhu vakanga vasingamukudzi asi kuti vaitomuthla? Kuda kana munhu airatidza kuti aimuthla aitoqhwera otsengwa naye nhai? Paida zano rakachenjera. Kuti mukomana ade musikana agokona kuda mubereki wake, zvainetsa zvakare, asi pane zvaifanira kuitiwa chete. Akafunga Shingai.

Chitsauko 14

Chombo chaifarigwa naShingai chaiva uta nomuseve.
Mukomana akava nyanzvi pakunanga nemuseve. Aigona
kukanda miseve mitatu yakatevedzana wekutanga
usati wasvika paainanga. Miseve iyi yaizobaya pamwe chete
ichisiya padukuduku kuti itobayana iyo. Aigona kunanga
chero shiri yaibhururuka. Dzimwe nguva aigona kufura njiva
mbiri dzichibhururuka panguva imwe. Kana zviri zvemhuka
dzaimwa mvura dziri parutivi naparutivi aigona kudziuraya
nemuseve mumwe dziri mbiri kudaro. MuMagocha mose
hapana aiti, "Pwe," kwaari pakunanga nemuseve. Dambi iri
ndiro rainyanya kushandiswa naShingai kana vainda kuhondo.
Shingai aingotsvaka vatungamiriri vevavengi vavo vanosvika
kana gumi, obva avanonga nemiseve nenguva shomashoma.
Izvi zvaizosiya boka rose risina aitungamirira. Kana zvadai,
mamwe mauto aingozomhanya achindopedzisa vaya vanenge
vasara, ava vaizoita semhuka dziya dzinenge dzapinda
mumambure. Chimwe chinhu chaigona Shingai kukanda
pfumo. Aigara namapfumo maviri pamuviri kana vachiinda
kundogwa. Pfumo refu aiita rekukanda, fupi riri rekubaya
aripedo. Muchiuno make maigara zibakatwa rekushizha
anenge asvika pedo naye.

　　Nyaya dzehondo dzakapinda muropa rake akava uto
raithliwa navazhinji kwazvo. Izvi hazvina kuita kuti amire
kuzvidzidzisa kuramba achizvikwikwidza oga. Apa akanga
akura zvino ava namakore gumi namapfumbamwe. Mazuva
awa, kwakatanga kuitika zvinhu zvakawanda zvaimushamisa.
Pamazuva aaiita zvemiseve yake aihwa sekuti panemunhu
akanga achimutarira nguva dzose. Akazama kunyangira asi
haana chaakaona kana kuti munhu waakaona. Mufungwa
dzake akazviudza kuti munhu aikwanisa kuita izvi akanga
ari Vandirai chete. Vandirai ndiye uto rakanga rakura asi
rine zvidavado zvakawanda. Ko kunaShingai waitsvagei?

Pavaisangana vaingomhorosana zvakanaka iye Vandirai
achizviita munhu kwaye, achifunga kuti Shingai akanga
asingazivi kuti munhu akaita sei. Shingai akambovhunza
vanhu vemudunhu ramambo kana pane aiziva kuti munhu
aimutevera akanga ari ani asi vose hapana waitaura nyaya
dzokuhushe. Hapana aida chero kutombotaura zvinoindirana
neizvozvo. Vose vaingomuudza kuti iye ndiye aitofanira kuziva
sezvo ariye aigara namambo.

Mumwe musi, Shingai akaona chinhu chakamurovesa
nehana kwazvo. Shingai akahwa kuti pane munhu akanga
amutevera mudondo maaifamba. Haana kukurumidza
kuratidza kuti akanga azvihwa. Fungwa yake yakada kuti
akande miseve miviri kune munhu, kana chinhu chaimutevera
asi wakathla kupara ngozi. Murume chaiye haaurayi munhu
waasingaoni. Hazviitwi neuto izvozvo. Zvinoitwa nemhondi
kana kuti mbwende chete. Kana aivaVandirai, musi uyu akanga
azviwisira munataisireva. Vandirai akanga ane chifo chimwe
chaimukonesa kuita zvokugwa. Vandirai aikamhina gumbo
rake rekurudhli saka zvekumhanya akanga asingazvikwanisi.
Shingai akaronga kuti aizomhanya akananga kwaaifungira
kuti ndiko kwaiva naVandirai kuti andomubata agomuvhunza
kuti nemhaka yei aimuteverera. Akanga azvipira kuti chero
Vandirai akanga ari munhu wechikuru, iye aizomuratidza chiya
chakakonesa mbwa kuseka iyo kunyenama ichigona. Akaita
saizvozvo akamhanya zvokusiya mhepo chaiko. Akamhanya
achipinda mumakwenzi ndokusvika achibondera pane rimwe
zimunhu achibva iye awira pasi. Haana kuwira pasi nekuti
wakanga abondera pazirume iri asi kuti yakanga iri mhaka
yemunhu wacho waakanga abonderana naye. Shingai akanga
abonderana naGotora!

Kubva zvakasvika Shingai muMagocha, akanga ahwa
uye kuona ari kure, zirume rainzi Gotora. Gotora yakanga iri
imwe hofori yaigara yoga uye isingaonekwi-onekwi. Hapana
aiziva nezvemurume uyu zvakawanda asi zvekufungidzira

chete. Mazino ake epamberi akanga akakura zvekuti munhu
waiona waitofunga kuti aigona kuveza mupini nawo. Mazino
acho aiva nemavara ekuratidza kuti kukweshewa akanga
asingakuzivi zvachose. Meso ake aigara akatsvuka zvekuti
kune vaimutarira nguva dokodoko vaitohwa meso avo
otobuda misodzi. Nhumbi dzaaipfeka dzaiva dzematehwe
emakudo. Gotora ainzi aiziva zvekuchera midzi yakawanda
yekurapa nayo. Akanga asingashoperi asi aingorapa chete, uye
aingobetsera avo vainge vatsvaka rubatsiro kwaari.

Shingai akaramba akavata pasi akatarira Gotora
kumeso. Apa akanga ohuta zvisingabviri. Akazvituka
nechemumoyo kuti uto rakaita saye raifanira kuhuta
mberi kwemumwe murume nemhaka yei? Asizve, Gotora
akanga asingori mumwe murume. Shingai akanga asina
nyaya dzaakanga ambohwa pamusoro pezvekugwa
kwaGotora. Hapanavo aida zvokugwa naye, uye hapana
waimbomutangavo. Chinhu chainyanya kuthliwa nevanhu
panaGotora yaiva nyaya yohuroyi hwaainzi aiva nahwo.
Murume waiva nembiri yokuroya iyeye. Mufungwa dzaShingai
akati Gotora akanga aronga naVandirai kuti vamubhebhene ari
mupenyu. Vamwe vaitaura vaiti Gotora aitogara anechimukuyu
chenyama yevanhu munhava yake chaaipota achitsenga zvake
kana zhara yamubata.

Shingai akanga aziva nezvaGotora achangosvika
muMagocha. Imba yake yaiva mudondo, pedo negwizi uye
kure nemisha yevamwe vanhu vose. Akanga aisngafambi
muzhira dzevanhu chero zvodii. Aifambira mudondo chete
nyangwe nguva dzaaifamba achiinda kune misha yevanhu
vaaibetsera. Panguva dziya dzainetsa vana vachichema kana
kuita ruzha huri husiku vaingoudziwa kuti Gotora aiuya
kuzovatora. Izvi zvaibva zvadzikamisa vana vacho pakarepo.
Vakadzi vaiva nepamiviri vainzi vakamuona pamiviri pavo
paigona kutiza. Zvainzi kana nhomba yake yenyama yevanhu
yauya aigona kusvika pakudana vana vari mumatumbu

emadzimai avo vana vacho vachitoindavo ikoko kwavadaniwa naye. Asi chero zvakadero, vaitovapo vanhu vakawanda vaiinda kwaari kundotsvaka midzi nemakwati emiti yokurapa.

Musi uyu Shingai akanga achizosangana nemuroyi uya zuva richipo, asi nenguva isipi kwakatanga kusviba. Gotora ndiye akazotanga kutaura achiti,

"Uri chipembere here iwe unomhanya uchingotunga makwenzi oseose?" Shingai haana kupindura. Zihwi racho rakanga raita maungira semunhu aitaura ari mubako guru. Gotora haana kuzomirira mhinduro. Akafamba achiinda nemudondo make asingacheuki.

Shingai akadzokera kumba akatonhora achifunga. Aizvivhunza kuti asi iye Gotora ndiye munhu aimutevera nguva dzose? Asi achitsvaka chii chaizvo kunanaShingivo? Kuti akanga atumwa naVandirai here? Zvichirevei, uye Vandirai akanga asina chaimutuma kuti akonane naye. Kana Vandirai aitoda wekuuraya aizouraya vanaMasimbazve, kwete iye Shingi. Shingai akanga ari mutogwa pamusha waRubonga. Kuda hayo yakanga iri nyaya yekuti Shingai aitogwa semuchengeti waMasimba naizvozvo munhu aida kuuraya Masimba aifanira kutanga abvisa kana kuuraya Shingai. Akaona kuti aifanira kungozovhunza iye Gotora kuti aimutevera nemhaka yei. Gotora haana kuratidza kumuvenga paakabondera paari. Pane zvaaida chete uye zvinhu zvacho zvaizobuda pachena chete.

Chitsauko 15

Mazuva akatevera, Shuvai akadzoka muMagocha. Akanga akuravo uye aiita sekuti akanga awedzera kunaka. Shingai akamuonera kumba kwaVandirai. Vandirai aigara chinhambo kubva kumuzinda waRubonga. Pamusha pake paiva nedzimba ina, chero hapo paingogara vanhu vaviri chete. Kazhinji paitogara munhu mumwe nekuti Shuvai aipota achidzokera kundogara kwana sekuru vake kuMawisire. Shingai akanga asvika kudivi reko achidzidza mafambiro aVandirai. Akanga azvidzidzisa kuti kugona muvengi kuziva pane simba rake nepane zvifo zvake zvose. Kana aziva izvi, zvaizomuitira nyore kuzvidzivirira kana pane anenge aida kuzomugwisa. Pane mamwe emazuva awa, Shingai akaita zvekuvhima chaizvo kuti aone Shuvai. Akamutevera achiinda kutsime akaona kufamba kwaaiita kose. Akaita zvimazuva achidzidza mafambire aShuvai kusvika rimwe zuva aita zvekuti vaite sevasongana muzhira, Shuvai achiinda kutsime. Shuvai akaita sekuvhunduka paakaona Shingai.

"Hevo Shuvai, ko mazuvano hauchauyi kuzotionavo seiko?" Shuvai akasekerera asati ataura. Pakuzodai, Shingai wakahwa moyo kuita sowonyungurudika. Hana yake yakatanga kurova.

"Hi-i, ko makadiiko hazvanzi?" Akazodaro Shuvai.

"Ha-a, iwe, hazvanzi yako ndiMasimba, ini ndiri mutogwa pamusha penyu. Chokwadi munhu ava nemazuva auya kuno kana kumbouya kuzoona vamwe vako? Chiiko kudaro nhai veduwe?" Akadaro Shingai.

Shuvai akamuudza kuti aizoinda kundovaona hake rimwe zuva. Akamuvhunza kuti akanga ahwa nani kuti iye akanga ava namazuva akawanda adzoka muMagocha. Shingai haana kumupindura asi akakumbira kuti amuperekedze kutsime vakabva vainda vose. Akamuudza kuti munhu aipfeka matehwe engwe muMagocha akanga asingatendegwi kuinda kundochera mvura oga kutsime. Shuvai akapindura achimuudza kuti izvi zvaikuvadza vana vekuhushe vakawanda nekuti pavaizoita dzimba dzavo vaiwanza kuzokonewa kuzviitira mabasa avaitarisigwa kuzogona sanamai vedzimba. Baba vake vakanga vamudzidzisa kuti munhu chero ari she, aifanira kudzidza kuzvishandira oga. Nyaya dzakapera Shingai achiri kuda kutaura naShuvai. Vakazoonekana zvavo Shuvai akabva angokumbira kuti Shingai asataurira vamwe vekumuzinda kuti akanga amuona.

Shingai akainda kumba achifara chaizvo asi zvinhu zvakanga zvisiri nyore kwaari. Akatora mahwi aShuvai ekuti asaudza vamwe kuti akanga amuona akaona kuti nyaya yeruvengo pakati pemhuri yaVandirai neyaRubonga yakanga yakakora kudarika zvaaifungira. Fungwa dzake dzakatanga kubandana. Chero kana kuri kuti Shuvai aizomuda, izvi zvaizogashigwa sei pamusha paRubonga iye aitogwa semuvengi kudai? Ko iye Vandirai wacho aizoita tezvara vake chirudzii? VanaMasimba vaizomutora semutengesi, svukukuviri yomunhu. Shingai akanga akurira muimba yohushe, achingobatwavo semwana washe chero hake aipfeka zvakasiyana nezvevamwe vana vamambo. Moyo wake wakanga uchida Shuvai chaizvo. Zvimwe zvose akanga asingazivi asi kuti moyo wake waida Shuvai, aizviziva zvikuru. Chimwe chinhu chaakaona ndechekuti kubva zvakadzoka Vandirai kubva kuPengapenga, Rubonga akanga awedzera mauto aimurinda gwakapetwa ruviri. Mambo akanga onyanya kupenga kana kungodzinga mauto kana aingovafungira kuti vaiva vasingahwisisiki. Pane vanhu vakawanda vakanga vakandiwa munyika vainzi "Zheve nemeso amambo." Vanhu ava vaifanira kuti vataure zvose zvavainge vahwa zvichitaugwa pamusoro pamambo nemhuri yake. Vanhu ava vaifanira kugona kunhuwidza muvengi, muvengi wacho asati aronga zvokugwisa. Vanhu ava vakanyanyisa kuwedzegwa mazuva iwawo nekuti godobori Gezi akanga ashopera kuti pane vanhu vakati wandei vaironga zvokuuraya mambo.

Rubonga akasheedza Shingai rimwe zuva vakataura
nyaya dzakawanda. Izvi zvakanga zvisati zvamboitika.
Musi uyu, Rubonga haana kutaura nyaya dzake dzekuda
kukunda nyika dzokuMavirira dzaaiwanza kutaura kana
vari voga naShingai. Akamuvhunza zvevavengi vakanga
vataugwa naGezi. Shingai akati akanga asingavazivi asi kuti
aizokandavo mhino yake muMagocha mose kusvika azvibata.
Rubonga akazovhunza kuti iye Shingai aimuonavo sei.
Shingai akamuudza kuti aifara chaizvo nezvaakanga aitigwa
namambo wake zvekuti kana aihwa chero munhu achinyomba
mambo, aizvipira kufa naye munhu iyeye. Mambo akazoudza
Shingai kuti angwarire Vandirai. Akakumbira Shingai kuti
adzidze nezvaVandirai, aone kuti fungwa dzake dzakanga
dziri papi. Akati izvi aizviita nekuti vamwe vanhu vakanga
vasingakwanisi kuti vapindire nyaya dzemuimba yohushe.
Shingai akazvihwisisa izvi akavimbisa mambo kuti aizoita
zvose zvaaigona kuti achengetedze Rubonga kubva kuvavengi.
Mambo Rubonga akazopedzisa achimuyambira kuti aite zvose
izvi akachenjera chaizvo nekuti Vandirai aiva mbwa chaiyo
pakunyumwa.

Chisina kuzihwa naShingai ndechekuti Iye Rubonga
akanga atotumavo vamwe vanhu vakatowanda kuti vatarire
mafambire ake pose paaiinda. Vanhu ava vakanga vatumwa
nguva dzakasiyana uye vasingazivi kuti vaiita basa rimwe.
Zuva nezuva Rubonga aiwedzera kuthla nekufungira kuti
pane vaironga zvokumuuraya kana kumutorera chigaro
chake. Pose paakanga ofamba, paiwanikwa mauto akawanda
aifamba akamurinda. Zvekufamba ari oga akanga azvisiya
pasi. Madzimai ake akatombofara kuti murume wavo akanga
asingachanyanyi kufamba-famba. VaGondo ndivo vakanga
voita mabasa akawanda aisiitwa namambo, vachidzoka
vachipira zvose kwaari. Mazuva mamwe iwawo, Masimba
akatanga kunyarara uye kuthlavo kufamba ari oga. Mhepo

yakanga yasumuka mumusha uyu yakanga yakashata.
Kushata kwezvimwe kwakava kunaka kwezvimwe.
Shingai akatowana zhira yokuona Shuvai nayo. Aingoita
semunhu ari kuita basa rake raakanga atumwa namambo.
Chero vanhu vaimufudza pavakaudza Mambo Rubonga kuti
Shingai akanga avakugara achionekwa achitaura nemwana
waVandirai, mambo akafara kuti zvaaida zvakanga zvichiitika.
Chete kuti Shuvai wacho aiti zvevakomana zvakanga zviri
kure naye chaizvo. Aitarira Shingai nemaziso aiva akazara
nerudo asi achimuudza kuti asatombopedza zvake nguva yake
achifunga kuti pane zvaizoshanduka. Rimwe zuva vakaonekwa
naVandirai vachitaura. Vandirai akaramba akatarira
Shingai mumaziso, Shuvai achifamba achibvapo. Vandirai
akangoramba akatarira Shingai pasina kutaura. Akazofamba
achitevera mwana wake pasina chero chakataugwa.

Ramangwana, Shuvai akatsvaga Shingai akamuwana
mangwanani chaiwo. Akamuti,
"Shamwari, nyaya yekutaura neni yawaiita yakora muto. Pane
nyaya dziri pakati pababa vangu nabamukuru VaRubonga
dzausingahwisisi iwe. Izvozvi ndava kutodzokera kwana
sekuru, saka ndichazokuona hangu kana ndadzoka. Usamira
hako zvirongwa zvako zvekutsvaga chibayamoyo chako uchiti
moyo wangu uchashanduka ndikakaruka ndakuda, kwete. Iwe
ungori munhu anonakidza kutaura naye asi ini hangu zvemoyo
wangu hapana anougona."
Shingai akada kuti apindure asi nguva imweyo Shuvai akabva
ati,
"Chirega ndimhanye. Mudhara wangu atondimirira shamwari."
Shuvai akamhanya achiinda iye akangosara akashama muromo.

Shingai akambofunga kuti kwaiva kutamba, asi
akatozohwa yatova nyaya mumusha kuti Vandirai akanga
amboinda kundogara nemadzisekuru aShuvai. Makurukota
nemachinda amambo aitoseka kuti chokwadi murume
mukuru akaita saVandirai angaida kundogara kwemazuva

akawanda kuvakarahwa vake, apa mukadzi wake akanga asisipo. Mambo akaratidza kuti akanga asununguka uye akabetseravo vamwe vake kuseka nyaya iyi. Shingai akatsamwa kuti Shuvai akanga aindisiwa kure nekuda kwevanhu vaiitirana godo. Panguva iyoyo akahwa moyo wake uchivenga vose, Vandirai naRubonga. Dai vasipo vanhu ava Shuvai angadai asina kudzokera kuMawisire uye achitomusekerera panguva idzodzo.

Zvirongwa zvehondo zvakatanga kusumudzigwa. Shingai akagadzirira kuinda nemamwe mauto. Akambopinda mudondo kuti amboona kuti zvemiseve yake zvakanga zvichimo here. Achingopinda muzhira yake, akahwa zvinhu zvaakanga akambohwa mazuva aya aaipinda mudondo umu kuti andozvisimbisa. Fungwa yake yakamuudza kuti akanga atarigwa zvakare. Musi uyu haana kumhanya sechipembere achitunga makwenzi. Akafamba achiinda kumakwenzi kwaaifunga kuti ndiko kwaiva nemeso akanga achimudongorera. Akaona Gotora akamutarira, iye akaramba akamutariravo. Shingai akamuti,

"Makadii vakuru. Ko chii kugara muchinditevera kudai?"

Gotora akapindura nezihwi rake achiti,

"Kukutevera kupi? Kutevera unokuziva here iwe?"

Shingai akaona kuti akanga asingakwanisi kupikisana nezirume iri. Mumeso matsvuku aGotora mairatidza kuti akanga ane zvaaida kutaura asi aishaya kuti ozvitaura sei. Gotora akazomuti,

"Ukatora ganda renyati woshandisa nedanda remunyamagundere kugadzirisa uta hwako uchaona kuti miseve yako ichasvika kure zvakadii!"

Akapedza kutaura otofamba achiinda. Shingai akamboramba akamira achizama kufunga kuti Gotora akanga ataura izvi nekuda kwei. Vanhu vose muMagocha, chero vamwe vekure, vaiziva kuti Shingai yaiva nyanzvi pakugadzira nekufura miseve. Ko zvino Gotora aizivei nezvemiseve?

Asizve, Gotora akanga ataura zvaizoitika kana Shingai
aizogadzira uta hwake nezhira yaakanga amuudza. Musi uyu,
Shingai haana kuzoita zvokunanga nemiseve. Akatsvaka
matanda ake emunyamagundere. Makanda enyati aivako
kumba kwake. Aifanira kuti agadzire uta nezhira yakanga
yarehwa naGotora kuti amboona kuti zvaizodii.

Shingai akashamisika nesimba rakabva pauta hwake
hutsva. Aiti akafura muti, museve waitozonetsa kuubvisa
pamuti uyu. Mukomana akanyemwerera ari oga mudondo.
Chero paakaziva kuti Gotora akanga akamutarira zvakare
mazuva akazotevera, haana kuvhunduka. Akacheuka,
Gotora akangogutsurira nomusoro ndokuinda kwaaiinda.
Shingai akatanga kuti akaona Gotora, omumhorosa
zvakanaka. Akafara kuti panyaya yeuta hwake pakanga
pasina kushandisiwa zvemishonga kana huroyi. Izvi zvaireva
kuti zvinhu izvi zvakanga zvisina zvirango zvaizoshupa
kutevedzera uye zvakanga zvisingazonyangariki panguva
yakaoma. Mamwe mauto akawanda ainzi akafa munguva
dzehondo nemhaka yekuti zvimwe zvombo zvavo zvakanga
zvakashongedzewa nen'anga kana kuti varoyi zvaizopera
simba apa hondo ichiri pakati.

Zvishoma nezvishoma Shingai naGotora vakatanga
kuwirirana. Vaiwanza kuonana mudondo kana kuti pedo
nekumba kwaGotora kugwizi. Gotora akatanga kudzidzisa
Shingai zvinhu zvakawanda kunyanya panyaya dzekugwa.
Shingai wakashamisika chaizvo neruzivo gwaiva nerume
iri paari. Rimwe zuva Gotora akavhunza Shingai kwaaibva,
Shingai akataura nyaya yake yokuti aiva mwana wemadziva uye
akanga asingafaniri kutaura nezvazvo. Gotora akaseka. Musi
uyu ndiko kwakava kutanga kwake kuona Gotora achiseka
uye haana kumbozomuonavo achiseka zvakadero kakawanda.
Gotora akati,

"Chikomana, ini ndakasiyana nevamwe vanhu vose avo. Nyaya
yako yenhema yakagashigwa nevamwe vanhu vose asi ini

ndinozviziva kuti inhema chaidzo. Ndakazviziva kubva musi
wawanzi wapinda muno muMagocha, saka taura kwazvo"
Shingai wakasvoda chaizvo kuti akanga abatiwa. Akahwa kuita
benzi chairo akazvituka kuti akanga aitirei zvokureva nhema.
Asizve, iyi ndiyo nyaya yaizihwa nevanhu vose vemuMagocha
uye ndiyo nyaya yakanga yamuraramisa kusvika pakugara
mumusha wamambo. Shingai wacho akanga otodavo kutenda
nyaya yacho mufungwa dzake.

    Shingai akazoudza Gotora kuti akanga asingachazivi
kuti aibva kupi. Akati aihwa sekuti akambogara kune imwe
nyika asi fungwa dzake dzakanga dzaita kudzima chaiko
pamusoro penzvimbo yaakanga abva. Gotora haana kuratidza
kushamisika nemhinduro iyi. Akangoudza Shingai kuti
iyevo akanga ari mutogwa munyika iyi. Izvi Shingai aizviziva
nekuti paitaugwa nyaya yaGotora, vanhu vose vaingotaura
kuti akanga asingazihwi kwaakabva nako asi hapana waigona
kumuvhunza izvozvo.

    Shingai akamuvhunza kuti nemhaka yei akanga ada
zvokumudzidzisa zvose zvaaimudzidzisa izvi. Akavhunza kuti
sei akanga ashara iye pamajaya ose omuMagocha. Gotora
akangomuudza kuti akanga akasiyana nevamwe vanhu vose,
zvisiri zvekuti akanga ari mutogwa asi kuti pane chakanga chiri
paari chaikosha. Iyi nyaya haina kwayakazoinda nako. Vaviri
havana kuzombovhunzana zvimwe kuzhe kwenyaya dzimwe
dzemuMagocha dzakanga dzisingazihwi naShingai. Shingai
akatanga kuhwisisa zvimwe zvinhu zvakawanda zvemamiriro
enyika yeMagocha.

Chitsauko 16

Mauto aMambo Rubonga akanga amira akabata zvombo zvawo vachiratidza kuhwa zhara yekuteura ropa. Vaiimba nziyo dzehondo vamwe vachibhon'a senzombe dzinoda kugwa vari muzvikwata zvakasiyana-siyana. Miseve nemapfumo zvakanga zvarodzegwa kare. Uto rimwe nerimwe rakanga rakapakatira zvombo zvaro pamuviri. Kune vaigona zvekukanda miseve kozoita vemapfumo nenduku. Vose ivavo vairongwa muzvikwata zvakasiyana kuitira pakufamba kwavo uye kuti vaironga zvehondo vazive kuti vavengi vaizoshandisigwa zhira dzipi pakuvagwisa. Panyika dzokuMavirira, Mazimbe ndiyo yaiva pedo. Mauto makuru akanga aronga kuti nyika iyi ndiyo yaizotanga kugwisiwa. Rubonga akanga audza mauto kuti kana vaizokonewa kuuya namambo weMazimbe ari mupenyu, vaisatofanira zvavo kudzoka kuMagocha. Panguva iyi, mauto makuru akanga amira mberi kweDare Revachenjeri Gumi Noumwe vachionekana namambo. Shingai naMasimba vakanga varipovo pakati pevakuru vemauto.

Shingai akavhunza mauto makuru awa kuti vaiziva zvakawanda zvakadii pamusoro penyika yeMazimbe kana kuti vavakidzani vayo. Chitsere akati,
"Kasi wava kuthla kani nhai Shingi?" Mamwe mauto makuru akaseka. Shingai akati,
"Ukahwa munhu anoti haathli ziva kuti unoreva nhema nekuti kazhinji munhu asingathli anokurumidza kufa muhondo. Munhu anothla anoda kuchengetedza hupenyu hwake naizvozvo anogwa zvineuchenjeri."
Chitsere akazomuudza kuti vaizongoita zvavaigara vachiita; Shingai aifanira kubaya vatungamiriri vevagwi ivo vasati vaziva zviri kuitika. Rubonga akavhunza Shingai kuti chii chakanga chashanduka zvekuti aivhunza kuti hondo iyi yaizogwiwa sei. Shingai akaqhwedera pedo namambo akazevezera

kwekanguva kaduku. Mauto ose akanyarara achimirira kuhwa zvaizorehwa namambo. Mambo akambokwenya ndebvu dzake dzepachirebvu ndokuzoti,

"Itai kuti mauto enyu ose ambodzokera kumba vagomirira kusvikira vasheedzwa zvakare." Mauto makuru akainda kundoudza zvikwata zvavaitungamirira mashoko akanga abva kuna mambo asi vakanga vakavhiringika. Mahon'era akabva kumakurukota airatidza kutsamwa kwavo nezvakanga zvaitika. Chitsere akazevezera VaGondo, VaGondo vakabva vatanga vabvisa makarabwa pahuro mamwe makurukota akaterera. Vakakumbira kuti Dare Revachenjeri Gumi Neumwe risongane pazuva raitevera padare ramambo.

Pazuva rakatevera, vachenjeri gumi neumwe vakasongana mangwanani zuva richangobuda. Vakataurirana vachigunun'una nekuda kwesimba ravo rakanga rosvetewa naShingai. Dai ari Masimba oga, vakanga vasinei naye. Vakati mambo aifanigwa kuchenjedzwa padambudziko raakanga ava kuzvigadzirira omene. Vachenjeri vakabvumirana vose kuti mukomana uyu akanga adarika muganhu wake zvakanyanyisa. Pakasvika mambo padare, Chitsere haana kutora nguva. Wakamuruka ndokutaura akapfekanisa zvigumwe zvake zvekumaoko achiti,

"Taungana pano tiri vachanjeri venyu vamunokoshesa chaizvo asi chokutanga tinoda kuti imi muzive kuti njere dzedu dzose dzakabatana kudayi hadzikwani pane dzenyu. Tinorashika, tinotatarika asi nezivo yekuti imi mambo muripo, hativhunduki. Tinongotamba-tamba zvedu tichisvika uko nekoko asi tichiziva kuti miqhwe yedu yakarovegwa nembambo pamuri."

Rubonga akamedzerera mate achihwa kupuwa mapapiro kwakadai. Chitsere akaindirira mberi achiti, "Titenderei Mhazi, kuti tirashike hedu imi mutidzore. Taona kuti tikadzoka tonyarara pane twufungwa twedu twatinenge tinatwo, mangwana tinogona kuzoita mhosho huru chaiyo zvinhu zvainda nepadivi. Zvamunoona tauya kudai, tashupika nesimba ratinoona sekuti rava kututuma pamukomana uyu, Shingi. Muyeuke mambo, kuti isu tinorashika, uye tinoona nemeso anogona kupofomara kana kuonera pedo. Tidzorei zvisina ukasha tipinde mugwara renyu. Dai zvichinzi ndiMasimba, a-aa hataimboti bufu kana, asi kuti tava kuthla kuti mukomana uyu unogona kuva akazora qhwaqhwa reshato, zvichireva kuti anogona kusveta simba raMasimba kana renyu imi mambo wedu. Munoziva zvinoita shato ichiyevedza mhuka neganda rayo richivaima-vaima? Mambo, yeukai kuti mukomana uyu mutogwa, kwete kwamuri neimba yenyu chete, asi kuti muno muMagocha nedzimwe nyika dzakatitenderera. Hatiti murambe zvaakakuudzai bodo, asi kuti tinoti muzvigashire nouchenjeri hwenyu, mowana nguva yokudzeya. Kuda munotozviziva henyu kuti kutaura kudai iye watova mukombe nechirongo namambo wevaroyi vose vomuno muMagocha. Sezvatataura tichitanga, baba vedu, *(akatanga kuuchira)* tikangamwirei pakurashika kwedu. Gwara tinotora kwamuri. Tati isu uya wakaramba akanyarara ndiye wakazofira mumbereko. Tinotenda!"

Makurukota ose akagutsurira ndokuramba akatarira kunaRubonga. Panguva idzi mambo akanga akachengetera dama rake muruoko gwake gwerudhli. Akagutsiriravo akati, "Aa-a, nhai Chitsere, inga wani munozihwa nezita rekunzi Dare Revachenjeri Gumi Neumwe. Ko handiti ndiro basa renyu rekutanga iroro rekuva chisipiti chenjere chinochegwa fungwa namambo? Ko dai ndaida vanhu vanongoti 'Hongu' pane zvose handiti ndaingoti zvitsiga ngazvigare pazvinzvimbo zvenyu zvichitoitika saizvozvo? Musafa makarega kutaura zvinenge zviri mufungwa dzenyu vakomana. Nyika ndeyenyu iyi. Ini ndingori musoro wenyu. Zvisinei hazvo, nyaya yenyu ndaihwa, uye ndinotova mberi kwenyu pakuzviona. Tsoro yacho yandiri kuronga yaresva kuti haidi kuudziwa vakawanda nekuti inodzoka yopata. Zvamareva

zvine musoro chaizvo uye pane zvimwevo zvandanga
ndisingachanyanyi kutarira. Iye mukomana wamareva uyu
Masimba anofanira kusvunura nguva dzose nekuti ndiye ari
pamhene" Mambo nemakurukota ake vakaramba vachitaura,
makurukota achifara nekuteregwa kwavakanga vaitiwa
naRubonga.

Shingai naMasimba havana kumbofungidzira kuti nyaya
yaitaugwa padare mangwanani awa yaiva yei. Ivo vakapinda
pagwendo gwavo gwekuinda kunyika dzekuMavirira vari
vana kusanganisira nevarindi vavo. Vakanga varonga zvekuti
vambondosora nyika dzaida kuzogwisiwa neMagocha.

Usiku hwomusi uyu, Mambo Rubonga akashaya hope.
Zvemazano ake zvakanga zviripo hazvo asi makurukota ake
akanga amuudza chokwadi chakanga chagara pamoyo wake.
Pakati paShingai naMasimba, Shingai ndiye akanga otoita
sezvinonzi ndiye aiva mwana wamambo. Chainetsa ndechekuti
Shingai wacho akanga ava nenjere dzaipinza chaizvo. Zvinhu
zvose zvaaiita zvairatidza hungwaru. Rubonga akanga atora
Shingai kuti agare mumusha make nekuti aida rombo rakanaka
raitevera Shingai wacho. Izvi zvose zvaiitika zvairatidza kuti
hurongwa hwake hwakanga huchifamba zvakanaka. Shingai
akanga agona zvehondo chaizvo zvekuti nyika dzekuMavirira
aitozodzikunda chete. Izvi zvaiwedzera simba raRubonga
zvinova ndizvo zvaaida. Chaimunetsa ndechekuti kana
Shingai paaizopedza basa raakanga amutorera, aizomupedza
simba rakanga rakura kudai nezhira ipi kuti achingozosara
ari munhuvo? Kana vanhu venyika dzaaizogwisa vaihwa
kuti Shingai akanga asisipo, vaigona kuzowana simba
rekumumukira nekuti vaiziva paiva nesimba rake. Izvi
zvaizomusiya ari mudambudziko guru chaizvo.

Zvekuti Shingai aiwirirana naGotora hazvina
kumuvhundusa nekuti Gotora aiziva paaigumira panyaya
dzemuMagocha. Gotora akanga asinei nezvehumambo
hwekwaMupingamhuru. Zvekuti Shingai ainyenga Shuvai

zvakanga zvisingamufadzi. Zheve dzake dzakanga dzamuudza kuti Vandirai akanga asingadi zvachose kuti Shuvai adanane nemunhu aigara naRubonga, asizve Vandirai akanga asiri munhu wekuvimba naye. Vandirai aiva nyoka iya yaiva neruvara gwebundo naizvozvo yainetsa kubata kana kuziva payaigara kana iri mubundo. Kungofunga nezvaVandirai chete, mudumbu make makatanga kucheka-cheka. Chaizoita sekumuzorodza ndechekuti Vandirai akanga asina vanakomana vokuti aigona kuzoda kutoravo chigaro chehumambo hwekwaMupingamhuru uye kukuvara kwaakanga akaita pagumbo kwakapedza mashiripiti ake okugwa akawanda. Akanga asingachakwanisi kumirisana naRubonga zvavaimboita vachiri vakomana. Chero hazvo zvakanga zvakadaro, Rubonga aifanira kuramba akamuchenjerera. Vandirai akanga ari mhetamakumbo ine mano akawandisa okumuruka.

Musure memwedzi mitatu, vana Shingai naMasimba vakadzoka kuMagocha kubva kwavakanga vandosora. Vakarondedzera mafambire avakanga vaita kuinda kunyika dzekuMavirira vachiudza Mambo Rubonga nemakurukota ake. Vakanga vainda vakangopfeka sevamwe vanhuvo, kwete vanhu vokuhushe hwekuMagocha. Vakainda vachiita sevanhu vaitengesa mapadza nemasanhu. Vaifamba vachitsvaka vhu rine utare vogadzira mapadza nemasanhu vachitengesera vagari venyika idzi. Mukuita izvi, vakanga vatenga zvipfuvo zvakawanda nemunyu vachishandisa umhizha hwavo hwekufura utare. Vakanga vasingavhunzi zvakawanda kuvanhu nekuti varipo vaivatarira nameso akanga asingavimbi navo, chero havo pakapera mazuva akati wandei, vazhinji vakatanga kungofungira kuti vaingovavo vanhu vaitsvaka zvokurarama nazvo. Meso avo nezheve dzavo zvakanga zvashanda zvakangwara. Vakanga vaona kuti kubva vasati vavambuka Mhathlehuru vachibva nekumabvazuva, kose kwakanga kwarungwa mauto achitevera gwizi ugu. Mukati memauto maiva nevaridzi vehwamanda nevengoma.

Vakomana vakarondedzera vachiti chakanga chaitika ndechekuti paiva nemumwe munhu, mukuru chaiye wemuMagocha akanga anyeurira madzimambo ekuMabvazuva nezvechirongwa chaMambo Rubonga chekugwisa nekutapa nyika idzi. Zvakanga zvisina kubuda kuti munhu wacho akanga ari ani asi madzimambo anokwana manomwe, kusanganisira venyika huru dzaiti, Magweza, Zibere neMazimbe akanga aitirana chitsidzo chekuzobetserana paizouya Rubonga kuzovagwisa. Vakanga vaunganidza mauto avo akawanda kuti vaite mushandirapamwe wekuzokutsira Rubonga.

Makurukota akaratidza kunetseka nezvavakanga vahwa. Umwe neumwe wavo wairatidza kusasunnguka ari paari. Rubonga haana hake kuzviratidza asi moyo wake wakanga uchitsva chaizvo. Pavakuru vake pakanga paita zai rakaora. Vakomana vaiita majana ekurondedzera zvimwe zvakawanda zvavakanga vaona nekudzidza kunyika dzekuMavirira. Masimba akapedzisa kutaura achiti,

"Chero hazvo vakatigadzirira kudai, pane zvatakaona zvavasina kunatsa kugadzirisa zvatinogona kushandisa kuti tivabvongodze asi hatichazvirevi pari zvino nekuti mumwe musi hama yevanhu vedu ava ingazondovanyeurira tikaqhwera tafumuka zvedu."

Masimba asati agara pasi, Chitsere wakanga atomuruka achihuta nehasha. Akati,

"Varume, mashoko auya nevakomana ava makukutu chaizvo. Mumba mapinda nyoka ikanyangarikiramo. Munhu ari kurehwa uyu ari pakati pedu pano varume. Hakuna munhu umwe angaita zvakadai kubva murudhende gwevanhu vemuno muMagocha asi kutoti pakati pedu pano, ndipo pane mhandu yacho chaipo. Hatidi kuvanda seri kwechigumwe. Dai munhu wacho akangwara, waizvibudira pachena, nekuti kana tikazomubata nedzimwe zhira, varume-"

Akambofemera pamusoro, meso ake achimhanya-

mhanya kutarira vamwe vake. Vose vaaitarira vaikurumidza
kutizisa meso avo kune ake. Akazopedzisa oti,
"Zvirokwazvo tikakubata tichauraya zvose kusvika pahuku
dzako nenhiyo dzazvo. Munhu ngaazvidure varume.
Mambo vanogona kumupa mutongo wakanaka. Vanogona
kungozouraya iwe chete, mhuri yako yopuhwa mutongo
wedongo!" Chitsere akabva akagara pasi achiridza tsamwa
dzairatidza hasha.

Vachenjeri vose vakamboratidzika sevakanga
varashikigwa nenjere dzavo. Chero waisimuka waingotsinhira
mashoko aChitsere. Chainetsa pakanga pasina chero umwe
wakanga ane waaifungira kuti ndiye akanga aiita izvi. Nguva
dzose idzi Mhungu yakanga yakangoti zi-i, meso chete
achitarira gurukota rimwe nerimwe. Dare rose rakasvika
pakuzonyarara vangomirira kuti Rubonga achitaura. Mambo
akatenda vana vake nezvavakanga vaita uye nehuchenjeri
hwavo. Akati makurukota ake ambodzokera kumisha yavo,
iye ozoraira kuti aizovada riini. Izvi aida kumbozosara
achitaura nevana vake kuti vaone danho rekutora nekuda
kwekungwadziwa kwakanga kwaita muvengi. Rubonga
akazosara achivhunza vakomana kuti vaifungira ani
pamakurukota amambo. Shingai naMasimba vakataura
kuti vakanga vambozvivhunza nekuzama kuti vaone kuti
nhunzvatunzva yaifanira kuva iri ani vakashaiwa. Chero
iyeRubonga akanga asina kana umwe waaifungira. Vatatu
vakabvumirana kuti vamboita chinguva vachifunga uye
vachitsvaka zano rekuzonhuwidza kuti mhandu yakanga iri
ani. Zvakanga zvisina ungwaru kuti vainde kuhondo vasati
vatumbura muhwa wakanga wavabaya.

Rubonga haana hake kutaura kuti aifungira ani asi
iye akanga achifungira kuti zvinhu izvi zvaiva nechokuita
naVandirai. Vandirai ndiye wakanga ari muvengi wake mukuru
chaizvo. Vandirai aimuziva. Vandirai aiva negodo rekuti
akanga asina kuitwa iye mambo weMagocha pakafa baba

vavo. Vavengi vake vaida kukurumidzigwa kupurugwa simba
ravaiva naro. Vandirai ndiye aipota achimboinda kusina aiziva
saka aigona chaizvo kuronga nevavengi pasina aimuona.
ZvaVandirai zvinenge zvaitoda kuti aiite zvekumupfuudza
chaizvo nekuti muvengi wakaita senhukusa inofambira muvhu
ndiye wakashata. Unonetsa kurisa, naizvozvo unogona
kukaruka warova pasingafungigwi semheni. Mazuva akatevera,
mambo akawedzegwa vamwe varindi. Chero zvaibikwa
nevakadzi vake zvakanga zvototanga zvapuwa mumwe
murindi kuti adhle, potomboita chinguva kusvika mambo
agutsikana kuti zvokudhla zvacho zvainge zvakanaka zvisina
muchetura.

Mazuva akadzoka vanaShingai kubva kunyika
dzekuMavirira, Shuvai nababa vake vakanga vadzokavo
muMagocha. Shingai akafara chaizvo nekudzoka kwaShuvai.
Zvainetsa hazvo kuti vaonane asi panodiwa nemoyo, rume
rinowana masvikire chete. Vandirai akanga audza Shuvai kuti
asatamba naShingai nekuti akanga asingazivi zvaakanga ari asi
mashoko awa anenge akawira parukangarahwe.

Shuvai akazoudza Shingai kuti iye aimudavo
chaizvo kwapera mazuva akawanda Shingai achidetemba
nekuzviratidza kuti akanga ari murume akasvika. Rudo gwavo
gwakafutidza moto muMagocha. Chero zvavo vaionana
pakavanda vachiita zvekubira, vanhu vakaziva nezverudo
gwavo vakahwereketa nezvago zvine simba. Husiku
madziro anomera zheve, naizvozvo zvakanga zvakavanzika
zvakasvika kuva pachena mumatunhu emuMagocha ose.
Vamwe ndovakatanga vachishora rudo gwevaviri ava asi
vakazopedzisira vozvifarira.

Vanhu vakataura zvakawanda. Vamwe vaiti Shuvai
aizoindwa naye kundoratidziwa njuzi, vamwe vakati wakanga
atoshanduka kuva njuzi kare. Vamwe vaiti vakanga vazviona
kuti kunaka kwaShuvai kwakanga kusiri koga asi kuti
aitobvavo kune vepasi penhope ikoko. Vamwe vaiti Shingai

akanga auya kuzoyananisa Rubonga nemunun'na wake
Vandirai. Vemumba mamambo ndivo vaiti Shingai akanga
asingazivi zvehuroyi hwaVandirai nemwana wake naizvozvo
aizochema chete nerimwe zuva. Vakanga vatomirira zuva iri.
Rubonga ndiye wainetseka chete nekuti zvaiitiwa naShingai
zvaiti kumunakidza chaizvo, asi zvozomuvhundusa zvakare.
Izvi zvaiita kuti ashaye kuti oitei naShingai wacho. Mazuva awa
Shingai aigara achiridza muridzo nekuda kwemufaro. Aizvihwa
kuti akanga akagara pamusoro penyika, moyo wake wakaitwa
kukwekwetwa chaiko naShuvai. Vandirai akambotsamwa
chaizvo asi pane chinhu chaiita kuti asada kunyanya
kuomesera mwana wake uyo wakanga akura asina mai vake.
Aiti chero achipopota akangoona Shuvai arereka musoro
obva atoregera. Shuvai paakaona kuti ndizvo zvaiitika haana
kuzonyanya kuda kuti zvirambe zvakadaro. Akaudza baba
vake kuti vavimbe naye sezvavakanga vaita kubva muhupwere
hwake.

Shingai akaudza Shuvai nyaya yake yokuti akanga
asingachazivi kwaaibva chaiko asi kuti fungwa dzake
dzaimuudza kuti akanga ambogara kune imwe nyika chete.
Akamuudza kuti nyaya iyi asaitaura kunani zvake nekuti
zvaigona kuzomutsa zvizhinji. Zvekunjuzi akanga angorega
vanhu vachizvitaura asi hapana chaaiziva nezvazvo. Iye Shuvai
akangomuudzavo kuti akanga asina munhu waaivimba naye
muMagocha zvekusvika pakutaura nyaya dzakadaro. Vakaseka
nyaya yevanhu yekuzviita vanoziva zvose. Vanhu vakanga
vane tsika yekuti chose chavakanga vasingazivi, vaizadzisa
nekufungira uye nekureva nhema pasina kana kusvoda. Tsika
yevanhu iyi yakanga yaita kuti Shingai asavimba nezvaaihwa
zvakawanda, kunyanya zvaakanga asina kuona iye nameso ake
kwete. Asizve, chero zvakadero, zvimwe zvinhu aingohwavo
achitozvigashira, dzimwe nguva otombomhanyavo nezvinhu
zvisizvo ozopata pava paya kana azoziva chokwadi. Shingai
akaudza Shuvai nyaya yekunzi aishinha nabambo vake

Vandirai. Shuvai haana kushamisika nazvo asi akangoti,
"Saka iwe wakati chii nazvo?" Shingai akamuudza kuti
akanga asina kumbobvira azvitenda kwete nekuti zvakanga
zvisingatendeki, asi nekuti kubva musi waakanga amuona
akanga asina kubvira afunga kuti pane chinhu chakashata
chaiva chaigona kuitiwa naye. Mukomana akati,
"Ini kubva musi uya ndakati chero ziya chairo wakanga
usingabudi iwe. Ndakafunga kuti chero ukatsika mvura
yakasviba inobva yatongochena ipapoipapo!" Vakaseka zvavo
Shuvai ndokungozoti,
"Vanopenga vanhu vekwabamukuru"

Chitsauko 17

Kufamba kwakaita nguva, Shingai naGotora vakasvika pakutowirirana zvakati simbei. Shingai waiudza Gotora zvakawanda asi iye Gotora wakanga asingatauri zvakawandisa pamusoro pake. Gotora aingotaura nyaya dzairerekera kune simba nekugwa kwaShingai. Aiudzavo Shingai dzimwe nyaya dzakanga dzakaitika kare muMagocha dzakanga dzisingataugwi nevanhu zvaisvika muzheve dzaShingai kana kuti dzemhuri yaRubonga. Shingai akatanga kuwana ruzivo gwakakura pane zvimwe zvinhu zvaigara zvichimunetsa pamararamiro uye kugarisana kwakanga kwakaita vanhu vemuMagocha. Shingai akanga azobvuma kuti shumo iya yekuti chakafukidza dzimba matenga yaiva yechokwadi. Akashamisika chose nezvaakadzidza zvemunyika iyi. Akashamisika kuti vanhu vanogona kugara vachiratidza rugare nemufaro asi pasi pemidzi yavo pachiita kubikana. Shingai akatanga kunyanya kusavimba nevanhu nekuda kwenyaya dzaakahwa naGotora.

Nyaya yakanyanya kumutenderedza musoro inyaya yemhuri nechigaro chohumambo hwekwaMupingamhuru. Gotora aiti zvizhinji akanga azviona nameso ake asi zvimwe akanga angohwavo semunhu akanga ane chipo chekugona kutuma zheve yake pakawanda-wanda vanhu vasingamuoni. Mumwe musi Shingai naGotora vakashambira rimwe dziva kusvika pane chimwe chipindu chakanga chakatenderedzwa nemvura. Pachipindu ichi pakanga pasingasvikwi nevakawanda. Paithlisa nekuti paifurira mvuu uye kuti munhu asvikepo aitofanira kuva mazvikokota pakushambira nekuziva kunzvenga ngwena. Gotora aiti ane midzi yake yaaiwana ipapo. Pavakambozorora vakagara pane rimwe danda, Gotora akatora fodhla yake yomumhino akamboikweva ndokuzoti, "Saka iwe wavakuda kuita mukuwasha wemadzisheka iwe?" Muvhunzo uyu wakanga usina kusimba zvokuti waida mhinduro. Shingai akanga oziva kuti kana Gotora akataura achidero, paiva nenyaya yakareba yaaida kutaura, naizvozvo akangoita kakuseka kaya kanobuda pasina kunyenama.

Gotora akatanga kunyora-nyora muvhu nerutanda, ugo gwaiva svimbo yake. Akazotanga kutaura zvakare achiti, "Kuvengana kunoita vakarahwa vako, ivo Mambo Rubonga nemunun'una wavo Vandirai kunobva kure uye kwakadzika chaizvo. Ini ndaiziva Vunganai Mupingamhuru, handiti unomuziva?" Shingai akapindura achiti, "Asi zvekungohwa hanguzve kuti ndivo vaiva baba vanaMambo Rubonga kani? Izvozvo ndinozviziva" "Ee-e, ndivavo," Gotora akaindirira mberi.

"Murume uyu akanga akanaka fani uye waiva mambo waitungamirira vanhu vake kubva pamoyo pake, kwete vatongi vatinoona mazuvano ava. Nyika yose ino yaimurumbidza kwazvo, chero mamwe madzimambo aiziva kuti wakanga ari mambo pane mamwe madzimambo. Mambo Vunganai akanga ane vakadzi vake vaviri. Mukadzi wekutanga, anova akabereka Vandirai akanga ane moyo wakanakavo uye asingatsvaki zvakawanda kuzhe kwekungoda murume wake nevana vake. Mukadzi uyu akazvara vanasikana vana asati aita Vandirai. Vandirai ndiye akava nevanji wavo.

"Nekuda mwana mukomana aizofanira kuchengeta zita uye kukudza rudzi gwake, Vunganai akatora mukadzi wechipiri uyo wakangouyavo achitanga nemwana mukomana anova iyeRubonga uyu. Izvi zvakapa mukadzi wechipiri manyawi akawanda chaizvo zvekuti waitogara achitsvinyira vahosi nenyaya yenyoka dzavo dzakanga dzakapata. Mukadzi uyu akanga amuka hake ane manyawi asi kutanga nedangwe remukomana kwaakanga aita, zvirizvo zvakanga zvichidiwa namambo zvakaita kuti achimera mapapiro. Sezvineivo vahosi zvavakazononga pamuviri zvakare, vakabetsegwavo nemwanakomana. Mukadzi uyu wakatenda vadzimu vakanga vamudavira vakanyaradza vavengi vake. Muvengi wake

wakambopfava asi haana kungozvigashira akanyarara. Mai
ava vakatanga kudzidzisa mwana wavo kuti akasharare moyo
nekuti kana aizokotsira, hushe waizoinda kunaVandirai.

"Chero hazvo Rubonga airaigwa zvinhu zvoundyari
namai vake, iye naVandirai vakakura vachitamba vose
vachitowirirana. Mukutamba vose imomo maiva
nekukwikwidzana pazvinhu zvakawanda chaizvo. Nguva
ichifamba, vakomana ava vachikuravo, dzidziso dzaibva
mudzimba mbiri idzi dzakatanga kuzviratidza kuvanhu.
Rubonga wakava munhu aiiva nehutsinye neganyabvu.
Rubonga akanga asina rukudzo kana kunani zvake. Vandirai
aiva nerukudzo kuvanhu uye akanga ane hungwaru. Aiva
zvake nehasha asi aigona kuzvibata nekuita zvinhu zvaiva
nohuchenjeri. Vandirai aiziva vanhu vakawanda kunyanya
vemudunhu raMambo Vunganai kusvikira kune vekune
mamwe matunhu emuMagocha. Vahosi vakazoita mumwezve
mukomana ukuwo mudzimai wechipiri akaita vamwe
vakomana vatatu nevasikana vaviri. Vamwe vakomana
vanun'una vaRubonga kubva kunamai vake havana havo
kuzopuhwa dzidziso yakanga yapuwa Rubonga namai vavo.
Rubonga akanga aunganidza hutsinye, husvinu nehundyari
paari. Makwikwi akaramba aripo pakati paRubonga
naVandirai.

"Vachenjeri gumi neumwe vaishanda naMambo
Vunganai mazuva awa vakafarira Vandirai chaizvo
zvekuti vakanyeurira Mambo Vunganai kuti vazosiya
vamugadza pachigaro kana vaida kuti zita rechigaro
chekwaMupingamhuru rirambe rakasimba. Iye Mambo
Vunganai akabvumirana navo chaizvo nekuti Vandirai akanga
ane hungwaru uye achigona kugwa nekuronga zvehondo.
Rubonga aigona zvekugwa asi pane zvakanga zvakakasharara
paari zvakanga zvisingakodzeri kuwanikwa zviri pamunhu
wamambo. Runyerekupe ugu pagwakasvika kunaRubonga
namai vake havana kuzvigashira zvakanaka. Nguva

yekushereketa yakanga ichiripo yakawanda nekuti mambo
akanga achakagwinya uye ivo vakomana vakanga vasati
vanyanya kukura. Mai vaRubonga vakashanyira n'anga dzose
dzavaiziva. Kwavakanga vasingakwanisi kuiinda ivo, vaitumira
madzisekuru aRubonga, hazvanzi dzavo kuti vandonyagisisa
zvechigaro chamambo kana kutsvaka mishonga yokukuvadza
Vandirai. Zvose zvakatsvakwa kuti zvikuvadze Vandirai
hapana kana chimwe chairatidza kuti chakanga chashanda
nekuti Vandirai akaramba achiwedzera kukura akasimba uye
akangwara.

Zvino kwakazoti rimwe gore, vakomana ava, Vandirai
naRubonga vakura, kwakauya mumwe musikana wakanga
akanaka chaizvo muMagocha. Musikana uyu akanga abva
kuMawisire achitsvaka hazvanzi yake yakanga yatapwa
nemauto aMambo Vunganai. Gore rakanga rapera racho
kwakanga kwaita hondo pakati peMagocha neMawisire.
Mawisire yakanga yakundwa saka nemazuva iwawo nhapwa
dzaiwanza kushandira mauto anenge akadzitapa. Uto raiva
nenhapwa raigona kungopa nhapwa rusununguko gwayo
kana ramboshandigwa nenhapwa yacho zvairigutsa. Zvino
zvamazuvano mambo ndiye anenge ari muridzi wenhapwa
dzose. Zvisinei, musikana wekuMawisire akanga auya
akabata ngoda dzekuzotengesa rusununguko gwehazvanzi
yake. Akawana paigara hazvanzi yake akatenderana neuto
raimuchengeta kuti kana vangopedza kukohwa mbeu
yakanga yarimwa nemukomana uyu, aizosunungugwa hake
kuti adzokere kwake. Musikana uyu ainzi Maruva. Maruva
akakumbira kuti agarevo pamusha uyu achibetsera hazvanzi
yake kukohwa chirimwa chiya sezvo iyevo aiva neruzivo
nechirimwa ichi uye izvi zvaizoita kuti hazvanzi yake ikasire
kusunungugwa.

"Pasina nguva yakareba, dunhu rose
rekwaMupingamhuru rakaziva nezvemusikana wakanga
akaisvonaka uyo wakanga auya kuzogara mudunhu iri. Shoko

iri rakasvika kumajaya akawanda kusanganisiravo Vandirai
naRubonga. Makwikwi akatanga pasina wakasakadzira. Majaya
akasvika akashereketa, umwe neumwe achida kuratidza
kuti aiva nezenze rakati twi akanga ari ani. Vandirai ndiye
akazokunda hake akatora musikana. Vanhu vakawanda
vakafara nazvo sezvo vakanga vasingafariri kuita kwaRubonga.
Rubonga wakagwadziwa pamwe chete nekutsamwa.
Akawedzera kuvenga Vandirai chaizvo. Akatozonyaradziwa
namai vake avo vakamuyeuchidza kuti chinemanenji chakanga
chisingafambisi, naizvozvo aifanira kuronga tsoro yake
zvakachenjera. Aifanira kuita hwechapungu. Chapungu
chinoronga zvekubata usavi hwacho chiri mudengadenga, kure
nahwo. Kana chaona usavi hwacho, kashoma kukuta. Rubonga
aifanira kuti kana ozotsiva, mutsindo wacho waifanira
kuhwikwa kusvika kure. Aifanira kuzorova pane nyama nhete
chaipo.

"Rubonga paaizama kunyenga Maruva akanga ane
musikana waakanga agara achidavo hake. Maruva paakangoda
Vandirai, Rubonga akabva aita kakumbohwa zvekusemeswa
nevasikana saka haana kuzodzokera kumusikana uya waaida.
Musikana wacho akati 'Ndingamirirei hangu', kwakutotogwa
hake nemumwe muera Gumbo waitomugwariravo. Kwapera
makore maviri, Vandirai akaroora Maruva, uyevo pasina
nguva vakabetsegwa nemwana mukomana. Akaita mumwe
mukomana zvakare kwakuzoitavo musikana. Mazuva awa,
Rubonga wakanga asingachanyanyi kuonekwa nevanhu
mafambire ake uye vazhinji vakanga votaura vachiti akanga
azviona omene kuti aiva asina kufanira kuita mambo. Chero
hutsinye hwake hwakanga hwambovara. Mwana waVandirai
musikana achiri pamukaka, mambo weBengwa wakauya
kuzogwisa Mambo Vunganai, pakaita hondo yakahwisa ngoni
chaizvo. Madzimambo enyika idzi akanga akavengana asi
hapana akafungira kuti paizoita hondo pakati pavo. Hondo
pakati pavo yakanga yapedzisira kuitika mazuva aRubonga

Mupingamhuru, baba vaMambo Vunganai.

"Ropa rakawanda rakateuka chaizvo pavanhu
vemuMagocha. Chakanyanya kushamisa vazhinji ndechekuti
muvengi wakagona kusvika achirova ipo chaipo paibva simba
reMagocha. Mambo Vunganai nevanakomana vake vana
vose vakaurawa muhondo iyi. Rubonga naVandirai vakagwa
chaizvo asi hazvina kunyanya kubetsera. Mauto emuMagocha
akawanda akatizira mumakomo pavakaona kuti Mambo
Vunganai akanga aurawa. Shoko rakazosvika kuna Vandirai
kuti Rubonga akanga abatwa akasungwa nemamwe mauto
ekuBengwa vakainda naye ari mupenyu vachiti vakanga
vabata aizofanira kuita Mambo Mupingamhuru. Vandirai
akagwadziwa nazvo akatsvaka mauto ake mamwe masere
vakatevera kuti vandobatsira Rubonga. Akainda nemauto
aizvipira kufa asi ari nyanzvi pahondo yekuvandira. Vakatevera
vakazora madhaka neropa miviri yose. Vaiti kuvhundusa
uye kusanyatsooneka kana vari mukati memakwenzi vagoti
kusimba, pakanga pakaoma. Vanhu vazhinji havana kuziva kuti
izvi ndozvakanga zvazoitika nekuti vakanga vatiza vachipinda
mumakomo.

"Boka ranaVandirai rakazobata chikwata chakanga
chatora Rubonga. Iye Rubonga akanga akagarisiwa pakati
akakombwa nemauto aisvika makumi maviri ana vatatu.
Zvinonzi Vandirai ndiye aironga zvakawanda pachikwata
chavo. Vakatanga vachiti kana uto rabva pamoto richipinda
mudondo kuti rizvibatsire vobva varishizha nemapanga
aipinza zvekuti nguva yekuridza mhere yaishaikwa. Kwahi
mauto akazotanga kunyumwa vaona vamwe vavo vashanu
varovera mudondo. Mauto awa akatanga kufamba vari
muzvikwata zvevanhu vana kana vashanu. Vakadero
vakatanga kupedzewa nemiseve yaibaya vanhu chinyararire.
Vaifura vacho vaigona chaizvo nekuti vaingobaya muhuro
chaimo, wafugwa achingowira pasi zvisina ruzha. Pakazokuta
rimwe uto ranaVandirai museve ukapferenyura rimwe uto

pabendekete ndipo pakazotanga ruzha. Mauto akagwa chaizvo veBengwa vakasvika pakutiza. Vamwe vavo vakafunga kuti paiva nezvidhoma zvaibetsera vanhu ava. Panguva dzino mauto matatu anaVandirai akanga aurawa vakasara vava vatanhatu. Mubongozozo iri, Rubonga akambosiwa akasungwa. Vandirai akazviona akanyangira achiinda paiva naRubonga. Paakati acheke gavi rakanga rakasungiswa Rubonga akabva achekwa pachidzva zvakadzika chaizvo nerimwe uto rakanga rakavandira asi rakachengeta Rubonga. Banga rakadambura mamwe marunda anobatanidza chidzva neepashafu. Zvinonzi dai kusi kuti rimwe uto ranaVandirai rakakurumidza kupaza muvengi uyu musoro nezibanga, Vandirai angadai akapedziswa ipapo.

"Vandirai akakonewa kufamba. Mauto akagadzira matanda ekuti vamusenge nawo vakatanga kufamba vachidzokera kuMagocha. Hapana wakavatevera nekuti vekuBengwa vacho vakanga vararama vaitofamba vachingocheuka kutarira kuti pakanga pasina aivateveravo here. Hana dzavo dzakanga dzisina kugadzikana. Panguva idzi, kwaVandirai kwakanga kwasara mauto mashanu, iye naRubonga vachizoita vechinomwe. Vandirai akatanga kuwedzera kugwara nekuda kweronda rake. Akanga arashikigwa neropa rakawanda chaizvo uye rimwe rakanga richiri kurashika. Vaifanira kukurumidza kusvika kumusha kuti vaone chiremba. Pavaifamba kudai, zvinonzi Rubonga akambotsauka achipinda mudondo ari oga akazodzoka pava paya. Paakadzoka zvinonzi akakumbira kuti mauto ose ari mashanu kuti vavhime chimhembwe kana chishuro chaicho kuti vawane chekudhla vasati vasvika kumusha. Mauto akaita sezvaakanga araigwa naRubonga. Rubonga akasara akachengeta Vandirai. Vandirai wacho akanga ofemera zviri kure. Mauto haana kunonoka kudzoka. Vakasvika vakagocha chitsvana chavakanga vafura vakapinda muzhira kudzokera kumusha. Pari zvino zvinonzi Vandirai akanga obuda ziya

rakawanda. Vakangosvika kumusha vachibva vaindisa Vandirai
kuna Chiremba. Vandirai hapana chaakanga achagona kuita
kana kuona. Vazhinji vakanga vototaura vachiti Vandirai
akanga atofa.

"Hon'o, munhu unofa hake asi kana vadzimu vake
vasati vagadzira nzvimbo yake kumhepo uko, vanoramba kuti
aindeko. Nhambo yakafamba, Vandirai achingova kumapako
kusina aiziva kuti aiva papi chaipo kuzhe kwachiremba chete.
Chiremba achibatsigwa nemumwe wake waaishanda naye,
vakanga vaviga Vandirai kumapako anoyera kuti kana vaivapo
vaida kumuroya vakanga vasingakwanisi kumusvikira ikoko.
Chero Maruva nevana vake havana kuziva kuti chaiitika chaiva
chii. Vakanga vongoti chero zvakanga zvarongwa nevadzimu
hazvina aigona kuzviramba. Rubonga haana kuzononoka
kuzvigadza pachigaro chabambo vake achiti Magocha yaifanira
kukasira kuzvimurudza nekugadzira mauto ayo akasvunura
zvekuti chero kwaizouya muvengi wakadii vaizogona
kuzvichengetedza kana kumugwisa vachimukunda. Vachenjeri
gumi nemumwe vakatanga kugadziwa vatsva. Kwakatanga
kufamba shoko rekuti vavengi vakanga vakawanda vaitova
vari vagari vemuMagocha naizvozvo vainzi vaifanigwa
kuzihwa vorangwa nemitongo yakasiyana-siyana. Vakawanda
vainzi vavengi vakatongegwa matongo asi vamwe ndivovo
vakatongegwa kuti nyama dzavo dziparadzane nemweya yavo.
Rubonga akatanga kutonga zvaigwadza uye zvaiita kuti vanhu
vagare vakathla.

"Rubonga ari mubishi rekudai, shoko rakafambazve
rekuti Vandirai akanga ararama asi zvekufamba anenge akanga
achazozvikonewa. Vandirai akadzoka akaudziwa zvakanga
zvasara zvichiitika zvose. Mukoma wake Rubonga haana
kukasira kuzomuona kana kuti azomutenda nekumubetsera
kwaakanga aita. Rubonga haana kuratidza kufara nekurarama
kwaVandirai. Chiremba wakanga arapa Vandirai akazowanikwa
akafa akaitwa zvokupondwa. Pasina nguva yakareba, mumwe

muuto waRubonga akatanga kugwara nefungwa. Mhuri
yeuto iri yakatanga kupera nekungofa kuya kwakanga
kusingahwisisiki. Uto iri raiita nguva richishupiwa newairiudza
kuti rikwire mumuti, wozoriudza kuti richizvikanda pasi.
Dzimwe nguva raiudziwa kuti riseke chaizvo nehwi raiva
pamusoro asi rapedza ronzi ritange kuchema pakarepo.
Munhu wacho waituma zvose izvi wairamba kukumbigwa
ruregerero. Vaiona vaihwa ngoni chaizvo. Mumwe musi
rakanzi ribure uchi pasina moto wekudhakisa nyuchi
nechiutsi idzo dzikariruma chaizvo. Chero hazvo uto iri
raipupura kuti ndiro rakanga raponda chiremba waVandirai,
rakanga risingatauri kuti rakanga ramuponda nemhaka yei.
Izvi zvakakathlamadza vazhinji. Mudzimba vanhu vaitaura
zvakawanda pamusoro penyaya iyi. Vakuru vakati usiku
madziro anohwa, isu vamwe takahwa zvose.

"Hapana anonatsa kuziva zvakaitika chaizvo asi
zvinonzi chiremba asati apondwa, akanga ataura kuti Vandirai
akanga adigwa uturu hwenyoka paronda rake. Vakawanda
vanoti izvi zvakaitika nguva dzakasara Rubonga achiti
akachengeta Vandirai pavakabva kundomununura paakanga
atapwa nemauto eBengwa. Zvinonzi huturu hwenyoka uhwu
ndihwo hwakaita kuti Vandirai anonoke kupora. Aitofanira
kufa asi midzi yaakanga akazora iye Vandirai wacho, inofanira
kuva yaiva yekure chaiko nekuti yakasvika pakukunda huturu
hwenyoka. Vandirai paakazvihwa akanonoka kuzvigashira kuti
chaiva chokwadi. Aiziva zvake kuti Rubonga aikwikwidzana
naye asi kwete kuti aizosvika pakuda kumuuraya zvakadaro.
Kusatenda kusatenda hako asi kana shoko rasvika rinowana
paringogara mumoyo wemunhu, rozopota richitogwa richiisiwa
panzvimbo dzakawanda kuti rionekwe kuti rinokwana here.
Kunonoka kwakaita Rubonga kuuya kuzoona munun'una
wake achigwara kudaro kwakaita kuti Vandirai aronge
zvokutamba akangwara.

"Mamwe mashoko akabuda nekuBengwa aiti

Rubonga ndiye akanga atoudza vanhu vekuBengwa mazuva ekuti vapinde muMagocha kundogwisa mauto ayo iwo asingambozvifungiri. Zvinonzi izvi aizviitira kuti Mambo Vunganai nevanakomana vake vaurawe. Aitoda kuti naVandirai wacho apfuurevo kuti iye agowana kutora chigaro pasina aizomupikisa. Shoko raitoti vakanga vatapa Rubonga vaitofungira kuti vakanga vabata iye Vandirai wacho nekuti ndiye aifungigwa nevanhu vose kuti aizogara humambo pachinzvimbo chababa vake. Kutorarama kwaVandirai kwakanga kwavhiringidza zvirongwa zvaRubonga chaizvo. Vandirai akanga aparadza mauto eBengwa ose akanga amuvinga. Vamwe vavo vakatozorarama nekugona kutiza.

"Mazuva akapindana, Rubonga akaroora mukadzi wake wekutanga. Vakaita mwana wavo wekutanga mukomana Rubonga akamupa zita rekuti Tongai. Tongai wacho uyu ndiye wausati waona iwe Shingi, uyu akazondovakira kumadzisekuru ake uyu. Vanhu vaizevezerana vachiti Tongai akanga aita Svodesai chaiye nekuti hurume hwake hwainetsa kuona. Kuumbwa kwemuviri wake kwakanga kwakafanana nekwevanhukadzi. Rubonga akazoita vamwe vana vasikana ndokuzoitavo shamwari yako, Masimba. Rubonga akazotanga kutora vamwe vakadzi ongoti akangopa mukadzi mwana, haachatodi nezvake, otoda kutora umwezve. Uku Vandirai akapora asi pakanga papera mazuva akawanda chaizvo. Vandirai akaitavo vamwe vana vakawanda vakomana nevasikana achibva azopuwa wako Shuvai."

Shingai wakanga achitereresa zvino nekuti kwakanga kotaugwa dzake chaidzo. Nyaya yaShuvai ndiyo yaaida kuhwa zvakanyanya. Akakasira kugura mashoko aGotora achiti, "Ko ivo varipiko vamwe vana vaVandirai vacho? Mai vaShuvai ndinozviziva kuti vakafa asi ko vamwe vana varipi zvandisina kumbovaona kana kuhwa nezvavo?" Gotora akapindura nehwi rairatidza zvihasha zvaibva pakuvhunziwa iye achiri kutaura achiti,

"Vakafa nei mai vaShuvai vacho?"

"A-aa, handizivi asi-"

"Asi chidzikama ndikuudze ini zvandinoda kukuudza kana une muvhunzo wozovhunza kana ndapedza wahwa?" Shingai akati,

"Ndahwa mukuru wangu. Tsemurayi henyu ndaterera." Gotora akamboramba akatarira Shingai nemeso ake matsvukutsvuku aya. Akazoindirira mberi oti,

"Zvakazoitika ndezvekuti Rubonga haana kubvira aregera kutarira kuti chaiitika kuna Vandirai chii panguva yose iyoyi. Haana kusununguka nekupora kwakaita Vandirai. Chakatombomufadza ndechekuti gumbo rake rakanga rakakuvara rakapora hon'o, asi rakanga risingachafambi zvakanaka. Kukamhina kwake kwakanga kusingachamutenderi kumhanya kana kuti aite zvekugwa. Nyangwe zvakadaro Rubonga akazviudza kuti aifanira kugara akachangamuka senzembe kuti arege kuvandigwa akaita rurasademo. Vandirai akanga anevana vakomana zvekuti kana aizovadzidzisa kugwa sezvaaiita iye, vana ava vaigona kuzomumukira.

"Rimwe zuva ukazogona, ugovhunza iye Shuvai nyaya yandava kuda kukuudza iyezvino. Usamuvhunza mazuvano nekuti anogona kutokuvenga nekuda kwekugwadziwa. Bundu riri pahuro pake rakangofanana nerababa vake nekuda kwenyaya yacho saka kana uchimuda zvemazvirokwazvo, usamuvhunza nyaya idzi kana kumuudza kuti pane zvaunotoziva. Iye kana achida achazokuudza omene saka imbomupa nguva yakareba, wozomuvhunza kana iwe wava kuona kuti iye ava kukutora sei. Ukaona yasvika nguva iya yekuti anenge ava kukuona sekuti uri ruoko kana kuti gumbo rake, ndipo paungazomuvhunza. Zvisinei, zvakaitika ndezvizvi; mumwe musi huri husiku hwaiva nemhindo yaiita seyaitorema kufamba mairi, vanhu vakawanda vava pakati-kati pehope, Shuvai akamutsa vana vakoma vake kuti vamuperekedze pazhe sezvo mudumbu make makanga maita manyoka. Vose vakaramba vachiti vakanga vasingadi kunyangadziwa pahope dzavo dzaivanakira. Izvozvi Shuvai akanga achiri kamusikana kaduku kwazvo, achine makore mana chaiwo. Mwana akasvika pakuona kuti akaramba ari mumba umu aigona kuzozadza imba yose nemanyoka ake zvaiva zvisingazoiti zvakanaka. Akatsunga, akabuda oga pazhe achimhanyira kumucheto kweruvazhe. Nguva idzodzo zvinonzi mbwa dzakambogashidzana kuhukura dzichiita semakava. Misha yose yemunharaunda umu yakambozadzwa nekuhukura uku. Shuvai haana kuzvitereresa semunhu akanga akakakwa nemudumbu. Kuthla kose kwakambomuoneka kukazodzoka hako otsvaga mashizha okuti atsvaire nawo.

"Paakada kusvikira rimwe gwenzi akaona moto mina ichifamba akaita seakaomesewa mitezo. Akati zvousiku zvaaisingohwa zvakanga zvauya kuzomukwatura nemambama. Mhere yakaramba kubuda. Pasina nguva Shuvai akaona dzimba dzotanga kupfuta, moto uchiputira matenga adzo zvose neetsapi. Akaona varume vaiita kunge vashanu kana kuti vatanhatu vachitenderera dzimba idzi. Vakanga voonekwa nekuda kwechiedza chaibva pazvoto zvaipisa dzimba. Akatanga kuhwa mhere yevanhu vakanga vari mudzimba umu. Hapana chaakagona kuita. Kuti aridze mhere akathla chaizvo. Varume ava vakanga vakapfeka zvinhu kumeso kwavo zvekuti hapana aionekwa kuti akanga ari ani. Kugota ndiko kwakanga kune varume vaiita sevakanga vakawanda. Shuvai anoti akaona gonhi regota richivhurika asi mukomana akabuda achipfuta moto akarohwa nesvimbo mumusoro nemumwe murume achibva awira pasi. Murume uyu akabva atora mukomana uya ndokumukanda mumba maipfuta zvakare. Hapana akazobudazve mudzimba idzi. Matenga edzimba akawira mukati varume vaya vakatanga kumhanya vachipinda mudondo. Shuvai akaramba akangooma akadaro akatarira moto, pari zvino misodzi yakanga yongochururuka. Vavakidzani vakatanga kusvika umweumwe vachiridza mhere nekudanidzira kuti vamwe vauye. Vamwe ndivo vakambobata mashazhu manyoro asi vakanga vasingakwanisi kusvika pedo zvekuti vadzimure dzimba idzi. Marimi ezvoto izvi akanga achine hukasha hukuru kwazvo.

"Kwakasvika pakuyedza dzimba dzichingopfungaira chiutsi. Shuvai haana kuinda pedo nevanhu nekuti akanga asingazivi kuti akanga ari munhu kwaye aive ani panguva idzi, saka akaramba achingova kugwenzi kuzhe kwemusha. Akazowanikwa nevamwe varume vakanga vachifamba vachitenderera nekuzhe kweruvazhe vachitsvaka kuti pamwe vangaona kuti chakanga chaitika chaiva chii. Mwana akachema zvakahwisa vanhu vose tsitsi. Zuva rakwira vanhu vakazokwanisa kuti vapinde muzvidziro zvakanga zvasara zvakamira. Vakapinda vakaona kuti vanhu vakanga vatsvira mudzimba nhatu, vose vakanga vafira pamikova yedzimba idzi zvichiratidza kuti vose vaizama kubuda. Vanhu vakashamisika nazvo uye zvairatidza kuti pane munhu kana kuti vanhu vakanga vaita zvekupisira vanhu ava mudzimba. Mugota makanga muchiratidza kuti maiva nemitumbi mitatu kureva kuti vakomana vose vaVandirai vakanga vatsvira mumba. Munhanga maiva nemitumbi mitatu zvakare. Vasikana kwakanga kwasara chisikana chiduku Shuvai. Muhozi makanga mune chitunha chimwe. Vanhu vakavhunza Shuvai kuti baba vake vakanga varipi akavaudza kuti vakanga vainda kundovhima zuva parakanga rava kundonyura madeko azuro wacho.

"Vanhu vakashamisika zvakare kuti Shuvai akanga abuda mumba sei asina kutsva. Sezvo akanga asingachapinduri vanhu nekuchema, vakawanda vakatanga havo kuzadzisa nezvavaifungira. Vamwe vakati mwana muduku unoshopera chaizvo naizvozvo akanga aziva zvaizoitika saka akabuda mumba. Vamwe vakati Shuvai akanga akagagwa nevadzimu vekumvura, naizvozvo akanga asingatsvi. Vamwevo vaitoti kamwana ikaka ndiko kakanga kaita zvose izvi nekuti pane

vakanga vakagara pakari vaiva nehutsinye hukuru kwazvo.
Mambo Rubonga akazosvikavo achiratidza kugwadziwa
chaizvo nezvakanga zvaitika. Mamwe makurukota kubva
pavachenjeri gumi neumwe vakabva vati godobori akurumidze
kutsvakwa kuti nhunzvatunzva dzakanga dzaita izvi dzibatiwe
nekukurumidza. Rubonga akaramba akati iyi yaiva nyaya
yehondo chaiyo, naizvozvo yakanga isina ngozi mukati kana
mhondi. Akataura kuti nemhaka yekuti vanhu vakanga vatsika-
tsika paruvazhe gwaVandirai, zvainetsa kuti vanhu vakanga
vaita izvi vabatiwe. Akati vanhu vaaiziva kuti vakaita izvi
mauto ekuBengwa vakanga vatsamwa nekuda kwekutevera
kwakanga kwaita Vandirai kuzosunungura Rubonga mazuva
ehondo iya yakanga yauraya baba vake. Aiti akanga avahwa
vachironga kudero nguva yakauya vanaVandirai nevamwe vake
iye achakasungwa. Vakawanda vakabvuma nyaya iyi asi vakuru
vemumusha vaiziva zvakanga zvaitika chaizvo.

"Dai pasina Shuvai, Vandirai angadai akazviuraya.
Murume waida mhuri yake chaizvo. Nyaya yakamugwadza
iyoyi. Murume mukuru akahwihwidza zvekuti chero Rubonga
akatomboratidza kuti zvakanga zvamubata. Pasina mhuri,
murume mukuru anomheya. Achipedza kuviga mhuri yake
Vandirai akamboinda kuMawisire akapedza nguva yakareba
chaizvo ari ikoko. Paakadzoka akazvipira kuinda kundogara
kumakomo ePengapenga achidzidzisa vakomana vanenge
vogadzirira kupinda muhurume. Rubonga akamukurudzira
kuti aite saizvozvo. Vanhu havana kuzonyanya kuona
Vandirai muMagocha kana kuziva nezvekukura kwaShuvai
zvakanyanya. Mumeso aRubonga, hushe hwake hwakanga
hwasimba. Pakanga pasisina airatidza kuti aigona kuzoita
dambudziko kwaari.

"Rubonga akambozama kutevera musikana waaida uya
akazongokona kumutora nekuti akanga atoroogwa nemuera
Gumbo. Musikana wacho ndiye akazova mai vaNdaka
naMukai. Kana wakaona Rubonga achida kuroora Ndaka

akazopedzisira atora Mukai uya wamunogara naye, dzaingova shungu dzokuda mai vevana ivava. Rubonga akawedzera kutonga nesimba nehutsinye hwakakura pasina aigona kumuvhunza kana kumudzora. Muzukuru wake Musavengana akanga apuhwa fufuro yakawandisa zvekuti aingoita sekuti aitova imwe nhengo yemuviri waRubonga wacho. Hapana kudzora Rubonga kwaakanga achamboita. Makore mashoma apfuura awa, kubva zvawaratidza kuva munhu akachenjera uye ane simba risingahwisisikwi uye kubva zvadzoka Vandirai kuzogara mumusha, tiri kuona kuti Rubonga haana kugadzikana. Kana mazuva anenge Rubonga akadai, unoita senyati yakuvadziwa nepfumo. Unoparadza chose chaanofungidzira kuti chinogona kuzunungusa chigaro chake. Iyi ndiyo mhaka yandakaona zvakakodzera kuti ndikupange mazano panyaya dzokugwa nekuti uzvidzivirire pavavengi vako. Pane zvandakuudza une muvhunzo here?" Gotora akapedzisa kutaura otoshama n'ai achizamura.

Shingai wakadzungudza musoro zvinyoronyoro. Kuzhe kwakanga kotovira saka vakasumuka kwakufamba vachidzokera kwavo. Gotora aiva pedo nepaaigara saka akakurumidza kusvika. Shingai akafamba hake achidzokeravo kumuzinda wamambo, fungwa dzake dzichiita sedzairemegwa. Akanga ahwa zvakawandisa chaizvo musi uyu. Zvinhu zvacho zvaiita sezvaidudzira zvakawanda asi panguva imwe zvoita sezvaimupa mivhunzo yakawandisavo. Mivhunzo yose yaiita seyaizonanga paari kuti iye aizoita sei kana achiona vanhu vakasiyana-siyana vaakanga ava kuziva nezvavo. Gotora akanga asingarevi nhema uye pavanhu vose vomuMagocha, ndiye aiziva tsika nemagariro evanhu vakawanda. Aiita sekuti akanga ane ruzivo kuchinhu chose chaiitika munyika iyi.

Saka Vandirai akanga asiri munhu wakashata bodo, aingova munhu akanga akatsamwira zvaakanga aitigwa nemukoma wake nhai? Ko nyaya yekuti Vandirai aida kutora chigaro chaRubonga yaitaugwa nevemumba mamambo

yaiva yenhemasu? Asi iye Shingai akanga asina chaaifanira
kuthla nekuti muhushe uhu hapana paaikwana. Ko iye
Vandirai aimutora sei? Kana aizoita mukuwasha wemuvengi
waRubonga handiti Rubonga aigona kuzomuurayavo? Ko
Masimba aiziva zvakawanda zvakadii panyaya dzose idzi?
Masimba waida baba vake chaizvo uye waivarumbidza pane
zvakawanda kuzhe kwenyaya dzevakadzi, asi iye Masimba
wacho chero akanga achiri mukomana, waidavo zvekuita
vasikana vakawanda nhambo imwe. Kuti Masimba wacho
haaidero aiziva zvose zviri kuitika zvekuti kana aizoziva kuti
iye Shingai akanga oziva zvakawanda kudai aigona kuzoudza
baba vakeka?

Shingai wakafunga kugwadziwa kwakanga kwaita
Shuvai muhupenyu hwake iye akamugwadzigwavo
chaizvo. Izvi ndizvo zvaiita kuti asanyanya kufarira vanhu
vekwaMambo Rubonga chero hake aiiti kana ari pavari akanga
asingaratidzi kuti aivavenga kana kuvamhura. Kumunhu
wakanga asingamuzivi waitoti pakanga pasina chaaiziva pane
zvekuurawa kwakaitwa vanamai vake nevamwe vana vavo izvo
kwete.

Shingai akatomboita zvimazuva achiti musoro wake
wakanga uchitema naizvozvo aida kumbozorora ari pamba.
Izvi aiita kuti hana nefungwa dzake zvidzikame. Akanga
adzidza kuti panguva dzose, munhu wakangwara haaiti zvinhu
kana kutaura kana moyo nefungwa zvisina kugadzikana kana
kuti zvakafarisa. Aifanira kuti aingoita sekuti akanga asinavo
chaiziva pane zvose zvaakanga oziva izvi.

Chitsauko 18

Ko musoro wako wakazomira kutema riniko nhai chibayamoyo changu?" NdiShuvai aivhunza Shingai uyu. "A-aa, mangwanani ano ndamuka zviri nani chaizvo. Kowakahwa naniko nezvekugwara kwangu?"
"Hi-i, vakomana, chokwadi unofunga kuti munhu ane moyo wake angangousiya uchitambura akasatsvaga kuti chii here? Ndakaudziwa naKundai. Ndakatosvika ndikaona vanamaiguru vose ndikangozosvoda zvangu kuuya kugota kwako. Chakatozondikonesa chaicho ndechekuti vakandiudza kuti uri kudhla hako zvakanaka ndikaziva kuti wakanga usiri patsaona," akadaro Shuvai akarereka musoro. Vaviri vakayemerana vakagara vakafunya chibondokoto pamusoro perimwe zihwe raiva paruware. Izvozvi vakanga vakagara vakatarirana mumeso. Shuvai aingosekerera achirerekera musoro wake kune rimwe divi ozoshanduka orerekerazve kune rimwe. Dzimwe nguva aibatira matama ake mumaoko oramba akangoti nde-e, kutarira mumaziso maShingai, ongozokaruka oti,
"Chokwadi uri wangu here iwe, wose kudai? Ivo vakakukanda kuzhe kwegwizi vakanga vatumwa nevadzimu vangu chete. Hmmn, mwana ndinokuda iwe kani!" Shingai aibva asekereravo achimurudza rutivi gwemuromo obva abata chifuva chake. Vaviri ava vaidanana zvomene. Nguva yaipera vachiona sekuti vainge vachangotanga kuonana.

Musi uyu vaiti kana umwe akaperekedza umwe, umwe wodzokerazve achiperekedzavo mumwe. Vakazopedzisira vamira pakati vachiseka zvavakanga vachiita. Shuvai paakanga ooneka achiti aida kundokurumidza kugadzirira baba vake zvokudhla kwamanheru, vakambundikirana ndokuramba vakatarirana mumaziso. Vakadaro saizvozvo, Shingai akaona zheve dzaShuvai dzichiita sekuti dzakakaruka dzamira. Panguva imwe chete iyoyo Shuvai akasundidzira Shingai mberi

kwake iye achibva awira sure. Panguva imwe chete iyoyo
pane museve wakasvika uchirova muti wakanga uri pakati
pavo makwati achibvaruka achiita zvimvari. Shuvai akataura
achifemereka nekuvhunduka achiti,
"Chii chaitika nhaiwe Shingi?" Shingai seuto akanga
atomuruka kare uta hwatokakwa achitarira kwakanga kwabva
nemuseve. Haana kupindura asi kuti akaramba achingoringa-
ringa mativi ose.
"Nhai Shingi ndati chii chaitika kani. Ko uyu museveka uyu.
Ndewani. Kuti ari kuda kufura isu?" Shingai akazopindura
aona kuti hakuna munhu aiwonekwa akanga afura museve
akati,
"Ini handina kuona zvaitika ini. Ndaona sewandisundidzira-
asi, a-aa, ko iwe waita sewawira sure, chii chaizvo chaiitika apa?
Apa hapana kana mhuka ingaratidza kuti pamwe munhu anga
achida kubaya mhuka yaanga achivhima, uye chero zvirizvo
zvaitika handiti kana munhu akaona zvadai anouuya kuzoreva
tsvariro kuti anga afura asina kuona kuti kune vanhu?"
     Shuvai akatanga kuhuta achiti akanga avakuthla
chaizvo. Shingai akabva atora museve uya akati aizozama
kutsvaka kuti akanga afura museve uyu aive ani. Akabva
akurumidza kufambisa achiperekedza Shuvai kuti arege
kupinza mwana wevanhu mutsaona. Aizozvitaura achiti chii
zvakadaro, kunani? Akasvika akamira nechekure kwemusha
waVandirai akaonekana neumwe wake. Shuvai akamukumbira
kuti akurumidze kudzokera kumba uye afambe rimwe ziso
riri mugotsi make. Shingai akazomira kusvika Shuvai apinda
mumba, ndokuzovanga achidzokera kumuzinda. Museve
waakanga atora wakanga uri weuto chete. Izvi zvaireva kuti
pakanga pava nemuvengi zviri pachena. Pane munhu akanga
achimuvhima. Hakuna uto raivandira munhu wechisikana
nemuseve. Iye Shingai ndiye aitovhimiwa asi kuti akanga
achimuvhima wacho akanga ari ani zvino? Ko chiizve
chakanga choita kuti hupenyu hwake hwakanga hwanaka kudai

hutange kumonyana? Ndiyani wakanga asingathli kuuraya mwana wemadziva iyeye? Mukomana akaona kuti aifanira kuita zvinhu zvakangwara kuti abate muvengi wake asati amutangire iye. Kumuuraya kwakanga kusingachavhundusi nekuti iyi yakanga yatova yehondo. Anourayiwa pahondo anorambidziwa nevadzimu kuti atsive saka zvengozi panenge pasisina. Kuti achengetedze chibayamoyo chake, Shingai aifanira kurega kuonana naShuvai munzvimbo dzakapfumvutira kana kuvirigwa anaye vasiri pamba.

Rubonga akasheedza Masimba naShingai kudare kwake. Vakomana vakakasira kuinda kunamambo. Vapedza kuvhunzana upenyu nemufaro, Rubonga akazoti, "Nyaya yemharapatsetsetse yokuzevezera vanhu vekuMavirira nezvezvirongwa zvedu yandishupa chaizvo. Ndazama kuterera kuhwa kubva kumeso nezheve zvangu asi hapana wati anonga kuti zvinhu izvi zvakafamba sei chaizvo. Zvino ini ndanga ndafunga kuti tichiita zvagodobori chaizvo. Hatingaqhwereri kufa nenyota iwo makumbo ari mumvura inonyudza kudarika mabvi. Gezi anongotitendekera chete, isu tozopedza hedu naye munhu wacho. Handizivi kuti imi munozviona sei vakomana?" Shingai akati,
"Hameno, unozvionavo sei Masimba?" Apa akanga asingadi kutaura zvakawanda nekuti panguva dzino iye akanga asingazivi kuti muvengi wake akanga ari ani. Masimba akashandura achiti,
"A-aa, ko makambotora nguva yose iyi musati mafunga zvaGezi seiko nhai baba? Vakuru vanoti chii panyaya dzakadai? Ndimi munogara muchiti hadzisi nyaya dzose dzinofanira kungokandwa kun'anga. Ko apa chazoshandura fungwa yenyu chii? Inga machinda enyu haawanzi kukurasisai pakutsvaka hwema hwenhubu dzakadai wani. Ko madii kungomira?"
"Vakuru vedu vaiti n'anga dzinonyanya kugona kuona zvinhu zvinoitika mumhuri kudarika zvinoitika kuzhe uko.

Mumwe musi munhu wedu anenge ane yakevo n'anga inogona
kumuzora zvinoita kuti dzimwe n'anga dzikonewe kumubata
chero munhu wacho ari pachena. Kana zvakadai zvikazoitika
tinosara tiri pamhene nekuti munhu wacho anoramba achiti
chera nepasi."

Rubonga akazotauravo kuti akanga amboudziwa
makore akanga apfuura kuti kana nhambo ino yasvika,
aifanira kuzogwisa nyika dzekuMavirira kuti dzive pasi pake
nekuti kana aizononoka kana kuti kuregera, nyika dzacho
dzaizoronga zvekuuya idzo kuzoparadza Magocha. Nokuda
kwezvizvi, nguva pakanga pasina. Mutengesi aifanigwa
kubatwa mauto avo asati ainda kuhondo nenyika idzi.
Vakomana vakagutsirira nomusoro. Rubonga haana kuzovapa
nguva yokuramba vachitaura nekuti akati vachenjeri vake gumi
neumwe vakanga vachazosongana pamazuva aitevera kuti
vambohwereketavo nezvenyaya yagodobori iyoyo. Vakomana
vakaoneka vakamuruka havo voinda.

Rubonga akadana umwe wevarindi vake akamuraira
kuti ngoma dzekukoka makurukota ake dzichitanga
kuridzwa. Shingai akabva asina kunatsa kugutsikana. Aida
kuti azotarisana mumeso chaimo negurukota rimwe nerimwe
kuti averenge zvaiva pamoyo dzavo. Izvi zvaizomubatsira
kuti azive kuti muvengi wake chaiye akanga ari ani chaizvo.
Pamakurukota amambo emazuva awa pakanga pasisina
wekuti akanga achagona kukanda museve zvakasimba
sezvawakanga waitwa nemunhu aimuvhima mudondo asi
kuti munhu iyeye aitotumwa neumwe wemakurukota awa,
ndokunge kana akanga asiri iye Rubonga pachake nemwana
wake Masimba vaituma munhu uyu. Nyaya dzaakanga ahwa
naGotora dzakanga dzamuudza kuti munhu mupenyu akanga
asingapimiki uye akanga asingavimbiki naye. Shingai akanga
asingapindi mudare kana riri revachenjeri namambo. Iri
dare raingogagwa nevarume gumi noumwe namambo wavo.
Mazuva akare kwakanga kusinazve umwe aizotendegwa

kuhwa nyaya dzaitaugwa padare iri asi namazuva awa,
Rubonga akanga ati mauto ake maviri aiva mazihofori akanga
achifanira kugara ari paari nekuti chigaro chake chakanga
chawigwa nemumvuri wevavengi. Shingai akaronga zvekuti
aizongomhorosa makurukota awa umwe noumwe kana
vapedza havo dare ravo kuti awane kuita zvaaida.

Ngoma dzakarohwa, dzikahwikwa dzogashigwa
nevaiva pazvikomo zvaivapedo, idzodzo dzikazohwikwavo
dzavakurira pasipasi nevakanga vadzigashira. Pasina nguva
ngoma dzakanga dzarira pamisha yemaSadunhu emuMagocha
ose, chero hazvo makurukota ekumatunhu ekure akanga
akagarira pedo nemuzinda wamambo pamazuva iwawo.
Vachenjeri ava vakapinda muzhira vakananga kwaMambo
Rubonga. Panguva idzi, Rubonga airatidza kuti akanga
akabatwa nefungwa dzakawanda chaizvo. Aiti akatarira
panzvimbo imwe, meso aizotobvapo kana mumwe mukadzi
auya nezvekumbotekenyedza shaya zvakaita sechimukuyu
kana kuti mutetenegwa. Aiti kana akagara pachigaro chake
waitombofunga kuti aiva chimufananidzo chechivezwa
chakanga chakabatana nechigaro. Vanagwenyambira vaipana
majana ekuridzira mambo mbira vakanga vakawanda
vachiridza zvaivaraidza chaizvo asi mimhanzi yavo yaiita
sekuti yaingosvika ichibondera pamunhu akanga asisina zheve
dzekuzhe nedzemukati. Akanga asingacharatidzi kunakigwa
sezvaaisimboita mazuva akare. Chaidhla fungwa nemoyo
wake chaiita sekuti chakanga chakazvivharira muhana yake
chaimo.

Shingai akanga aona kuti mambo vakanga vashanduka
pane zvinhu zvakawanda. Chero havo vaiva munhu aigona
kuviga zvaaihwa muropa rake, pane mazuva akawanda
aaipota achiratidza mufaro. Pane mazuva aaitowana
nhambo yekutamba nevana vake vaduku achivavhunza
zvimuvhunzo zvisina basa. Aivapozve mazuva azvaiti kana
zvakwidza ambosvuta hake mupeta, mbira dzichiridziwa,

murume waitamba chaizvo. Mazuva akadai ndiwo aaionekwa
achisekerera. Madzimai ake aifaravo zvikuru kana zvadai
nekuti vaiziva kuti usiku hwemusi uyoyo, umwe wavo
waizotogwa namambo kuti avate kuhozi yavo. Pane mazuva
aifamba Rubonga achitarira mabasa aiitiwa pamuzinda wake
uyevo mamwe aiitiwa munzvimbo dzakawanda mudunhu
rake. Pakadai aiwana nguva yekutaura nevashandi achiratidza
ruzivo gwake pamabasa avanenge vachiita. Zvino pari
zvino mazuva akadai akanga arova. Akanga apera. Mambo
akanga ava munhu airatidza kusasunynguka nehupenyu
hwake. Muviri wake chaiwo wakanga wotanga kupera,
meso oita seowira mukati. Vhudzi rake rokumativi rakanga
rotanga kuchena. Rubonga akanga othla zvinhu zvosezvose.
Shingai akambofunga kuti izvi zvaiva zvivi zvake zvakanga
zvomutevera zvichidhla moyo nemuviri wake panguva imwe
chete. Akatarira hupenyu hwamambo akati nechomumoyo
make,
"Kana zvirizvo zvinoita kutonga izvi, bva bodo! Ngazvigare
hazvo. Zvino kuita munhu seari muchizarira iye ariye mambo
sezvizvi? Kwete. Hushe mutoro. Kuda zvingatombonakidza
pazviri kumbaango dhla chaiko. Zvokudhla zvakanaka
zvakawanda chaizvo uye varanda vekumurudza zvinorema
zvako kana kukuitira mabasa anonyangadza vazhinji
vakawanda asi chero zvirizvo, kwete, hupenyu hwacho hahuna
kusununguka."
    Makurukota akatanga kusvika, umweumwe
vachindogara naVaGondo nerimwe gurukota pane avo
vakanga vachigara mumuzinda wamambo mazuva awa.
Pavakazokwana vose kusvika, varidzi vemimhanzi vakabudira
kure asi vachiramba vachingoridza nziyo dzaivaraidza fungwa
dzevatereri. Vaibudira kuti vasahwa nyaya dzaizotaugwa
padare. Zuva iri Shingai akawana mukana wekuti
andomhorosa makurukota amambo vasati vatanga basa ravo.
Paakasvika pavakanga vari, vose vakamutarira sezvinonzi

akanga azviitira svina muviri wose. Paakakwidza maoko
kwavari, vashoma ndivo vakadzosera, pakati pavo, VaGondo
naChitsere. Vaviri ava ndivo vakatomboita sekutaura naye
zvakanaka uye vakatombomunyemwerera. Paaiita izvi zvose
akanga achitarira muhana yegurukota rimwe nerimwe asi
haana kukwanisa kuti awane waakanga afungira nekuti vose
vakanga vamuratidza moyo yaipfungaira chiutsi nokuda
kweruvengo. Izvi zvakatonyanya kumukathlamadza nekuti
panguva fupifupi vavengi vake vakanga vawanda chaizvo.
Chaaiziva hake ndechekuti pakati pavanhu ava, aripo akanga
aronga zvokuti amuuraye. Zvino aizoziva sei kuti munhu
wacho akanga ari upi sezvo muhana dzevanhu vacho vose
mairatidza ruvengo rukuru zvachose. Haana kuzogona
kurongedza fungwa dzake idzi zvakanaka nekuti akanga
ofanira kumuruka kuti abve paakanga ari. Vakuru vaifanira
kuti vawane kuhwereketa nyaya dzavo zvakanaka. Shingai
akabvapo achizvituka kuti akanga azviitirei benzi rakadaro
rekundomhorosa vanhu ava ari oga. Dai akanga angokumbira
kusvika naMasimba pamwe angadai akawana nguva yekutarisa
zvimwe zvaizoitiwa nevanhu ava. Zvisinei, akasumuka
paakanga akatonona akafamba achibva padare. Paaifamba
aihwa sekuti meso ose amachinda amambo akanga akanamira
kumusana kwake.

 Dare rakatanga, Rubonga akapira nyaya yake
kumachinda ake. Akataura achiti,
"Varume, hatidi kuti tipedze nguva nenyaya iyi. Nanhasi
mutengesi wedu achiri kukwenya mhino nekasiyamwa
achifunga kuti achabudirira, zvino izvozvo hazvibviri.
Takamupa nguva yakareba kwazvo yekuti dai aiva munhu
akangwara, angadai akazvibudisa pachena zvino nanhasi
arikungofunga kuti tiri
pachamuvande-vande sepwere. Zvino zvotoita iye zvino
ndezvekupa munhu wacho mukana wokupedzisira kuti
azvidudze oga, kana aramba hake akanyurira, bva isu

totsvaka vanonyurura. Kana munhu uyu asina kuzvibudisa, ini ndavakutumira godobori kuti auye azorova hakata dzake pano mongozoona henyu zvatichazoita nenhunzvatunzva ichabatiwa yacho. Saka chiitai tione nekukasira!" Meso ake akanga achitsvuka zvino, pahuma pake pachiratidza hasha dzaida kudhla nyama mbishi chaidzo.

Chitsere haana kunonoka kumuruka. Wakatanga aita kamwe kakuseka kaivhengana kusvotesa nohusvunu pamwe chete. Meso ose akamutarira, iye akati, "Pamusoroi dare guru. Pamusoroi Shumba, imi murume wedu tose pano. Varume, uyu mwana waMupingamhuru takaita wokupuhwa navadzimu uyu. Mambo, mataura zvandanga ndichida kutotauravo chaizvo. Ini zvakandinetsa kuti nhambo yose iyi munhu akangonyarara asingazvibudisi kuti ndiye akazevezera vanhu vekuMavirira uku imi mamupa nguva yekuti azvisunungure kudai. Ndakangoti, 'Ko mambo vadiiko kungoti paitiwe zvekushopera apa,' izvo imi ndizvo zvamaitofungavo nhai. Dai tatorega zvedu kupedza nguva nekuzama kuti munhu uyu azvidudze. Zvamatotaura ngazvichitoitwa izvozvi. Dai matoti vakomana vatomhanya kundotora Gezi, e-ee, handiti ndiye wamunoda kuti aite basa irika? Pamwe ndamhanyisa hangu asi dai matoti godobori wamunoda achitouya nekukasira. Pamwe ndingavharidzira vamwe vanedzimwe zhira dzekuti munhu uyu abatwe. Varume, ngatiitei zvedu zviya. Vanoti nyaya ipedzewe nen'anga ngavamurudze maoko avo tione!" Akapedzisa kutaura izvi ruoko gwake gwatova mudenga kare.

Vamwe varume vose vakanga vasingadi kuti nyaya iyi iinde kun'anga asi hapana wakagona kuti azvireve nekuti vaithla kuti vaizonzi ndivo kana kuti vaiziva munhu aitsvakwa uyu. Varume vakatanga kutarirana, maoko achimuruka zvishoma nezvishoma. Izvozvi Rubonga wakanga asumuka achitarira machinda ake kuona kuti aripo here akanga asingatenderani nezvakanga zvarongwa. Varume vakuru vakatanga kuhuta kuzhe kwaVaGondo naChitsere. Rubonga akavhunza kuti sei vaihuta asi hapana wakagona kupindura muvhunzo uyu. Rubonga akatanga kufunga kuti machinda ake mazhinji akanga amupandukira. Akatuma rimwe uto rake kuti riraire kuti Gezi asvike kumuzinda kwamambo pazuva raizotevera. Akanzi auye akagadzirira kuzoita basa. Rubonga akasunungura vachenjeri vake kuti vagadzirire zvezuva raizotevera iye ndokubva ainda hake muimba yake. Varume vakasara vasingagoni chero kutaudzana.

    Ramangwana, Gezi wakasvika pamuzinda pamambo akapfeka ngundu yakasviba kuti ndoo mumusoro. Ngundu yake yaiva yakagadzigwa nemanhenga ehuku tema. Mukati memanhenga acho maiva nemihwa yenungu yaisvika mitanhatu. Zheve dzake dzaiva nemaziburi aiva akarukigwa shambo dzaizobatana nerimwe danda raibaigwa nechemumhino make. Muchiuno maiva nembikiza yaiti pamwe yaiva neruvara rutema pamwe yoita ruchena sembizi. Pamusoro pembikiza paizoitavo miqhwe mitatu; wegudo, webere newemvuu. Murume uyuwaithlisa kutarira chaizvo. Achipinda mumusha wamambo, zvana zvakamhanya kundombundikira madzimai azvo. Mberi kwaGezi kwaifamba gwenyambira neumwe wairidza hosho. Kusure kwake kwaitevera umwe wairidza ngoma. Vose vanhu ava vakanga vakapfeka zvinhu zvaingovhundusa, kunyanya wairidza ngoma, uyo waifamba nechishoko chakaomesewa. Vanhu vose vaiva mumusha vakamira zvavaiita kuti vatarire kunaGezi. Gezi nevanhu vake vakatenderera musha wose ruviri pasina akataura chinhu. Gezi wakazokaruka otanga kumhanya zvine simba chaizvo akananga kudare kwaiva namambo nemakurukota ake. Wakamhanya akasvika achiuruka machinda amambo pavakanga vakagara. Varindi vamambo vakabata mapfumo avo zvakasimba. Chero iye Rubonga akatombovhunduka zvishoma asi akakurumidza kutsiga. Gezi wakatanga kumhanya akasimudza maoko ake

kusvika pamapipito ake achitaura zvakanga zvisina ani aihwa.
Achiri pakati pekutaura akabva amhanya achibuda mumusha
wamambo achiinda kuchikomo chaiva pedo nemusha asi chiri
nechekuMaodzanyemba.

Murume wairidza ngoma yaGezi akasara oturikira
makurukota amambo achiti,
"Sekuru varamba kuti hakata dzirohwe pamusha wemunhu
mukuru. Vati vanhu vainde kure nemusha sezvo panegwema
guru remhepo dzakashata dziri kudzuvaira kuda kupinda
mumusha wamambo, naizvozvo vanhu vose vanofanira
kutamba nyaya iyi ngavatevera kwainda sekuru Gezi." Mambo
nedare ravo havana kunonoka kutevera. Shingai naMasimba
vakanzi vatevere. Vakasvika vakawana Gezi akagara akafunya
chibondokoto ari paruware. Boka rakamisiwa richiri kure
nepaiva naGezi. Muridzi wengoma ndiye akasvika pakanga
pakagara Gezi. Gezi akadanidzira achiti,
"Vakuru avo vekumadziva ngavadzokere havo kumba
nekuti sekuru havazogoni kuita basa ravo kana ivo varipo!"
Rubonga akatarira Shingai akabva amuudza kuti adzokere
achiita zvekungotaridza nemusoro. Shingai akakurumidza
kuzvihwisisa akadzokera kumba. Moyo wake waipisa kuti aone
kuti ndiyani akanga atengesa nyaya kuvavengi.

Gezi akasara achiti akadzvova, okanda makodo ake
mudenga obva otanga kutaura nemakodo aya asi achitaura
hake chirudzi chakanga chisingahwikwi nevamwe vose kuzhe
kwemurume wekuridza ngoma yake, anova ndiye aipota
achiturikira zvaitaugwa naGezi kuboka ramambo.

Muturikiri akati sekuru vaiona nyaya dzakawanda
dzainetsa Mambo Rubonga pamusha pake uyevo munyika
make. Akati sekuru vaizviziva kuti iye Rubonga akanga ane
nyaya dzakawanda asi zvakanga zvisingagoneki kuti audziwe
zvose nezuva iri sezvo yaivapo chaiyo yainetsa mambo. Nyaya
iyoyo ndiyo yaifanigwa kuti ishopegwe. Rubonga akati,
"Pakati pemakurukota angu sekuru, pakati pavo ipapa!"

Gezi akambokanda hakata dzake akazevezerana nadzo, akazodzituka kusvika azotaura zvekuti pakati pevachenjeri gumi neumwe pane vamwe vaizofanira kuti vazorore pabasa. Rubonga akati,

"Zvino nemhosva iyoyi huruhuru kudai vangaita zvekungozorodzewa chete here nhai sekuru? Heya vakawandasu?"

Gezi wakamuruka akatanga kudzvova akatarisa makurukota amambo. Akatanga kuvapopotera nekuvatuka achiti,

"Vana vevaroyi! Hamusvodi. Munoitirei zvakadai? Muchamuwana kupi mambo anokudai seuyu? Munozviitirei chaizvo chaizvo?"

Chitsere akauchira akati,

"Tsvariro! Tsvariro kani sekuruwe. Tsvariro. Munhu wacho waramba kuzvidudza oga saka tangoti dai sekuru vangohwira muzukuru wavo tsitsi vamuratidza muvengi wavo uyo wadai kuvatengesa kuvavengi vavo. Tsvariro sek-" Gezi akabva amugura asati apedza kutaura akati,

"Iwe-, nyarara, nhubu yapedza huku dzevanhu mumusha. Chaunoti pwariro pwariro chii ipapo? Unoti handizivi nyaya yamambo? Ndati munozviitireiko? Hamuzvizivi here kuti mhosho youmwe wenyu ndeyenyu mose? Maifanira kuva makatobata munhu wenyu nyaya isati yasvika muzheve dzamambo. Makaita seiko vana vamazuvano?" N'anga yakaramba ichipopota. Apa varume vose vakanga voyerera ziya nekuthla vakatsikitsira. Hapana waida kusanganidza meso ake naGezi. Gezi akazotendeuka kunaRubonga akati,

"Iwe chikomana, hauzivi here kuti nyaya dzakadai hadzitambwi mumusha? Dai waziva munhu wako uri mumusha handiti ungadai wateurira ropa rake mumusha waMupingamhuru umo? Saka ini rangu ndapedza. Zvaunosara uchiita zvava zvako, kuti uchaita sei nemunhu wako, ndezvako. Sekuru pavo vapedza. Mutengesi wako ndiRevesai!"

Varume vose vakamurudza misoro vakatarira Revesai
vachishamisika chaizvo. Iye Revesai wakasumuka ndokumira
akati twi, muromo wakashama. Panguva imweyo, ngoma
yaGezi yakarira, hosho nembira zvichiteveravo, iye Gezi
neboka rake vakatanga kufamba vachiinda. Rubonga akaramba
akatariravo Revesai. Mamwe makurukota akasununguka kuti
akanga asina kudomewa nemhosva iyi asi panguva imwe chete
vose mufungwa dzavo vaingoiti,

"Revesai chaiye, zvakaoma chokwadi!"

Revesai akatarira mambo, mufungwa dzake akati,
"Ndirikurota hope dzakashata chete. Ndinomuka ikozvino."
Akakonewa kumuka. Muromo wakaramba wakashama
sewegwaya rabudisiwa mumvura riri benyu. Chitsere ndiye
akazotanga kutaura achiti,

"Heya ndidzo mbwa nyoro dzinositaugwa nevakuru idzi!
Ndiyani aikufungira kuti ungaita zvinhu zvakadai? He-e,
varume, ini handichina kana mate mumuromo ini." Rubonga
akaramba akatarira Revesai, iye Revesai akangotariravo mambo
wake. Revesai paakada kungotaura mahwi mashomashoma
akabva achipuhwa chibhakira chakaita sechaida
kundobatanidza gotsi nezheve yake nerimwe jinda ndiye pasi
dhi. Paakazosvunura akanga atosungwa mbiradzakondo kare.
Chero paakamuka akanga asati atenda kuti zvose izvi zvakanga
zvaitika zvaiva zvechokwadi.

Revesai akakandwa muchizarira akasiwamo kwamazuva
maviri pasina wakamupa chero chokudhla. Chero dai
akapuhwa chokudhla haaimbokwanisa kuchimedza kwete.
Akanga akadumbigwa nezvakanga zvaitika kwaari. Ko
vadzimu vake vakanga vatsamwa chiiko chavakakonewa
kumunyeurira nguva iripo. Ko ivo sekuru vaGezi vakanga
vaona chii kuti vazomupomedzera chinhu chaakanga
asingambozivi zvake. Revesai akafunga upenyu hwake
hwose akangoona kuti akanga ari munhu aiita zvaidiwa
namadzimambo ake nguva dzose. Kozvakanga zvaita sei

kuti iye, pakati pevanhu vose adomewe kunzi ndiye akanga angwadza vavengi vamambo? Ko mambo akanga achamuuraya nezhira ipi? Murume akazvinetsa akasvika pakukungura kuti azviuraye ari muchizarira imomo. Chainetsa muchizarira macho makanga musina chero chunhu chimwe chaaigona kushandisa kuti azvipfuudze. Chizarira ichi chakanga chakavakwa nemazihwe makuru akanga akatsemugwa nemoto zvakanaka uye akafanana. Nekuda kweizvi, madziro acho akanga akarurama zvekuti munhu wakanga asingakwanisi kuakwira kana manera asina kudzasiwa mukati. Chakanga chakavakigwa pamusoro pechikomo chaigara chakarindwa nemamwe mauto. Vasungwa vaipota vachitogwa kamwe pazuva kuti vandozvibatsira pazhe.

Pakapera mazuva maviri, ngoma dzekudana vanhu vakuru vaigara mudunhu ramambo dzakarira, vanhu vakaungana kumuzinda wamambo. Mhuri yaRevesai yakanga yandotogwa yose kubva kudunhu ravo. Makurukota gumi ose akanga aripo, vasati vadzokera kumatunhu ekwavo. Vanhu vose vakanzi vainde kumuti wechiutsi vakaita saizvozvo. Muti wechiutsi yaiva nzvimbo yaitongegwa vanhu vainge vapara mhosva huru muMagocha. Zuva iri rakanga rakaremera vanhu vemuMagocha chaizvo. Gurukota ravaikudza kudarika mamwe mazhinji nezhira yokururama kwaro rakanga rabatiwa nemhosva yokumukira Mambo Rubonga. Izvi zvakanga zvavashamisa chaizvo. Munhu wose waitoziva kuti mutongo waizopuwa Revesai wakanga wakagozha chaizvo. Madzimai mazhinji aingoshinyira nokubudisa misodzi yakanga isingaperi. Varume vaingoonekwa kuramba vachimedza mate kuri kuzama kudzora mapundu akanga ari muhuro dzavo. Vachidai izvozvi, mauto mamwe vairodza mazipanga ekuti Revesai agozopaziwa nawo. Gomba raaizovigwa rakanga ratochegwa asi rakanga rakakura kudarika mamwe aisivigwa vamwe vanhu.

Vachenjeri gumi vakatanga kufamba vachiinda pakanga pane vanhu, vanhu vose vakagara pasi vakatsikitsira. Mbira nehosho zvakatanga kurira kuratidza kuti mambo akanga ouya. Vaiimba vacho vaiimba karumbo kaihwisa tsitsi zvinova zvaiwedzera kugwadza vanhu. Mhuri yaRevesai yakanga yakasungwa yose, vachingochemavo. Zvana zvidoko ndizvo zvakanga zvisina kusungwa asi zvaingonetseka kuti nemhaka yei mai vazvo vaichema zvakadai musi uyu. Mambo akasvika vanhu vose vakanyarara kuti zi-i. Chainyanya kuhwikwa dzakanga dziri mhino dzemadzimai dzaikweva madzihwa pavaichema. Vamwe varume vakaonekwavo vachidonhesa misodzi asi vazhinji vavo vaiti kana zvadai vobva vasvuta fodhla dzavo kuti misodzi irege kudonha.

VaGondo vakakwidza maoko kunamambo vakamirira vanhu vose. Mambo akadavira nehwi rakakora, meso ake akazara hasha. Chitsere akamuruka akaudza vanhu zvakanga zvaitika. Akayambira vanhu kuti vasafa vakazvinyengera nekuita zvakanga zvaitwa naRevesai nekuti mubairo wazvo waingova rufu zviri pachena. Akapedzisira oti, "Mambo, sunungukai henyu nekuti mhuka yamanga muchivhima kwamazuva akawanda mazoibata uye mava kuita zvamunoda nayo. Vanhuwe, chitarirai kurangwa kunoitwa munhu anoita zvekuyedza Shumba vari pano ava."

Chitsere achigara pasi, chembere huru dzakamuruka dzichiridza mhururu ndokundofugama mberi kwamambo dzichidemba. Mukuru wadzo akatanga kudemba achiti, "Nhaiwe mwana waMupingamhuru wati tidinikowe? Ndirozve basa rawakasiigwazve nabambo vako rekutichengeta iri. Munhu akasaresva unenge atova hwe chairo hakezve. Ndimi baba vedu tose, tinoresva asi hatina kana kwekutizira kuzhe kwekwamuri. Chiregererai zvenyu mwana wenyu uyu babawe! Pasi pachaguta hapo naro ropa iri rimwe zuva, asi dai marega kuti zviitike pamurume uyu nhambo dzino. Tarirai pwere dzaanadzo idzo Shumba. Tinoziva pasi pemoyo wenyu iripo nzvimbo yamunogona kuviga kutsamwa kwenyu mukaranga mwana wenyu neimwe zhira isiri yekuteura ropa rake. Hon'o vakuru vakataura kuti shiri ine murir128o wayo haiuregi bva asizve, tarirai kuti ndiko here kurira kwake mwana wenyu uyu nguva dzose? Inga wani munogara muchidada naye. Handiti dai zvichinzi zuva rakaita sanhasi aiwanikwa akagara nevamwe vachenjeri venyu mungadai matomuvhunza iye kuti zvohwimwi izvi? Tiri vana venyu baba." Chembere dzakadzokera padzakanga dzabva dzikandotanga kuridza mhururu dziri ipapo zvakare.

Rubonga akaramba akati nde-e, panzvimbo imwe kusvika vanhu vose vati zi-i zvakare. Shingai naMasimba vakazevezerana, Masimba ndokufamba achiinda kuna baba vake. Asati asvika vakanga vatomurudza ruoko gwavo vasina kumutarira asi vachimuudza kuti asasvika pavakanga vari. Zvakanga zvataugwa nechembere zvakanga zvapinda mumusoro maRubonga asi akahwa sekuti akazviita vanhu vaizomudherera. Pakaita nguva yakareba chaizvo akangonyarara kudai. Chero mudzimai waRevesai akatombonyarara kuchema akatarira mambo. Revesai haana kana kushanduka paakanga akagara akasungwa. Rubonga akazotumira kuti mwana wake Kundai adaniwe. Pasina nguva Kundai akasvika akandotaura nababa vake. Vanhu havana kuhwa zvavaitaurirana. Rubonga akavhunza Kundai kuti aifunga kuti munhu uyu aida kuuraisa mauto ake uye kuti aitogona kumuuraisa iye vaifanira kumuita sei sezvo akanga abatiwa. Kundai haana kunonoka kutaura.

"A-a, nhai baba, munhu anoda kukuurayai mungamusiya ari mupenyu? Zviri pachenaka kuti dai akabudirira aingozokuuraisai uye kana mukamurega achiinda anogona kuzoronga rimwe zano ramunogona kukonewa kuzomubata." Rubonga akamutenda akamuti adzokere zvake kumba. Vanhu vakaramba vakanyarara vakabatira hana dzavo mumaoko vachingoshumba kuti mambo aite tsitsi negurukota rake.

Rubonga akazosimuka akati,
"Vanambuya, mashoko enyu akanaka zvikuru uye mareva

chaizvo kuti zvakaitwa naRevesai hazvisi zvake. Chokwadi
hazvisi zvake. Watiri kuranga panguva dzino ndewakamugara.
Kana munhu adai waita sorumhodzi gwebundo rakashata,
ukarurega gunouraya zvirimwa zvako zvose wozosara
wodemba uchiti 'Dai ndakaziva haitungamiri.' Saka izvi ndizvo
zvatinoita kuvanhu vanenge varega mweya yakaipa ichitonga
iri muhana dzavo. Vakomana, tangai basa tione!"

Nemashoko awa Rubonga akagara pachigaro chake
chakanga chakavezwa nedanda remubvamaropa. Mauto
akatanga kukanda huku dzaRevesai zhinji dzakasungwa
makumbo kuti dzisabhururuka muzigomba raivapo. Musure
mehuku vakakanda mbwa dzake nhatu mugomba imomo.
Mbwa dzakahukura dzichichemera vatenzi uye dzisingazivi
zvaiitika. Mugomba makaita ruzha. Kuhukura kwembwa
nekurira kwehuku kwakabatana ruzha gukawedzera.
Zvakazobatana neruzha gwevanhu vakanga vavakuona
zvaiva zvichizotevera, avo vakatanga kuchemavo. Vakadzi
vakanga voridza mhere chaiyo pari zvino. Mukadzi waRevesai
wakabatiwa akakandigwa mugomba achiwira nemusoro,
tevere mwana wake mukomana mukuru. Mukomana uyu
akada kumbogwisa achibva atemwa nezibanga mumusoro
ndokuzoita zvekutsikwa negumbo kuti awirevo mugomba.
Zvana zvidoko hazvina kuita nharo nekuti zvakangoti
totevera kwainda mai. Mauto akazopedzisira achikanda
Revesai mugomba kwakutanga kufutsira nokukurumidza.
Mauto akanyaradza vanhu nehasha achiti kana vairamba
vachinyangadza mambo vaigona kuzokandwavo mugomba
umu. Vanhu vakanyarara vakatsamwa. Hapana hapo akanga
achida kusiya hupenyu hwake musi uyu. Gomba rakazara
nevhu kuchema kwemhuri yaRevesai kukapera kuhwikwa
nezheve dzepazhe asi mumisoro yevazhinji makaramba
muchingohwikwa.

Vanhu vazhinji vakaita mazuva akawanda vachikonewa
kuvata zvakanaka nenyaya iyi. Kuurawa kwakanga kwaitwa

Revesai nemhuri yake kwakanga kwakagozha. Kwakanga kuchiramba kubuda mufungwa dzavo. Shingai ainyanya kugwadziwa paaiona zvana zvaRevesai zvichichema zvakabatira panamai vazvo. Aizoonazve mukomana wezera rake achizama kuzvisunungura kuti agwise vanhu vakanga vachida kuparadza mhuri yake. Mukomana uyu Shingai aimuziva kubva pavaidzidza kumakomo ePengapenga. Aiva munhu aigara achizvifarira zvake asingadi zvekushupana nevanhu. Akanga akundavo zvakanaka uye aitogwavo seuto rapamusoro. Shingai zvakamunetsa chaizvo. Hon'o Revesai akanga ane mhosva huru yekudhla nemuvengi. Zvaakanga aita zvaigona kuparadzisa nyika yose yeMagocha, asi kuti vana nemudzimai wake vagourayigwa nyaya yavakanga vasingazivi zvakanga zvisina kunaka kwete. Chero hazvo zvakanga zvakadero, hapana zvaaigona kuita. Chero zvaivapo zvaigozobetsera chii iye Revesai nemhuri yake vakanga vatova honye kare?

Shingai akaudza Shuvai zvakanga zvaitika Shuvai akangodzungudza musoro. Shuvai akati aitosvoda chaizvo kuita hama yakanga isina maturo saMambo Rubonga. Shingai akati,

"Asi iyevo Revesai akaitirei zvaakaita? Nekuziva kwaaiita mambo wake angadai asina kana kutombozvifunga chaiko."

Shuvai akaseka zvake akatarira divi. Akatovhunza zvake Shingai kuti bhururu wake Gotora akanga aripiko mazuva iwawo. Shingai akazviona kuti Shuvai akanga asingadi kutaura nezvenyaya yaRevesai. Akavhunza Shuvai achiti,

"Ko iwe sei usiri kuda kuhwa kana kutaura nyaya yaRevesai iyi?"

Shuvai akabata shaya dzaShingai nemaoko ake maviri akamutarira mumaziso ndokuti,

"Nhai mudiwa wangu Shingi, kubvira iwe ndaguta here kutaura nezvako? Ini handina chimwe chinhu chinondifambira kuzhe kwekungotaura newe nekuva pauri chete ini."

Akanyemwerera kunyemwerera kwake kwaidiwa naShingai,
Shingai wacho akambokangamwa zvimwe zvose. Shuvai
akatsvoda Shingai pahuma nepamhino kwakuzoregedza shaya
dziya. Shingai akaseka akati,
"Dai wangoramba wakachengetera shaya dzangu mumaoko
ako kusvika kare"
        Vakasekererana ndokuzombundikirana havo votaura
dzimwe nyaya dzavo. Vakataura zvedehwe retwiza rakanga
rakapfekwa naShuvai musi uyu. Shuvai airifarira chaizvo
dehwe iri. Pachifuva akanga akapfeka hake rengwe. Shingai
akavhunza kuti sei Shuvai akanga asingabvisi zvehumambo asi
iye akanga asingafariri zvaiitwa nabamukuru vake Rubonga.
Shuvai akamupindura achiti,
"Hazvirevi kuti kana hama dzangu dzikaita mapenzi tatocheka
hukama bodo. Dzinongoramba dziri hama dzangu uye ini
ndinongoramba ndiri mwana wekwa Mupingamhuru."
        Shingai akavhunza kuti Vandirai ndiye here akanga
auraya twiza kuti agadzirire Shuvai dehwe iri. Shuvai akaseka
akati,
"Ndini ndakaiurayawe-e" Vaviri vakabva vaseka zvakanyanya,
Shuvai akazoti,
"Baba vangu vakakuvara kare vakapora. Vanokwanisa kuita
zvose, uye kutodarika zvinoitwa nevarume vazhinji, zvakare
zvekuvhima mhuka dzakasiyasiyana zvakanga zvisinei nekuti
munhu anogona kumhanya here kana kuti kwete, asi kuti
zvinongoda njere noruzivo gwemhuka yaunenge uchivhima
yacho." Shingai akayeuka mashoko aya achitaugwa naVandirai
mazuva avaiva kumakomo ePengapenga. Akabva ati,
"Urimwana wababa vako zvechokwadi. Mashoko awataura
vakambotidzidzisavo nezvawo pachidzidzo chekuvhima."
Vakaseka zvakare vakazoramba votaura havo zvimwe
zvekudanana kwavo.
        Shingai akaramba achinetseka nenyaya yekuurawa
kwaRevesai asi akanga asina wekutaura naye kuti ambobudisa

zvaiva pamoyo wake. Akamboda kuti ataure naMasimba nyaya yacho asi akaona kuti zvaizogona kuita dambudziko. Masimba akanga asingachahwisisiki mazuva iwawo. Akanga owana nguva yakakurisa yokutaura namambo vari vaviri chete. Izvi Shingai akanga asineyi nazvo nekuti aitozviyemura kuona baba vachitaura nemwana wavo zvakanaka vachiratidza kuwirirana. Chaaiiziva ndechekuti Masimba nababa vake vakanga vasina kusunenguka nenyaya yekudanana kwaakanga aita nemwana wekwabamunini vavo Vandirai. Shingai akazofunga kumboshanyira Gotora, munhu waaiziva kuti aigona kumuudza chokwadi.

Paakaona Gotora akakumbira kuti vashambire vainde pachipindu paya pavaitaura nyaya dzavo vari. Vakaita saizvozvo Shingai ndokuzovhunza Gotora kuti nyaya yaRevesai akanga aionavo sei. Gotora akamuudza kuti chokutanga aifanira kuziva kuti Gezi rakanga riri gororo guru. Zvehun'anga zvake zvakanga zviri zvenhema saka nokudaro zvaigona kuita kuti Revesai akanga afira nhema, munhu waitsvakwa akasara ari mupenyu. Chaaiziva ndechekuti Revesai akanga amboramba kupuhwa fufuro naGezi mazuva aakanga auya kuzogara muMagocha. Vashoma vaiziva nyaya iyoyo. Chechipiri Shingai aifanira kuziva kuti hupenyu hune hutsinye naizvozvo aifanira kugara akachenjera. Gotora akamuvhunza kuti aiziva here vanhu vaviri vaimufudza mazuva awa. Shingai akati aiziva kuti pane vanhu vaimutevera asi kuti vaiva vanaani kana kuti vangani, akanga asingazivi. Gotora akati, "Vanhu ivavo chero ini handivazivivo asi chero dai ndaivaziva handaimbokuudza kuti ndivanani. Chandinoziva ndechekuti pane munhu kana kuti vanhu vari kuda kukushizha nokukurumidza chaizvo, saka dai uri umwe waimeresa meso mamwe mugotsi rako"

Shingai akatenda kwazvo akaudza Gotora kuti aizoita sezvaakanga amuudza. Akati munhu wacho waimutevera aifamba senyoka achigona kunyangarika chero pamhene chaipo. Gotora akamuudza kuti kana aishandisa fungwa dzake dzose zvakanaka aigona kuzobata munhu uyu. Shingai akadzokera mufungwa dzake mava nemivhunzo yakawanda. Akazvisimbisa kuti aizobata munhu wake pasina nguva yakareba.

Chitsauko 19

R ubonga akadana Shingai naMasimba akaudza varindi
vake kuti vabudire kure. Varindi vakaita saizvozvo
vakasiya baba nevana vavo vakagara voga. Vapedza
kuvhunzana hupenyu nekutaura zvimwe zvakawanda-wanda
Rubonga akazoti,
"Vakomana, muvengi wedu zvaava pasi tadii kuti tichiita
zvekunyangira nyika dzedu dziya?"
Vakawirirana kuti iyi yakanga iri fungwa yakanaka chaizvo.
Shingai akazotivo,
"Chero hazvo zvakadai, hapana chakashata kuti tivanzire
makurukota nemamwe machinda enyu zvechirongwa ichi
sezvo tisingazivi kuti iye Revesai akanga achironga ari oga
here zvekutengesa kana kuti kwete. Kufunga kwangu kwanga
kuri kwekuti imi mutumire kuti rimwe boka remauto enyu
riuye muzorituma rimwe basa. Nhume hadzichaiiti zvekudana
mauto nengoma asi kuti dzongofamba dzichiinda kunemauto
enyu dzichiraira umweumwe. Isu tinofanira kuti tiinde
negwara risingafungigwi nemuvengi. Mauto ekuMavirira
akagara akatevedza gwizi gunonzi Mhathlehuru, zvino isu
tinofanira kuinda nekuchamhembe, tonyenyeredza Bengwa,
toramba tiri kuchamhembe ikoko tozondovagwisa tichibva
nekuMaringa, tobata Magweza zvakare. Handiti Masimba
uchaziva kuti gwara riya rinopinda nekuzasi kwezidziva riya
iri, kwai chii zviya, - e-eh irizve iri, haa, kwai Doperakondo.
Zvakadai, zvinoreva kuti hatidi mauto akawandisa. Tinoda
boka renyu remakondohwe chete. Kana imi mukaraira muchiti
munoda mauto eboka iri chete hakuna unombozvifungira kuti
tava kutoinda kundoparura hondo nenyika dzokuMavirira."
Masimba akabvumira akazotivo,
"Zvawareva ndizvo chaizvo Shingi. Asi zvandava kufunga
ndezvekuti, kana tava kuinda neboka duku, zviri nani kuti
tindopinda nepakati kuti tiwane kutinhira mauto mashoma

ari muMaringa nemuMagweza kuti vatizire kumavirira kuti vasazongwadza mauto akatigarira kunaMhathlehuru. Muzibere hamuna mauto akasaramo muya, uyezve tikanatsa kusvunura hapana anogona kukurumidza kuziva kuti chirikuitika chii."

Rubonga akaterera vakomana vachironga zvaimufadza. Vakomana vaimupindura zvaimugutsa paaivhunza mivhunzo pahurongwa hwavo. Akaona kuti vakomana ava vakanga vachenjera chaizvo vachitoita sekuti vaiva nenjere dzehondo kudarika vachenjeri vake veDare Revachenjeri Gumi Neumwe avo pari zvino vakanga vasara gumi. Rubonga akazotenda kuti machinda ake avanzigwe zvirongwa izvi. Aiziva zvake kuti makurukota ake aizogunun'una zvakare nekuda kwekuti akanga ava kuvimba nemutogwa wake Shingai asi izvi akanga asina basa nazvo panguva dzino. Kwaari akanga ava kuona kuti mbeu yake yaakanga akavira vanhu vasingaoni yakanga yasvika pakuibva zvino. Akanga ava panguva yekungocheka zvake achisekerera. Nekuda kwaShingai, basa rake rekuwedzera nyika dziri pasi peMagocha rakanga ravanyore chaizvo. Vakomana vakakumbira mazuva maviri kuti varonge zvekuti vaizofamba sei nemauto avo. Nguva iyi vakaipuwa asi nhume dzakanga dzatova muzhira kundokokorodza mauto emakondohwe kuti vauye kumuzinda.

Achibva apa, Shingai wakamhanya kundoudza Shuvai zvirongwa zvakanga zvavapo. Shuvai wakashuwa kwazvo achihwa nezvechirongwa ichi. Musikana uyu akanga asingafariri zvehondo. Aiziva kuti hondo yaigona kumubvutira waizova murume wake nenguva duku. Akaramba achingoudza Shingai kuti azvichengete uye zvivindi zvake zviite zvishoma. "Ugare uchiyeuka kuti gwara harina mbonje, unohwa?" Akadaro akasunga uso. Shingai akamuvimbisa kuti aizozvichengeta zvakanaka chaizvo nekuti zvekusiya Shuvai zvakanga zvichitomunetsa chero kutombozvifananidzira mufungwa. Vakambundikirana kwenguva yakareba vachitererana hana dzairidza ngoma muzvifuva zvavo.

Vakaonekana kuchakachena, Shingai achivimbisa kuti vaizoonanazve mazuva maviri aitevera iye asati ainda kuhondo ndokubva Shingai apinda muzhira kudzokera kumba.

Achifamba kudai, Shingai wakahwa vhudzi rake kumira zheve dzake dzikatwasanuka, Akahwa kuti pane munhu kana chinhu chaimutevera. Paakaramba achifamba akaziva kuti wakanga ari munhu wake uya. Akatanga kufambisa akananga kuchikomo chaiva pedo akatanga kuchikwira. Munhu wake akaramba achimutevera. Akambocheuka asi nekure kweziso akaona munhu wacho achindovanda nemuti. Munhu uyu akanga aneuta hwakanga hwakatogadzirira kuti afure. Shingai wakatanga kufamba achinzvenga nemahwe achingokwira chikomo ichi asingambopi muvengi wake mukana wekuti anatsonanga. Akafamba achiinda pachinzvimbo chaaiziva chaiva nemapiripiti kune rimwe divi rechikomo ichi. Akanga atoronga zvaaida kuita kuti abate munhu uyu. Paakanga osvika panzvimbo yaaida akabva apota nekuseri kwerimwe zihwe kwakubva avanda pane mumwe mutsemu waiva pedo nemapiripiti aya. Munhu wake akaramba achitevera achinyangira zvine kuchenjeravo chaizvo. Akamboda kuzeza paakanga asvika pakanyangarikira Shingai nekuti pakanga pakamanikana uye pachingokwana kufamba munhu mumwe panguva imwe. Uku mapiripiti aireva kuti akangoresva kutsika aibva angowira mumawere iwawo achindonyangarikira muzidenhere raiva pasi pemawere awa. Hakuna waizomuwana nekuti pasi pacho pakanga pasingasvikiki nemunhu.

Achinyangira kudero akakaruka anzi gurokuro kwi, naShingai achitoregwa uta hwake nemiseve pakarepo. Shingai wakashandisa rumwe ruoko kumushonyorora zvaigwadza uku rumwe ruoko gwakabatira pane rimwe danda rechimuti chaivapo kuti iye nemhandu yake vasawira mumawere. Chiso chemunhu uyu aichiziva asi zita rake akanga asingarizivi. Akanga ari uto rechikuru kudarika ranaShingai nekure asi akanga achakasimba uye achiri kuzvihwa. Shingai

akamuvhunza achiwedzera kumushonyorora achiti,
"Ndiwe ani iwe uye watumwa nani? Uri kunditevera nemhaka
yeyi? Taura nekukurumidza ndisati ndakukandira mumapiripiti
umu. Taura!" Shingai akanga ofemera pamusoro nehasha
zvino. Paakangotaura zvekumukanda mumapiripiti, uto riya
rakakwanisa kubatavo ruoko gwaShingai wacho zvakasimba
chaizvo zvekuti kana aingozama kumukanda vaiwira vose.
Shingai waibatsigwa nedanda rechimuti raakanga akabata.
Vakaramba vakadaro kwekanguva uto richiramba kutaura
Shingai asingakwanisi kuti amusundudzire mumawere. Shingai
aida kunyatsa kuziva kuti munhu uyu akanga atumwa nani
saka haana kunyanya kufunga zvekumusundidzira. Noruoko
gwakanga gwakamonyorora ruoko gweuto, Shingai akaregedza
uto iri akananga gurokuro zvakare. Iyezvino akanga
achiribata zvakanaka. Rume riya harinavo kuregedza ruoko
gwaShingai wacho. Shingai wakawedzera kudzipa gurokuro,
meso erume akabuda seegozho rachikinyiwa napadumbu.
Rume rakapfakanyika Shingai akaramba akadzipa. Zvishoma
nezvishoma rakatanga kuregedza ruoko gwaShingai. Shingai
akaona kuti munhu aigona kutozofa asati ataura akabva amira
zvakanaka ndokushandisa gumbo rake kuzvitsigira pachimuti
chiya. Akabata rumwe ruoko gweuto riya gumwe gukaramba
guri pahuro asi ruchipota ruchiregedza zvishoma kuti uto
rikwanise kufema nekutaura. Akapenga zvakare achivhunza
zvaakanga ambovhunza asi iyezvino achivimbisa uto kuti
rikamuudza aizorisiya riri benyu.
          Uto rakamedza mweya wakawanda richifemereka.
Risati rataura Shingai wakarikweva ndokurirova zvibhakira
zvakasimba mumusoro ndokurikwevera pedo nekumadziro
echikomo riri pasi. Shingai wakarigara padundundu ndokuisa
maoko ake ose pahuro paro akariti,
"Chitaura zvino. Ndiani wakutuma? Taura!" Uto riya
rakangonyemwerera nemeno akanga atsvuka neropa
rekurohwa shaya dzose rikati,

"Zvenyu zvamajaira zvokufutsira vanhu vari vapenyu naRubonga wako zvichapera pasina nguva refu!" Rapedza kutaura rakatanga kungoseka. Shingai wakawedzera kurirova ndokusumuka achida kuti arivhundusire nekuita seava kurikandira mumapiripiti. Paakada kuti ari bate nekurisumudza akaona ropa razara padumbu paro nebanga raro rakanyura mudumbu maro. Shingai akanga asina kuona kuti uto rakanga razvibaya nebanga paakanga akarigara padundundu. Uto rakanga rakonewa kumubaya nebanga nekuti ruoko gwaro gwakanga gwakatsikwa zvakasimba saka rakangozogona kuzvibaya iro parutivi pedumbu. Nguva yaakakanuka achiona zvakanga zvaitika, uto riya rakazviumburusa richizviwisira kumapiripiti kuya. Shingai akaona richirovera paruware, musoro uchitsemuka kuita mapandi maviri risati rasvika mumabvokocho aiva munyasi memawere. Akaramba akatarira achishama kuti munhu akanga atozviuraya nekuda kwekuchengetedza mumwevo munhu zvake! Uto rakanga rafa risina kumuudza akanga ari tuma uye kuti nemhaka yeyi raida kumuuraya. Chaakangogona kuita kutora uta nemiseve yaro ndokubva ainda kumba.

Shingai akaona kuti kuudza vanhu vakawanda nezvakanga zvaitika kwakanga kusina kungwara nekuti kwaigona kuzochenjedza muvengi wake. Muvengi wake waiva pedo naye chaizvo. Akayeuka kuti vakuru vaiti muroyi wemunhu akanga ari hama yake. Shingai akanga asina hama muMagocha asi kuti hama dzake dzakanga dziri vanhu vekwaMambo Rubonga. Vanhu vaakanyanya kufungirira ndiMambo Rubonga vacho nemwana wavo Masimba. Vanhu ava ndivo vaigona uye vaiva netendero yokutuma mauto kuita zvinhu zvakasiyana-siyana uye ndivozve vaigona kuthliwa nemauto zvekuti uto raigona kutofa risingadudzi kuti rakanga ratumwa navo. Asizve, uto iri rakanga rati, "Zvenyu zvamajaira zvokufutsira vanhu vari vapenyu naRubonga wako zvichapera pasina nguva refu!" Mashoko aya akanga agara muhana yake. Kuti Rubonga akanga audza uto iri zvekutaura uye zvekuita kana rakanga rabatiwa? Mumwe munhu aiva wepedo akanga ari baba vaShuvai, Vandirai. Vandirai akanga asingadi kuti Shuvai adanane naye saka aigona kuronga kuita zvakadai. Uto iri rainyanya kutevera Shingai paaiva ari panaShuvai kana kuti obva kundoona Shuvai wacho. Vandirai chero akanga asingavimbi nekutuma mauto, mauto mazhinji aimukudza kubva kune zvaaivadzidzisa kuPengapenga zvekuti aigona kungoshara uto raaida kuti rimuitire basa. Zvose izvi zvakanetsa Shingai, mukomana akashanyarika ashanyarikazve achikonewa chero kuvata. Chaakagona kuzvisimbisa kuti hapana waaizoudza nezvakanga zvaitika. Kunyadza muroyi kumuchengetesa vana vake uye ukarova mbwa chaizvo vatenzi vayo unovaona nekushinyira. Muridzi weuto iri aigona kuzozvitengesa nemaitiro aaizoita achitsvaga uto rake. ChaShingai kwaiva kungozovhura zheve nemeso kuti aone munhu aizoshinyira nekushaya uto rake.

Chitsauko 20

auto aRubonga akamuka runyanhiriri ndokutanga kufamba vakananga kuzasi kweMagocha, vachiita sevanhu vaiinda kugwizi gunonzi Nyanjuzi. Vakafamba vakatungamirigwa naRubonga, Shingai naMasimba. Pakanga pasina chero jinda kana gurukota rimwe pakati pemauto awa. VaGondo ndivo vakanga vasiiwa vakachengeta muzinda waMambo Rubonga asi vakanga vasina kuudziwa chifambigwa chechokwadi. Rubonga akasiya araira kuti akanga ainda kuChemhindo kundotora zvipo zvake nekundoona kuti minda yaaida kuti izorimwa gore raitevera yakanga yakamira zvakadii kunyika iyi. Chero mauto avaiva nawo ndizvo zvavaifunga kuti vakanga vachifambira. Vakangozoshama vatofamba chaizvo vakazotanga kutora gwara raiita serodzoka kuinda kuBengwa asi vari kuchamhembe kweBengwa yacho. Hapana zvake wakavhunza zvakahwikwa kuti ko vakanga vavakuinda kupi sezvo mambo pachezvake akanga ariye akatungamirira boka rake. Vaivhunza vaivhunza havo asi shanduro dzose vaingodziwana havo muhana dzavo imomo. Mambo akanga asingavhunziwi zvakadai. Cheuto kuterera nokuita chete zvinenge zvarehwa namambo.

Vachifamba kudaro, mauto aipota achitarigwa naShingai naMasimba vachiona kuti vose vakanga vachakasimba here uye kuti hapana akanga achiratidza kuvhunduka kana kushaya hanya nezvaiitika. Izvi vaizviitira kuti kana aivapo vakasire kumudzosera kumusha kana kuti aonekwe zvimwe zvekuitwa naye kuti asazokonzeresa bongozozo kana kunyunyuta pakati pevamwe vagwi. Pagwendo ugu mauto ose akawanikwa akakwana. Vakafamba zvavo zvakanaka vachitevera vaiziva kwavaiinda. Pagwendo ugu, boka iri rakanga risingafambi kwakachena. Vaifamba husiku chete nekuti vakanga vasingadi kuonekwa kana

kusangana nemunhu zvake. Vaifamba nemumatondo chete
uye vaingozovesa moto yekubika kana kwachena. Mauto
akanga arongwa kuita zvikwata zviviri. Panguva dzekuvata
kana kwayedza, rimwe boka raivata rimwe rakasvunura
rakarinda. Vairinda ndivo vaizoita zvekubika zvakare. Vamwe
vaivata kubva zuva richitanga kubuda vamwe vachizovatavo
kubva paraigara panhongonya kusvika kwavira, apo
pavaizotanga kufamba zvakare. Paivata Rubonga paiitiwa
chidziro chemauto chakamufuratira uye chakamutenderedza.
Hapana waitendegwa kucheuka kuti aone kuti mambo
akavata sei nekuti mutemo waivapo waiva wekuti, kana uyo
waizobozhewa namambo akamutarira kana aikaruka apepuka,
aibva atongourawa zviri pachena nekuti aizenge amukira
mambo. Munhu wakadero ainzi anenge asina kusiyana
nevavengi vaanenge akarinda. Rubonga aizoti kana amuka
akauchira maoko ruviri, rimwe divi rechidziro chemauto
raifamba richivhura kuti abude. Izvi zvaiwanza kuitika
panguva dzekuti anenge achida kundozvibatsira mudondo.
Paaingobuda, varindi vake vemazuva ose vaibva vatora
nzvimbo dzavo vachimuperekedza.

Boka rakafamba kwemazuva akawanda vachiinda
nekure kwakanga kusingafungigwi nevanhu vavaiinda
kundogwisa. Pavakasvika munzvimbo yavakanga vachida
kugwisa, vakanzvenga makomo akanga ari pedo nezidziva
rainzi Doperakondo vakainda nechekuchamhembe
kwemakomo awa. Panguva dzino vakanga vonyanya kufamba
vakachenjera chaizvo. Vakanga vava pedo nekwaigara vanhu
venyika idzi uye vaiziva kuti mumakomo makanga makazara
nharirire. Izvi Masimba naShingai vaizviziva sevanhu vakanga
vambopedza nguva vari munzvimbo iyi. Vakambofamba
zvakare vari mumatondo vonanga nechekuMavirira asi
nyika dzinoti Maringe, Magweza nezvimwe zvimisha-misha
zvakawanda zvakanga zvava kumaodzanyemba kwavo.
Zvavaida zvakanga zvaitika. Vakanga vafamba zvakanaka

pasina wakanga avaona. Chavaida kuti pasina mazuva mana vave vainge vatosunga madzimambo eMaringe neMagweza. Izvi zvaifanira kuzovhundusa uye kupinza nyonganyonga mune dzimwe nyika dzaizenge dzasara kuti kana vozodzidzokera zvinenge zvava nyore kuti vadzigwise uye kuti dzigozova pasi peMagocha.

Mauto akazoudziwa zvirongwa zvakawanda naShingai naMasimba. Masimba nerimwe boka vaizogwisa mauto akanga asiwa akachengeta Maringe ukuvo Shingai neboka rake vachiinda kuMagweza. Rubonga akati aida kuinda neboka ranaShingai. Shingai ndiye akazopedzisira kutaura uye kusimbisa mauto ose achiti,

"Varume, nguva yedu yasvika zvino. Hatidi zvekutamba kuno. Vanhu ava havanetsi kugwisa nekuti mauto avo makuru uye vanonyanya kugona zvekugwa vakatigarira nechekumaodzanyemba kunaMhathlehuru uko saka mauto akawanda atichasangana nawo vachiri vakomana vaduku. Asi muzive zvakare kuti vakomana vechiduku vane simba uye vanogona kugwa zvekukasika zvekuti kana unobwaira zvakanyanya tinomusiya uno. Chero zvedu tichiti havanetsi vanhu ava, simba ravo riri mukubatana kwavo. Kana pane zvavakaraigwa kuti vaite, zivai kuti izvozvo vanofa vachingozviita chete. Vanhu ivava vanoita chinhu chimwe uye moyo yavo iri pamwe. Tinofanira kuita zvinhu zvedu tichikurumidza nekuti boka redu idoko, uye tinoda kungovagofa kuti vasanyanya kurongeka. Kana mukati mavo mangoita kusawirirana isu totoziva kuti zvedu zvanaka. Ikozvino hapana munhu ari kutendegwa kupamba vanhu ava. Chatinoda kutora madzimambo avo chete, tobva tadzokera navo kuMagocha. Zvinotevera tozozvihwa mberi. Pane ane muvhunzo here apa?"

Hapana akanga anemuvhunzo, naizvozvo Rubonga, Masimba naShingai vakazogara pasi votaurirana kuti vaizofamba sei uye kuti vaizobatana papi kana basa ravo rapera. Vakawirirana kuti zhira yakanga yakanaka kudzokera nayo ndeyavakanga vabva nayo nekuti yakanga isina njodzi yemauto akanga akavagarira. Chaidikwa kwaiva kukasira nekuti kana vaizomira kusvika zuva rechishanu vachiri munzvimbo iyi, mhomho yose yemauto akanga akavamirira yaizovawana vachiko zvinova zvaizovakuvadzisa.

"Masimba handiti pane nharirire yemuMaringe unopazivaka?" Shingai akavhunza mumwe wake.

"Haa usandivhundukire hako. Ndichiri kupaziva chaizvo," akadaro Masimba. Shingai ndokuzotivo,

"Hauonizve, saka nyaya yedu yakanaka chaizvo nekuti tikabaya nharirire dzavo idzi zvinoreva kuti mashoko avo ekuyambira vamwe vavo achanonoka kusvika kwavari, isu zvotipa nguva yakanaka yekupedza basa redu." Vakazopedza kuronga mufambire wavo Rubonga achingoyeva huchenjeri hwakanaga hune vakomana ava. Rubonga akayeuka kuti mumazuva avo vachiri vaduku, vaiita zvekungowira muvavengi zvongozoti wakunda akunda hake. VanaRubonga naShingai ndivo vakazotanga kumuruka vachiinda sezvo varivo vaiinda paiva nechinhambo kusvika kwavaindotanga kugwira.

Mapoka maviri awa aifanira kusvika munzvimbo idzi huri husiku asi hondo dzaizogwiwa hadzo kwakachena. Pari zvino mauto ose akanga azvizora madota, ropa remhuka nemimwe michero yaibudisa marudzi akasiyana-siyana zvekuti uto raigona kungofanana nemakwenzi kana rakanga riri pedo nemakwenzi acho. Chaivapo ndechekuti Shingai naMasimba vaiziva paigara nharirire dzemunyika idzi asi vakanga vasingazivi kuti paisvikwa sei. Izvi vaitofanira kuzvidzidza nenguva duku. Nharirire idzi dzaifanigwa kuurawa achiri mangwanani-ngwanani chaiwo. Nharirire dzemuMaringe ndidzo dzaiva paiti netsei kusvika nekuti paitova nemisha mitatu yaiva mudenga megomo. Uto raiva nejana raizokwira zvaro pamusoro pechikomo kuti anatse kuona zvaibva kure. Mamwe mauto vaingogara zvavo pamisha yacho. Pamisha apa paiva nembwa naizvozvo painetsa kusvika kumunhu aiita zvekunyangira. Rimwe divi regomo aiva mapiripiti ogaoga. Masimba akatozoita zvekukurumidza kufunga kuti zvimufambire. Akatuma mamwe mauto kuti vakasire kutsvaka nyoka ine uturu hune hasha nekuvhima kamhuka kaduku kavaigona kuwana. Izvi hazvina kutora nguva refu sevanhu vakanga vari mumatenhere. Mauto akamuvigira zvishuro zviviri nerovambira yavakanga vauraya. Masimba wakatora musoro werovambira iya ndokuutaka-taka pahwe rakanga rakaita seguyo. Achipedza akazora zvaakanga ataka zvacho pazvishuro zviya. Vakazomirira kuti kuzhe kusvibe vakaramba vakamira kusvika kotoda kuyedza zvakare ndokuzotanga kukwira muchikomo chiya. Rimwe uto ndiro rakasvika pedo nemisha iya, mbwa ndokutanga kuhukura dzichiinda kwaraiva. Uto rakakandira zvishuro zviya kumbwa, mbwa dzacho dzikati unotamba iwe. Dzakamudzingirira zvichidzaka zvose gomo dzikatombomwaura shafu nemagaro ake kwakubva dzazomusiya dzichidzokera kumba.

Uto rakashinyira asi harina kuridza mhere. Rakazomira rasvika paiva nanaMasimba nechemuzasi zvishoma. Sure kwaro kwakanga kojuja ropa rakawanda. Masimba akamuudza kuti afane kudzokera nekwavakanga vabva nako kuti andozvirapa nemidzi yekuti asagwara nechigwere chekurumwa nembwa. Midzi yacho aiiziva. Mauto aizviziva kuti kana munhu akarumwa nedzimwe mbwa akasakasira kutsvaka muti wekurapa, munhu iyeye waigona kuzopenga achiruma vanhu kana kuti pamaronda pacho ipapo paigona kuzoora.

Panguva dzakaitika izvi, vanaMasimba vakaona mwenje ichipfuta mudzimba uye mudzimba macho muchibuda varume. Varume ava vakaridza miridzo mbwa dzavo dzikadavira dzichihukura. Varume ava havana kunonoka kudzokera mudzimba, mwenje ndokudzimwa. Masimba akambomira aperegwa zvino. Zano rake rakanga raramba kushanda. Akazoti nekazevezeve,

"Varume, nyaya yatovapo ndeyekuchitongoinda totondobaya mbwa idzo nekukurumidza. Panomuka varume avo tinobva tangovagama nemapfumo, ini ndinenge ndichitomhanya kundogwisa ari pamusoro pegomo asati aridza ngoma kana kuti hwamanda yake, saka handei tione. Totofambisa zvisina ruzha. Handei!" Vakafamba vakatungamirigwa naMasimba. Vakaqhwedera pamisha iya mazipanga abatwa mumaoko zvino. Mbwa dzakaramba dzakanyarara zvekuti mauto akatombomira vothla kuvhundusigwa nadzo. Vakazofamba kusvika pedopedo nepamisha ndokuona zvakanga zvaitika. Mbwa dzose dzakanga dzafa. Padzakabva kundoruma uto riya dzakadzoka dzodhla shuro dziya, muchetura werovambira ndokuita basa rawo. Mauto akanyemwerera murima. Masimba akazokwira kundoshizha nharirire yakanga ine jana rekurinda husiku uhu. Akaiwana yakavata pamoto waidziya chaizvo. Akangomumutsavo zvekuti aone nyika kekupedzisira ndokubva angomudzika zibanga pamoyo chaipo. Nharirire haina kuridza mhere kana kupfakanyika asi yakangoinda yakasvunura chinyararire. Mamwe mauto akangozomirira kuti waingobuda mumba chete obayiwa. Zvinhu zvakafamba zvakanaka chaizvo vakazodzokera havo kune vamwe vavo kuti vachizotanga kugwisa mamwe mauto kwayedza.

MuMagweza mazuva awa maingova nenharirire imwe sezvo vakanga vakatarisira muvengi aizobva nekuMabvazuva. Hapana aitarisira kuti muvengi wavo waizobva nekuMavirira nekuti kudivi iri kwaiva nemakomo ainetsa kukwira kana kufamba. Izvi zvakaita kuti Shingai aturunure murume akanga achangosvika pamusoro pehwe raaigara akatarira nyika yeMagweza. Semunhu akanga akatarira kumabvazuva ari mangwanani-ngwanani, zuva rakazara mumeso enharirire iyi saka akanga asinganatsi kuona zvaiva kwaibva zuva. Nerimwe divi, Shingai wainatsa kumuona zvakanaka chaizvo nekuti chiedza chezuva chose chakanga chakazara paari. Murume uyu aitoratidza zvake kunakigwa nechimushana chezuva rakanga richitanga kubuda zvekuti chero kugwadziwa pakasvika museve waShingai anenge asina kutombokuhwa zvake. Akanga akamira pamusoro-soro pehwe racho asi ari pedo nepaitangira mawere aro. Museve wakasvika uchibaya nechepagurokuro uchibudikira neseri pedo negotsi rake. Murume uyu haana kana kukwanisa kuridza mhere asi wakangowa pasi zvishoma nezvishoma achiwira kumawere, achizosvika orovera pasi pakanga pananaShingai. Shingai wakadzupura museve wake ndokuubayira muvhu kuti usukike ropa rakanga razara pauri.

Hondo haina kumbozonyanya kunetsa nekuti mauto akazongomhanya achipinda mumisha vachiwana mauto mashoma iwawo emuMagweza akatorivara zvawo. Mauto akazama kugwisa akaurawa ose asi vakangwara vakanga vakumbira kuti misana ibereke shoka dzavo ndokuvanga vachikwira mumakomo kundovanda. Rubonga haana kutomboita zvekugwa. Aingofamba ari pakati pevarindi vakawanda chaizvo. Chaaida kusvika pamuzinda wamambo weMagweza. Chainetsa vanhu vavaivhunza vairamba kuvaratidza zhira yekwamambo. Shingai akazovatumira shoko achivaudza kuti vaifanira kufamba nepapi kuti vasvike kwamambo sezvo iye aikuziva. Iye Shingai akatangira chikwata chaiva nanaRubonga kusvika pamba pamambo. Mauto epo akambozamavo kugwisa chaizvo vakatombowana vavo vavakauraya ipapo asi vakazokurigwa havo vakakanda zvombo zvavo pasi ivo ndokuvatavo pasi ipapo. Iyi yaiva iri zhira yokuratidza kuti vakanga vapeta miqhwe yavo. Mambo Mutambanemoto vakabuda mumba mavo vakagara pachigaro chavo. Izvozvi musha wose raingova jwi-chwi iri mheremhere. Mambo ava vakanga vasingaratidzi kuhuta kana kutsamwa. Vakanga vava munhu akanga atokwegura, vava nevana nevazukuru vakawanda chaizvo. Chigaro chavo chaiva pakati pemusha. Vakuru ava vakagara vakatarira mauto anaShingai achisvika pavari. Apa vakanga vasisina kana murindi mumwe zvake.

Shingai akasvika pedo namambo ava mauto ake akada
kutanga kuti asunge mukuru uyu asi Shingai akavarambidza.
VaMutambanemoto vakaramba vakatarira Shingai kumeso
kwake chaiko. Shingai akashaiwa zvokuita. Izvi akanga asina
kumbozvifunga kuti kana abata mambo ava waizodii navo.
Mazuva aakanga auya kuzosora nzvimbo iyi akanga abva asina
kumboona mambo ava. Akanga angohwa kuti vaiva munhu
mukuru asi fungwa yake yakanga isina kuona kuti vakanga
vakura zvakadai. Moyo wake wakaita tsitsi navo. Ivo vakazoti
kwaari,
"Nhaiwe mwana waZihwe, ko isu takakutadzirei zvawauya
kuzotiparadza kudai? Ko vanhu vaunavo ava wakavawanepi?
Havasi vanhu verudzi gwako ava." Shingai wakashaya kuti
zvaitaugwa neharahwa iyi zvaiva zvii? Zita rekuti Zihwe
akanga aita seairiziva asi kuti kurizivirepi? Kwete! Shingai
akaita sekuhwa dzungu, musoro wake ukatanga kutenderera.
Haana chaakagona kupindura uye mauto aaiva nawo
akangoshamisika kuti zvaitaugwa namambo ava zvaiva zvii.
Rimwe uto ndiro rakazoti,
"Haiwavo, mudhara uyu wakangwara nhema uyu. Kuda kuti
tifunge kuti pane mudzimu wamugara izvo hapana zvakadai.
Regai ndimukwidze mbama imwe chete muone achinatsa
kudzikama!" Mamwe mauto ose akaseka asi Shingai haana
kugona kuseka.
        Panguva iyoyo Rubonga akasvika nemamwe mauto ake.
Shingai akangoti,
"Chipedzisai basa renyu she wangu. Ini ndaita dzungu saka
ndinoda kumbogara pasi zvishoma. Akabva ainda kundogara
pasi nechekure kuti amborohwa nemhepo, achidzikamisa
fungwa dzake. Rubonga akaudza mauto ake mamwe kuti
atsvake matura aichengetegwa ngoda dzakasiyana-siyana.
Mauto akaita saizvozvo vakawana zvavakawana asi zvairatidza
kuti zvakanga zvisiri izvo zvoga. Rubonga akavhunza

vaMutambanemoto kwaiva nematura avo, ivo vakaramba vakanyarara. Mauto aRubonga akashama kuti zvengoda zvakanga zvotsvakwa namambo wavo zvaiva zvipi zvakare ivo vakanga vamboudziwa kuti gwendo ugu gwakanga gusina zvekutapa kuzhe kwekungosunga madzimambo maviri. Havana havo kuzvivhunza pachena asi muhana dzavo.

Rubonga akaudza VaMutambanemoto kuti zvakanga zvisina kunaka kurova munhu wamambo akanga akura kudai asi ivo mambo vacho vanenge vakanga vachizvitsvakira kuti zvakadai zviitike nekunyarara kwavaiita vachivhunziwa. Panguva idzi dzungu raShingai rakanga rapera saka akanga adzoka paiva nevamwe. Harahwa yakati, "Kusaguta kwako kuchakuparira. Chero ukauraya tose madzimambo nevanhu vekuno asi ziva kuti chero iwe makore ako uripano panyika ava mashoma chaizvo. Vanhu vari pano mose muri kuzvihwa? Chengetai mashoko angu awa. Mambo wenyu uchafira kukara ikoko. Wava nematura akawanda zvakadii asi unoramba uchingoda zvekupamba? Unoti vadzimu vako ndivo vanotonga nyikadzimu yose kani. Vanhu vane humambo hwekuba munoshupa chaizvo." Harahwa yakapedzisira ichiridza tsamwa yakakora chaizvo. Rubonga akaviruka nehasha. Akati, "Wati chii? Unondiziva zvakanaka ini? Zvino ndiri kuinda newe kwangu ugoziva kuti kufa zvishoma nezvishoma kunogwadza sei, unozvihwa" Akadaro achipedzisira atendeka vaMutambanemoto pachufuva nepfumo rake. Mauto aRubonga ose akanga achiti zi-i, kunyarara akangotarira. Mauto aMambo Mutambanemoto akarambavo akangotsivama.

Chakazoitika musure memashoko aRubonga ndicho chakazoshamisa vanhu vose vakanga vari apa. Pfumo raRubonga rakanga rakananga chifuva chaVaMutambanemoto rakakaruka rahwitugwa neharahwa iyi rikakaruka ratonanga iye Rubonga wacho. Harahwa yakati, "Ini handikuurayi nekuti handizini ndinofanira kupfuudza

hupenyu hwako. Iwe uchafa zvinogwadza kudarika ini"
Ichipedza mashoko awa, harahwa yakaita seyodzosera
Rubonga pfumo rake ndokubva yanyudza pfumo riya
mudumbu mayo. Ropa rakajuja ipapo mutana ndokufema
mweya muzhinji rutatu gwunenge runa ndiye zii ipapo. Vanhu
vose vakaramba vakashama miromo yavo vari panhu pamwe
pasina akafamba. Shingai akatombozvishunya kuti atende
kuti zvinhu izvi zvakanga zvaitika zvomene-mene. Akaona
kuti zvakanga zvaitika zvemazvirokwazvo. Rubonga ndiye
akazongoti,
"Handei kumusha" Ndokutungamira iye. Varindi vake
nemauto ake vakazotora nzvimbo dzavo patombopera
chinguva vasumuka.

Pamusha paMambo Mutambanemoto pakasara
pachiridziwa mhere huru yekuchema mambo kunyanya
nevamwe vakanga vaurawa pahondo iyi. VanaShingai havana
kugona kuti vatore vakanga vafa vavo kuti vavavige nekuti
Rubonga akanga oda kuinda kumusha. Vakasvika pavaifanira
kusangana nanaMasimba vakawana Masimba atovamiriravo.
Maringe yakanga isina kumbonetsa nekuti mauto akanga asara
mumusha aiva mashoma chaizvo. Mambo wemo akanga ainda
kuMazimbe uko kwaiva nemamwe madzimambo emunyika
dzeko. Vakanga vangotoravo zvingoda zvavakanga vawana
padzimba dzamambo asi zvakanga zvisina kuwanda. Shingai
paakahwa Masimba achitaura zvengoda akabva atenda kuti izvi
vakanga varonga havo bambo nemwana kuti vaizozvitsvaka.
Kwechinguva chidoko akatombofunga kuti Masimba akanga
otokaravo fuma sabambo vake.

Shingai akazorondedzeravo Masimba zvakanga zvaitika
kwavakanga vari. Masimba akazviona kuti baba vake vakanga
varumwa-rumwa moyo wose nezvakanga zvaitika. Akaona
kuti zvakanga zvisingabviri kuti avavhunze zvaiva mumoyo
mavo nekuti vakanga vakaremegwa zvakanyanya. Izvi
zvaizogona kuita kuti vanyanye kushuwa kana kutozomuitira

hasha paiva nevanhu, zvinova zvinhu zvaakanga asingadi kuti zviitike. Masimba akazobvumirana naShingai kuti Mambo Rubonga akanga asingachafaniri kuti ainde kuhondo dzekuzhe idzi nekuti akanga anevana vakachenjera uye vakanga vachiri kuzvihwa. Boka rakazotanga kufamba, vachiinda nekwavakanga vabva nako.

Musure mekufamba zuva rimwe, vakasvika pane imwe nzvimbo yavakazorora nekugadzira kudhla kwamanheru. Pagwendo gwekudzokera vakanga vofamba chero nguva nekuti vakanga vasisina wavainyangira. Rubonga akaramba kudhla husiku uhu. Apa hapana kana umwe waitaura naye. Shingai naMasimba vaingomuvhunza upenyu chete. Vaiti kana angopindura chete vobva vatobva paari. Aingoratidza kuti zvaimubata-bata zvaiva gwendo gwembwa naizvozvo vakomana vakakudza izvozvo, kuti mambo awane nguva yake oga yaaida kuti afunge chinyararire. Chifume chazvo Shingai wakatanga kungorova huma yake nemukati meruoko gwake, ndokuramba achingodaro. Nguva dzakada kuti mauto achitanga kufamba iye akabva ati,

"Hana yangu iri kuramba kuti tipoterere gomo iri nekwatakabva nako, hameno kuti chii chiri kudero." Izvi vakanga vazorora vari munyasi merimwe gomo guru husiku hwacho saka vakanga voda kuti vachiinda nekwavakanga vabva nako. Masimba akati kunaShingai,

"Watanga zvako Shingi. Unoda kuti tiinde nekure uku? Ziva kuti kune mahwe akawanda anogwadza kufamba aya. Hapana chiriko uko, uye tiri mauto. Tisu tinototiziwa nezvose, vanhu nezvikara. Hatipindei muzhira, varume vazhinji pano fungwa dzavo dzangova kuvakadzi vavo." Mamwe mauto akaseka mamwe achibvumirana naye Masimba. Shingai akasekavo asi akazoti,

"Vanoda kuinda nekwatakabva nako indai naMasimba vanoda kuinda neni handei nekunonetsa kwacho." Mauto ose akati aida kuinda naMasimba. Rubonga akashamisa mauto ake

paakati aida kuinda naShingai. Mauto akaona kuti vakanga
vatoita sekukangamwa kuti vaiva nemunhu mukuru pakati
pavo. Varindi vaRubonga vakanga vasina chokuramba.
Vaitongoinda naShingai wacho. Masimba akaseka baba vake
achiti,

"Mavavo kuthla saShingi here nhai mambo wangu?" Rubonga
akangoti,

"Tosangana mberi. Handei!" Mauto akatanga kufamba
vachiinda vari zvikwata zviviri.

Pazuva rakatevera, chikwata chana Shingai naRubonga
chakasvika pavaifanira kusongana vakawana vamwe vavo
vasipo. Vakambotarira-tarira kuti vaone kuti pane akanga
ambosvikapo here vakaona kuti pakanga pasina. Vakaronga
zvekubika vakamirira vamwe vavo. Shingai neumwe
murindi waMambo Rubonga ndivo vakambovhima usavi.
Panguva yavakadzoka, chikwata chana Masimba chakabva
changosvikavo. Varindi vaRubonga vakatanga kuseka vamwe
vavo asi havana kuzonyanya kuindirira mberi nekuti vakaona
kuti zviso zvevamwe vavo zvakanga zvakarema chaizvo. Vose
vakamira vachida kuhwa kuti chii chakanga chaitika. Masimba
akataurira Rubonga nechikwata chaakanga anacho zvakanga
zvaitika.

Chikwata chavo chakanga chasvika nepadziva
pavakawana mvura yekumwa. Havana kuziva kuti kumusoro
kwavo kwakanga kune gurusvusvu renyati dzakanga
dzichimwavo mvura. Pakahwikwa kuomba kweshumba
dzinenge dzakanga dzabata imwe nyati. Pasina nguva,
mauto akanga achimwa mvura akasumuka kuti vaone
kuti chii chakanga chaitika. Vachingomuruka vakakaruka
vaputigwa nenyati dzaimhanya dzichitsika-tsika zvose zvaiva
mberi kwadzo. Mauto akawanda akapona nekumhanya
vachipinda mumvura. Rimwe uto rakabva rangosongana
nengwena mumvura imomo. Mamwe mauto mana akafa
nekutsikwa nenyati idzi. Vakawanda vakakuvara zvikuru

vamwe vachivhunikavo mitezo. Masimba ndiye umwe wevakanga vasina kunyanya kukuvara. Vakazochera makomba ekuviga mauto akanga afa. Kusenga vakanga vakuvara ndiko kwazovanonosa kuti vasvike pavaifanira kusongana nevamwe. Varindi vamambo vakabata mamwe mauto avo maoko. Rubonga akangoti,
"Kana munhu ainda kuhondo pane zvinhu zviviri zvinogona kuitika kwaari; kufa kana kudzoka ari mupenyu. Isu handei kumusha."

Kumusha vazhinji vakasvika vachigashigwa nemufaro kuti vakanga vadzoka zvakanaka asi dziripovo mhuri dzakashungurudzika nekurashikigwa nevadikamwi vadzo. Mambo Rubonga vakanga vati sunungukei pavakasvika pamuzinda wavo. Vakagashigwa nemufaro nemadzimai avo vakazopedza nguva yakawanda vachitaura nemwasikana wavo Kundai. Vakakurumidza kutumira shoko kuti makurukota avo auye kumusangano kuti vazovaudza zvavakanga vandosongana nazvo kwavakanga vainda. Vakazopedzisira nekugara pasi naVaGondo vachiudziwa zvakanga zvasara zvichiitika munyika mavo. Shingai haana kunonoka kundoona chibayamoyo chake. Akandoona Shuvai, uyo wakafaravo zvikuru nokuona mujaya wake. Vakambundikirana, Shingai achimurudza Svuvai nekumutenderedza kamwe ndokuzomira vachiwedzera kusungana nemaoko, ndokumboramba vakadero kwekanguva.

"Hana yangu yaingoita seichatsemuka zuva nezuva ndichingokufunga uye ndichingovhunduka kuti ndoitwa shirikadzi ndisati ndatombokandwa paruvazhe pako here?" Izvozvi musoro waShuvai waiva parutivi akatarira Shingai mumeso chaimo achinyemwerera. Shingai akanyemwereravo akatanga kuzvirova dundundu achiudza Shuvai zvizhinji zvakanga zvaitika pagwendo gwavo. Aitaura achinatsa kuratidza kuti akanga ari uto rine mano kwazvo. Shuvai akanatsavo kuterera zvose zvaitaugwa, kumeso kwake kuchishanduka-shanduka maererano nekuti nyaya yaitaugwa

yaiva yei. Shingai aitaura hake chokwadi chakawaanda
asi zvimwevo aipota achiwedzerera zvimuto kuti nyaya
dzake dzinyanye kudzama. Paakataura mashoko akataugwa
pamusoro paRubonga naMambo Mutambanemoto
wekuMagweza asati azviuraya, zheve dzaShuvai dzakamira
sedzemhembwe yahwa chati kwatara pedo napainofura. Akati
Shingai adzokorore zvaakanga ataura. Aida kunyanya kuhwa
pekuti,
"Vanhu vane humambo hwekuba vanoshupa…"
     Kuna Shingai hazvina kunyanya kumubata
pazvakataugwa naMutambanemoto chero Shuvai paaivhunza.
Haana kana kumbozvibatanidza zvake nguva iyoyo
nezvakanga zvambotaugwa naGotora kuti Rubonga akanga
aita humambo hwekubvuta nehundyari kubva kunaVandirai,
uyo aifanira kugadzwa. Shingai akanga asina kumbozviisa
mufungwa dzake kuti ndizvo zvinhu zvakanga zvanyanya
kuvhundusa Rubonga nekuti zvakanga zvataugwa mberi
kwemauto ake akawanda. Akatozozviona Shuvai ati,
"Saka ndiyo nyaya yakanyanya kupedza mufaro
wabamukuruzve iyoyo. Zvino zvawanga uchiti haunyanyi
kuziva chakavabata icho chiri pachena kudai. Zvekuzviuraya
kwaMutambanemoto zvakanga zvatovavo hazvo zvimwe asi
kubatanidza mashoko ekuti, 'Humambo hwekuba' neekuti,
'Uchafavo pasina nguva,' ndizvo zvakavabata izvozvo.
Ndinovaziva baba vangu. Zvisinei ngatitaure hedu dzimwe
nyaya. Idzi hadzinei nesu"
Shingai akatomboti,
"Haa, iwe mwana wakangwarisa iwe. Wanga wazviona sei ini
nyakuhwa ndaivapo ndisina kuzvihwa. Chii-" Shuvai wakabva
amugura akati,
"Ngatisiye nyaya dzisina basa kani tiite zvekumbodanana.
Ndava nenguva yakarebesa ndisati ndakuona kani! A-aa iwe."
     Shingai akaona kuti Shuvai akanga asingachadi
kutaura nyaya iyi sezvo yaimubata uye kumufungidza nyaya

yekutsakatika kwemhuri yake. Kwekanguva kadoko akayeuka
zvaakanga ahwa naGotora pamusoro pekuurawa kwemhuri
yaShuvai akatombogwadziwa nemoyo akatarira musikana
wake. Shuvai akanga asingadi zvachose kutaura nezvenyaya iyi.
Shuvai ndiye akazotanga kutaura zvakare achiti,
"Zviya makati muchanditora riiniko uye zano redu nderipi?
Tichavakira kupi nhai baba vaZvichauya?" Shingai akaita
semunhu akanga asina kuhwa zvaakanga avhunziwa
ndokumboti,
"Hummn… Wati chii? Ho a-a hazvinetsi izvo" Akatanga
kunyemwerera asi achizvituka nechemumoyo. Ko chii
chakanga chamutadzisa kufunga zvinhu zvakadai kubva kare?
Wakanga asina kana rekushandura nekuti wakanga asina
kumbozvipinza mufungwa dzake.
"Handina kuti zvinoshupa ba-mwana. Inga wani
ndangovhunza kuti riini uye kupi?" Shuvai akadero
achingonyemwerera zvake. Apa akanga atozviona kare kuti
VaShingi vedu takanga tisina kumbofunga zvinosvika kure
zvakadero. Shingai akapindura achiti,
"Ko imi manga mafunga kutiiko nhai moyo wangu?"
"A-aa veduwe, ini handidi kutanyanga zvamunofunga imi.
Musakangamwaka kuti kana manditora ndimi munenge
matova baba vangu saka iyi yatiri kutaura inorongwa nababa
iyi." Vakamboseka zvavo vose Shingai akazotenda kuti akanga
asina kumbonyanya kufunga zvinodarika kungodanana
kwavaiita.
        "Heyazve, unoda kundiita zvawakaita Tendai handiti?
Unongozokaruka watosvogwazve nechimwe chimhandara
chauchaona chakanaka kudarika ini ndongosara ndakapata
semueni watoregwa ndiro yake achiri pakati pekudhla
nemwana wapamusha ipapo. Ndizvo zvauchaitaka?" Shingai
akahwa kusvoda chaizvo uye mashoko okuvhika akatombotiza
mumuromo make.
"Kana mudiwa wangu. Usatombofunga izvozvo kwete.

Ndakapinda mumoyo mako ndikandozvirovera firapo
nembambo dzangu zvekuti mauri hamubudiki zvachose.
Meso angu akatofiravo pauri. Ndikatarira vamwe vasikana
ndinongoona sendakatarira mamwe majaya. Pamwe
wakatondibikira chikorovonjo chiya chinogara pamadziro
emba tisati tatomboroorana kudai. Huku yawakabika musi uya
baba vako pavakanga vasipo handina kuiona zvakanaka iya.
Handina kumbodhla huku yainaka seiya kubva chizvarigwe
changu. Kutoifunga kudai izvozvi ndotohwa zhara, saka unoti
ihuku yaiva yoga iya?" Vose vakati bvu-u, kuseka. Shingai
akazoramba achingosimbisa Shuvai kuti kwakanga kusina kana
umwe waaizoda zvakare kuzhe kwake chete. Shuvai akangoti
"Nguva ndiyo humboo husingarevi nhema. Dai zviri
zvekwatakabva taigona kuti paya zvakazoti zvikati, asi
zvamangwana, hazvina unoziva. Tinevimbo chete."

Chitsauko 21

Vandirai aizviziva chaizvo kuti Shuvai aidanana naShingai asi akanga asina kumbotaura nemwana wake pamusoro pazvo. Shuvai wacho akanga asina kumbotauravo nyaya iyoyi nababa vake. Nyaya dzorudzi ugu hadzisi dzaitaugwa pakati pababa nemwanasikana wavo. Idzi inyaya dzaisiigwa madzitete nanamai. Shuvai akanga asina mai uye akanga asina vanhu vaigona kuti vataure naye nyaya idzodzo muMagocha. Vatete vaivapo vakanga vari munhu aiva muhapwa yababamukuru vake VaRubonga naizvozvo hapana zvavaigona kuti vataure naye sezvo Vandirai akanga amuudza kuti asaita nyaya dzakawanda navo.

Shuvai akatoziva kubva kumadzisekuru ake kuti baba vake vakanga vasingadi zvachose kuti adanane nemunhu waRubonga. Izvi Shuvai akanga angozviseka hake zvikapfuura uye vanasekuru vake vakanga vasingadi kuona Shuvai akashuwa. Vaizviziva kuti akanga ari musikana akangwara chaizvo akanga asinganyengegwi nezvakawanda. Chero ivo baba vake Vandirai vaizviziva kuti mwana wavo vakanga vamurayira chaizvo kuti aite meso muhana, mufungwa napameso zvose. Pakawanda paakanga azviratidza kuti aiziva zvaaiita kudarika vasikana vazhinji vezera rake. Kukura asina mai kwakanga kwamupa hana yakasimba chaizvo. Vandirai aiziva kuti kuita kwaRubonga kwakanga kurimuropa make uye akanga ari munhu aiti akavenga munhu, haazorori kusvika munhu iyeye ava muvhu. Nekuda kwezvakanga zvakaitika kare, aiziva zvakare kuti Shuvai akanga ane dambudziko guru chaizvo rekuvengwa naRubonga. Kwete kuti Rubonga aifunga kuti Shuvai ane zvaaigona kumuita, asi kuti aigona kumukuvadza kana kumunyangarisa, iri zhira yokuda kugwadzisa muvengi wake mukuru; iye munun'una wake Vandirai pachezvake.

Shuvai zvaakasvika kumba kwavo haana kunonoka

kuudza baba vake zvainzi zvakanga zvaitika kunyika
dzekuMavirira. Akatanga achiti,
"Ko nhai baba, mahwa here zvandahwa zvakandoitika uko
kwakanga kwaindwa nanabamukuru uko?" Vandirai akanatsa
kuziva kuti Shuvai akanga audziwa naShingai asi wakangoti,
"Kwete mwanangu. Handina andiudza ini. Ko pane vanogona
here kuti vawane nguva yekundiudza nyaya dzaivo baba
vako vakavirigwa nezuva vasati vanyura muvhu? Kwai chiiko
chakandoitika?"
    Shuvai akarondedzera zvakawanda zvaakanga
audziwavo naShingai, baba vake vakanatsa kuterera.
Vandirai akazotaura kuti zvinhu zvakanga zvasvika
pakaoma. Vakazotaura zvimwe Vandirai achimuudza
zvakawanda zvavakanga vambotaura mazuva akanga apfuura
kakawanda. Vakazopedzisa voti yakanga yasvika nguva yekuti
vambondogara zvakare kuMawisire kumadzisekuru aShuvai
nekuti pamwe vanhu vekuMavirira vaigona kuda kuuya
kuzotsiva kufa kweumwe wemadzimambo avo. Shuvai akanga
asina kufungira kuti iyi ndiyo zhira yaizotogwa nababa vake
panguva idzodzo. Apa aifunga kuti vakanga vachine rimwe
gore rose vachigara muMagocha. Kuinda kwanasekuru vake
zvaireva kusiya Shingai, apa Shingai wacho pari zvino akanga
asingagoni kuti abve panaRubonga nekuti paitozoita hondo
chaiyo yekumuvhima. Izvi zvakagwadza Shuvai chaizvo
nekuti baba vake vakamuudza kuti vaitofanira kungoita
zvekutonyeruka muMagocha. Mashoko akanga ataugwa
naMutambanemoto asati afa aireva kuti Rubonga aigona
kuzoronga zvekuti Vandirai aurawe nekuti ndiye munhu
ainyanya kufungigwa kuti aigona kuuraya iye Rubonga wacho.
    Ramangwana, Shuvai asati abuda mumba, baba vake
vakamuti,
"Zvauriwe ugoita dzungu rekundoudza vanhu vekwaRubonga
zvekuinda kwedu." Chero hake Shuvai akavimbisa baba vake
kuti akanga asingazotauri zvezvirongwa zvavo kuvanhu,

Vandirai akaziva kuti haaimbozorega kuudza Shingai
kuti akanga ombomusiya. Shuvai zvaakandoona Shingai
akambotora chinguva chakati rebei vachitaura zvimwe
havo. Shingai akazviona kuti pane chakanga chichishupa
Shuvai. Akazama kuti achivhime oga asi akachishaya.
Akazongovhunza kuti chaiva chiizve chakanga chabvuta
mufaro weumwe wake. Akati,
"Ko nhasi kusekerera kwako zvakuri kushoma kuti kwakanaka
hako?" Shuvai akati pakanga pasina chaimunetsa asi Shingai
akaramba achivhunza. Shuvai akazofunga zano rekumbomisa
nyaya yake achiti,
"Ndinoziva kuti iwe wakandipa dehwe reshumba hadzi
riya randinochengeta pakaisvonaka uye iwe chuma
chandakakurukira icho hauchibvisi muhuro mako,
asi chii chimwe futi chatingaita kuti tive nechitsidzo
chingangozoputsika kuda kana umwe wedu afa chete? Ini
ndizvo zvingandifadza izvozvo. Chii chatingaita Shingi?"
Shingai akatarira Shuvai mumeso kwekanguva. Shuvai
akabudisa kakunyemwerera asi nekuda kwekuti Shingai aigona
kutarira mukati memoyo wemunhu achipinda nemumaziso,
akaona kuti chokwadi Shuvai akanga achitambudzika mumoyo
make.

Shingai akatanga asimbisa Shuvai zvakare kuti
zvemazvirokwazvo, kwakanga kusina mumwe waaizoda kuzhe
kwake iye chete, akabva azotaura zvezano rake rekuti vaite
nyora dzakafanana muchiuno, nechepamusoro pehudhlu.
Shingai ndiye akatanga kunyogwa nemuromo wemuseve
wake. Shuvai akanatsa kucheka zvimitsara zvitatu achitanga
nechepasi kuti ropa risakanganisa chaitevera. Shuvai akapedza
Shingai akaruma mazino ake zvakasimba kuti asaratidza kuti
aigwadziwa. Murume haafanira kuratidza kugwadziwa kwake
kana pane munhukadzi. Anofanira kuratidza kushinga.

Jana raShuvai rakasvika, Shingai akatambura kuti
acheke ganda raShuvai. Ganda remwana uyu rakanga

rakanyanyisa kunaka zvekuti akanga asingadi kurikanganisa
uye kumuona achigwadziwa. Shingai akamukumbira kuti
ashinge uye asaridza mhere. Akati zvaingogwadza chinguva
chidokodoko zvobva zvotonyarara. Chakazomushamisa
ndechekuti Shuvai haana kana kuratidzavo kugwadziwa.
Shingai akasvika pakupedza Shuvai akangoita semunhu
akaoma. Shingai akatora izvi sezvaireva kuti chaigwadza
Shuvai mumoyo chakanga chisati chapera. Chakanga chamupa
chiveve. Izvi zvakamunetsa zvakare. Shuvai akati akanga afara
chaizvo nezvavakanga vaita. Akayambira Shingai kuti kana
aizoita zvekutamba achikangamwa chitsidzo ichi, vadzimu
vaigona kuzodzaka pasi vagomuranga zvinogwadza chaizvo.
Shuvai akazoti sunungukei vakataura havo nekutamba
vachitsvodana-tsvodana sezvavaigara vachiita.

Zvakazoti pava paya, Shuvai ndokuti,
"Shingi mudiwa wangu, zvechokwadi waona nhasi kuti moyo
wangu wakabayiwa-bayiwa. Moyo wangu uri kugwadza chaizvo
nekuti baba vati tava kumbodzokera kundogara kwanasekuru
zvakare. Kwai zvamakandoiita uko kuMavirira zvinogona
kureva kuti vanhu ivavo vachauya vagozogwisa vanhu vemuno
muMagocha. Izvi zvinogona kuzoita kuti isuvo hedu tisina
mhaka titapiwe, kunyanya vasikana vemazera edu awa-"
"Wati chii?" Shingai akadaro achimuruka padanda pavakanga
vakagara achimira akabata muchiuno nemaoko ake.
Shuvai akanga asina kumboona Shingai akaunyanisa chiso
sezvaakanga aita panguva idzi. Dai ari mamwe mazuva angadai
akatombotaura zvekuvakwa kwakanga kwakaita muviri wake
uko kwaipedza vasikana vazhinji mongo mumakumbo voita
sevachawira pasi. Mazuva awa kwaipisa saka Shingai akanga
akapfeka matehwe mashoma pamuviri zvinova zvairatidza
kusimba kose kwemuviri wake.

"Unorevesa here Shuvai? Ko rambaka. Chitoita
zvekutizira tipedze nyaya yedu izvozvi. Kana zvichireva kuti
titize munyika ino titozviita izvozvi. Shuvai usadaro shamwari.

Handiti makabvako mwedzi mishoma ichangopfuura iyi? Ha-a vakomana! A-a" Shuvai akatanga kudonhesa misodzi otaura achichema achiti,
"Zvinonetsa Shingi. Zvose zvaunotaura ndakatombozvifungavo pavakandiudza asi zvinonetsa shamwari-" Akazopedza kutaura owedzera kuhwihwidza. Shingai akanonoka kumuhwira ngoni nekuti akanga achakanyanya kushatigwa nezvaakanga ahwa. Akazoti, "Saka munodzoka riini zvino?"
Shuvai akati akanga asingazivi asi kuti aiziva kuti aizodzoka chete. Misodzi yakaramba ichiteuka zvekuti Shingai akatohwavo maziso ake kuzara misodzivo. Akabva ashinga akatora musikana wake ndokumuputira nemaoko ake akamuqhwededza pedo naye chaizvo achibhabhadzira kumusana kwake. Misodzi yaShuvai yakatanga kuwira kumusana waShingai.

Fungwa dzemunhu dzinoshereketa. Panguva yakadai unofunga kuti zvimwe fungwa dzevaviri ava dzairamba dzichingofunga dambudziko ravakanga vava naro asi dzaShingai kwekanguva kaduku dzakatomborova dundundu rake kuti akanga achemegwa zvakadai nemusikana wakanaka saShuvai! Akazvihwa hurume hwake hwakawanda chose kuti musikana wake aivimba naye uye aiwana rugare nedonhodzo kana akurigwa neshungu kana kuti apinda padambudziko kwaari. Shingai akatanga kunyaradza mumwe wake achimuvimbisa kuti vaizowana zvekuita kuti vakunde.

Nguva yaizofamba uye iye akanga achiziva kuti vanhu vekuMavirira vakanga vasingadi zvehondo uye vaingogadzirira kugwisa kana pane muvengi anenge ainda kundonyangadza nyika dzavo. Izvi zvaireva kuti vaizoonana chete nguva yakareba isina kupera. Munguva idzi, Shingai aizonatsa kuronga zvekuti kana aroora Shuvai aizoita sei. Chaaiziva ndechekuti muMagocha akanga akagara zvakanaka chaizvo asi pane vanhu vakawanda vaimuvenga. Zvekuvengwa zvaiva zviduku nekuti aigona kuzvimiriira panezvakawanda. Nyaya yaiomesa zvose ndeyekuti kana aizoroora Shuvai, Rubonga aigona kuzomudzinga munyika make uye aigona kuzouraisa iye Shuvai wacho. Nguva yekuinda kwaShuvai yaizoreva kuti aizonatsa kuronga kuti hupenyu hwake aizohufambisa sei. Pari zvino akanga ari uto guru raiva pabasa achishandira Rubonga. Hon'o Magodo ndiye akanga amuyamura kubva kwaakabva asi Rubonga akanga amupa hupenyu hwehushe uye akanga agara kwenguva yakareba naye zvekuti, kuti angoita zvekunyangarika zvakanga zvisinganatsi kumuitira.

Shuvai akanyarara kuchema akazowedzeravo kuudza Shingai kuti zvakanga zvakaoma sei kuti arege kuterera baba vake. Shingai akatombosvika pakuzotaura zvaakanga asati ambotaura muhupenyu hwake achiti, "Iye Rubonga wacho akanyanyisa kujaidzwa chete!" Shuvai akangoshamisika nazvo asi haana kupindura. Iye Shingai nechomumoyo ndiye akatombozvivhunza kuti akanga afarisirei kudai. Vakazombundikirana zvavo nguva yekuti vaparadzane yasvika. Shuvai akavimbisa kuti vaizoonana mazuva aitevera mashoma asi aikumbira kuti iye Shingai asazoudza chero munhu hake nezvenyaya iyi nekuti akanga avimbisa baba vake kuti hapana aizoiziva. Shingai akaseka akati, "Hapana nyaya dzemumba mangu dzinobuda kuzhe uko" Vakatsvodana Shingai akainda nekwake Shuvai achiindavo kumba kwavo.

Achisvika kumba kwavo, Shuvai akaita seachawira pasi nezvaakahwa nababa vake. Vandirai akanga aziva kuti Shuvai aizoudza Shingai zvirongwa zvavo saka akarega zvake Shuvai achiinda kundoona Shingai wake asi achingodzoka akamuudza kuti vaitosumuka husiku ihwohwo kuinda kuMawisire. Vandirai akati akanga achida kuinda husiku nekuti akanga asingadi kuti Rubonga atume madusvura ake kuti avatevere vari muzhira. Akaudza Shuvai kuti aregere zvekutamba

nenyaya yakanga iripo iyi. Shuvai wakagwadziwa asi pakanga
pasina zvekuti aite. Baba vake vaitaura chokwadi uye aizviziva
kuti baba vake vaimuda chaizvo zvekuti vakanga vasingadi
kuti paitike chimwe chinhu kwaari. Akaziva kuti Shingai
aizogwadziwavo chaizvo asi pakanga pasina zvekuita. Shingai
aitofaniravo kuzvihwisisa. Vakatora matehwe avo nezvimwe
zvekufambisa vakapinda muzhira. Shuvai akabika zvekukasira
asi havana kugara kuti vadhle. Vakatozodhla vatofamba kuinda
kure chaizvo.

Zvakazoitika kwapera mazuva maviri zvakaratidza
Shingai kuti Vandirai akanga achiziva zvaaita. Pachinguva
ichi akatanga kukudza Vandirai zvakare nekuona kuti chero
akanga asingafariri Shingai, muvengi wake chaiye waiva
Rubonga. Shingai akatangavo kutarira Rubonga neziso raiva
nekumumhura mukati. Misangano yakaitwa padare, vachenjeri
gumi vachiudziwa zvakanga zvaitika pakafamba mauto kuinda
kuMavirira. Makurukota amambo akashamisika nezvakanga
zvaitika. Hapana kana mumwe wavo wakanga ambofungira
kuti ndiko kwavakanga vainda. Vose vakaudziwa kuti hondo
yeko yakanga isati yapera asi kuti vaizozivisiwa zvimwe
zvirongwa kana nguva yafamba. Varume vakaratidza kuthla
nekuti kuvanzigwa kwavakanga vaitiwa nezvechirongwa
chekuMavirira zvairatidza kuti chero Revesai akanga aurawa,
mambo vakanga vasina kunyanya kutenda kuti ndiye oga
akanga aronga zvekutengesa zano rake kuvanhu veMavirira.
Makurukota ose akanga asina mufaro wakanyanya kuzhe
kwaChitsere naVaGondo. Rubonga akaratidza dare,
muchenjeri akanga ashagwa kuti atsive vende rakanga rasiiwa
naRevesai. Pakapera dare, Masimba naShingai vakatanga
kumhorosana nevachenjeri vamambo. Vamwe havana kuda
kumhorosa Shingai kuzhe kwaVaGondo, Chitsere negurukota
rakanga richangogadziwa pachinzvimbo chaRevesai.

Chitsere akambotora Shingai padivi akati,
"Unoona mwana, ini ndaimbokushora chaizvo uye ndakanga

ndisingakuhwisisi. Ndaifunga kuti wakauya kuzonyengera mambo asi iyezvino ndavakuona kuti ndakanga ndakarashika. Mambo vakakomboregwa chaizvo kuwana munhu wakaita sewe. Ramba uchigona basa, asi ugare wakatarira gotsi rako nekuti vazhinji havafariri uchenjeri hwako, wazvihwaka?" Shingai akafara chaizvo kuhwa mashoko awa kubva kunaChitsere. Zvaizviratidza zvoga kuti mamwe makurukota amambo aimuvenga chaizvo. Akatenda Chitsere nemashoko aakanga ahwa akazotanga kufamba achiinda kugota kwake.

Musangano wakapera kwatovira saka haana kuzokwanisa kuti andoona Shuvai. Chifume, achipedza kudhla kwemangwanani, akapinda muzhira kuinda kundoona mudiwa wake. Akatenderera akamira achiridza chimuridzo chake chaizihwa naShuvai asi hapana akabuda mumba. Akambodzokera achivhunza vamwe vevavakidzani vaVandirai vaigara nechekure asi vakati vakanga vasina kuona munhu pamba paVandirai kubva zuva rakanga rapera. Shingai zvakamunetsa. Shuvai akanga ati vaizoonana kwemazuva akati kuti vasati vainda kwaMawisire. Ko akanga ainda kupi zvino. Akamboita zvimwe zvaaida kuita hake akati ozodzoka zuva roda kundovira nekuti aiziva kuti panguva idzi Shuvai aizenge adzoka pamba. Paakadzokera akashamisika nezvaakaona. Paduku-duku akaposa apinda mugwara remazirume akanga akabata zvombo vachinyangira vachipinda pamusha paVandirai. Izvi zvakamushamisa kuti vanhu ava vainyangira sei iro zuva rakanga richipo kudai. Kwakanga kwakanaka here? Fungwa dzake dzakamhanya, nekukurumidza akaurukira mumuti akatanga kuurukira mune dzimwe achiita zviya zvinoita shoko kana kuti makudo achifamba nemumiti. Akasvika pamuti waiva pedo neruvazhe mazirume aya asingamuoni. Akagadzirira uta hwake achida kuona kuti kana pane aingozobata Shuvai kana kuti baba vake aibva angomuuraya pakarepo. Varume vatanhatu aivapedza vasina kumboona kuti miseve yaizovabaya yaibva nekupi. Varume vaya vakamanikidzira kuvhura gonhi rakanga rakasungwa reimwe imba mumwe wavo akadongorera achithla. Shingai akanga akakata uta hwake museve woshungira kuinda. Paduku-duku akanga otoregedzera museve wake asi wakahwa rimwe rume roti,

"Hamuna munhu umu" Vakainda pane imwe imba yaivata Vandirai vakaita zvimwezvo asi makanga musina munhu zvakare. Pari zvino Shingai akanga akananga zvake museve asi aiziva kuti kana Vandirai akanga arimo mumba, aitombogwisa chete. Izvi zvaizopa Shingai nguva yekunatsa kunonga vanhu ava nemiseve ari mumuti imomu. Mazirume aya akazoronga kuti umwe wavo andoudza mambo kuti shiri dzavo dzakanga dzabhururuka kare. Shingai akaramba ari mumuti uyu kwenguva refu chaizvo achinetseka nezvakanga zvaitika. Mhondi dziya dzakainda akasara achingova mumuti muya.

Shingai akaona kuti zvechokwadi Vandirai naShuvai vakanga vainda zvechokwadi uye vakanga vaita zvakangwara chaizvo pakutiza uku. Mambo Rubonga akanga ashata chaizvo. Chero iye Shingai hupenyu hwake hwakanga husisina kunaka. Akaona kuti akanga ari oga naizvozvo zvinhu zvose zvaaiita zvaifanira kuva nehungwaru chaizvo nekuti kungoti bwairei, aigona kuzosiya sadza acharida. Akanga ahwa zviri pachena kuti vanhu vakanga vatumwa namambo kuzoparadza Vandirai naShuvai nguva imwe chete. Chaakanga asingazivi ndechekuti mambo ndivo here vakanga vatuma munhu uya wakazofira pamawere aya, asi akayeuka kuti uya wakanga abatanidza iye Shingai naMambo Rubonga sevavengi vake. Chitsere akanga amuyambira futi kuti akanga ane vavengi vakawanda muMagocha. Akapedzisira achizviudza kuti muMagocha akanga auya ari oga naizvozvo akanga ari oga panezvaaiita zvose. Aiva iye muchengeti wake. Akada kumbofunga nezvaakanga ahwa naMutambanemoto achitaura achiti mwana wani zviya, asi dzungu raakanga ahwa aripo rakanga raita kuti mashoko amambo adzime mufungwa dzake. Haana kuda kuvhunza vamwe vaakanga anavo nekuti zvaizovapa kuti vataure zvavakanga vasingazivi. Nyaya yaVaMutambanemoto yaingova yekusiya vanhu vachingoti yaiva harahwa yakanga yongotaura zvosezvose. Iye Shingai naRubonga ndivo chete vaiziva kuti pane aitaura ari paharahwa iyi. Akazoburuka hake kubva mumuti odzokera kumba kwake.

Zvaakakunda murume waisimutevera, uya wekuzozviwisira mumawere, Shingai akanga atsvaka vakomana vake vana vaisimuyemura uye vaisitsvaka dzvene kubva kwaari semunhu waiyemugwa nevakomana vazhinji mumatunhu emuMagaocha kuti vamuitire kabasa kadukuduku. Akanga audza vakomana ava kuti aida kuzovapinza mubato revaferefeti vakuru vemuMagocha. Basa iri raida vanhu vakatsiga, uye vaiva nezheve dzaihwa zviri kure chaizvo, nemaziso aiona paasina kutarira. Vaifanira kuti vagone kuongorora munhu pamaitire ake ose iye asingazivi. Akavaudza, umwe neumwe pake kuti muMagocha makanga mapinda muvengi akanga asingazihwi chero nani, naizvozvo pane zvose zvavaizounganidza, vaifanira kuudza iye chete nekuti iye ndiye aizoziva kuti zvaizoitwa sei kubva ipapo. Vakomana ava vakanga vasingazivani. Vakafara chaizvo nebasa ravakanga vapuhwa uye vakazamavo kuita sezvavakanga vakaudzwa. Vaiudza Shingai zvakawanda-wanda iye achizviyera zvose kuti aone kuti zvairevei. Akadzidza zvakawanda zvevanhu vaiba, vainzi vaiuraya, varoyi nevamwe vainzi vaiva nemibobobo. Pane zvaaihwa, zvizhinji zvakanga zvisiri kumutaridza kuti muvengi wake mukuru aida kuti afe akanga ari ani chaizvo. Mambo Rubonga akanga amufungira asi nekuda kwemabasa akawanda aairongegwa naye uye kuthla kwakanga kwakazara maari mazuva iwawo, Shingai akaona kuti Mambo Rubonga aitonyanya kuda kuti Shingai ararame, naizvozvo aivapo chete mumwe akanga achironga zvekupedza hupenyu hwake asi kuti akanga ari ani, haana kuziva.

Chitsauko 22

Mazuva akafamba, asi Vandirai naShuvai havana kudzoka kuMagocha. Shingai akambofunga zvekuinda kuMawisire kuti andotsvaka Shuvai wake asi nguva yekuti aite izvi ndiyo yakamunetsa. Rubonga akanga amutsikirira nebasa. Shingai aipuhwa mabasa ekuti kushaikwa pedo namambo kwemazuva maviri zvakanga zvisingaiti. Rubonga aiziva kuti Shingai aida kutevera Shuvai asi waithla kuti kana aiinda kuMawisire, zvaigona kuzoita kuti Vandirai kana iye Shuvai aizogona kuudza Shingai zvose zvakanga zvaitika pamazuva akare. Izvi zvaizogona kuita kuti Shingai wacho azopandukira Rubonga. Chaakanga asingazivi ndechekuti Shingai wakanga atoudzwa zvakawanda naGotora. Chete kuti Gotora akanga audza munhu akanga ane hana yakadzikama uye yakangwara. Rubonga akazoronga zvekuti Shingai naMasimba vadzokere kundogwisa vanhu vekuMavirira. Izvi akaitira kuti Shingai asaramba achiratidza kushuwa nenyaya yekufunga musikana wake.

Vakomana vakadzokera vane mauto avo vakandokunda chaizvo. Mambo nevachenjeri vavo vakasara vachiita zvimwe. Vakadzoka vakapemberegwa nemufaro nevazhinji. Sevanhu vakanga vatora nguva inokwana mwedzi miviri, Shingai akadzoka achifunga kuti achawana Shuvai adzoka asi akawana zvisizvo. Mukomana wakadzungaira chaizvo mumoyo make. Vasikana vamwe vemudunhu umu pavakaona kuti mujaya akanga ava oga vakatanga kuzvikandira mberi kwake asi iye haana kuvaona. Akaziva zvavaida uye zvavaifunga asi iye akangoita zvake semunhu akanga asingazvioni. Masimba aironga mitambo yakawanda yaiuyiwa nevasikana nevakomana vakawanda vemazera avo. Pamitambo iyi paigochewa nyama dzakawanda dzinenge dzavhimwa nemajaya anenge achiuya kumitambo idzi. Paimwiwa doro chaizvo. Shingai aiinda zvake kumitambo iyi asi akanga asina mufaro wakawanda sewevamwe.

Rimwe remazuva emitambo iyi, Masimba akati kuna Shingai,

"Handiti takambokuudza nyaya yekuroya kwemusikana wako nabambo vakeka? Chiona zvawava zvino. Unganzi uri murume chaiye here kana uchikona kutamba nemusvo wemhandara dziri pano idzi? Tarira kunaka kwakaita vamwe vasikana vari pano. Chokwadi unofunga kuti iye hazvanzi yangu kwaari ikoko wakangomirira iwe chaizvo? Uchenjere kuti wakabata mudzi iwe uchifunga kuti wakabata gumbo reshuro shamwari." Shingai akaseka zvake akati, "Chimbondimira shamwari. Basa ratinaro mazuvano rinoda fungwa dziri pamwe. Ndikatanga zvauri kuda izvi ndingazokanganisa basa ramambo wangu zvikazoshata."

Izvi akataura hake asi mashoko aMasimba akanga amuvhundusa. Akahwa semunhu akanga adigwa mbama kumeso chaiko. Ko kana chakanga chiri chokwadi kuti Shuvai aitamba nevamwe vakomana kwaakanga ari ikoko? Hon'o chitsidzo chakanga chiripo hacho asizve afamba apota. Kure kwemeso zheve dzinofanira kuhwa asi iye hapana zvaakanga ahwa pamusoro paShuvai. Ko kana akanga aronga zvekusadzoka kuMagocha vaizoonana kupi uye sei? Zvino vaizogara sei nemunhu aiterera baba vake zvosezvose sandivo vaizomuroora? Chifungwa chekutenda nyaya yekuti Vandirai aitora mwana wake Shuvai kuita mukadzi wake dzimwe nguva chakatombomupinda pachinguva ichi asi chakazopindigwa nedzimwevo fungwa. Hama dzaShuvai dzaimuda ndidzo dzekwamai vake saka zvaigona kuita kuti aitozogara ikoko zvamuchose. Kana vaidzoka kuzogara muMagocha, vaizogara hupenyu hwakaita sei chaizvo kana Rubonga akanga achiri mupenyu? Rubonga akanga achivavhima semhuka, zvino hupenyu hwavo hwaizofamba sei?

Mivhunzo iyi neimwe yakawanda yakaita seiyoyi yakashupa Shingai musi uyu paakanga ava mugota make

uye mazuva akawanda akazotevera. Izvi zvakamupa
kuti anyatsoongorora kwaiinda hupenyu hwake. Hon'o
akanga akagara zvakanaka muMagocha, kusiya kwevanhu
vaimuvenga uye vaida zvekumuuraya, asi kugara zvakanaka
uku kwaizosvika kupi? Mambo Rubonga akanga ataura
kuti chaakamutorera kubva kunaMagodo, aida kuti akunde
uye kupamba nyika dzekuMavirira. Izvi ndizvo zvakanga
zvichitoitika mazuva iwawo uye nerimwe zuva zvaizosvika
kumagumo. Kana zvaguma basa rake kunamambo raigona
kuzopera. Zvino kana zvadai, aizoita zvekudii? Shingai
akaona kuti Rubonga aigona kuzomuuraya kana kumudzinga
muMagocha. Mazuva awa akanga achiri mujaya, asizve hujaya
inhambo. Nhambo dzose dzinofamba dzichipera naizvozvo
hujaya hwake hwaizoperavo nerimwe zuva. Akafunga kuti
ko kana hujaya hwake hwapera chii chaizoitika kwaari?
Aizogonavo here kuvaka imba nekuvavo nemhuri? Kana
aiita izvi, aizozviita nani iye wacho waakanga ada zvaakanga
anyangarika muhupenyu hwake kudai? Shingai akanetseka
chaizvo.

Imwe fungwa yakamuti,
"Dai pasina Mambo Rubonga, Shuvai angadai ari pano
izvozvi. Rubonga anofanira kuurawa chete" Akaseka zvake
paakafunga izvi akangoti nechemumoyo zvakare,
"Inga fungwa dzakaita semuromo. Zvinhu izvi hazvizarigwi
nenzizi chokwadi. Ko zvekuuraya mambo ndozvinei?"
Akazoronga kuti kana Shuvai akanga asina kudzoka mushure
memwedzi miviri iye aigona kuzotanga hake kutarira dzimwe
mhandara dzakanga dzakadai kuwanda idzi. Zvishoma
nezvishoma akatanga kuronga zvekuti agozozvibvisa
mumaoko aRubonga kuitira kuti agozokwanisa kuita
zvaishuvigwa uye zvaaitumwa nemoyo wake.

Hondo dzekuMavirira dzakaramba dzichigwiwa.
Shingai naMasimba vakatozosvika pakuita zvemakwikwi
pakundotora zvipo zvaRubonga kunyika idzi. Vakaita

mapoka maviri, rimwe raitungamirigwa naMasimba rimwe
naShingai wacho. Rimwe zuva mapoka awa achiinda
kunyika dzekuMavirira, Shingai akakumbira kuti Masimba
neboka rake vainde negwara raipfuura nemuBengwa
asi riri nechekuchamhembe kwayo. Iye aida kuti ainde
nechekumaodzanyemba. Masimba akaziva zvaida kuitwa
naShingai naizvozvo akabvuma. Haana hake kuudza baba vake
nekuti iye aidavo kuziva kuti zvairongwa naVandirai zvaiva
zvii. Shingai waida kuti apfuure nekuMawisire kuti atsvake
Shuvai. Aida kuti amuone anatse kuhwisisa kuti zvirongwa
zvavo zvakanga zvakamira sei.

Pavaironga izvi mwedzi miviri yakanga yapfuura kare
apa pasina kana shoko kubva kuna Shuvai. Shingai akanga
asina kutuma vakomana vake vaimuferefetera nyaya dzake
nekuti izvi zvakanga zvine dambudziko guru chaizvo. Kana
Rubonga aizohwa nezvenhume idzi aigona kudziuraya
uye kutsamwira Shingai zvikuru. Shingai akanga atohwa
kuti "Meso neZheve" zvamambo zvakanga zvaudziwa
kuti zvinyanyise kuchenjerera zvaiitwa naVandirai zvose.
Wekuvimba naye panyaya iyi pakanga pasina.

Musi wavakasumuka, Shingai akaudza mauto eboka
rake pavaizosongana naye kwapera mazuva matatu. Shingai
haana kutora nhambo achibva anyeruka chikwata chake.
Hapana wakamuona achiinda uye akaziva kuti akanga ainda
kupi. Chaaiziva hake ndechekuti meso nezheve zvaRubonga
zvaizondotaura kuti Shingai akambonyangarika kwemazuva
maviri kana matatu akazodzoka hake. Aizviziva kuti
Rubonga akanga asingazomuvhunzi asi kuti vanhu vake
ndivo vaizotukwa nemhaka yekukona kuronda munhu wavo
kuti vazive zvose. Chikwata chemeso nezheve zvamambo
chakanga chine vanhu vakawanda chaizvo zvekuti vakanga
vasingatozivani. Kuti varegere kutaura zvinenge zvaitika
yaitova mhosva huru kwazvo nekuti vaigona kutengesewa
nevamwe vavo. Izvi zvakanga zvisinei kunaShingai. Chake

akanga awana mukana wekuti andobata chokwadi pamusoro pemudiwa wake Shuvai.

Shingai haana kunonoka kuwana pamusha pemadzisekuru aShuvai. Akavhunza vanhu vashoma akaratidziwa pamusha pavo. Shingai wakatarira-tarira ari kure nemusha uyu asi haana kuona Shuvai. Akatarira varume vaifamba asi haana kuona Vandirai. Akazoshinga kusvika padanga paiva nevarume vaviri vaikama n'ombe. Paiva nezvikomana zviviri zvaivapovo. Mumwe wevarume ava wakanga akaita wechikuru asi ari mazera anaRubonga, mumwe wacho ari muduku asi akanga akura kudarika Shingai, uye airatidza kuti akanga atova baba vemba. Shingai akavamhorosa nekuvavhunza hupenyu. Vakamupindura zvakanaka chaizvo. Shingai akamboshaiwa kuti ovhunza nyaya yake achiti chii asi haana hake kuzoshupika nekuti murume wechiduku akabva ati,

"Mukoma mamuziva here mujaya uyu?" Mukuru uya akamboramba akatarira Shingai kumeso kwakutanga kudzungudza musoro achiti,

"Bodo, ndazama kutarira hope yake asi hapana wandafungidzira ini." Murume muduku uya ndokuzotizve, "A-a, mukoma, ndichozve chijaya chiya chinoda kutitorera mukadzi weduzve ichi"

"Heyazve, Tora pfumo rangu ndinatse kuchidzidzisa kuti zvachinoda kuita hazviitwi kwatiri," akadaro murume mukuru uya.

Varume vaya vakaseka zvavo, muduku ndokuzodzokorora kumhorosa achiti,

"Mhorozve muzukuru Shingi" Shingai akavapindura achisvoda. Akashama kuti sei varume ava vaimuziva iye asingavazivi.

"Tisu vanasekuru vako isu, hazvanzi dzamai vaShuvai. Shuvai haanyarari kutaura nezvako uye takambokuona zvedu tauya kuzoona mukuwasha wedu, tezvara vako Vandirai."

Shingai haana kana musi waakamboziva kuti vanasekuru ava vakambouya kuMagocha iye ariko.

Shingai paakazovhunza kuti iye Shuvai akanga akadii uye kuti aizogona kumuona kupi, vanasekuru vaya vakaratidza kushamisika. Umwe wavo akamuvhunza achiti, "Ko hino ungativhunza isu zvemukadzi wako here kana kuti ndiwe ungatotiudza kuti akadii uye kuti ari kupi?" Shingai akashamisika nemuvhunzo uyu chaizvo. Akavataurira kuti Vandirai naShuvai vakanga vabva riini kuMagocha. Vakamuudza kuti vaizviziva asi kuti Vandirai akanga atora mwana wake vakati vombondorima vari kune imwe nzvimbo isina anoziva kuti vari kupi. Vakafunga kuti nemadigwe aiita iye Shingai naShuvai, aitofanira kuva iye aiziva kuti vakandovakira kupi.

Shingai wakanetseka mufungwa dzake. Vana sekuru vaShuvai vakamuudza kuti hupenyu hwemukuwasha wavo nehwemuzukuru wavo Shuvai hwakanga hwuri panguva yakaoma nekuti Rubonga aida kuvauraya chaizvo. Shingai akazovaudzavo zvakasara zvichiitika pamba paVandirai zvemadusvura aya akanga atumwa naRubonga kuti avaparadze. Vose vakadzungudza misoro yavo. Vanasekuru vaya vakamusimbisa kuti vakanga vasingazivi zvachose kuti Vandirai naShuvai vakanga vainda kundovanda vari kupi chaizvo. Vakamuvimbisa kuti aizoonana nemusikana wake uye kuti tezvara vake Vandirai akanga ari munhu aiva nenjere dzaizivikwa nevashoma. Vakamuvimbisa kuti pane zvaakanga achitoronga chete uye kuti pane zvose zvaaiita, akanga asingadi zvachose kuti mwana wake Shuvai apinde mumatambudziko.

Shingai akazooneka vanasekuru vaya. Akaramba kupinda mudzimba dzavo nekuti akanga asingafaniri kuonekwa nevanhu vaizogona kuudza Rubonga kuti iye akanga ambosvika nepo. Vanasekuru vaya vakamuhwisisa vakamuonekavo zvakanaka. Havana havo chero kutozombomuperekedza. Vakangomutarira achiinda vari padanga paakanga avawana vari. Vakatombotora chinguva vachimuyeva iye achingofamba asingacheuki. Pasina nguva wakanga anyangarika nekuseri kwechikomo chaiva nechekuchamhembe kwemisha yavo.

Shingai wakatotangira mauto eboka rake kusvika pavakanga varonga zvekusongana naye. Vakashamisika vachihwa chimuridzo chechihwenga chavaitevedzera kana votsvakana. Vakatombofunga kuti chaitova chihwenga chaicho chairira asi vakazomuona akagara pamusoro perimwe hwe. Shingai akavhunza mukuru akanga achiraira chikwata kuti fungwa nezvirongwa zvake zvakanga zvakamira sei. Mukuru uyu akamutaurira iye akangoti zvakanga zvakanaka. Vaifanira kuzovata vadarika matenhere makuru aiva mugwara ravaiva vatora. Vakaindirira mberi negwendo gwavo vakasvika vachikunda sezvavakanga vafambira. Vashoma vaivagwisa kose kwavaiinda. Vakaunganidza zvipo zvavo vakadzokera kuMagocha. VanaMasimba nechikwata chake chehohodza vakazosvikavo musure memazuva matanhatu. Vakanga vandokundavo pane zvavakanga vafambira. Chero hake mazuva awa akanga akashuwa chose, musi uyu Mambo Rubonga vakafara nebasa rakanga raitiwa nevana ava.

Chitsauko 23

Mwedzi yakapindana kuita mwaka, mwaka ikapindana kuita gore Vandirai naShuvai vasina kuhwikwa kuti vaiva kupi. Izvi zvakafadza Rubonga nekuti waiziva kuti kana Vandirai akanga ari kure nehumambo hwemuMagocha, hupenyu hwake iye nemhuri yake hwakanga hwakachengeteka. Chero hake Shingai akanga amirira kudzoka kwaShuvai, moyo wake wakanga worasha kutenda zvishoma nezvishoma. Chakatombomukangamwisa zvenyaya iyi zvirongwa zvekuMavirira. KuMavirira kwakanga kwaita nzendo dzakawanda dzekundosimbisa hutongi hwaRubonga ikoko. Vanhu veko vakanga vabvuma zvavo kudzvanyirigwa asi pane zvakanga zvisinganatsi kuhwisisika pavanhu ivava. Vaiita sevaironga zvimwe zvekuzotsiva kana kuramba kutongwa. Izvi zvakaita kuti Rubonga arambe achituma Shingai naMasimba kunyika idzi.

Nenguva dziri kure, Shingai aipota achihwa kuti kune munhu aimuvhima asi zvakanga zvisisina kunyanya. Izvi zvakaita kuti awedzere kufunga kuti vanhu ava vaitumwa naRubonga. Kuregera kwavo kwairatidza kuti Rubonga akanga achifara nebasa raiitiwa naShingai naizvozvo Shingai mupenyu akanga akakosha kunaRubonga kudarika Shingai mushakabvu. Vakomana vake vaaituma havana kumira kumuitira basa rake asi vakanga vasina kumuudza kuti vanhu vaigona kuronga zvekumuuraya muMagocha vaiva vanani. Mazuva awa Shingai akanga otanga kuonavo kunaka kwevamwe vasikana chero hazvo vose vaiwana zvimwe zvakawanda zvavaishoreka pavari kana orangarira Shuvai.

Tendai akatombozviratidziravo mberi kwaShingai iye Shingai akatomboposa ada kudzokera munezvakare asi akathla kuti aizomugumbura zvakare nyaya yacho ikazonetsa. Chimwe chinhu chaaizeza chaiva chekuti ko kana Shuvai aikaruka adzoka aizoita zvokudii chaizvo. Shuvai aimudisa zvikuru.

Paakambonyangarika achiinda kumadzisekuru aShuvai zvakare vakanga vamuudza kuti Vandirai ndiye akanga ambodzoka kuzovazivisa kuti iye naShuvai vaiva vapenyu. Vakati Vandirai akanga asina kuzotaura zvimwe zvakawanda asi ivo vaivimba nemukuwasha wavo zvakasimba. Izvi zvakanga zvamupa chitarisiro chekuti Shuvai aizogona kuzodzoka muMagocha.

Kana mudzimu ukakupa chironda unenge wati nhunzi dzikudhle. Midzimu yaShingai yakamupa zironda mumwe musi. Musi uyu Shingai wakatuka vadzimu vake akashumba kuti dai aivaona ipapo aizovapa gupuro raizoshamisa vose vaiva kumhepo. Mambo Rubonga akanga akafara saka mhuri yake yose yakanga iri pamwe vachingotaura nyaya vari padare duku repamusha pake. Shingai naMasimba vakanga vakagara vachiudza zvikomana zviduku nevamwe vemhuri yose nyaya dzekuhondo. Mugarire uyu waishupa kuuona pamusha apa saka vechiduku nemadzimai amambo vakanga vakafaravo nezuva iri. Vachifara kudai, pakasvika mauto maviri akagwadama vachiuchira maoko kunamambo. Masimba akainda pedo navo akagashira mashoko avo achibva amasvitsa kunamambo. Akataura vanhu vose vachihwa akati, "Shumba, kwanzi pane vanhu vatumwa kwamuri nabamunini Vandirai" Rubonga akamisa zheve asi uso hwake hahuna kushanduka. Zita rekuti Vandirai kuna Shingai raitoita sekuti rakanga rava rimwe nerekuti Shuvai. Hana yake yakati tsemu, kurova.

Ipapo Rubonga akati,
"Vari kupi vanhu vacho?" Akaratidza kuti akanga asingambodi zvekuturikigwa kana kuti mumwe munhu azive kuti yaiva nyaya yei iye asati aiziva. Aitofanira kuzvihwira iye oga nekukurumidza.
Rimwe uto rakapindura richiti,
"Vari pazhe perusvingo she wangu"
"Mhanya upinde navo pano izvozvi!" Rubonga akatinhira.
Aiziva hake kuti vanhu vose vaipinda murusvingo

vaitozopinda vatoregwa zvombo zvavo zvose naizvozvo
hapana aizogona kukaruka aita zvekuda kugwisa vaiva mukati
memusha wake.

Mhuri yose yakanga yachinyarara zvino. Vose
pavakangohwa kuti "Vandirai" vakabva vaziva kuti paiva
nenyaya hobvu. Nhume mbiri dzaVandirai dzichiuya Rubonga
akamuruka akandosongana nadzo nechekure nemhuri yake
kuti nyaya dzavo dzisahwikwa. Shingai wakashaya kuti woita
zvokuposhera zheve dzake kwavakanga vari here kana kuti
wodini. Nhume dzakauchira dzakagwadama dzichikudza
mambo, umwe wavo ndokuzotaura mashoko mashomashoma
kunaRubonga. Rubonga akaseka zvakahwikwa nemhuri yake
yose ndokubva adzokera paakanga akagara. Akati varume
vaya vapuhwe pekugara vataure nyaya yavo sezvo yaiva nyaya
yaifanigwa kuhwikwa nemhuri yake yose. Izvi zvakashamisa
Shingai nekutomuwedzera kuhwa havi yekuda kuziva kuti
chakanga chaitika chaiva chii. Fungwa yake yaimuudza kuti
Vandirai aikumbira kuti adzoke kuzogara kuMagocha uye
kuti aida kuti agarisane nemukoma wake zvakanaka. Izvi
zvaizoreva kuti Shuvai akanga odzoka kuzogara muMagocha
zvamuchose. Nyaya yake yakanga yachinaka zvino.

Nhume dzakagara pasi vakanzi vataure nyaya yavo.
Mhuri yose nepwere vakakanda meso nezheve kuvarume ava.
Murume wainyanya kutaura akati,
"Pamusoroi mambo. Pamusoroi vanokudzwa vose vari pano.
Mashoko edu mashoma chaizvo. Tatumwa nabamunini venyu,
VaVandirai. Vati vangadai vauya ivo vemene asi kuti mazuvano
gumbo ravo ririkunyanyisa kugwadza saka kufamba nzendo
refu kuri kuvashupa. Vati ivo vanokumbira kumukoma wavo
kuti avatendere kuuya kuzogara pamusha pavo zvakanaka. Vati
vakabva zvakashata zvisina kuudza mukoma wavo sezvinonzi
pane zvavaitiza nazvo asi kuri kungokonewa kwemunhu
mukuru." Madzimai akaita chikushora nekuseka kuya kunoti
"Benzi remunhu," vamwe vachiridza chitsamwa asi chisina

kutsamwa mukati.

Mutauri akaindirira mberi oti,

"Bamunini venyu vakumbira kuti mukoma wavo avaitire nyasha nekuvatsvagira mhuri yechiduku inoda kuzovaka pedo navo kuti vapote vachivatarira semunhu anenge achigara oga. Vati ivo tarisiro yavo yava yekuti vachizorora vakagara munyika yemadzibambo avo kuti chero chinovawana chivawane vari munyika ine hama dzavo."

Umwe mukadzi wamambo akademba achiti,

"Vasikana-a"

Masimba akanga akaterera akashama muromo. Fungwa dzaShingai dzakamuudza kuti Vandirai akanga azotenda kuti Shingai akanga ozotora Shuvai zvino, naizvozvo aizoda vanhu vaizomubetsera pamba. Nhume yakazotaura yoti,

"VaVandirai vatituma nematsiru maviri asara pazhe kuti tisvitse kunaShumba kuti-"

"Saka bamunini vanofunga kuti vangatenga baba nekuda kwezvimhuru chaizvo, ko danga rababa havacharizivi kuti rakazarasu? Ko vadii kungoperera pakukumbira nemuromo chete?" Masimba akagamha nhume yaitaura.

Vanhu vakaseka chaizvo paakataura izvi. Chero Rubonga chaiye akasekavo akazoti,

"Chinyararaizve vapedze kutaura, kana pane zvamunoda mozovavhunza henyu"

Paaitaura izvi, Rubonga aiita kakunyemwerera kasina kufarigwa naShingai. Shingai ndiye oga akanga asati awana chaicho chaifanira kusekesa pane zvaitaugwa nenhume idzi. Vanhu vakanyarara nhume iya ikazoti,

"N'ombe idzi chidimbu chemaroora aShuvai. Imwe fuma yakainda kunanaSekuru vaShuvai asi imwe kana matenda kuti bamunini venyu vadzoke kuzogara muno muMagocha vanozouya nezvimwe havo. Izvi chirango chinofanira kusvika kumadzibambo aShuvai kuratidza kuti mwana akatogwa zvakanaka. Shuvai akaroogwa nemumwe murume wekuMawisire ikoko."

Chikwe-e chakarohwa pamusha apa musi uyu chakanga chakaoma. Vasikana vakafifinyika vakazvirega. Shingai wakashaiwa pekuisa meso. Dzungu rake rakadzoka akatsinzimwa ndokubata musoro nemawoko ose ndokuti zi-i akadaro. Vana Kundai vaitaura zvekuti vakanga vamboudza Shingai akaita nharo asi zvose izvi zvinenge zvaibondera pamuviri wake. Akanga asingambohwi zvose zvaitaugwa apa. Masimba akanyaradza vanhu achiti vazvibate asi vanhu vacho vakaramba vachiti runoseka, runoita serunoda kusvoveredza kana kungofifinyika rakabata muromo. Rubonga ndiye akazoti vose vanyarare varatidze rukudzo kunaShingai. Masimba akada kuti ambotaudza Shingai asi akaona kuti zvakanga zvisingabviri nhambo iyoyo.

Mambo akamboti,

"Maihwa sei nyaya iri pano iyi?" Madzimai akati zvemuroyi mukuru wakadero vakanga vasingadi kuzvihwa. Vakati Vandirai akanga achishaisa murume wavo mufaro nekuda kwegodo rake uye aironga zvekuda kutora chigaro chisi chake. Masimba akavhunziwa akangoti,

"Iyo inyaya yenyu imi madzibambo. Zvamunenge mataura ndizvo zvatinoita. Semunhu akumbira ruregerero maingovarega vachidzoka asi mototsvaka vanhu vanogara vakavarisa kuti muone pane fungwa dzavo. Vakaita zvohundururani hwavo mokurumidza kuona yekutamba." Shingai wakanga akangotsikitsira, zvana zvidoko zvakamira pedo naye zvakamutarira zvichishaya kuti chaiitika chii chaizvo.

Rubonga akazoti,

"Ini munun'una wangu handina kumbomudzinga saka handizivi kuti anokumbira chii kuti adzoke. Musha ndewake uye sezvaataura kuti uno ndiko kwakavata madzibambo edu saka unomurambidza kugara muno ndiyani? Ini hon'o ndakatsamwa kuti munhu angangoita zvekundinyeruka

chokwadi. Angadai akangotaura kuti achambofamba
sezvaanosingoita. Izvi zvemwana aroogwa, a-a-a, agona
chaizvo kuti andinanzvisavo fuma yake. Imi vanaKundai
motodzidzavo zvaitiwa nevamwe zvakanaka izvi." Kundai
akambokwevera miromo yake zasi achiita hake zvejee
ndokuzoseka. Rubonga akaindirira mberi oti,
"Mondomuudza Vandirai kuti aareva ose matsvene.
Tinozomuona kana auya. Mufambe zvakanaka." Rubonga
akanga atora fungwa yaMasimba. Kwete kuti ainyanya
hake kuita tsitsi kana kuhwisisa bodo, asi kuti iye zvaaitoda
kuti kana Vandirai akagarira pedo, aigona kuzokurumidza
kuronga zvekuti amupfuudze kana aiona zvakafanira. Haana
kumbobvira avimba naVandirai kana napaduku pose. Kana
Vandirai aizogarira kure, aigona kuzoronga rimwe dhende
raizomubata asingafungiri. Zvekuroogwa kwaShuvai zvakanga
zvakanakira kuti Shingai akanga asingazombowanikwi achitora
divi raVandirai pagakatano ravo. Shingai aitofanira kuzovenga
Vandirai chaizvo nezvaakanga akonzeresa izvi.

Zvirokwazvo Shingai wakavenga Vandirai sekuvenga
kwaakaita vadzimu vake panguva iyoyo. Dzungu rake parakaita
sekupera Rubonga akazviona akangoti,
"Shingi, uri murume iwe. Unoyeuka ndichikuudza kuti
Vandirai inyoka inofamba nemuvhu? Hezvo, chiona
zvaakuitira nhasi. Chiinda undozorora hako" Shingai
akamuruka akananga kugota kwake akasvika achingozvipfigira
mumba. Masimba akamboda kutevera zvakare asi
akangozozviudza kuti nguva yakanga isati yakwana. Kundai
ndiye hake akakonewa kunyarara kuseka. Akanga asingabudisi
hwi rekuseka asi misodzi yake yaisvika pakudonha kuri
kukuvara nekusekera mukati. Aingoti izvi ndozvaiva muripo
wenharo izvi.

Shingai wakaita mazuva matatu sadza richinetsa
kumedza. Zvaakanga ahwa zvakanga zvamupedza simba
nefungwa. Zvainetsa kuti azvidzeye aone shumo yazvo. Hana

yake yakanga yabamuka nepakati iye kwakusara akamira
pakati pacho. Kune rimwe divi aizvituka chaizvo kuti akanga
akona kuzviona sei zvinhu zvakadai. Kubvira fungwa dzake
dzakanga dzasvika pakutsomwaira zvekuti aitwe fuza rakadai
naShuvai? Kune rimwe divi aipa mhosva yose kunaVandirai.
Vandirai ndiye aiva nhunzvatunzva yomene-mene, asivo
Shuvai semunhu akanga akura akakonewa nei kuramba
murume uyu uye angadai akangotiza. Dai Shuvai akanga atiza,
havaizokonewa kuti varonge zvekutiza muMagocha vari vaviri
chete. Izvi zvakamushungurudza chaizvo. Akafunga zvaakanga
audziwa naGotora akazvitora zvose senhema. Zvinhu zvacho
zvakanga zvisingabatani. Pamwe Gotora wacho wairevavo
nhema kana kuti akanga atori mumwe naVandirai. Akanga
asingachafaniri kuvimba naro zimuroyi remunhu. Vanhu ivava
vakanga vatomurasisa pane munhu aitomuudza chokwadi, iye
Mambo Rubonga. Akazofungavo zvekuti aizondoreva tsvariro
kuna Rubonga kuti akanga arega mashoko ake achiwira pasi.
Izvi ndizvo zvaaizoita. Aitofanira kutoona kuti zvose zvaidiwa
naRubonga zvakanga zvotoitiwa nemazvo kuti apfidzise
vavengi vake. Fungwa idzi dzakadzora kusvoda kwake uku
dzichiitavo kuti moyo wake utange kukasharara.

   Rubonga achihwa Shingai achikumbira ruregerero
nekubvuma kuti akanga abatisiwa mudzi achifunga kuti
akanga akabata gumbo reshuro, wakafara chaizvo. Zvake
zvakanga zvafamba zvakanaka. Vanhu vaakanga asingavimbi
navo vakanga vazviwisira mumaoko ake naizvozvo zvirongwa
zvake zvakanga zvisisina mudzivisi. Vadzimu vake vakanga
vamurongera zvinhu zvake vomene. Shingai aizomuraramisa
asi Vandirai aitofanira kupfuura chete. Hukama hwaShingai
naVandirai hwakanga hwapera saka pakanga pasisina
zvekumuthlira. Rubonga akaudza vemhuri yake kunyanya
Kundai kuti vachirega zvekutsvinyira Shingai pamusoro
paShuvai asi kutomubetsera kutsvaka mumwe musikana
wekumunyaradza naye. Masimba akangoudzavo Shingai kuti

zvaShuvai azvikande seri kwake atange kurarama hupenyu hutsva.

Chitsauko 24

"**M**ukoma, pane zvandaona pakati pehusiku zvandivhundusa chaizvo. Ndakonewa kuvata husiku hwose ndichida kuti ndikubatei ndikuzivisei zvinhu zvacho," uyu ndemumwe wevakomana vaya vakanga vatumwa naShingai kuti vaite meso nezheve zvake panzvimbo dzaainge asipo aitaura kuna Shingai achingofemereka. Izvozvi Shingai akanga achangobuda murusvingo kubva kugota kwake ari mangwani-ngwanani.

"Saka vanhu vacho havana kundiona nekuti-"

"Iwe, mira uture mafemo utaure zvakanaka nyaya yako. Vanhu vapi vauri kutaura?" Shingai akamugamha nekumuudza kuti aifanira kuti apodze hana yake kuti ataure kwazvo.

Apedza kuferemeka, mukomana uya akazoti, "Mazuva akapera awo ndakanga ndainda kundovhima mudondo umo saka ndakazoyeuka ndirimo kuti ndakanga ndisina kuzoindisa zviyo zvaidiwa namai kuti zviinde kwasekuru, saka ndakabva ndaronga zvekudzoka kumusha nokukasira. Ndakashandisa gwara riri pedo asi rinodarika nemunyasi mechikomo chinoyera chiya Chineninga icho. Ndakahwa mahwi evanhu achitaura ndikati regai ndimire ndihwe kuti vaiva vanani uye kuti vaitaura nezvei panzvimbo yakadai. Vanhu ava vakanga vachifamba pedo nemazihwe makuru, mahwi avo ari nechepasi. Vakamira vari pedo nepandakanga ndavanda, seri kwerimwe zihwe nekuti mumwe wavo akanga ambotsauka kuti arashe mvura. Nekuda kwemwedzi muchena uriko mazuvano uyu, ndakaona kuti vanhu ava vakanga vari mauto matatu akanga akasenga zvombo zvakakwana. Ndakatombofunga kuti vakanga vari vamwe vedu asi ndakazoona kuti zvakanga zvisizvo pandakazohwa votaura vachiti, 'Murume wacho igurukota ramambo uye anovimbwa naye naRubonga chaizvo saka anoziva zvose zvinorongwa naRubonga wacho.' Vakati vaida kukurumidza kuti vamuone vagozokasiravo kudzokera kwavo pasina akanga avaona. Handina kuzohwa zvimwe pamusoro pemunhu wavo nekuti vakazotaura vachiti vaizogara muzasi mechikomo ichi kuti vaonane nemunhu wavo. Umwe wevarume ava akavhunza vamwe vake kuti vaidii kundogara nechapamusoro pairatidza kuti pakanga pakavanda. Umwe ndokupindura achiti zvakanga zvisina basa kuti vagare nechemuzasi mechikomo nekuti vanhu vemuMagocha vaithla chaizvo kusvika pedo nechikomo ichi nokuda kwekuyera kwacho. Akati vanhu vemuMagocha vakatamba vachikwira muchikomo ichi vaigona kunyangarika zvachose. Vakati ivo vakanga vasiri vagari vemuno saka nemhaka iyoyo hapana chaizovabata.

"Ndakada kuti ndiqhwedere pedo nepavakanga vazogara asi ndakathla kuti ndaigona kuvapumhusa kana kuti ivo vaigona kuzondikuvadza kana vaizondiona kana kuziva kuti vakanga vaonekwa. Ini ndakangoti ndiite sezvamakareva kuti ndikasire kukuzivisai zvinhu." Shingai akaramba akatarira mukomana uyu mumeso akazoti,
"Unorevesa here Chidhure?" Mukomana akapika nemadzisekuru ake akainda karekare kuti aitaura zvechokwadi. Shingai akafunga kwekanguva akazovhunza zvimwe zvakawanda, zvimwe zvacho achidzokorora zvaakanga ambovhunza. Akaona kuti mukomana uyu aitaura chokwadi.

Zvechokwadi kuchikomo chaiva neninga yemuMagocha chakanga chisingajairiki. Vanhu vakanga vasingatombodi zvekutambira ikoko. N'ombe nezvimwe zvipfuwo zvakanga zvisingatendegwi kusvika pedo neko. Izvi zvairatidza kuti zvechokwadi pane munhu akanga audza vanhu ava zvose izvi. Shingai akaziva kuti kana aizoinda achivandira aigona kuzondoona kuti vakanga vari mauto ekupi. Akambofunga zvokuti andovakuvadza nemiseve kuti vasatiza, zvigozomubatsira kuti kana paaizovavhunzurusa vaizomuudza chokwadi. Fungwa iyi akazoisiya aona kuti izvi

zvaigona kuzopumhusa muvengi wavo mukuru chaiye, anova
mutengesi akanga ari pakati pavo. Akazotorana naChidhure
uya kwakubva vapoterera nechekure kuti vanatse kundoona
vari pedo. Shingai hazvina kumuomera nekuti zvekuvandira
kana kunyangarika aizvigona chaizvo. Nenguva duku vakanga
vasvika pavaigona kunatsa kuona zvakanaka. Vakaona pane
uto rimwe rakanga rakarinda. Vamwe vacho vanofanira kuva
vakanga vakavata panguva idzi. Shingai akaona mapfekero
akanga akaita uto raiva rakarinda kuti rakanga riri renyika
dzekuMavirira. akaona kuti raifanira kuva raibva kuMazimbe.
Vakakurumidza kubvapo vodzokera nekwavakanga vabva
nako.
       Vachisvika kumuzinda, Shingai akapinda murusvingo
akasiya Chidhure akamira pazhe. Shingai akafara kuti akanga
awana nyaya yaizofadza Rubonga. Nyaya iyi yaizoita kuti
Shingai awedzegwe ruremekedzo namambo nekuti kana
aigona kuironga zvakanaka, vaifanira kubata mutengesi wavo
zvakanaka-naka. Akasvika achisheedza Masimba ndokuinda
kundovapira nyaya vari pamwe naRubonga. Rubonga akaita
hasha akati patotumwa mauto ando paradza vasori ava pasina
nguva. Shingai akazovaudza zano rekuti vabate muvengi
wavo pamwe chete nemauto awa. Mauto awa vaizomaregedza
kuti vandoudza vakanga vamatuma kuti vakanga vaigochera
pachiutsi. Mutengesi uyu, pamwe chete naRevesai ndivo
vakanga vapinza mhepo munyika yose yeMagocha.
       Zano raShingai raiva rekuti vadzokere pavakanga
vari vonyatsocherechedza kuti aizouya kuzotaura nevanhu
ava akanga ari ani. Kana angosvika akataura navo, Shingai
aibva angobaya vose vari vana mushafu nemiseve yake
zvekuti hapana aizogona kutiza. Mwedzi wainonoka zvawo
kubuda asi zvinhu izvi zvaifanigwa kuitiwa huri husiku
chete. Shingai aizoinda naMasimba, mamwe mauto maviri
amambo naChidhure. Chidhure akanga asingachabviri kuti
asare nekuti aizogona kuzowana wekuudzavo zvaakanga

aona zvinova zvaizogona kuzokanganisa nyaya yose.
Rubonga akati zvakanga zvakanaka chaizvo asi iye akanga
asingadi kusara pakadai. Vakatora zvombo zvavo ndokuinda
vakatungamirigwa naShingai vachitaura nezevezeve kana pane
zvavaida kutaura.

Pavakasvika zuva rakanga rorereka asi kuzhe
kuchakachena chaizvo. Vakaona mauto maviri achitotaura
hawo asingamboratidzi zvekurinda. Vakaramba vakatsivama
vakatarira paiva nemauto. Pasina nguva chikwata chakaona
zvakashamisa munhu wose wakanga ari ipapo. Vanhu vose
vakatarirana miromo yakangoshama sevanhu vaida kuzotanga
kuimba panguva imwe chete. VaGondo vakaonekwa
vachifamba zvavo vane chipadza chavo vachichera zvimidzi
asi vachifamba vakananga kwaiva nevasori vaya. Vasori
vakavaona vakamboita sevanovanda kwekanguva kaduku
kwakubva vazoseka asi vakabata miromo. Rubonga akataura
seanozevezera asi hwi richihwikwa achiti,
"Saka Gondo ndiye chimbwasungata changa chakavandira
kudai" Akapedza achiridza tsamwa hobvu yairatidza
kusvotewa kukuru. VaGondo vakambomira vachichera
chimwe chikwenzi. Vasori vaya vakanga vava vatatu vakamira
vakatarira VaGondo. Havana kukweva zvombo zvavo
kuti vanange VaGondo. VaGondo vacho taingova hedu
nechipadza chete mumaoko, apa zidumbu rose riri pazhe.
Huro yakanga yakazara ziya nekuda kwekupisa kwakwaiita
musi uyu.

VanaRubonga nechikwata chavo vakazoshamisika
nezvakaitiwa naShingai. Vasori vaya pavakaseka zvakare
vanaRubonga vakangoona museve waShingai uchidarika
nepamusoro paMasimba uyo wakanga akatsivama pedo naye.
Panguva dzimwe idzodzo varume vana vakanga vawira pasi
vachichema apa miseve iri mushafu dzavo. Zvakatora chinguva
kuti vanaRubonga nevamwe vake vaone zvakanga zvaitika.
VaGondo maoko akanga ava mudenga vachiti vakatarira sure

kwavo, votarira mberi, kwose kwakanga kuchibva kuchema kwevarume vakuru. Iko kuhuta kwavakanga voita, vaitoita sehuku dzavakuda kuurayiwa chaidzo.

Zvaiseka vasori vaya vakatarira VaGondo, nechesure kwavo kwakanga kunaChitsere, uyo akanga akakaka uta hwake otoda kuregedzera museve wake mumutsipa waVaGondo. Shingai akanga aita maziso egwaivhi uye akanga akurumidza kuona zvaiitika. VaGondo vaitozvitsvakiravo havo midzi yavo. Chitsere ndiye akanga auya kuzosongana nevasori vekuMazimbe saka paakaona kuti VaGondo vaigona kuzokanganisa zvirongwa zvake, akanga ati zvaiva nani kutopfuudza VaGondo vacho. Shingai aida kuti vanhu vose ava vabatiwe vari vapenyu. VanaMasimba vakazotevera Shingai vakandobetsera kusunga vasori vaya naChitsere mbiradzakondo. Kubva nguva iyi kusvika vasvika kuchizarira, Chitsere haana kunyarara kutuka Rubonga. Mamwe mashoko aisvikavo kunaShingai asi mazhinji aiva aRubonga. Izvi aizviita nekuti aitozviziva zvake kuti hwake hupenyu hwakanga hwasvika pamagumo. Pazvituko apa Shingai akangohwavo nyaya yekuti Rubonga akanga aba hushe hwaVandirai. Akangozvibatanidza nezvakanga zvambotaugwa naGotora asi akangozvitora kuti vose naGotora naVandirai wacho akanga ari makororo makuru.

Rubonga akazorova Chitsere nesvimbo yake nechemugotsi achibva amboti zi ipapo. Akatuma mauto ake kuti amusunge muromo kuti asanyangadza vanhu nekutaurisa kwake kwaaiita. Iye Rubonga aida kumbonatsa kufunga kuti akanga achazopa Chitsere mutongo wakaita sei waiindirana nemhosva yake. VaGondo vakafara chaizvo kuti Shingai akanga avararamisa asi kuvhunduka kwavo kwakaramba kuri mukati mavo. Vakanga vasina kana kumbofungira zvose zvakanga zvaitika. Shingai paakadzeya nyaya iyi ava mugota make akaona kuti Chitsere ndiye munhu akanga achizama kumuuraya, kwete Rubonga. Pose paaitaura naye zvakanaka kwaitova kuviga hundyari hwake hwose. Akazopedzisira onyemwerera hake kuti akanga abetsera kubata nhunzvatunzva dzakanga dzichida kuparadza mambo wake.

Vasori pavakavhunziwa kuti vanhu vavaishanda navo pakutapa zvirongwa zvemuMagocha vakanga vari vanani, vakatanga vachiramba kutaura asi pavakazopuhwa kune mamwe mauto echikuru vakazotaura kuti aingova Chitsere oga. Vakati vakanga vambouya kuzoonana naye kaviri mumwaka wakanga wapera. Chavainyanya kuda kuziva kuti hondo dzaRubonga dzaizouya mazuva api kuti vavawane vakagadzirira. Vaiti madzimambo ekuMavirira vaida kuti kana vaizokunda Rubonga, vaifanira kuzogadza iye Chitsere semumiririri wavo chero hake kuzvagwa kwake akanga asiri wemuimba youhumambo. Zvose izvi vakazozvitaura musure mekunge vadhlisiwa nyimo dzakanga dzakaoma dzaiitwa zvekukangwa vobva vamanikidziwa kudzikanda mumiromo yavo dzichipisa kudero. Vapedza kuitiwa izvozvo vakazotanga kubaiwa nemihwa yemupangara munzara. Pavakabayiwa munzara ndipo pavakazotaura chero zvavakanga vasina kuvhunziwa. Vakazopedzisira vachirohwa chaizvo nembaramatonya ndokumbokandigwa pamhamhasi vakasungwa kudero. Varume vakuru vakawowora zvakatozopedzisira zvohwisa vazhinji ngoni. Vapedzazvo vakazosunungugwa vakanzi vaizoziva zvokundoudza wakanga avatuma. Zvose izvi zvaiitika Chitsere arikunechimwe chizarira akamirira hake kusiya nyika.

Ngoma dzakaridziwa, vanhu vakuru vazhinji vakauya kuzoungana kumuzinda wamambo. VaGondo vakatsanangurira chita chose zvakanga zvaitika nezvehutengesi hwaChitsere. Vanhu vakawanda vakashamisika chaizvo. Pane vakamboda kutaura vachivhunza kuti ko Gezi akanga apomera Revesai nyaya yenhema nemhaka yei asi VaGondo vakati zvakanga zvaonekwa kuti Revesai naChitsere vakanga vachironga vose. Chero hazvo vazhinji vakanga vasina

kugutsikana nazvo kuti vakanga vari vose, hapana hake
akazozviratidza pachena. VaGondo vakazopedzisira vachiti
mambo akanga atoronga hake kuti Chitsere aizorangwa
sei. Vanhu vose vaizviziva kuti mutongo wenyaya dzakadai
wakanga uri rufu asi vakanga vasingazivi kuti rufu gwacho
gwaizoitiwa zvokudi. Shingai wakanga akafara kuti muvengi
wake waitsvaga kumuuraya akanga iye ava kuurawa zvino. Aida
chaizvo kuti aone zvose zvaiitika uye aida kuzevezera Chitsere
asati afa kuti aiziva kuti ndiye aimuronda uye akanga auraya
rimwe uto rake riya rainzi rakanyangarika. Nyaya yekuroogwa
kwaShuvai yakanga yamuomesa moyo. Shingai akanga asingadi
kuona vanhu vachiurawa kana kusiri kuhondo asi panaChitsere
akanga otoda kuisavo ruoko gwake pakuteura ropa rake.

Chitsere aizogadzikwa pamusoro pehuni dzemupani
dzakaoma uye dzakawanda. Huni idzi dzaizopisiwa kubva
pasi, dzozotsva kusvika idzo naChitsere vava dota chairo.
Hama dzaChitsere dzaingozoviga dota roga. Chitsere
wakabudisiwa nemauto vakainda naye kwakumugadzika
akasungwa kudero pamusoro pemazikuni aya. Zvezuva iri,
hapana akazombozama kudzora Rubonga kuti arege kuuraya
Chitsere. Vechikuru ndivo vaingohun'ira vachitaura kuti mvura
yakanga ichazonetsa kunaya chete mazuva aizotevera nekuda
kwemateurigwe akanga oitwa ropa revanhu muMagocha.
Shingai paakada kuqhwedera pedo akabva angobatiwa
nedzungu rakauya zvishoma nezvishoma. Akacheuka akaona
Muthlomo achimusheedza ari sure kwevanhu. Muthlomo
akanga akasunga uso hwake. Shingai akakurumidza kuyeuka
kuti aida kumuvhunza nezvenyaya yaShuvai kuti nemhaka yei
vakanga vamurega achinyengegwa nemunhu zvakadero.

Nguva dzose kana Muthlomo anyangarika Shingai
aibva atokangamwa nezvake. Aipota achiuya kuhope asi kwete
masikati sezvizvi. Paaimuona mivhunzo yaaida yaidzoka asi
pane chaizomukonesa kuvhunza. Shingai akangobata musoro
achifamba achiinda kunaMuthlomo. Kune vaimuona vaiti

akanga achitaura oga asi hapana aihwa zvaaitaura. Masimba
akamuona achiinda kugota kwake akamusiya akadero nekuti
akazviona kuti anenge akanga asingahwi zvakanaka. Shingai
aizama kuramba achivhunza Muthlomo zvaShuvai kuti
asazvikangamwa. Pavakangopinda mugota make Muthlomo
akangoti,
"Usarega moyo wako uchifarira zvinhu zvisizvako.
Zvehutsinye handizvakopi" Achipedza kutaura Muthlomo
akanyangarika, Shingai achitovharavo meso kuti avate panguva
idzodzo.

Paakazomuka Chitsere akanga ava dota rogaroga.
Masimba akazama kumurondedzera kuti Chitsere akanga
atsva sei uye kuti zvakanga zvavhundusa nekuhwisa vanhu
tsitsi sei. Chero aitaura hake zvakanyatsonaka, Shingai haana
kuzvihwisisa. Fungwa dzake dzainetseka kuti ko chaiitika
kwaari chakanga chiri chii chaiita kuti apfuugwe nezvinhu
zvakakosha kudai. Rubonga akamuvhunza kuti sei akanga
ashaikwa pachiitiko ichi iye akangotauravo zvekuti musoro
wake wakanga wabanda akakonewa kuti arambe aripo.

Zuva rakatevera, Mangundu, umwe wevarindi
vaRubonga vaaivimba navo chaizvo akawanikwa akafa mujinga
megwizi kudivi raigezera varume. Akaonekwa nevakomana
vaiva vainda kundogeza zuva roda kuvira. Mangundu
akanga angonyangarika mazuva maviri akanga apfuura.
Mudzimai wake aifunga kuti akanga apinda mudondo kuti
ambondovatsvakira usavi sezvo vakanga vambochema nyaya
yenhomba yenyama mazuva akanga apfuura. Chakavhunduka
vanhu ndechekuti Mangundu airatidza kuti akanga aita
zvokuurawa nemunhu kana kuti nevanhu. Airatidza kuti
akanga aita zvekufugwa nemuseve pamoyo chaipo. Apedza
kufura nemuseve, mhondi yacho yakabva yacheka zvanza
zvake kwakuzvibaira mudumbu make nepamutsemu wakanga
wavhuriwa nebanga. Vanhu vemuMagocha vakanga vasati
vamboona zvakadai. Vaitaura pachena vaiti huroyi uhu

hwakanga hwakaoma uye hunenge hwakanga huri hutsva.
Muchivande vazhinji vaiti ingozi yehutsinye hwaRubonga
yakanga yatanga kuuya kuti ichizoparadza vose vakanga
vachidhla namambo mundiro yesino.

Pan'anga shanu dzakadaniwa kuzoshopera nyaya
yaMangundu, nhatu dzakanga dzakakamwira dzichidzungudza
misoro asi dzichishaya zvokutaura. Dzakati dzakanga
dzisingaigoni nyaya yacho nekuti vakanga vakavagara
vaivanza kuti chakanga chatora nzvimbo chaiva chii. Imwe
yakati vanhu vekuMavirira vakanga votanga kuronga
zvekuzogwisa Magocha, naizvozvo mambo nehondo dzake
vaifanira kusvunura chaizvo. Gezi wakati hama dzaMangundu
dzekuMagondo dzakanga dzine chekuita nerufu gwake. Akati
kana vekwake vaiva muMagocha vakabikira vadzimu vavo
doro kwaro vaizoratidziwa havo kuti akanga aita izvi aizviitirei.
Rubonga nedare rake revachenjeri gumi vakatora shoko raGezi
kunyanya nekuti vaiti vanhu vekuMavirira vakanga vasati
vatomboziva kuti vamwe vavo namutengesi Chitsere vakanga
vabatwa vasati vaita zvavakanga vakaronga kuita, naizvozvo
kuti vakanga vatoronga zvekuuya kuzonyangira vachiuraya
vanhu sezvizvi zvakanga zvisingaiti. Dai akanga angourawa
nemuseve zvikaperera ipapo kuda zvaitombohwisisika.
ZvaMangundu zvairatidza kuti munhu wakanga azviita akanga
ane zvirango zvaaitevedzera chete.

Chitsauko 25

Pasure pemazuva mashoma akatevera izvi zvaitika, Vandirai akadzoka kuMagocha akainda kundoona mukoma wake Rubonga. Vandirai akanga ofamba achidonzva achiratidza kuti gumbo rake rakanga ronyanya kumugwadza zvechokwadi. Shingai aifunga kuti Vandirai paaizosvika pamusha paRubonga achasvoveredzewa nevana asi akashama kuona kuti mhuri yose yakamumhorosa zvakanaka. Madzimai amambo akainda ose pamwe chete vachitungamirigwa naMai Tongai. Vakavhunza hupenyu nemufaro kunaVandirai vose vakagara pasi zvakatsiga vakazodzokera havo kudzimba dzavo patova paya. Vana vakavamhorosavo zvakanaka zvine tsika. Shingai haana hake kutomboinda pakanga panaVandirai asi aingomukandira ziso rakanga rakazara noruvengo. Iye Vandirai haanavo hake kumboita seakanga aona kuti Shingai akanga aripo. Rubonga akataura naVandirai kwekanguva kaduku akabva adana mauto ake. Pasina nguva murume nemukadzi vakanga vashagwa kuti vazovakira pedo nedzimba dzaVandirai vakauya vakainda naVandirai kumba kwake. Kwapera mazuva mana, Shingai akamboinda kundovandira achitarira kuti atendeseke kuti Shuvai akanga asina kuuyavo.

Shingai waivenga zvake Vandirai asi akazviona kuti mumoyo make makanga musati madzima Shuvai. Aihwa sekuti pane chinhu chakanga chisina kumira kwazvo panyaya yose iyi. Akaona kuti chokwadi Vandirai akanga amufungidzisa Shuvai chaizvo. Akambogara pamusoro perimwe zihwe ravaimbogara vose naShuvai akagwadziwa kwazvo achiyeuka nguva yavakanga vaita nemusikana wake uyo akanga azomurasisa hake. Akabata muchiuno chake akafambisa zvigumwe zvichitsvaka nyora dzavakanga vatemerana vachiita chitsidzo chavo chekusazoparadzana rufu gusati gwavasvikira. Paakapabata akazama kufunga kuti, ko imo mufungwa

dzaShuvai maiti chii chaizvo paaiyeukavo zvechitsidzo ichi.
Akazvivhunza kuti ko iye murume wake aimuudza kuti kudii
kana aizovhunza nezvenyora idzi. Shingai akazoridza tsamwa
paakaona kuti kwakanga kotosviba achipedza nguva kufunga
zvinhu zvakanga zvapfuura kare. Akazviudza kuti matakadhla
kare ndiwo aya akaramba kunyaradza mwana.

Zuva rakatevera Shingai akafamba achiinda kwaigara
Tendai. Akaona Tendai achitsvaira paruvazhe. Akamboramba
akamutarira achimuyeva ndokuzotanga kuda kuti afambe
achiqhwedera pedo kuti amudane. Achingoti fambei akahwa
hwi rakabva nekumasure kwake richiti,

"E-e, mhoroizve bamukuru!" Akacheuka nekukurumidza
akaona ari Tambudzai munun'una waTendai.

"A-aa, mainini, inga makurawe-e, a-a. Iko kunaka, ko
zvamunenge makatozotora runako gwavakoma gose wani?"
Akadaro Shingai achirovana ruoko naTambudzai. Tambudzai
akasekerera achisvoderera ndokutura dende remvura raakanga
akasenga kwakuritsveta pasi.

Akazoti,

"Ko kwakanaka here kwatatsikwa nemizinda kuno?"
Shingai akapindura achisvoda asi achiseka achiti,

"Haiwavozve imi, mizinda kudiiko? Ko munhu
anorambidziwa here kufamba achizoona mhuri yake?"

"Tibvirei apa! Nekutsvinya kwamakaitira vakoma vangu
mungadai musingatombofaniri kutsika vhu rekuno.
Takazvihwa hedu kuti makazowana wakakugadzirisaivo
manyawi enyu zvakakwana akakutoreraivo Shuvai wenyu,"
Tambudzai akapedzisira achiseka.

Shingai akanga achiziva kuti zvenyaya yaShuvai
zvichatotaugwa chete asi akangohwa zvihasha nesvoto
zvichitenderera pahuma pake. Kusekwa hakunakidzi, kunyanya
kana munhu achisekwa nezvinhu zvine chokwadi mukati.
Zvekugwadziwa akazviviga hake akasekerera achiti chero
hazvo zvakadero akanga adzoka kune munhu wake waimuda

zvamazvirokwazvo, kwete mhepo yaakanga ambodzingirira.
Tambudzai akaseka chikwe-e chifupi ndokuzoti,
"Vasikana, inga zvakaoma. Munorevesa here bamukuru, kana
kuti mangouya henyu kuzodada zvakare?"
Shingai akati,
"Ndinorevesa zvomene. Ndava kuda kutoronga zvemberi
chaizvo naTendai saka masvika ndoda kutomudana izvozvi
kuti auye titaurirane." Tambudzai akatarira Shingai mumeso
ndokudzungudza musoro achiti,
"Makagwadzisa mwana wamai vangu zvisina kunaka veduwe.
Kufamba kudai nhasi vadzimu chaivo vakagwa nesimba.
Tendai akanga atoona sekuti hupenyu hwake hwakanga
hwatopera pamakainda naShuvai."
        Shingai wakarerekera musoro nekutogwadziwavo moyo
nezvaaihwa. Tambudzai akaindirira mberi oti,
"Zvisinei hazvo, ndinozviona kuti munoreva nhema kana
muchiti muchiri kuda vakoma vangu nekuti dai zvirizvo
mungadai muchiziva zvakaitika kwavari. Ndimi moga mugari
wemuMagocha anenge asingatozvizivi. Chete kuti vanhu
vekuhushe munotomboziva here kune zvinoitika kuvaranda
venyu? Tinorarama hupenyu hwakasiyana chokwadi."
Shingai akashaya kuti zvairehwa zvaiva zvii akati,
"Musataura nemadimikira kani mainini. Muri kuzama kuti chii
chaizvo?"
Tambudzai akati,
"Zvamatarira Tendai maona chii izvozvi?"
        Shingai akatarira kunaTendai akaona kuti akanga
amira kutsvaira akabata muchiuno noruoko gwakanga gusina
kubata mutsvairo akatarira kwaiva naShingai naTambudzai.
Akada kuti asumudze ruoko kuti amudane asi pane
chakamurambidza. Akatarira Tendai akati kunaTambudzai,
"Ndirikungoona musikana wangu akangonaka sezvaakanga
akangoita. Atowedzera kunaka nekuti atisimbei kudarika
zvandakapedzisira kumuona. Muviri wake urikuwedzera

kuvakika zvinoyevedza." Akadero achinyemwerera.

Tambudzai akazoti,

"Ya-a, varume hameno kuti makasikwa sei chaizvo. Tendai
atova nepamuviri pava nemwedzi mina. Akaroogwa
nemukomana wake anogara pedopedo chaizvo nepamba pedu,
naizvozvo anongofamba hake achiuya kuzotiona paanenge
angofungira. Inga wani pakatoita mutambo mukuru zvekuti
chero vanaKundai wamambo vanozviziva. Kutosvika kwenyu
kuno muchitoita sechikomba kudai munotsvaka kutopinza
mukadzi wemunhu munataisireva. Kana mune rukudzo
naTendai ndapota hangu chitibetserai nekudzokera henyu
kwenyu. Munoona chinonetsa ndechekuti chero murume
waTendai anozviziva chaizvo kuti makambopengesana
naTendai wacho saka hazvizonaki kuti atombofungidzira kuti
chimoto chingangomuruka zvakare"

Shingai akadzokera kumba musoro wake uchirema.
Akashaya kuti ko Kundai akanga asina kunge amunyeuriravo
sei nyaya yakadai. Akatoita rombo rakanaka kuti akanga
asina kuonekwa nevanhu vakawanda kuzhe kwaTendai
naTambudzai nekuti kana vamwe vanhu vaizomuona
havaimbotenda kuti akanga asingazvizivi kuti Tendai akanga
ava mukadzi wemunhu. Vanhukadzi vakanga vasingapuhwi
rukudzo kubva muhupwere hwavo chero nemuhumhandara
hwavo asi paingonzi mukadzi aroogwa, zvose zvaishanduka.
Mukadzi aibva akosha uye aibva ayera. Hari dzake, midziyo
yake nezvimwe zvakasiyana-siyana sezvipfuwo zvaibva
zvatanga kukosha. Kuzvibata zvinhu izvi zvisizvo zvaigona
kumutsa ngozi chaiyo. Iyo ngozi yamai yaitozihwa kuti
hairipiki.

Shingai akanga asingadi kuti akaruke aita semunhu
akanga asingazivi kana kuti aisvora zvinhu zvakadai. Dai
akanga aizviziva haaimbogura nekumisha yekumativi iwawa.
Imwe fungwa yakazomushuwisa ndeyekuti akanga ozviona
kuti munyama wakanga woita zvokumurisa mazuva awa.

PanaTendai akanga aita sen'ombe iya yakapedza hupenyu
hwayo isingazivi kukosha kwemuqhwe wayo kusvika musi
wawakazodambugwa. Dai asina kuita mavato dzimwe nguri
angadai akatobuda mugota, mwana ari mudumbu maTendai
atori wake. Paakasvika kumba akada kumbovhunza Kundai asi
akangozoona zviri nani kungozvisiya zvakadero. Shumo yake
yakadzoka mufungwa dzake yekuti "Dai kufunga kwebenzi,"
Zvikapera zvakadero.

Shingai zvaakapinda murusvingo, akaona Mambo
Rubonga achifamba-famba akaputira muviri wake nemaoko
asi gumwe ruoko gwakabata nepachirebvu, zvimwe zvigumwe
zvichirova-rova pahuro pake. Aiti akafamba nhanho
dzinokwana dzakaita segumi nembiri, odzoka kwaakanga abva.
Airamba
achifamba achidero kwekanguva zvekuti Shingai
akatomboyeva akamutarira. Akanga oziva kuti kana Rubonga
achifamba achidai pane zvaiva zvichimushungurudza. Varindi
vake vazhinji vakanga vari panzvimbo dzavo asi pakanga
pane vatatu vairatidza kuti vakanga vachipota vachipindura
mivhunzo yamambo. Shingai akaona kuti Masimba akanga
asipo. Akanga asingadi kuwanza kusvika panaRubonga nguva
dzakaita seidzodzi kana Masimba asiri pedo. Akafunga ruviri
akapedzisira angozosvika pedo nepaiva namambo.

Rubonga achimuona akakurumidza kuti,
"Shingi, chii nhai chiri kuitika munzvimbo ino?" Shingai
akaratidza kushamisika uye kushayiwa shanduro yemuvhunzo
uyu. Akashama muromo kwekanguva asi pasina shoko
raibuda. Rubonga haanavo kuzomirira kuti Shingai apindure.
Akabva amuvhunza zvakare achiti,
"Ko mumwe wako Masimba ari kupi izvozvi?" Shingai akati
akanga asingazivi. Rubonga akazotaurazve nehwi rairatidza
kuti pane chakanga chamuvhundusa chokwadi. Akati,
"Zvino zvamunoita zvekungofamba umweumwe iyo
nyika yashama kudai munozvivimba neyiko vakomana?

Ndakakuudzai kare kuti handidi kuti mugare musingazivi
kuti umwe ari papi" Rubonga akaramba achitaura asi Shingai
haana kugona kuti azive kuti chaitaugwa chakanga chiri chii.
Akatozosununguka paakaona Masimba achipinda murusvingo
achiridzavo zvake muridzo.

Masimba paakaona Shingai nababa vake akambomira
kufamba nekuridza muridzo akabva azofamba achisvika
pavakanga vari. "Maqwhera sei Shumba?" yake haina
kugashigwa naRubonga. Rubonga akangoti,
"Zvamavapo mose ndinoda kukurumidza kuzohwa kuti chii
chiri kuitika ichi". Achingopedza kutaura akabva angopinda
mumba make achisiya vakomana vakangoshama muromo.
Masimba ndiye akazoti
"Iri kuti chiiko mhungu?"
Shingai akati,
"Ndanga ndichitofunga kuti iwe ndiwe uchandibatisazve nyaya
yacho. Ini hapana zvandirikuziva uye ndichangosvikavo ini."
Vakomana vakatarira mauto matatu aya nguva imwe, Shingai
akati,
"Nhai varume, kwai chiiko naMhungu?"
Dai aiva mamwe mazuva ose, mauto angadai akaseka
vozopindura havo asi musi uyu vakaramba vakanyarara,
mumwe nemumwe achitarira umwe kuti pamwe angatanga
kutaura. Mauto akanga akatonona sezvo akanga achiri pedo
nehushe. Shingai akaona kuti pakanga pane nyaya.
Umwe akazoti,
"A-aa madzishe, uto renyu Mutoweshindi hakuchina."
Shingai naMasimba vakati pamwe chete,
"Wati chii?"

Mutoweshindi akanga ari mutevedzeri waMangundu,
uto ramambo guru rakanga rawanikwa rakashizhiwa mazuva
akanga apfuura. Musure mekuurawa kwaMangundu,
mambo akanga angoraira kuti Mutoweshindi akasire kutora
chinzvimbo chaMangundu. Kana munhu akagwara kwenguva

yakareba, akazoshaika hake, vazhinji vanogwadziwa havo
asi vanozozvinyaradza nekuzvisimbisa vachiti munhu
iyeye anenge azorora. Izvi hazvisizvo zvaivapo pamafire
aMutoweshindi. Mutoweshindi akanga ari murume akanga
akasimba chaizvo uye aida mambo wake zvikuru. Akanga
asingagoni kana kubvuma kuti Rubonga arehwe iye aripo.
Mambo vaimuda uye ndiye wavainyanya kutuma kana zvasvika
pane vanhu vainge vatemegwa mutongo worufu. Vanhu
vakawanda vakanga vamuona mazuva ake okupedzisira
akangosimba zvekuti pavakahwa kuti akanga afa, vazhinji
vakabatikana nazvo chaizvo. Rubonga akanga asingagwadziwi
nekuda kwerufu ugu, asi kuti akanga achivhunduka kuti mauto
ake makuru akanga afa zvisina tsanangudzo nenguva fupifupi.

Mutoweshindi akanga aurawa nezhira yakangofanana
nemafire akanga aita Mangundu. Mhondi yacho payakapedza
yakabva yangoitavo izvozvo zvekucheka maoko ichizoabaira
mudumbu rechitunha. Mhondi iyi yakabva yasiya zvakare
yaisa rupawo gwayo gwekucheka muromo wezasi pachitunha
sezvayakanga yangoita panaMangundu. Mutoweshindi
airatidza kuti akanga aurawa pakati pohusiku, nhambo yaaibva
kumuzinda kwamambo achidzokera kumba kwake. Voruzhinji
vakaramba vachitenda nyaya yokuti iyi yaingova ngozi
yaiita zvidavado zvayo ichitsiva ropa revakawanda rakanga
rateurigwa pasina. Vana Shingai naMasimba vakaperegwa
nemazano. Vakati kuvhunduka nekungohwa zverufu igogu
vakati kuvhunduka nekuti pane munhu akanga aita zvivindi
zvakadai zvekuuraya mauto aRubonga. Vakamboramba
vakanyarara kwenguva refu ndokuzotanga kuvhunza
mivhunzo yakanga isina payainatsa kubata chaipo. Mauto
akanga asinavo mhinduro dzakawanda nekuti mivhunzo yacho
inenge yaida kuti ipindugwe newakanga aripo husiku hwacho.

Vakomana vakashaiwa shumo yazvo. Kwapera
chinguva Rubonga akadzoka pazhe akaudza varindi vake kuti
vaqhwedere kure. Vakasara vari vatatu vakagara pazvigaro

kuti vambovheneka nyaya yavo. Masimba ndiye akazotaura
achiti vaifanira kuti vadome vanhu vaigona kuita zvakadai
muMagocha. Vakataura vanhu vakawanda asi kuti vabate
munhu wacho chaiye uye chikonzero chekuti aizviitirei munhu
wacho vakazvikonewa. Vandirai vakanga vamufungira vose
asi chainetsa ndechekuti vanhu vaigara vakamurisa vakanga
vapupura kuti akanga asina kubuda mumba make usiku
uhu. Chero dai zvainzi akanga abuda mumba, nekukamhina
kwaaiita mazuva awa zvakanga zvisingapindirani nemhondi
iyi. Vanhu vaiurawa vairatidza kuti vakanga vatombotaugwa
navo nemhondi iyi vasati vafa. Zvairatidza kuti mhondi yacho
yaida kuti mufi azive kuti akanga achizomuuraya aiva ani. Dare
revatatu ava rakazongowirirana kuti vaizoramba vachiona
kuti chii chaizotora nzvimbo mazuva aitevera. Vakati mumwe
musi Mutoweshindi naMangundu vaiva nehukama hwakanga
husingazihwi nevazhinji naizvozvo njodzi idzi dzakanga dziri
dzerudzi gwekwavo.

Mazuva akazotevera, Shingai akazotanga kuhwa
shoko rekuti vaviri ava, Mangundu naMutoweshindi vaiva
nehukama hwepedo richifamba mukati memhomho yose
yemuMagocha. Zvinhu zvakadai zvekuti nyika yose itaure
chero zvinhu zvenhema kusvika zvotoita sezvechokwadi
zvaiwanza kuitiwa naChitsere, zvino zvaakanga afa akanga ari
ani akanga ava nebasa rekukusha mashoko aidiwa namambo
muvanhu? Izvi hazvina hazvo kumunetsa. Chakatomunetsa
kwaiva kuda kuziva chaiko kuti zvinhu zvaiitika izvi zvairevei.
Shingai akaziva munhu aigona kumuudza chokwadi
kana kuti zvaiva pedo nechokwadi pane zvinhu zvaiitika
mazuva awa. Paakafunga munhu uyu akahwa zvihasha
pamwe chete nekusvoda. Ko aizotaura naye sei iye akanga
ambomunyararira kwemwedzi yakati wandei kudai? Shingai
akanga aregera kutaura naGotora kubva zvaakanga ahwa
zvekuwanikwa kwaShuvai. Akanga atora Gotora semunhu
akanga asingavimbwi naye uye semunhu aishanda nemuvengi

wamambo, Vandirai. Vandirai akanga ava muvengi waShingai nekuti akanga atengesa musikana wake nekuda fuma.

Chitsauko 26

Pakatomboita mazuva maviri Shingai achironga kuti aizovhunza nyaya yake sei kunaGotora. Paakanga oda kuinda kundomuvhunza akabva abatiwa neimwe fungwa yekuti ko iye Gotora wacho waikona nei kuva mhondi yacho. Gotora aiziva zvekugwa chaizvo asi vanhu vakanga vasingazvizivi. Chavaiziva kuti aiva muroyi mukuru chaizvo. Hapana akanga amufungira nekuti vanhu vose vaiti muroyi haaurayi nemapanga sezvaiita mhondi iyi. Hana yake yakatanga kurova. Mufungwa dzake akatozviona kuti akanga abata munhu wake. Izvi aitofanira kuzviudza Rubonga naMasimba nekukasira. Fungwa idzi dzakauya achifamba pedo nemusha wamambo asi achiri kuzhe kwerusvingo. Akabva angoronga zvekuti abate Masimba achiri mumusha kuti vataure nyaya yaGotora. Paakapinda murusvingo, akatanga ainda kumba kwaMai Kundai kuti ambokumbira mvura yekumwa asati ainda padare. Achipinda mumba vakadzi nevamwe vasikana vaivamo vachitaura nyaya vose vakanyarara asi Kundai haana kuona kuti Shingai akanga apinda. Shingai haana kuhwa zvakawanda asi akangohwa mashoko ekuti,
"... baba vacho --- nyanya --- kungovimba nevanhu vakangonyuka --- izvozvi ndozvanetsa-"
Mudzimai wamambo wechitatu ndiye akaita zvekugumha Kundai achimuti,
"Kundai gumbo rako richatsva nemoto uyo!"
Shingai akaona kuti moto wakanga uri kure nepaiva naKundai. Iye Kundai wacho paakangoona kuti Shingai akanga apinda mumba akabva angoti,
"Yaa Shingi, ndakazokuwanira ruva chairo remusikana iyezvino. Iyeye chero zvodii haukoni kumuda nekuti manakire aakaita haasi ekutamba nawo." Shingai akanga azvidzidzisa kudzikamisa hana chero nepakanga pakaoma chaizvo. Nyaya yakanga iri apa yaiva nyore kuona kuti vanhu vaiva mumba

umu vaimunyeya asi akanga asingafaniri kuratidza kuti akanga azvibata. Zvekurehwa akanga asinei nazvo nekuti aizviziva kuti munhu wogawoga anotova nevanomureva kana asipo asi chiripo chakanga chamubata.

Akazokasika kuti kuna Kundai, "Ndaizviziva hangu kuti hapana chinokukunda iwe uye uchagadzirisa nyaya yangu. Ndinokumbiravozve undigashidzevo mvura yokumwa asi ubve zvako watouya kuzondibatisa nyaya kwayo iyi." Shingai akapuhwa mvura vakazobuda vose naKundai vachitaura zvemusikana mutsva uya. Nyaya yaitaugwa naKundai yakazongoshanduka kubva kumusikana akanga aripo ikava yekuti Shingai aifanira kuti atange kutaura nevamwe vasikana nekuti kana aizorega moyo wake uri kurekure wakachengetewa nemukadzi wemunhu aigona kuzopedzisira oita upombwe uhwo hwaigona kuzomupinza munataisireva. Vakazopedza havo Shingai achiti zvose zvakanga zviri muzheve.

Nyaya yakanga yavhundusa Shingai ndeyekuti fungwa dzaKundai dzaikoshesewa chaizvo naRubonga. Kundai aitonzi "Mai Vangu" naRubonga. Kundai akanga apuhwa zita raVaKundai, mai vaRubonga. Rubonga waida mai vake chaizvo uye aivaterera. Pavakashaika Kundai akanga ava nemakore matanhatu. Rubonga akagwadziwa chaizvo akabva atanga kuwedzera kufarira Kundai nekumuudza chero nyaya dzaakanga asingahwisisi. Kundai ndiye munhu aitogona chero kudzora Rubonga kana akatsamwa. Vanamai vepamusha apa vaizviziva zvekutoti vose vaida kuti vafarigwe naye. Izvi zvaizoita kuti kana Kundai akataura mashoko akanaka pamusoro pavo kunamambo, Rubonga wacho aizozvigashiravo zvakanaka. Shingai zvaakahwa kuti pane vanhu vakanga vasinganatsi kuvimba naye mumusha wamambo uye kuti chero Kundai akanga asinganyanyi kufarira kuti Rubonga avimbe naye, zvakamunetsa. Gotora akanga ambomuudza kuti angwarire Rubonga nekuti yaiva svukukuviri yemunhu.

Zvaakafunga izvi akabva atanga kufunga zvinhu zvaakanga ahwa naGotora zvakawanda zvairatidza kuti chakanga chiri chokwadi uye zvakanga zvamubetsera. Akatanga kufunga zvidavado zvakawanda zvokugwa zvaakanga adzidzisiwa naGotora wacho zvikatanga kumunetsa. Akatanga kuona kuti anenge akanga anyanya kufungira Gotora zvakashata nekuda kwekutsamwa kwake nenyaya yaShuvai. Akazvipa nguva yekuti anatse kumbonzvera nyaya yake asati aisvitsa kuna Rubonga naMasimba. Mukufunga zvose izvi akaona kuti kutaura nezvekugona kugwa kwaGotora kwaigona kutozoita kuti avhunziwe zvakawanda, sekuti akanga ambonyararireyi kutaura zvakadai paakazviziva. Shingai akaona kuti padukuduku akanga azvikandira mumuromo meshumba. Shungu dzekuda kuona Gotora dzakabva dzawedzera. Akazvipira kuti aizondomuona zuva raitevera.

Shingai akasvika pamba paGotora akamuwana achimwa mahewu. Chipfuko chakanga chatorereka. Shingai akangotoravo mukombe wake akapungurira mahewu ake imomo kwakumbokweva huro dzakati kuti asati atanga kutaura. Gotora haana kana kuratidza kushamisika, kufara kana kutsamwa nekuona Shingai. Shingai akakwidza maoko nekuvhunza hupenyu kuna Gotora iye akangopinduravo zvakanaka. Shingai akamboshaya pekutangira ndokuzoti, "Ko imi zvamaiti Vandirai unohwisisa kudii, zvino musikana wangu uripi?"

Gotora akamboramba akati nde-e kutarira Shingai, kwakuzoita kakuseka kaya kanobva nechemumhino asi uso husingashanduki, akabva ati,

"Zviya wakandipa basa rekuti ndirise musikana wako rini?"

Shingai akangoshama muromo sezviya zvinoita huku kana ichifema yakazorora, kuzhe kuchipisa. Akaona kuti akanga akanganisa kutaura. Akazoreva tsvariro oti,

"Ndirikushaiwa hangu kuti ndotanga sei kutaura nyaya semunhu akanga ambokufuratirai kwenguva yakareba chaizvo. Izvi zvakakonzegwa nekuti ndakanga ndakagumbuka chaizvo nenyaya yemusikana wangu Shuvai akangozowanikwa asina kana kundinyeuriravo"

Gotora akaita kakuseka kaya zvakare ndokumbotora fodhla yake yomumhino ndokumbokweva. Akazoti, "Zvino bundu rakapera here pahuro pako?" Shingai haana kupindura asi akangoratidza kuti akanga asvoda nemuvhunzo uyu.

Gotora akaindirira mberi oti, "Uri murume rudzii anogwadziwa moyo nenyaya dzerudo kuita semunhukadzi kudero? Nguva dzose idzi ndaiti waiva munhu chaiye anogona kuzvibata uye anoziva kuti chero mukadzi awanikwa akagara mumba anogona kukaruka abiwa moyo nemumwe murume. Kana zvakadai zvaitika, semurume unofanira kungoziva kuti mukadzi wacho wanga asiriwako nekuti wako haana chaimutendesa kuti agare newaasingadi." Shingai akazoti akanga azvidzidza hake uye akanga atozvikanda sure kwake. Akanga otoda hake kuziva zvimwe zvinhu zvakawanda-wanda zvakanga zvichiitika muMagocha.

Mukutaura nyaya dzekufa kwevarindi vaRubonga Shingai akaona kuti Gotora anenge akanga asingatozivivo chakanga chichiitika. Aitoti aishaya pekutangira uye muhupenyu hwake akanga asina kumbosongana nevanhu vaiuraya zvakadai. Vakambotaura nezvaVandirai asi Gotora akati akanga asiri Vandirai. Airumbidza Vandirai pahungwaru asi kuti ati ndiye akanga auraya varindi ava, kwete. Aitofungidzira kuti vanogona kuva vaiva vanhu vakawanda vaibva kunzvimbo dziri kure avo vaiuya kuzotsiva pane zvaiitiwa naRubonga. Gotora haana kumbovhunza kuti Rubonga aifungei nezvizvi. Dai akanga avhunza izvi, Shingai aizomufungira kuti pamwe aida kuziva kuti aizonzvenga kubatwa sei. Shingai akazooneka akavimbisa kuti aizopota achiinda kundoona Gotora zvakare.

Mazuva akatevera, Rubonga, Shingai naMasimba vakawirirana kuti vakanga vashaya wekunatsofungira chaiye kuti ndiye akanga aita humhondi hwekuuraya varindi vamambo. Chavakakwanisa kurambidza varindi vose kuti vafambe vari umweumwe. Vaitofanira kufamba vari vaviri kana kuti vatatu uye kuti vose vangwarire mhandu yakanga isati yazihwa kuti yaiva ani. Izvi zvakaita sezvakabetsera nekuti mwedzi yakawanda yakapfuura asi hapana kuzoonekwazve mashura akanga ambopinda muMagocha. Chero zvakadai Rubonga akasimbisa varindi vake kuti varambe vakasvunura nekuti muvengi waigona kushandisa kanguva kaduku-duku kana varume ava vaizobwaira. Chakare naNdukuyashe ndivo vakanga vatora zvigaro zvevarindi vaviri vaya, Mangundu naMutoweshindi. Vaviri ava vakanga vagashira basa vachirida chaizvo, kunyanya Ndukuyashe.

Chakare ndiye akanga aitiwa mukuru nokuda kwekuti akanga ari mukuruvo pazera. Aizihwavo nohuchenjeri hwaiyemugwa naMambo Rubonga naizvozvo aigona zvekuraira varindi nekuvapa majana okuti varinde mambo nemhuri yake. Izvi aizvironga pasina umwe aiziva, uye pane zvaaironga, Rubonga ndiye oga aikwanisa, uye aitendegwa kumuvhunza. Ndukuyashe aiva murume akanga akagwinya kwazvo. Kuhondo Shingai aivimba naye zvikuru. Akatozobvisiwa kumauto ekuhondo kuti achengetedze mambo nekuti kupfuura paari kwaishupa. Chero zvake akanga akasimba muviri wose, mutsipa wake ndiwo wakanga wakanyanya kusimba kudarika zvimwe zvose. Zvaitonetsa kuona paitangira musoro nekuti mutsipa wake wakanga wakangofaravo semusoro wake. Idzo shaya dzacho ndidzovo dzimwe dzaitovhundusa vakawanda. Aiti kungoruma meno zvishoma dzaisara dzaita sekuti akanga akafunda mahwe mumatama make. Meso ake aiva maduku saka mahobi ake ainyanya kuonekwavo. Kuvapo kwevarindi ava kwakafadza

Shingai nekuti aiti mambo wake akanga akachengetwa zvakasimba.

Chitsauko 27

C hinoda kufa chinovingira. Chinoita zvokuvhima rufu gwacho chomene. Kubva zvaakanga ahwa zvokuwanikwa kwaShuvai, Shingai akatanga kunakigwa, zvishoma nezvishoma nedoro. Shuvai akanga ambomuudza kuti aivenga kudzvova kwemunhu anenge agungwa nedoro. Izvi zvakanga zvaita kuti Shingai aseme doro. Zvino nemhaka yekuti uyo wairivenga wacho akanga abuda muhupenyu hwake, haana kuona chaimukonesa kuti apote zvake achitekenyedza fungwa dzake nedoro apo neapo. Rakanga risingawandi zvaro sezvo aiva munhu aigara akaronga zvehondo kana kuti mamwe mabasa echiuto. Nguva ichifamba havi yemupeta yakaita ichiwedzeravo kukura. Gotora haana kusununguka netsika yakanga yanongwa naShingai mazuva awa. Akatombomuraira kuti azvidzore asi Shingai wacho wakangobvuma zvake nemuromo fungwa dzichiti,
"Unotamba iwe."

Mazuva awa, Shingai wakanga opota achitambavo nevasikana vamwe kunyanya vaiuya kumitambo yaiitwa naMasimba mazuva akwaiva kune mwedzi muchena. Haana waakanga akanda pamoyo naizvozvo zvaingoti musi uyu anosasana neuyu, mangwana newoyo zvichingodaro. Kundai akambozama kuti Shingai adanane nemumwe musikana wakanga akanakavo chaizvo asi Shingai akazoudza Kundai kuti shamwari yake yakanga isingagezi mumuromo zvekuti gwema raibuda mumuromo macho raiita sezvinonzi akanga akamedza chirugu chembudzi chose. Musi uyu Shingai akanga amwa doro rakawanda akafunga zvekukurumidza kudzokera kumba kundovata vamwe vachiri pamutambo. Akangoudza Kundai kuti vaizoonana havo zuva raitevera. Paakadzokera kumba akafunga kudarika achipuhwa sadza rake kumba kwaMai Tongai. Shingai akasvika muimba yekubikira yaMai Tongai akagogodza. Paimba pakanga pachingova naMukai chete asi akanga atobika hake.

Shingai akati,

"Maqhwera sei mainini Mukai?"

"Taqhwera hedu, maqwera sei imi? Ko zvamunenge makurumidza kubva kumutambo wenyu nhasi kwakanaka here?" Mukai akavhunza.

"A-ah kwakanaka mainini. Ndangoita kamusoro katema ndikati regai ndindovata zvangu. Zvinopera here zvemitambo iyi. Handiti mwedzi uchangogara. Mangwana ndinenge ndiriko. Ko vana mai varipiko nhasi?" Shingai akapedzisira achivhunza. Mukai akazomuyeuchidza kuti vakanga vainda nemamwe madzimai kumariro amai vemukadzi wechitatu wamambo saka vaitozodzoka mangwana acho nekuti mambo akanga asingadi kuti vafambe husiku kubva kure kwavakanga vari.

Mukai akazokumbira kuti Shingai amubetsere kuturura rusero gwaiva nechepamusoro paakanga asingasvikiri iye. Shingai akafamba achivhunza kuti rusero gwakanga guri nechepapi sezvo mumba makanga musina kunatsa kujeka. Akashamisika kuhwa kumusana kwake kuchibayiwa neminyatso yemazamo aMukai ari pedopedo. Mukai akangoti, "Nechepapo Shingi" achitoqhwedera pedo zvakare minyatso yake ichiwedzeravo kubaya kumusana kwaShingai. Fungwa dzaShingai dzakaita sedzakavhiringika panguva duku iyoyo. Akada kuti audze Mukai kuti aqhwedere sure asi imwe fungwa yakati "Ko zvazviri kunakidza wani zvimazamo izvi" Fungwa iyi ndiyo inenge yakakunda nekuti akazoindirira mberi oti, "Handiguoni ini rusero gwenyu"

Apa akanga acheuka atarirana naMukai. Mukai haana kuzotaura. Shingai muviri wose wakanga wohuta zvino. Nhengo yake yakanga yatova danda chairo zvekuti paakazviguma akashama kuti zvakanga zvaitika nhambo ipi. Akaita semunhu aitsvangadzira kuti aone paakanga ari asi achitsvaka zamo raMukai. Paakaribata Mukai akaita chimwe chihwi chakaita semunhu wakanga azarigwa. Shingai akabva akurumidza kuziva kuti Mukai akanga akurigwavo neshungu. Kuzoti maoko ose pamazamo wanei minyatso yacho yakanga yatendeka kwaari yakati twi. Nenguva doko vakanga vambundikirana, maoko avo achibata-bata miviri youmwe.

Panguva idzodzo pazhe pakaita sepakahwikwa munhu akafamba. Vaviri vakaita kuoma chaiko asi pavakangoona kuti panenge pakanga pasina munhu, havana kuzononoka kuwira pamhasa dzaiva muimba iyi. Vaviri vakafadzana chaizvo ziya rikayerera. Pavakatanga kufemereka Shingai akahwa doro rose richiita sekunyangarika mumuviri wake. Vakasumuka pasina akataura neumwe ndokungotarirana. Mukai akawana mucheka wake wekuvhara chifuva chake murima imomo oratidza kusvoda zvino.

Shingai akazongoti,

"Sadza chiregai ndozodhla hangu mangwana" Akatozopedza kutaura rimwe gumbo ratova pazhe kare.

Mugota wakapinda hake asi chemusi uyu Shingai akaziva kuti mbariro dzaiva padenga remba yake dzakanga dzakawanda zvakadii. Akaona kuti chiruvi chemumba umu chakanga chiri parutivi. Hope dzakati idzo dzakanga dzava kumbotama mumba umu. Murume wakashupika nezvaakanga aita. Akambotanga nekutuka uye kusvora Mai Muneyi, shirikadzi yakanga yabika doro rakanga ramwiwa zuva risati ravira. Akatsvaka vekusvora vose asi chero hake akawana vakawanda, hapana akakwanisa kuti adzime zvakanga zvaitika. Ko nekuwanda kose kwakanga kwakaita vasikana vaishuvira kuitwa zvaakanga aita kunaMukai, yaiva mhepo ipi yakanga yavhuvhuta zvakadai? Mukai akanga ari mukadzi wemunhu. Kwete mukadzi wemumwevo munhu zvake, asi mukadzi wamambo weMagocha!

Rubonga akanga apa Shingai hupenyu hwemwana wamambo iye Shingai wacho ari muranda zvake. Saka uyu ndiwo muripo waakanga aona wakanaka here kuti ape mambo wake? Ko dai akanga abatiwa achiita zvinhu zvisina maturo kudai aizoita zvokudii chaizvo? Fungwa idzi dzakamunetsa zvomene. Wakazofara hake kuti hapana akanga amubata uye kuti Mukai wacho haaizombotaura zvinhu zvakadero nekuti kubuda kwazvo kwaingoreva rufu gwaiye Shingai naMukai wacho. Izvi hazvisi zvinhu zvaitomboda kuti munhu audziwe kana. Zvakadai munhu aitozviziva oga. Shingai akaona kuti Mukai akanga akura vanhu vasingambozvioni. Vazhinji vaingoti akanga achiri kamwana kaduku kakanga kakauya kuzoita mukadzi wamambo.

Pakwakachena Shingai akanga aronga zvokuti achitasanudza hupenyu hwake zvino. Chekutanga aifanira kusiyana nezvekudhakwa sebenzi. Kechipiri aifanira kuti achitsvaka musikana wekuti achizoroora. Izvi aifanira kuzviita akangwara, achitanga aoona kuti fungwa dzaRubonga dzakanga dziri papi kwaari. Gotora akanga aramba achimuyambira kuti asavimba naRubonga asi iye aizviziva kuti Rubonga aitovimba naye nekuti zvizhinji zvaiita kuti hupenyu hwamambo hunake zvaitorongwa naShingai wacho. Kana zvaimutorera mwedzi mitanhatu aizova anenge aona kuti zvakamira sei. Kana zvaizoratidza kuti pakanga panengozi, aigona kungozotora mukadzi wake kana kuti musikana wake angotiza achiinda kunyika dzimwe dzakanga dzirikure chaizvo neMagocha. Zvekutiza zvainetsa hazvo nekuti Shingai wakanga ozihwa kwakawandisa nenyaya yake yekugwira Rubonga. Kana aizotiza aitofanira kuinda kunenyika dzaakanga asati atombosvika. Izvi akati aizongozozviona kana nguva yacho yazosvika.

Mukai akanga akura muchivande zvechokwadi. Mhuri yose yekwamambo vaingomudana vachiti "Mainini Mukai," kubva zvaakanga auya ari muduku. Mukufamba kwenguva, hapana aimboona kuti iye akanga achikuravo. Aitamba nevana vamambo vasikana nekuhwa nyaya dzavo. Chainetsa ndechekuti pavaiinda kumitambo imwe yakasiyana-siyana yakaita semahumbwe, Mukai akanga asingatendegwi kuindako. Aingozohwa zvaiitika ikoko nevana vamambo vezera rake nevamwe vaiva vakuru kwaari zvishoma. Nyaya dzemadzimai makuru akanga asingadzihwisisi chero aidziterera dzaitomunyangadza.

Paakaita chimhandara, akatanga kuhwa nyaya dzevakomana nevana vamambo vachitaura havo. Akahwa zvekubatwa-batwa miviri nevakomana iye akahwavo muviri wake uchishuvira zvakadero. Rubonga akanga asingaiti zvose zvaitaugwa izvi. Akanga achiita sekuti akanga asingatombozivi kuti kwaiva kuna Mukai, mukadzi wake. Mukai wacho akanga ototendavo nyaya yaakanga ambohwa ichitaugwa nevamwe vana vamambo, ivovo vahwa nemadzimai avo yekuti Mukai akanga angouyavo kuzozadzisa chirango, kwete kuti ave mukadzi wamambo chaiye.

Semunhu akanga asingaoni vakomana vakawanda, paitaugwa zvekuti vakomana vakanaka uye vanozoti nezvakati, iye aingoona Shingai naMasimba. Mufungwa dzake ava ndivo vakava vakomana kwaari. Chose chaaifananidza nacho vakomana mufungwa dzake, chaingotogwa pavari. Shingai akatozonyanya kumuhwira moyo paakaona Shingai achisekwa naKundai, mazuva akaroogwa Shuvai. Musi wakazosvika Shingai kumba kwaakanga ari iye ari oga pamba, akangoti vadzimu vake vakanga vahwavo chishuvo chake vakachidavira.

Pavakaonana kwaedza hapana akagona kutarira umwe kumeso. Kwavari vose zvaingoita sekuti vanhu vose vakanga vachiziva zvakaitika husiku hwakanga hwapfuura. Mazuva akati wandei apfuura vakatura mafemo nekuti zvairatidza kuti hapana akanga aziva zvakanga zvaitika. Kusvodana kwakaita kuchipera zvishoma nezvishoma asi ivo havanavo kumbozofarisa vachidzokorora zvavakanga vaita. Shingai wakarega zvedoro zvekuti aitosekwa naMasimba kuti fungwa dzake dzakanga dzisingachatori kwazvo. Akatanga kudzokera mune zvekutsvaka kuzvisimbisa muviri wake nekudzidza zvokugwa.

Rimwe zuva Rubonga akadana Shingai naMasimba kudare kwake akavati,

"Vakomana, munenge manyanya kugarisa musati mambosvika kuMagondo uko. Mukati zvinhu zvose zvichakamira zvakanaka here ikoko? Vanhu vakaona kusina unouya kuzovadongorera vanodzoka vopindwa nefungwa dzokumukira humambo hwedu. Dai murivamwe makasira kumhanyako kuti mundoona mugokurumidza zvenyu kudzoka. Mazuvano kwakanyarara hako asi hatifaniri kupata kana kufarisa zvekuita rurasademo." Vakomana havana kupikisa. Vakazviona kuti chaiva chokwadi chaitaugwa namambo. Nyaya dzemhondi dzakanga dzakanganisa kugara kwavakanga vaita muMagocha. Vakomana havanavo kuzononoka. Musure memazuva maviri vakarukaka gwendo. Vaifanira kudzoka kumusha mwedzi usati wapera.

Mwedzi usati wapera vakanga vadzokavo. Nyaya dzakanaka dzavakanga vauya nadzo hadzina kuzowana akadziterera nekuti vakasvika vachigamhiwa nemashoko akavavhundusa. Vakahwa kuti mhondi iya yakanga yazviita zvakare. Vanhu vose vaitenda kuti akanga asiri munhu mumwe aiuraya vanhu ava asi kuti paitova nechikwata chaicho chakanga choshayisa vanhu vemuMagocha rugare. Izvi vanhu vaidaro nekuti vamwe varindi vatatu vakanga vaurawa panzvimbo imwe chete vakagugwa-gugwa zvanza zvichisimwa mumatumbu avo. Kwainzi zvitunha zvevarindi ava zvairatidza kuti vakanga vataugwa navo vasati vashizhiwa. Miromo yezasi yezvitunha zvose yainzi yakanga yakachekwa. Ndukuyashe akanga audza varindi kuti vasamboita havo zvekutaura nemunhu kana kuti vanhu vavakanga vasingazivi kana kuvaona murima. Vaifanira kuti vanhu vakadaro vazoonekwa vatosungwa kare. Panguva yakadzoka vanaShingai naMasimba kwakanga kwaurawa varindi vaikwana vanomwe nezhira yakangofanana iyoyo. Izvi zvakanga zvaiitika mumazuva matatu chete.

Shingai naMasimba vakaperegwa. Mamwe machinda amambo nevachenjeri gumi neumwe vakatombotaura zvaiva nekakunyomba kana kakudenha kaiva kakavanda mumashoko avo vachiti,

"Shingi naMambo Masimba, ndimi vemazuvano. Nyaya iyi haifaniri kukunetsayi kuti mubate ndururani dziri kuita izvi" Shingai naMasimba vacho chavakangogona kutarirana kwakubva vanyarara. Pavarindi vose nemauto akawanda hapana kana mumwe akanga anemunhu chero wekufungidzira kuti akanga achiita izvi aiva ani. N'anga dzakangogumira yokuti muvengi akanga amuruka nesimba, naizvozvo mambo nemakurukota ake vaifanira kusvunura chaizvo. Dzimwevo ndidzo dzakasimbirira kuti vaivasvikira vairamba kutaura kana kutendeka vanhu vaiita izvi, chero hazvo vamwe vakuru vemumisha vaiona kuti dzaiziva.

Chaiva pachena asi chisina wakagona kuchireva kuzhe kwaMasimba oga ndechekuti vavengi ava vakanga vakananga Mambo Rubonga. Masimba akazvitaura izvi vari pakati peDare Revachenjeri Gumi Neumwe. Musi uyu, iye naShingai vakanga vatendegwa kuti vagare padare iri kuti vabetsere kuvhiya nyaya yakanga yanetsa mambo.
Masimba akamuruka akati,
"Pamusoroi Shumba, chikara chinozezewa navose. Pamusoroi imi misoro yose inoumba dare guru remuno muMagocha. Hatidi kuti tiite hwemhou inovanda yakanyudza musoro mujecha asi mutumbi wayo wose uri pazhe. Hon'o, vavengi ava vavengi vedu tose uye vavengi veMagocha yose. Ndinodai nekuti chero havo vanhu ava varikuuraya varindi vamambo, shungu dzavo uye zvavari kutsvaka ndezvekuuraya mambo. Ndinozviziva kuti vakawanda vari kufuridza shoko rekuti vavengi ava varikubva kunyika dzatakagara matundundundu asi tarirai chinhu chimwe muone. Vanhu ava vari kuziva

sei kuti ava ndivo varindi vamambo ivo vasingagari muno?
Handidi hangu kuti ndifunge kuti mweya waChitsere
wakamukira paneumwe wenyu here kana kuti varipo vaishanda
naye vakasara vachiita basa iri. Saka Shumba, tingatsvaka hedu
vavengi kuvanhu varikure-kure asi muvengi anenge ari muno
muMagocha uye chinangwa chake ndechekutora hupenyu
hwenyu chete." Achipedza kutaura, makurukota akashaya
kuti vouchira here kana kuti vodii, nekuti vaibvumirana
nezvakanga zvarehwa naMasimba. Vakatarira VaGondo kuti
vaone zvokuita. VaGondo vakazosumuka vosimbisa mashoko
aMasimba.

Chero hake Rubonga aizviziva kare kuti chinangwa
chemhondi chakanga chiri chekuda kuuraya iye, akatombohwa
kudada achiona Masimba achitaura zvinhu zvakanga
zvakangwara kudai. Mashoko akadai aimaziva achisibuda
munaShingai.
Rubonga akazoti,
"Zvino manga mafunga kuti zvoitwa sei nhai
VaMupingamhuru?"
Masimba aiiti akahwa Rubonga amudana nezita redzinza
iri anenge afadzwa naye. Akazotaura hake zvakawanda-
wanda zvimwe zvaisanganisira zvekuti vanhu vose varege
kufamba kana kwavira. Paizoita mauto aizofamba ari
chikwata vachipinda mumisha yevanhu vasingafungiri. Uyo
aizowanikwa asiri pamba pake zvisingazihwi kumusoro
aigona kuzotongegwa mhosva yohumhondi pasina kuzeza.
Zvemauto aizofamba achiita izvi zvaizogadzirisiwa namambo
nevamwe vashoma sezvo mumusha makanga mapinda
rukonye gwakashata chaizvo. Munhu wose pari zvino aifanira
kungozoziva kuti aifungigwa kuti aiva nechekuita nenyaya iyi.
Munhu wose waingozochena paizobatiwa nhunzvatunzva idzi.
Rubonga akazoudza dare kuti richidzokera zvaro asi aizogona
kudana vamwe vavo pasina nguva.

Nyaya dzekuronga kubata mhondi dzakaindirira mberi

nguva imwe iyoyo. Masimba haana hake kumira zvekuronga mitambo yake. Izvi chero akanga asingadi hapana zvaaigona kuita. Kana aingova muMagocha wakanga uri mutemo uye vana vemazera avo vaitarisira mitambo iyi chaizvo kana mwedzi wangogara. Mutambo wemwedzi uyu Shingai akamukuta zvakare nekuti akanga achinetseka nenyaya yekukonewa kubata mhondi dzakanga dzashupa idzi. Fungwa dzake dzaivimbiwa nadzo nevazhinji dzaisvika pakugumigwa sei chaizvo nenyaya yakadai? Shingai akapinda mugota make akavhara gonhi kuchangosviba. Fungwa dzake dzakagayana akasvunura. Haana kuzoona kuti akanga abatiwa nehope nguva dzipi asi akakaruka amira akatarisana naMuthlomo. Muthlomo akanga asingatauri sezvaaisiita asi airatidza kushuwa chaizvo. Akatanga kubuda misodzi achichema akamutarira. Shingai akashaya zvokuita. Akashaya chero shoko rimwe rakabuda mumuromo make. Paakaita sokuqhwedera kwaari, Muthlomo akashanduka zvishoma nezvishoma kuva Mukai. Shingai akada kuvhunza Mukai kuti Muthlomo akanga ainda kupi asi akazvishaiwa. Mukai akazofuratira akatanga kumhanya achinyangarika zvishoma nezvishoma. Shingai akakaruka amuka achichururuka ziya.

Akabuda pazhe akatarira uko neuko asi hapana waakaona. Muthlomo kwaari akanga atodzima asi Mukai akaramba achiyeuka kuti akanga amuona achichema. Izvi zvakamunetsa chaizvo. Akaterera akahwa majaya nemhandara vachiri kufara zvavo. Mwedzi wakanga uchakachena. Nyaya yaMukai yakamunetsa. Fungwa dzake dzakamhanya kufunga kuti wakanga uri muviri wake wakanga woshuvira kuva pedo nemunhukadzi. Asizve, zvaMukai akanga achera chikomba akapfira mate. Akanga asingadi kuita zvinhu zvaiva nengozi yaiva pachena. Imhembwe yakapata inokutiwa nedhibhura yodzokera zvakare nepariri. Zvehusiku hwake naMukai zvakanga zviri zvemusi mumwe uye zvakanga zvapfuura pasina akavaona. Fungwa yekuzvidzima yakakwanisa kutsikirira isina maturo pasi asi hazvina kudzima kunetseka kwake mufungwa kuti ko Mukai aichema chii kuhope dzake. Akatombotarira kuimba yaMai Tongai yekubikira akangoseka hake nechemumoyo nekuti aiziva kuti Mai Tongai vakanga vari pamusha musi uyu, uye Mukai aitovata muhozi mavo. Akadzokera mugota make akavata zvake zvakanaka.

Ramangwana, semunhu akanga arota hope dzake uye dzisati dzatiza, Shingai akatarira Mukai kumeso paakainda achindotsvaka kudhla kwamangwanani. Akatomboita semunhu akadzipwa nemate ake paakaona kuti Mukai airatidza kuti akanga akashuwa uye airatidza kuti akanga ambochema. Haana hake kumuvhunza nekuti pakanga pakati wandei vanhu. Shingai akafunga kuti Mukai akanga aresva pekurashira moyo wake. Chero aihwa moyo wake uchida Shingai zvakadii, akanga asingatombofaniri kuti arege fungwa dzake dzichitanda dzichisvika kwadzakanga dzisingatendegwi kudero. Mukai akanga akanaka chaizvo uye akanga akura asina kupfaranzugwa nezvikomana zvemuMagocha zvekuti aitogona kuita mukadzi kwaye, asi kwete waShingai bodo. Aingozoita mukadzi kwaye waMambo Rubonga chete. Shingai akaona kuti aifanira kutsvaka zano rekuti ataure naMukai amuzivise kuti aite zvekudzikamisa hana nekuti zvehusiku huya zvakanga zvangoitika asi zvisina kufanira. Aifanira kumuudza kuti izvi zvekuchema nekurega moyo wake uchifurira kumafuro asiwo zvaigona kuzomupinza munataisireva. Shingai akakurumidza kuronga zano rekuti ataure naMukai pasina aigona kuzofungira kana kuziva kuti nyaya dzakanga dzataugwa dzaiva dzeyi.

Shingai akadanidzira achiti,

"Mainini Mukai, ndichadzoka ndozokuvanzurirai huni dzenyu idzo ndisati ndabuda."

Mukai akati,

"Ho-o, zvakanakai. Ungandibetsera chaizvo. Vakomana vaya vanositema vanouya havo mangwana asi ndinoda dzimwe shoma izvozvi."

Shingai akanga ataura zvekuvanzura huni chero hake
aiziva kuti paitova nevanhu vakanga vakamirira basa iroro
rekugadzira huni dzemadzimai amambo. Izvi akangozvitaura
nekuti kubva vachiri vaduku, Masimba naShingai vaipota
vachiita havo zvimwe zvimabasa pamba zvekuzvidira, iri zhira
yekusimbisa nhengo dzemiviri yavo. Kana pane vaizomuona
achitaura naMukai ari pakati pekutema huni vaizongoti aiva ari
kuzvisimbisa hake.

Shingai haana kunonoka kudzoka. Akainda ane sanhu
rake akananga pahuni. Madzimai amambo akanga akagara
pamumvuri nechekure zvekuti hapana zvavaigona kuhwa
pane zvaitaugwa nevaviri ava. Ivo vakanga vachitovavo
nedzavo nyaya dzavakanga vakanyura madziri. Mukai akauya
nemukombe wakanga wakazara mahewu akagashidza
Shingai. Shingai akambokweva huro dzinenge nhatu kana
ina ndokuzomira ombopukuta muromo neseri kweruoko.
Akanatsa kuona kuti chokwadi hapana akanga achihwa
mashoko avo ndokubva atanga achiti,

"Mainini Mukai, imi muri mudzimai wamambo wangu
uye munozviziva kuti vakadzi vamambo havatambwi navo
chero zvodini. Zvatakaita musi uya kwaingova kungofarisa
kusina maturo uye tinofanira kutenda vadzimu kuti hakuna
wakatibata tichiita zviya. Zvino ini handidi kuti murambe
muchiita sepwere inochemera sadza rayakadhla zuro. Ndinoda
kuti mu-"

Mukai akabva amugamha achiti,

"Shingi chimbonyarara ndikuudze-"

"Aiwa mainini, hapana nyaya yamungambotaura yekuti
ndinokaruka ndapata kuterera pano. Ndanga ndichiti-,"
Shingai akakonewa kupedza kutaura kwake nekuti Mukai
akanga atanga kuchema zvakare.

Mumwe moyo waShingai wakahwa hasha dzokuda
kudira Mukai zimbama asi mumwe wakaita kakumuhwiravo

tsitsi. Mukai wacho akabva akasira kuti,
"Shingi ndati imbonditerera kani, zvaurikutaura hazvizizvo-,"
haana kuzopedza kutaura Shingai atomugamha kare achiti,
"Mainini, ndinozviziva kuti hamuna kumboita vamwe
vakomana asi zvinoitwa nevasikana ndinozviziva. Chiregai
ndipedze kutaura imi mutore zvandinokuudzai nekuti
mukasadaro tinoqhwera tava kudhla kwehonye rakacheka
nyika kudai. Ini ndirikuti-"
"Shingi ndava nenhumbu!" Mukai akataura hwi rakwira zvino,
kuchema kwainda asi misodzi ichiita kuteuka mumeso.
         Mashoko awa akasvika kunaShingai asi anenge
akaperera muzheve dzake. Fungwa dzake hadzina kunatsa
kumhanya nawo zvakanaka nekuti akakurumidza kuti kuna
Mukai,
"A-a, zvino muchanyanya kuzvishupirei henyu kana
makwanisa kukasira kupa mambo wangu mwana kudai?
Motongodzidza kuda murume wenyu iyeye mainini."
Mukai akaona kuti Shingai akanga akarashika chaizvo.
Pekutanga aifunga kuti munhu aizviitisa asi akaona kuti
kwakanga kuri kutorashika chaiko. Akatoona kuti aifanira
kukurumidza kutaura nekuti nguva yakanga yarebesa akamira
achitaura naShingai. Akanga asingadi zvekuzovhunziwa
nemadzimai amambo kuti vaimbotaura dzei naShingai. Akati,
"Shingi, Mai Tongai vakatozviona kuti ndava napamuviri asi
vakangofungavo sezvauri kufunga izvozvo. Fungwa dzavo
ndedzekuti pamuviri ndepaMambo Rubonga asi kwete.
Pamuviri ndepako Shingi. Handina kumbovata namambo kana
nemumwe murume kuzhe kwako Shingi."

Chitsauko 28

Chero nyezhe dzairira musi uyu dzinenge dzakavhunduka
zvekuti dzakanyarara. KunaShingi nyika yose yakaita
kunyarara kuti zi-i, rima rikamboti tiba, kumeso kwake.
Hana yake yakarira. Akafunga kuti airota asi chakamunetsa
ndechekuti zuva rakanga rakachena kuzhe kuchinatsa
kuonekwa. Kuhope kwakanga kusingajeki zvakadai. Akatsveta
mukombe pasi akashaiwa simba rekusumudza sanhu.
Panguva duku fungwa dzinenge dzatomhanya dzikasvika
kure dzikadzoka. Asati apindura akanga atofunga mazano
akawanda uye akanga atoona achiuraiwa naRubonga nezhira
dzakasiyana-siyana. Akatomboona achikaruka afura Rubonga
nemuseve Rubonga wacho asina kugadzirira. Fungwa
yakapedzisira kuuya ndeyekutiza muMagocha nokukurumidza.
Akaona achitomuka runyanhiriri achiurusa Mukai
neparusvingo vachifamba chaizvo vakananga kwakasiyana-
siyana. Pasina izvi kuurawa ndokwakanga kwangosara
chete. Kana vanaMai Tongai vaiziva kuti Mukai akanga ava
nepamuviri zvaireva kuti chero nhambo duku, shoko raigona
kuzihwa namambo. Meso aShingai akaramba akatarira pasi
sekuti ndipo paiva neshanduro kana zano rokutora.
"Saka wati todii nhai Shingi? Ini hangu handichagoni nekuthla.
Dai pamukova perusvingo pasingagari varindi ndingadai
ndakatiza kuinda kwamai vangu ini."
        Panguva idzi pane mwana akanga achifamba achiuya
kwavari. Shingai akati,
"Zano riripo nderimwe chete. Tinofanira kutiza muno
muMagocha nokukasira. Imi chinyararai uye musaonekwa
kana kutaura nyaya iyi kana nani zvake. Ini ndini
ndichakuudzai zvokuita. Musatombogara makatsamwa kana
kushungurudzika nekuti zvingazokasira kubuda ndisati
ndagadzirira zvose."
Mwana wakanga atumwa mahewu nemadzimai kunamainini

Mukai akasvika, ivo vakapinda mumba ndokubuda nechipfuko chaiva nembovha dzokuvira kwamahewu aivamo. Vakamupa vakamuudza kuti ivo vakanga vachizoteveravo pasina nguva. Shingai haana kuzopedzisa kutema huni. Akaoneka Mukai iye Mukai akamuvimbisa kuti akanga achazotevedzera zvaakanga amuudza.

Murume anogona kuvimbisa mukadzi kuti zvinhu zvose zvichafamba zvakanaka chero iye asinganyanyi kutenda mazviri. Shingai akanga audza Mukai kuti zano rakanga riri rekutiza asi akanga asati anatsa kuzvifunga. Kutiza kwaiva nyore chaizvo kwaari semunhu aibvumigwa kufamba oga achiinda kwaanoda asi kwete kuti atize nemusikana wechiduku akanga ava nepamuviri. Kutiza kwaiita nyore kana munhu akanga achiziva chaiko kwaaida kuinda uye kana munhu aiwana nguva yekuronga mafambire. Izvi ndizvo zvakazoqhwera zvichifungwa naShingai zuva rose kutosvika kune mamwe mazuva akatevera. Fungwa dzekuroogwa kwaShuvai dzakanga dzakamudhla muviri chaizvo asi dzekuitisa mukadzi wamambo pamuviri dzakanga dzaita kumuuraya chaiko. Akatombofunga zvokuti azvitorere hake hupenyu hwake kuti avige kusvoda uye kugwadzisiwa nekuurawa naRubonga asi akakurumidza hake kuzviyeuchidza kuti zvekuzviuraya zvakanga zviri zvemakwara. Murume chaiye aitofanira kufa aedza uye abuda ropa rakawanda. Mukudai aigona kutopukunyuka zvikazomufambira mberi. Zvino kana aizviuraya kamukana ikaka hakaizogona kuwanikwa.

Mazuva akatevera Shingai akatanga kumema uye kudzidza kuti rusvingo gwakanga gwakamira sei patsva. Mazano ake akawanda ndiwo akanga anyanyisa kushandiswa kuti zvinetse kuti munhu apinde murusvingo asingashandisi mikova mitatu yakanga iripo. Akazvituka paakayeuka izvi. Rusvingo gwacho gwaitoda nyanzvi chaiyo kuti ikwire kubva pazhe kana kuti mukati. Pamikova pacho ndipo paigara varindi vakawanda. Mukova mukuru ndiwo waishandisiwa nevanhu vakawanda. Mimwe miviri yakanga iri miduku yaishandisiwa namambo kana vachida kubuda kana kupinda zvisina vaiziva vakawanda. Vanhu vaiuya kuzoita mabasa murusvingo vaikurumidza kubuda zuva risati ravira. Zvose izvi zvainetsa kuti Shingai akwanise kutiza naMukai. Chaakatoona chaiva nani kwaiva kuuraya varindi vaichengeta pane umwe mukova wamambo. Vanhu vatatu vakanga vasingamunetsi. Nyaya huru yaiva pakufamba kana vapedza kuita izvi. Vaifanira kufamba zvekundopinda mumapako ekumakomo aiva kure chaizvo nenguva duku. Kuvanda kwaizoita nani kana vava kumakomo. Iyi yakanga iri fungwa yakanaka. Iye aifanira kungozozviita izvi kana risiri jana raNdukuyashe rekufamba husiku achitarira kuti varindi vakanga vari panzvimbo dzavo here kana kuti kwete. Aitozotiza musi warinenge riri jana raChakare nekuti Chakare chero aiva shasha pakuronga varindi, iye kuvata akanga asinganonoki hake.

Zvirongwa zvaShingai zvakazobvanganyugwa nezvakazoitika iye asati apedza kuronga. Mhondi dziya dzakanga dzarova zvakare. Varindi vatatu panevamwe vaipoterera rusvingo vakamuka vakashizhiwa zvakare. Musi uyu Chakare ndiye akanga anejana rekutarira vamwe varindi. Aiti iye akanga adzingirira varume vana husiku hwacho. Paakakonewa kuvabata akanga adzoka kuti atarire pavakanga vabva napo akawana varindi vaya vatova chando. Aiti izvi zvakanga zvaitika jongwe ratorira kare. Chakaita sekufadza vanhu ndechekuti Chakare aiti paakanga asati atanga kudzingirira varume ava, akanga ahwa vachitaura sekuti vaiti mambo wekuMazimbe aizofara chaizvo kana aihwa basa rakanga rabatiwa kuMagocha. Vanhu vose vakabva vaziva kuti vavengi vakanga vari vanhu vekuMazimbe.

Chero havo vakawanda vakatenda kuti vavengi ava vakanga vari vekuMazimbe, Shingai naMasimba havana kunyanya kugutsikana pazviri. Rubonga akanga azvitendera pamusoro chaizvo saka zvainetsa kuti apikisiwe nekuti zvaizogona kusvodesa pane vanhu. Vachitaurirana, vakomana vakati kana Chakare akanga adzingirira vanhu ava akakona kuvabata uye kana akanga avahwa vachitaura nezvekuMazimbe, vanhu ava vaifanira kuva vakanga vachitorasisa hwema. Muvengi akanga ari munhu kana kuti vanhu vemuMagocha chete. Rubonga akadana dare rake, vachenjeri gumi neumwe vakauya nokukurumidza, Shingai naMasimba vakadaniwavo kuti vagare dare iri. Vanhu vakabvumirana kuti Shingai ainde nemauto akatiwandei ondovasima panzvimbo dzakasiyana-siyana kuti vasose ruzhowa gwemauto nechepedo nekuMazimbe. Izvi zvaiitigwa kuti mauto awa agosora mafambire evanhu vekuMazimbe kuti vaya vaitumwa kuzouraya vanhu muMagocha vabatiwe vasati vasvika. Shingai aigona kuzodzoka hake kana mauto ake amira zvakanaka panzvimbo dzawo. Zuva rakazosara kuvira vanaShingai vatopedza kugadzirira.

Shingai zvakamugwadza nekumuvhundusa asi chekuita pakanga pasina. Chero nguva yekuti ataure naMukai amuudze kuti zvirongwa zvakanga zvakamira sei yakashaikwa. Akangoti kutokurumidza kuinda ndiko kwaitova nani nekuti aizokurumidza kudzoka ozoita hake zvake zvokutiza. Shingai wakamuruka nemauto aikwana makumi maviri namana. Akavadzidzisa zvekuti vaizogara vakadii vasina aivaona kana kuziva kuti nyaya yavo yakanga iri yei. Kuronga zvose izvi kwaimunetsa chaizvo semunhu akanga asiya chiturikwa chaiva pedo nekudonha kumba. Boka iri rakafamba risinganyanyi kufambisa nekuti vaida kuinda vachitsvaka pakanga pafambwa nemhondi dzokutiza idzi. Vakashamisika kuti mhondi dzacho dzakanga dzagona kuita zvekunyangarika dzisingasiyi muwezva chirudzii. KunaShingai, izvi zvakamusimbisa kuti hapana mhondi yakanga yabva kuzhe kwemuMagocha. Akatofunga kuti dai mambo akanga akangwara aitowedzera kutsvaka muMagocha imomo. Nguva yekuzvinetsa nezvizvi

akaishaiwa hake nekuti akanga akatarirana nerufu chaigo.
Dzichibikana kudero, Shingai akanatsa kuona
kuti moyo wake iye wakanga usina kana kumbodanana
naMukai. Akanga asina kana kumbotarira Mukai nemoyo
une ruchiva bodo. Hon'o vamwe vakadzi vamambo akanga
ambovatarira mufungwa dzake achitovaona vasina kusimira
asi kwete Mukai. Kwaari Mukai kaingova kamwana kakanga
kauya kuzogara naMai Tongai kachiri kaduku. Shingai
haana kunge amboona kuti Mukai akanga akura zvekutoita
mhandara yaikwanisa kuchitopinda mumba zvino. Achifunga
izvi, zvakambomuvhiringa kuti saka chaimuvhundusa
nekumugwadza chaiva chii? Akaona kuti akanga atowana
zvake mukana wekutotiza ari kure nekuMagocha kudai.
Hapana kana waizogona kumubata nekuti hapanavo aizoziva
kuti ainge atiza achiinda nekupi.

Akaramba achifunga akasvika pakuzoona kuti mwana
wakanga ari mudumbu raMukai wakanga ari wake uye iye
akanga abetsera kuti Mukai adarike mutemo. Zvakanga
zvisina kunaka kuti asiye mwana wake nemukadzi waakanga
akanganisa vachiona nhamo vari voga. Chokwadi chaitova
chekuti kana mhaka iyi yaibatiwa asati atiza naMukai,
zvemwana namai vacho aitofanira zvake kuzozvikangamwa
nekuti Rubonga chaiye haaizobvuma kuchengetesewa mwana
wakanga asiri wake. Chaitovapo kwaitova kutodzokera chete
kuti awane kundosunungura Mukai.

Zuva rorereka, Shingai akaona varume vanenge
vaikwana gumi navaviri vachiuya nechekwavakanga vari.
Varume ava vairatidza kuti vakanga vari mauto nekuti
vakanga vakapfeka nhumbi dzokugwa nadzo. Vaibva
nedivi rekuMagocha vachiita sevainyangira vachivanda
nemiti. Panguva dzino vanaShingai vakanga vari muzasi
mechimwe chikomo asi vari pamusoro kudarika mauto
ainyangira awa. Shingai akada kuti azivise vamwe vake asi
fungwa dzake dzakakasira kumhanya. Mauto ainyangira

achibva nechekuMagocha ainyangira chii? Shingai akangoita zvekunyeruka pasina akaona kuti akanga ainda nekupi. Akatsvaka chinzvimbo chakavanda nechepamusoro kudarika pakanga pane vamwe vake. Akamira kwechinguva uta hwake hwatogagwa nemuseve. Mauto aya aiti kana akasvika pane umwe wechikwata chaiva naShingai oisa zvigumwe pamuromo pawo kuti uto iri risakanuka kana kuridza mhere. Mauto echikwata chana Shingai haanavo kunyanya kuvhunduka pavakaona mauto mamwe awa achiuya nekuti vaiva vanhu vaizivana. Vaitendekera mauto akanga auya pavakanga vapedzisira kuona Shingai ari. Mauto akanyangira asi akawana panzvimbo pacho pasina munhu.

"Watonyumwa izvozvi murume uyu," rakadero rimwe uto. Pari zvino vakanga vamira vose vakawanda panzvimbo imwe vachingotarira-tarira semhuka dzinothla shumba. Umwe wavo akati,
"Chanetsa ndechekuti Mhungu yakati munhu iyeyu auyiwe naye ari mupenyu hino unomubata wakaita zvokudii Shingi? Muchaona kuti ipapa pachafiwa nevakawanda munhu iyeyu asati abatiwa."
Mauto akawanda akabvumira asingashami miromo achingoti, "Ummn-ummn" Mukuru wavo ndiye akazoti,
"Machinda, nyaya iri pano ndeyekuti zvamangamuchitsvaga kuno hazvichina basa. Nyaya yatova huru ndeyekuti tibate Shingi tomusunga mbiradzakondo todzekera naye kunaMambo Rubonga. Mambo naMasimba vari kuti Shingi ane chekuita nenyaya yemhondi dziri kutsvakwa dziya uye ane imwezve mhaka huru yaakapara yaanofanira kuzozvidavirira oga. Zvino ikozvino kwava kusviba naizvozvo kuti tiite zvekupinza ruoko mumwena tichitsvangadzira nyoka inenge yapindamo tingaita hwemapenzi chaihwo. Kufunga kwangu ndekwekuti titange kufamba tiri muzvikwata tichipoteredza chikomo ichi. Tinofanira kukurumidza kumutinhira kuDoperakondo uko kuti ashaiwe kwekutiza nako. Zviri

pachena ndezvekuti haangambotizi achidzokera kuMagocha nekuti anenge munhu ari kutoziva nyaya dzake. Kana akadzokera handiti tinoti hekani waro."

Mauto akaona iyi iri fungwa yakanaka, kunyanya yekuti vasada kupinda muchikomo umu kuti vavhime munhu wavo huri husiku. Vose vaimuziva kuti munhu wacho waivapedza. Chimwe chaivapo ndechekuti mauto akanga asina mhaka naShingai asi vaiziva kuti Rubonga akanga ashaisa vanhu vakawanda mufaro muMagocha. Vari vavirivaviri vaitaura nyaya dzekuti mhondi dzakanga dzauya kuzosunungura vanhu vemuMagocha. Kana dzaingozobudirira kusvika panaRubonga dzikamushizha, nhamo dzavo dzaibva dzapera. Masimba waifarigwa nevanhu uye vaiti aizova mutangamiriri ane rudo nevanhu, kwete baba vake. Mauto mazhinji aitodemba kuti Shingai wacho atotiza kuinda kure chaiko.

Shingai achihwa mashoko ose awa nezvirongwa zvevanhu ava akabva aziva kuti nyaya dzake dzakanga dzabuda pachena. Semunhu akanga agara mumusha wamambo kwenguva yakareba uye vazhinji vachitomutora semwanavo wamambo, Shingai haana kuziva kuti vanhu vakawanda vakanga vasingachadi mambo wavo asi kuti kuthla kwavo kwakanga kusingagoni kuti vazviratidze kana kuzvitaura pachena. Shingai akanga ambohwa naGotora kuti vanhu vaivenga Rubonga chaizvo asi hazvina kunyanya kugara mufungwa dzake kusvika pakuzvitenda nekuzvitarira. Paakahwa vachitaura fungwa yekunyenyeredza gomo akafunga kuti zvose zvaikonzegwa nekuthla kwevanhu ava chete. Akafunga kuti kuchatozouyazve mamwe mauto akawanda chaizvo achitsvaka kumuuraya. Chaaizoita iye kungoregera mauto achiinda kwavaifungira kuti vaizomubata ari, iye oinda nerimwe divi. Akanga asingagoni kuti atizire kunyika dzekuMavirira nekuti uko kwakanga kwakawanda vavengi vake chaizvo. Zvakanga zvakangwara zvaiva zvekuti ainde nedivi rekuChamhembe. Akanga ambohwa kuti kuChamhembe kwaiva nedzimwe nyika dzaiva ikoko dzichitova nemadzimambo adzovo. Rubonga akanga asati asvikako uye kuti azosvikako asisina Shingai wacho, zvakanga zviri kure.

Chitsauko 29

Shingai apedza mazuva anokwana makumi mana ane matatu achifamba, asina kana kumboona chairatidza kuti aiva pedo nepaigara vanhu, akatevera imwe shezhu yakanga yamutevera kubva mangwanani kusvika masikati. Akanga asinganyanyi kuda zvekutevera shezhu dzosedzose nekuti aiziva kuti dzimwe dzacho dzaikwevera vanhu kunzvimbo dzinenge dzine zvikara zvinopenga chaizvo zvakaita seshumba kana kuti mazinyoka makuru. Shezhu ishiri yakanaka asi kuti dzimwe nguva inotungamirira vanhu kune uchi, ivo vokonewa kuisiiravo uchi hushoma chaihwo. Kana zvadai shezhu yacho inogona kuzotungamirira vanhu ivavo nerimwe zuva kunzvimbo inenge ine pfumvu, iri zhira yekupfidzisa vanhu vanenge vachinyima zvakadai. Chete kuti shezhu dzacho dzaiziva vanenge vadzinyima zvekuti ivavo ndivo vadzaizopfidzisa.

Shingai akanga angohwa kuti kune dzimwe shezhu dzaigona kutsamwira chero vanhu vakanga vasina mhaka. Paakazofunga zvekutevera shezhu iyi, akatofamba akakoka uta hwake kare. Akafara payakamusvitsa paiva neuchi hwakanaka chaizvo. Chakanyanya kumufadza pamwe chete nekuita sekumuvhundusa ndechekuti muti waiva neuchi uyu wakanga urimujinga meumwe munda wairatidza kuti wakanga uchiri gombo chairo. Shingai akamirira kuti kusvibe kuti azobura uchi hwake. Akamira kudero akatombovhuna zvake pwa dzakanga dzirimumunda muya. Zhezha rakanga richangopfuura asi zvokudhla zvakanga zvichakawanda muminda. Haana kuthla kudhla pwa dzemumunda umu nekuti aiziva zvake kuti rukwa gwakanga gusingabati vanhu vaifamba havo nezhira vari vashanyi munzvimbo iyoyo.

Manheru asvika, akazobura zvake uchi hwaaikwanisa kusenga akasiya humwe kuti shezhu iya izotoravo. Apedza izvi akavata pedo nemunda uya achiitira kuti zuva raizotevera kana rasvika pamwe muridzi wemunda uyu waizouya, iye omupira nyaya yake kuti agosvitsiwa kune vakuru venzvimbo iyi. Pazuva rakatevera hapana akauya saka Shingai zvekuramba akamirira akazvikonewa. Akazotsvaka zhira yaipinda kana kuti yaibuda mumunda akaitevera. Akatanga kuona dzimwe minda dzakawanda asi dzisina vanhu akaramba achifamba. Semunhu akanga ari uto rakangwarisa, Shingai akakurumidza kuona kuti pane mauto akanga achifamba mamwe ari kumativi kwake mamwe ari kusure kwake. Mauto awa airatidza kuti zvekugwa akanga asingagari achizviita nekuti kwavaifunga kuti kwaiva kuvandira kwakanga kusiri.

Shingai wakanga asiri pakuda kugwisa asi kuti atsvake kwekutizira uye kwekutozogara semunhu akanga asingachadzokeri kuMagocha. Akatoona kuti zano rakangwara kwaiva kurega mauto awa achimubata uye vachifunga kuti vakanga vakangwara. Chaakaita kugara pane umwe mumvuri kwakutoita semunhu abatwa nehope. Akanatsa kuhwa mauto aya achisvika paakanga ari, iye akatoridza magwiriri akasimba chaizvo. Mauto aya akasvika paari kwakuita zvekumuurukira vachimubata nekumusunga maoko nemakumbo nekukurumidza. Vakaita izvi vachiridza mhere nemiridzo panguva imwe. Vakatanga kutaura zveusori hwake nekuba. Chakashamisa Shingai ndechekuti aihwa zvose zvavaitaura asi akanga asingazivi kuti mutauro wavo aimuzivirepi. Mauto akamuvhunza zvakawanda asi haana kuvapindura. Akataura nemutauro wekuMagocha mauto akasahwa zvaaitaura. Vakabva vataura zvekuti aifanira kuindisiwa kwamambo nekukurumidza.

Mauto akabata Shingai akanga achiratidza kuti vaingovavo havo varume, vamwe vakagwinya asi vamwe vasina. Vamwe vaiva nemapfumo vamwe vane nduku. Kutererana kwavo kwairatidza kuti kwaitonetsa. Paiita sekuti pakanga pasina aitungamirira vamwe. Aingova mazvakemazvake. Mukutaura mavo Shingai akaziva kuti

akanga aonekwa nenharire achitevera shezhu. Akazosara
kuita zvekubura uchi nekuvata mauto awa atomuona kare.
Shingai akatombozvituka kuti akanga aita zvedambe chaizvo
nehupenyu hwake. Dai akanga ari mauto aRubonga, angadai
akaita murambamhuru nekuwana muvengi akavata saizvozvo.
Chero kuzvibata kwemauto awa kwakanga kwakasiyana
chaizvo nevanhu vekuMagocha. Ava vakanga vasina hutsanana
zvekuti vamwe vavo vaitonhuwa hudzi nekuda kwekusageza
miviri yavo. Izvi zvakaita kuti mauto awa pavaitarira Shingai
vachimuona akashongedzeka, vafunge kuti akanga ari munhu
wekuhushe nekuda kwekuti iye akanga akageza, uye matehwe
ake aivhengana needindingwe zvairatidza kuti akanga ari
munhu aiva nechiremera kwaaibva. Shingai zvaakatiza haanavo
kumbozofunga kuti zvematehwe ake zvaigona kuzomutandira
pakutsvaka pekuzogara.

Nyika yaakanga asvika iyi yakanga yakasiyana chaizvo
neMagocha. Musha wamambo wakanga usina kunyanya
kusiyana nemimwe misha yaiva pedo. Waiva nedzimba
dzakawanda uye pamusha pake pakanga pakachenavo hapo.
Musha wacho wakanga usina kupoteredzwa nerusvingo
zvekuti vanhu vaigona kungopfuura neparuvazhe gwamambo
pasina aivadzivisa. Izvi zvose zvakanga zvakasiyana
nezvekuMagocha. Mambo wenzvimbo iyi aingova nevarindi
vaigara pedo naye vaviri voga. Vairatidza kuti basa ravo guru
rakanga riri rekutumwa namambo chete. Mambo waipuwa
rukudzo rukuru nemauto nevamwe vanhu vakanga variko asi
zvairatidza kuti vanhu ava vaizviita zvichibva pamoyo dzavo.
Vakanga vasingaiti zvekutonona kana mambo achifamba pedo
navo. Shingai akashupikana kuti mambo uyu akanga asingathli
sei kukaruka aurawa nevanhu vake kana kuti vavengi vake.
Akazongozvipindura kuti munhu akanga asingagadziri vavengi
vakawanda haana waaivanda, naizvozvo akanga asina basa
nekurindiwa zvakasimba.

Mambo uyu akatarira Shingai kwenguva yakareba

akanyarara uye vanhu vose vakanyararavo. Akanga ari murume
mukuru kunaRubonga uye ane dumbu guru. Ngundu yake
yaiva duku. Akanga akapfeka matehwe engwe uye mumaoko
ake makanga makazara zvuma. Akanga asina kana chombo
chaionekwa paakanga akagara.

Pava paya mambo uya akazoti,
"Sunungurai munhu uyu nekuti haatizi. Mugadzirirei
zvokudhla izvozvi nekuti handidi zvekutaura nemunhu
anohwe zhara ini." Shoko rakaraigwa rekuti musungwa apuwe
zvokudhla, zvokudhla zvacho zvikauyavo pasina nguva.
Shingai akadhla akanakigwa nekudhla kwakanga kwabikwa
mumba. Akanga apedzisira kuwana kudhla kwakadai mazuva
akawanda akanga apfuura. Vanhu vaitaura zvakawanda
paakanga achidhla achiita sekuti akanga asingahwi zvavaitaura.
Mambo akaudziwa kuti musungwa uyu akanga asingahwi
mutauro wavo asi mambo haana kuita seakazvihwa.

"Saka unobva kupi nhai mukomana, uye muno
maMusita unobatei?" Zita rekuti Musita rakaita sekuvhundusa
Shingai asi haana kuzviratidza. Akanga achiziva zita iri asi
fungwa dzake dzichikonewa kuti dzibatanidze kuti airizivira
kupi chaizvo. Akatanga kuthla kuti haaidaro akanga arashikira
kunyika dzevavengi veMagocha here?
Akapindura nemutauro wavo achiti,
"Ini ndiri kubva kunyika inonzi Magocha. Ndakabva ndichitiza
nekuti ndakanga ndisingachawirirani namambo weko. Ndiri
kutotsvakavo pekugara izvozvi" Vanhu vakatanga kukanuka
vachishamisika kuti musungwa wavo aikwanisa kutaura
mutauro wavo. Mambo Musita ndiye chete asina kushanduka.
Mambo Musita akavhunza zvakare achiti,
"Ichitombova kupiko iyo Magocha yacho?" Shingai akataura
kuti nyika iyi yakanga iri kure chaizvo nechekumusoro
asi kuri kuMabvazuva kwepaakanga ari. Akati iye akanga
asingatombozivi kuti kwaiva kunenyika yakaita seMusita kuno.
Iye akanga afamba achingotsvaka pekugara chete. Akaramba

achivhunziwa mivhunzo yakawanda chaizvo achiipindura hake
asi wakazomuomera ndewekuti akanga agona kutaura mutauro
wavo zvakanaka kudai kupi uye riini?
  Shingai wakashaiwa mhinduro. Hapana akagutsikana
nekuhwa kuti akanga asingazivi kwaakanga adzidzira
mutauro uyo. Mambo Musita akazoti nekuda kwekusapa
mhinduro yaigutsa pamuvhunzo uyu, akanga asingakwanisi
kumusunungura. Aitozomusunga kusvika abata chokwadi.
Kana zvisiri izvo aizogadzirigwa mutongo waiindirana
nehusori hwake. Aizoudziwa mutongo wake mazuva
aizotevera.
  Shingai akasungwa zvakare akapinziwa muimba yaigara
vasungwa. Aingova iye oga musungwa aigara muimba iyi
panguva idzi. Aibatiwa zvakanaka chaizvo zvokuti haana
kuthla kuti mutongo wake waizouya wakaita zvokudii. Akagara
mazuva akawanda ari muchizarira umu asi zvichiramba
kuti azive kwaakadzidzira kutaura mutauro wenzvimbo iyi.
Akamboda kuti ati akanga audzidzira pasi pemvura semwana
wakabva kunjuzi asi akaona kuti aitozozviwedzera dzimwe
nyaya dzaakanga asina mhinduro kwadziri.
  Achifunga izvi akatanga kufunga mhosva yaakanga
apara kuMagocha. Akatanga kufunga kuti ko chaiitika
kunaMukai nemwana wakanga achiri mudumbu make
chaiva chii panguva idzi. Zvaimunetsa kuti mwana wevanhu
akanga ari mudambudziko guru rakadai ari oga. Chakaita
sekumusunungura ifungwa yekuti Rubonga akanga ati aida iye
kuti azotonga Shingai wacho ari mupenyu. Izvi zvaireva kuti
Mukai aingozotongwa kana kuurawa kana iye Shingai achinge
abatiwa nevaimuvhima. Shingai akatanga kuronga zvekuti
atize mukusungwa kwake ainde kune imwe nzvimbo. Akanga
asina kutizira kuti azopinda muchizarira chakadai, chero hazvo
akanga asina kugara zvakanga zvakamanikidzika.

Chitsauko 30

Rimwe zuva maMusita maipemberegwa ruvako gwaida kuzotangwa chirimo chisati chasvika. Mambo Musita aida kuzoitavo zvaiitiwa nemamwe madzimambo zvokuvaka matura makuru awo aizoshanda mumakore anenge aita zhara. Vanhu vakawanda vemudunhu iri vakauya kumuzinda wamambo uko kwaiva nemutambo uyu. Shingai akabudisiwa muchizarira chake kuti ambowana kufara nevamwe.

Mambo Musita akanga asingadi kuti paifara vanhu vazhinji pawanikwe pane umwe kana kuti vamwe vakashuwa pakati pavo. Vaiti izvi zvaipokana nezvido zvevadzimu vavo. Shingai akagarisiwa pakati pemauto akatarira vaifara vachimwa nekutamba havo. Iye akadhla asi haana kumwa doro. Akaronga kuti aizokumbira kuperekedzewa kudondo kuti ambondozvibatsira hake. Aizopuwa mauto mashoma awo akanga atogungwa zvawo nedoro zvekuti pavaingosvika kudondo aibva angovatiza pasina aizogona kumubata. Aisiya ashonyorora vose mitsipa asi achivasiya vari vapenyu. Zveuta nemiseve aizozvigadzira ava mberi chaizvo.

Mutambo wakaindirira mberi, ngoma nehosho zvichiridzwa chaizvo. Nguva yaakada kukumbira kuti ainde kundozvibatsira vanhu vakabva vanyaradziwa naMambo Musita vakanzi vambogara pasi nekuti vane zvavaida kutaura. Shingai akatsamwa asi akaronga kuti kana paingopedza mambo kutaura chete, aibva angoindirira mberi nezano rake.

Mambo ari pakati pekutaura, kwakamuruka imwe chembere yakanga yakura kwazvo uye yoonera pedo, ikafamba ichiinda kwakanga kwakagara mauto. Mambo akambonyarara kutaura. Chembere dzemazera aya dzakanga dzisingatendegwi kudzivisiwa kana pane zvadzinenge dzichida kuita. Vakanga vari vanhu vaya vainzi vanenge vava pedo nekuzovavo vadzimu, naizvozvo vainzi vaitoziva zvinozihwa nevadzimu.

Vanhu vose vakanyarara vakakanda maziso pachembere
iyi. Chembere yakadonzva ichiinda panaShingai. Yakasvika
ikamira yakamutarira nemeso akanga asingachanatsi kuona
iwawo. Shingai akashaya kuti chakanga choiitika chaiva chii asi
akaramba akangogara zvaakanga akaita. Chembere yakasvika
pedopedo naye zvekuti aitohwa kunhuwa ziya kwayo.

Chembere iya yakabata Shingai musoro ndokudzisa
ruwoko gwayo gwakanga gusina kubata mudonzvo guchiinda
nechekugotsi, ndiye pote guchidzira nehuro. Chembere
yakazotanga kuita sekupuruzvira paibatana vhudzi nehuro
yaShingai ndokuzomira kuti twi-i. Mudonzvo wakanga
usisina kutsika pasi zvino. Wakakandigwa pasi vanhu vose
vakawedzera kusumudza misoro kuti vaone zvaiitika.
Chembere yakakaruka yoridza mhururu yaiinda mberi chaizvo.
Yakatanga kudemba ichiti;

"Nhandi maiwe-e, mwana wemuyera Moyo.
Nhasi ndagonekwa hino.
Ko ndichararamireiko zvino,
Iwo meso angu aona mwana wangu
Svokwadi gashirai rutendo gwangu
Murugashidze vari mberi kwenyu
Kusvika gwasvika kune vari kumagumo kwazvo!
Mhururu yakarira zvakare, vanhu vose vachishamisika chaizvo.
Shingai wakashaya kuti mashura eyiko akanga achiitika
kwaari. Zvakamuvhiringidza zvekuti akanga otothla kuti izvi
zvaizovhiringidza zano rake rekutiza.

"Vaiti vakangwara,
Vagonhi zvavo, asi vaitopara.
Kwahi mwana wangu wakaparara,
Asi aingova zvawo marara.
Mutsinga dzangu hana yake yaingorova.
Zuva nezuva mweya wake waindifuridza.
Misodzi yangu nhasi yavara.
Aiwa, mazviratidza zvenyu kuti hamutambi tsiva nevavengi venyu

vakakukurirai.

Yollololololoooo-oo! Haiwa ndabvuma hangu"
   Chembere yakaramba ichidetemba vanhu
vakangonyarara. Yakazoti yapedza ndokutora mudonzvo wayo
ndokuqhwedera pedo namambo, uyo akanga aramba akagara
pachigaro chake akangotariravo. Yakasvika ndokufugama
mberi kwamambo ndokutanga kuuchira.
   Yakaramba ichiuchira kusvika mambo ati,
"Taurai henyu Mbuya Nyamukuta"
Apa vanhu vakanga vachirodza zheve zvino, kuri kusada
kusaririra ikoko. Mbuya Nyamukuta vaya vakazoti,
"Baba vangu VaMusitawe, tsvariro, ndavhiringidza mutambo
wenyu asi ini mazuva angu ava mashoma chaizvo ndichiseka
nemi kudai. Ndinofunga zvandanga ndakamirira zvazoitika
ndichafema kudai. Mukomana uyo wamuri kuona apo mwana
wemuzukuru wangu Nyaradzo, mwana waVaMuzanenhamo
vakuru, uya wekushaika achangopedza kugashira mwana.
Mwana wacho ndiyeyu Shingai wacho. Baba vake ndivo vaya
vakauya vachitaura kuti akafira munaMazivandadzoka gore
riya!"
   Vanhu vose vakatanga kuita zhowezhowe vamwe
vachitendeka, vamwe vachibata miromo, vamwevo
vachingodzungudza misoro. Shingai akafunga kuti airota
achihwa zvose izvi. Akangoramba akagara pasi akatarira
chembere yaitaura izvi. Mambo Musita akamborega vanhu
vachishamisika nekutaura ndokuzosumudza musoro
kune munhu wengoma, uyo akairova rutatu vanhu vose
vakanyarara kuti kwaka-a! Sekuru vaShingai hazvanzi yamai
vake Muzanenhamo nababa vavo, VaMuzanenhamo vakuru
vakamuruka vakainda kundotarira Shingai kugotsi kwake
vakangobatavo miromo yavo. Shingai akatanga kunetseka
kuti chaiva chii chaiva kugotsi kwake chaakanga asingazivi
iye muridzi wacho. Chaakanga asingazivi ndechekuti Mbuya
Nyamukuta vakanga vamutema nyora mbiri nechekugotsi

achiri muduku chaizvo. Nyora idzi ndidzo dzavaiziva kuti
dzakanga dzisingashanduki paari chero zvimwe zvose
pamuviri wake zvaizoshanduka.

Mambo Musita aiziva zvidimbu zvenyaya iyi naizvozvo
akakurumidza kutendera vanasekuru vaShingai kuti vamutore
vainde naye havo. Vakati akanga ari muzukuru weMusita yose
naizvozvo akanga akasununguka kuti agare zvake chero paaida
maMusita. Vakakumbiravo kuti vazozivisiwa kana pakanga
pane zvimwe zvakakosha zvavaizodzidza kubva kunaShingai.
Shingai akatenda mambo nerudo gwavo akavaoneka.
Akapuhwa uta hwake nemiseve yake. Vamwe vakazosara havo
vopedzisa mutambo wavo asi mhuri yekwaMuzanenhamo
yakanga yatosumuka kare. Shingai ane zvakawandisa zvaaida
kuhwisisa nezvehupenyu hwake. Akatanga kusekerera
nerusununguko uye kutombowana vanhu vakanga vachiita
sevaiziva hupenyu hwake hwaakanga ararama pahupwere
hwake.

Madzisekuru aShingai havanavo kuzononoka kuita
mabiko ekufarira muzukuru wavo. Pakapera mazuva mashanu
kubva zvakanga zvasunungugwa Shingai, mabiko akaitiwa
pamba paVaMuzanenhamo vakuru, baba vaNyaradzo uyo aiva
mai vaShingai. VaMuzanenhamo vakaputsa ngavi yavo huru
nekuda kwemufaro wekudzoka kwemuzukuru wavo. Hama
dzavo dzakawanda dzakauya kumutambo uyu. Pakagadzigwa
zvokudhla zvemhando dzakasiyana-siyana zvakawanda
kwazvo. Chero hazvo hama dzakanga dzakawanda,
vavakidzani vavo ndivo vakauya vakanyanya kuwanda.
Vanhu vakadhla nokumwa vachifara chaizvo. Vanhu vasati
vanyanya kudhakwa, Muzanenhamo, hazvanzi yaNyaradzo
yakamuruka kuti itaure nevanhu. Zvakatombotora chinguva
kuti vanhu vanyarare. Vairidza mbira nehosho ndivo vakatanga
kunyaradziwa. Muzanenhamo akatsvaka pakanga pakakwirira
ndokumhorosa vanhu vose. Akabvisa makarahwa akanga ari
pahuro ndokutanga kutaura.

"Hama neshamwari, tinokuvongai chaizvo nekuuya kwamaita kuzotibetsera kupemberera muzukuru wedu wakanga arashika uyu. Kunyangwe zvake achiuya kuzotitorera vakadzi vedu pano pamusha isu hatingaiti mhaka naye. Tinotofara nazvo nekuti tinoziva kuti nhaka yedu yodhliwa newedu chaiye. Isu tine vana vedu vakomana vakawanda mumusha uno, vayera Shumba chaivo asi munozviziva kuti vana vedu chaivo vanotonyanya kuzihwa nevadzimu vedu kutodarika isu. Asi kana mati vazukuru vedu, hamuchionizve, avo ndivo vedu vatinoziva samare."

Vanhu vakaseka, vamwe vachiita je-e nevana vepamusha apa. Chimwe chidhakwa chakambodanidzira kuti chipuhwe hacho mukombe vamwe vozotevera havo vapedza kuhwa nyambo dzaMuza. Hapana hake akachipa zheve, naizvozvo chakangoridza tsamwa chikaindirira mberi nekungogunun'una chakadaro.

Muzanenhamo akaindirira mberi achiti,

"Mose munozviziva kuti mwana wehazvanzi haana muvhunzo. Chero baba vake vakava venhema isu hatimbozvitsvaki. Tinongoziva kuti mwana wehazvanzi yedu naizvozvo ihama yedu yepedo. Shingi muzukuru, pano pamusha ita zvaunoda. Hapana anokurambidza. Chero paunoda kuvakira, unongotendeka chete. Tinokugashira nemufaro mukuru chaizvo muzukuru. Ndinotenda hangu. Vanagwenyambira mungaindirira henyu mberi nekufadza veni vedu pano." Vanhu vakauchira vamwe vachiridza miridzo, vakadzi vachirovavo mhururu nekwavo. Mutambo wakaindirira mberi. Mhandara dzaivigira vanhu zvokudhla dzakashereketa nekuratidza tsika. Zhinji dzaifarira kundopakurira hari pedo nepakanga pakagara Shingai.

Shingai aifarira rusununguko gwaakanga awana asi mufaro wake waiva nemuganhu. Pane chinhu chakanga chisina kugadzikana zvakanaka. Nyaya yekufunga kuti Mukai akanga asongana nezvipi yakamunetsa. Nguva zhinji

ainetsekana nekuti moyo wake wakanga usina kumbobvira
wada Mukai wacho. Ko zvino chaimunetsa chakanga chiri
chii? Kuti akanga ari mwana waaiziva kuti waiva wake?
Chaaiziva hake ndechekuti moyo wake waigwadza kuziva kuti
akanga akanganisa mwana wevanhu uye mhaka yake yaigona
chero kutourayisa Mukai wacho. Kubva zvaakanga ava uto
muMagocha, Shingai akanga asina kumboita zvohumbwende
hwaakanga aita hwekutiza kuinda kure zvakadai. Akafunga
kuti zvingadai zvakanga zvakangwara kwaiva kutiza
ondoronga zvokunzvengesa Mukai pasina aimuona.

Zvose izvi aifunga hake asi akanga ava kure
nekuMagocha chaizvo uye zvaakanga awana pekugara
pakanaka kudai, pakati pehama dzake dzakanga dzamugashira
nomufaro, chaakanga achada zvakare chaiva chii? Nyaya
yaitomunetsa yaiva yekuti panyaya dzaaiudziwa dzose, vanhu
ava vainyanya kutaura zvamai vake vaakanga oziva kuti vainzi
Nyaradzo asi zvaiva zvishoma zvaitaugwa pamusoro pababa
vake kuzhe kwekuti vaiyera Shoko. Akanga asina kuhwa
zverufu gwavo asi kuti vakanga vazoroora mumwe mukadzi
kuDangadema kwavaigara ikoko. Akanetsekana kuti sei
madzisekuru ake akanga asingazivi kana kutaura zvakawanda
pamusoro pababa vake. Izvi zvakaita kuti umwe moyo wake
ude kundotsvaka baba vake.

Fungwa idzi dzakamubata, akakaruka ahwa mbuya vake
VaNyamukuta vachimudana.
"Douya pano umbofamba neni wakandibata ruoko Shingi."
Shingai akakurumidza kumuruka ndokuinda pavakanga vari.
Chembere yakabatira paruoko gwaShngi ndokubva vaviri
vafamba zvishoma nezvishoma vachibva pakanga pane vanhu.
Shingai akaona kuti mbuya ava vakanga vakura chaizvo uye
vakanga vasisina huremu pamuviri wavo. Chero zvavakanga
vakawisira simba remuviri wavo rose pamuviri wake, haana
kumbohwa kurema kwavo. Aitofunga kuti dai kwaiuya
chamupupuri chaingovamurudza chikazeya navo. Vakafamba

vakasvika paiva nemumvuri wemumwe muti pedo neruvazhe asi kuri kure nekwaiva nevanhu vakamira ipapo. Kubva zvavakanga vauya naShingai kubva kwamambo, vakanga vasina kumbowana nhambo yekuti vataure vari vaviri pasina wetatu aivahwa. Shingai aiva nezvakawanda zvaaida kuvhunza asi zvaimuremera kuti aite seainetsa chembere iyi.

Chembere yakazotanga kutaura ichiti, "Mwanangu, mufaro wandinawo wakakura chose nemhaka yekuva newe panguva dzino. Zvaunoona, moyo wangu wakatambura kwenguva yakareba kwazvo, kubva mukuzvagwa kwako kusvika musi wandakakuona kwaMambo Musita uko. Zvirokwazvo vakuru vakati chinamanenji hachifambisi. Mai vako vakasiya vandiremedza nemashoko andisina kana kugona kuazevezera chero kumwana wangu, Muza mukuru, anova baba vamai vako. Pandairamba ndichikura kudai ndairamba ndichirohwa nehana kuti ko kana ndaisvika kune vari kumhepo ndaindovaudza kuti kudii ini ndakanga ndisingakuoni? Baba vako vakakurera vakauya kuno vachitaura kuti wakanga waparadziwa nezvikara munaMazivandadzoka umo. Ini handina kugutsikana nazvo asi hapana zvandaigona kuita"

Chembere yakambonyarara meso ayo akatarira payaibaya-baya nemudonzvo wayo. Panguva idzi mashoko awa akanga asati aratidza Shingai kuti nyaya yayo yakanga yakananga kupi.

"Hana yemurume wakachenjerera inogara muchizarira chemumbabvu dzake, yomukadzi wakapata ndiyo inogara mumaoko ake ichionekwa navose. Mashoko andinoda kukuudza nhasi makukutu chaizvo naizvozvo kana wamagashira, haufaniri kufamba uchimakusha posepose kusvika nguva yaunenge waona iwe kuti yakakodzera kuzivisa vanhu."

Chembere yakambonyarara zvakare yakangotarira pasi ipapo. Shingai ndiye aitombomurudza musoro kuti aone kuti

kwakanga kusina wakanga aqhwedera pedo navo here. Hakuna
akanga achiuya. Vanhu vazhinji vakanga vachiri kututira
kudhla kwainaka mumatumbu avo. Shingai akamboda kuhwa
seainonokegwa nekuti mbuya ava vachipedza nyaya yavo asi
akaona kuti kwekumhanyira kwakanga kusipo.

"Zviri muzheve mbuya. Vimbai zvenyu neni makafara nekuti
ndinongoita sezvamaraira izvozvo," achitaura izvi aizama
kuvatarira mumeso asi ivo vairamba vakatarira pamwe ipapo
paibaya mudonzvo wavo.

"Saka chitereresa uhwe. Vaunohwa vachinzi baba vako,
Chafunga muyera Shoko handivo babavakopi. Baba vako
muyera Moyo, Mondizvo Mambo Zihwe wekuDangadema"
Mbuya Nyamukuta vakasumudza musoro vachida kuona
kuvhunduka kwaShingai asi vakangoona asina kana
kushanduka. Akanga akangonyarara akavatarira. Chakatoita
sekumunakidza kuhwa kuti akanga ari mwana wekuhushe.
Heya zvose zvaaipota achibatwa semwana washe kuMagocha
zvaitova zvechokwadi. Akatomboyerera nefungwa iyi akatoona
achironga hondo yababa vake kuti ainde andogwisa Rubonga
kuti atore Mukai nemwana wake.

Akazoyerekana ati,

"Mambo wechokwadi chaiye here? Iyo nyika yamunoti
Dangadema yacho ichitori nyikavo svinu here kana kuti
ndezvekungonzi pagara vanhu vatatu umwe wotohi
ndimambo?"

Mbuya Nyamukuta vakamutarira mumeso kwekanguva asi
havana kumupindura. Shingai akazokurumidza kudzosa
fungwa dzake panyaya yaitaugwa nambuya vake akaona kuti
akanga otorashika. Mbuya vakazoyeuka kuti Shingai wacho
akanga akangamwa zvose zvakanga zvaitika ari muduku saka
zvekuti baba vake vakanga vari ani zvakanga zvisinganyanyi
kureva chinhu kwaari nekuti akanga asingavazivi.

Pavakada kuti vachitanga kutaura zvakare Shingai akabva
afunga chimwe chinhu akavagama achiti,

"Zviya mati baba vangu vacho vanonzi Mambo ani?"
"Heya zvekuti ndimambo ndizvo zvakunakidza nhai? Chirega
kurashika utange wahwa zvandiri kutaura. Kana ndapedza iwe
uchangoziva zvekuzoita nezivo yaunenge wava nayo yacho."
"Kwete mbuya, zita ramataura ndaita sendinoriyeuka
richitaugwa nemumwe munhu tiri kune imwe hondo, e-e,
ndinenge ndayeuka Mambo Mutambanemoto vachinditi
mwana waZiwere here"
"WaZihwe," vakadaro mbuya nekukurumidza.
"Hon'o, ndizvo chaizvo zvavakataura"
Mbuya vakamutarira zvakare ndokuzoti,
"Zvandinoti hakuna unoziva shoko iri unozvihwa here?
Zvinotondivhundusa kana uchiti madzimambo ekurekure
kudero aiziva zvinhu zvakaita sezvizvi kuti vakazvihwirepi.
Chakaitika ndechekuti, baba vako, Mambo Zihwe vacho,
vakaita zvokubhinya mai vako Nyaradzo vamuwana achigeza
kugwizi. Nyaradzo akabva anonga pamuviri pavo asi ivo,
chero naChafunga havana kuziva zvose izvi, naizvozvo hakuna
akazozivavo kuti ndonyaya yakaitika. Mai vako vanenge
vakathla kuti zvikazihwa naZihwe wacho kuti vakanga vaita
pamuviri pake vaigona kuzourawa kana kumanikidzigwa kuti
varoogwe naye. Izvi ndavakuita zvekungofungidzira nekuti mai
vako vakangondizevezera zvishoma-shoma vasati vazororora
zvachose. Chavakarairisa kuti iwe uzoziva izvi wakura uye kuti
uve munhu akashinga muupenyu hwako. Ndivo vakakupa zita
rekuti Shingai nekuti hupenyu hwako hwaida kushinga kuti
urarame."
Zvishoma nezvishoma misodzi yaShingai yakatanga
kuungana mumaziso. Akati kuhwira mai vake tsitsi akati
kuhwira baba vake bhinya hasha. Chekuita chakaramba
kukurumidza kuuya. Akavenga madzimambo ose.
Madzimambo akanga ane moyo yakashata fani. VanaMusita
kuhwisisa kwaingova kwenhema chete. Madzimambo ose
akanga akashata. Akafunga hutsinye hwaiitwa naRubonga

akangoona kuti zvakanga zvisina kusiyana nezvaZihwe wacho.
Vakanga vasina moyo vanhu ava. Kana yaivamo mukati
membabvu dzavo bva yakanga iri moyo yemahwe chaiwo.
Munhu rudzuyi unobhinya mukadzi ari kugeza kana asiri ane
ropa rinotonhora sere nyoka? Shingai akaona vavengi vake
vachiwedzera kuwanda. Rubonga naZihwe vaifanira kuurawa
kuti mweya dzevazhinji dziwane kuzorora. Shingai akashaya
kuti iro simba rainzi rine vadzimu rairevei kana nguva zhinji
vanhu vaiita sekuti vaibatsigwa nemweya yesvina varivo
vaibudirira kudero. Misodzi yakadururika kubva mumeso
ake, mbuya vake vachingobata ruoko gwake. Vakamurega
achichema kudero. Akasvika pakuzopukuta misodzi kumeso
kwake oyeuka kuti misodzi yomurume yakanga isingafaniri
kuwanda.

"Sezvandamboreva muzukuru, mashoko andakuudza
awa ndakangomaudziwa namai vako musi wawazvagwa vakati
ndigozokuzivisa. Zvino ini pangu ndapedza. Ndinovata hope
dzakanaka nhasi. Chero vanositumwa kuhope nekumasvikiro
kwandiri vaguma nhasi. Iwe chisimba uite zvinofanira kuitwa."

Mbuya vakambundikira Shingai zvakasimba zvekuti
akahwa hana yavo ichirova. Vakamutarira kumeso, iye
akavatariravo. Akaona kuti kumeso kwavo kwakanga
kwashanduka zvino. Hon'o vakanga vakura chaizvo asi
panguva idzi, uso hwavo hwakanga hwasununguka, meso avo
achivaima. Zuva rakanga rarereka, vamwe vechikuru vakanga
vakokwa votogadzirira zvokuoneka. Shingai nambuya vake
vakadzokera kwakanga kune vanhu vachifamba zvishoma
nezvishoma sekuinda kwavakanga vamboita. Vakasongana
naMuzanenhamo muduku vakatombosekedzana havo
vachipumhana kutorerera mukadzi kwavakanga vaita. Vamwe
vanhu vakaoneka Mbuya Nyamukuta asi vamwe vakasara
vachinatsa kuona kuti zvimwiwa nezvidhliwa zvakanga
zvanatsa kukokotewa zvose. Mbuya vakanga varamba vati
namanama naShingai zvekuti vasikana vakanga vazviratidza

pamberi pake vakanyunyuta nekushaisiwa nhambo naye.
Mbuya vakazokumbira mukombe mumwe wedoro vakamwa
wose vasina kumira. Vapedza vakapukuta muromo wavo
neseri kweruoko ndokuzokumbira Shingai kuti achivarega
vandozorora mumba mavo. Panguva dzino kwakanga kwachiti
zvarara kusviba.

Shingai akavati,

"Muvate zvakanaka VaNyachide vangu, tomutsana kwayedza"
Mbuya Nyamukuta vakangoseka zvavo vasingapinduri
vachipinda mumba mavo. Nekuwanda kwakanga kwaita
zvaiva mufungwa dzake, naiye haana kuzononokavo kuinda
mumba yaakanga apuhwa kuti agare mazuva iwawo. Aida kuti
andozorora achidzeya fungwa dzacho dzose.

Pakarira jongwe kwekutanga richizivisa nyika kuti
kuzhe kwakanga koyedza, vanhu vakahwa mhere yakaridziwa
nemunhukadzi. Nenguva isipi akanga ava mahwi matatu
echikadzi. Pakabuda Shingai mumba make musha wose
yakanga yangova mhere yemariro. Shingai akananga padzimba
dzanasekuru vake, avo vakanga vamiravo pamikova yedzimba.
Vakadzi ndivo vakanga vamhanya vakananga kwakanga
kuchibva mhere. Pasina nguva varume vakaziva zvakanga
zvaitika. Mumwe mukadzi aichema achitenderera neruvazhe
achiti,

"Yohwee mhaiweeee! Nhai vadzimu vakuru matifungireiko.
Mati musha uno uchisara usina Mbuya Nyamukata here
veduwe. Nemufaro wose wavanga vanowo wekuona mwana
waNyaradzo ari mupenyu kudai mati zvashata riiniko
veduweee! Yowee zvangu masiireiko henyu ini. Ko kutora isu
tisina mabasa munozvisvoreiko…"

Varume havana kunonoka kundovesa moto wavo
padare. Vazhinji vavo vaingoti,

"Ha-a azozorora muchembere uyu chokwadi" Vamwe
ndivovo vaiti,

"Ummn, vakomana, uye kana munhu mukuru oinda

unooneka vanhu vakasambozviziva chokwadi. Ini vakanatsa kuuya vakagara pachigaravakwati chemumba mangu zvavakapedzisira kuita karekare chaizvo. Vakangoti ndauya kuzodhla sadza mumba mako nhasi. Ini ndaitoti kungofungwa hangu nechembere iyi chete ini, asi vakomana, kwaitova kutondioneka uku."

Shingai zvakamushungurudza kuti munhu waakanga aqhwera naye zuva rose akanga atoinda. Hazvina hazvo kuzonyanya kumunetsa nekumushamisa nekuti mataurire avakanga vaita zuva risati ranyura akanga aratidza zvakawanda. Vamwe sekuru vake ndivo vakatomboti,

"Nhaiwe Shingi, ndiwe watombopedza nguva uchitaura namuchembere kusati kwavira zviya, kubvira manga muchitaura dzeyiko?"

Varume vose vakamutarira vachida kuhwa mhinduro.

"Ha-a vanga vachindiudza nezvamai vangu zvakawanda-wanda. Vanga vangoti vanoda kuinda panga pasina ruzha saka tafamba tichibudira panga pakawanda vanhu."

Varume vakazvitenda vakazotauravo zvimwe zvakawanda pamusoro pambuya ava.

Zuva rakazosara kubuda vanhu vakawanda vaungana pamba paMbuya Nyamukuta. Vakadzi vaisvika vachizvibonderedza nekuchema zvine simba. Vana vambuya vakakurumidza kuuraya n'ombe huru kuti vanhu vawane husavi. Panguva yakapinda varume mumba vachibata maoko, Shingai akashamisika kuona Muthlomo arimovo mumba achitochema nevamwe. Kuhwinya kwake kwakanga kusina kunyanya asi iye aizviona kuti pakanga pane musiyano mukuru pakati paMuthlomo nevamwe vanhu vakanga vari mumba umu. Pari zvino aitongoita semumwe wevakadzi vakanga vari mumusha uyu kwemazuva akati wandei kubva Shingai zvaakanga apinda pamusha pemadzisekuru ake. Pakabuda Shingai mumba, Muthlomo akateveravo pazhe akatanga kutaura naShingai. Hapana dzungu rakauya pakutaura kwaaiita naShingai sezvaaimboita mamwe mazuva.

Muthlomo akatanga kutaura achiti,

"Nguva yako yakwana Shingi. Wakadzidza zvakawanda tichikutarira. Zvinhu zvakawanda unoita woga uchishandisa fungwa dzako chero zvedu takakushara kubva uchangozvagwa. Mashoko ambuya vako wakamahwa. Haana kusiyana nezvatinogara tichikuudza. Iwe unofanira kuti uve mutungamiriri wenzvimbo inokosha inobatanidza nyika dzakawanda asi muzinda wayo uri Dangadema. Zviri kuitwa naZihwe hazvisizvo zvinofanira kuitwa munzvimbo iyi. Takakutuma kuMagocha kuti undodzidza zvakawanda, zvakashata nezvakanaka munyika iyi. Wakagara muhushe ukaziva uye kubetsera zvizhinji. Njere dzawakaunganidza unofanira kuziva zvekuita nadzo. Takambokuvhara zvimwe zvaiitika muhupenyu hwako kubva uri muduku asi uchazvidzosegwa zvose."

Shingai akakasira kupindura achiti,

"Nesimba ramunaro rose iri, ko munonditambudzirei nekundipinza mune zvakawanda-wanda zvose izvi? Munodii kungozviita zvose moga kana kungondiudza zvose zvinofanira kuitwa?"

"Hazvidero. Tinokubetsera kana kuuya kwauri nenguva dziri kure. Chako kushandisa fungwa dzako munezvawakadzidza muhupenyu hwako kuti zvikubetsere. Kana ukavata dzedanda uchiti pane vanewe nguva dzose unogona kutomuka watova wekumhepo.

Zvino chihwa. Unofanira kupinda mudondo munaMazivandadzoka ugofamba kusvika wasvika munzvimbo inoera inonzi Bvuterevadzimu. Ukafamba uchitsvaka uchaona Mhondoro inenge iri pamusoro pemazihwe makuru. Mhondoro iyoyo ichafamba. Iwe unoitevera uri nechekure kusvika waona makomo matatu akareba akatendererera dziva, anonzi Nyamutatu. Ukaona mvura yemudziva iri yakadzikama, unoimwa, kana wapedza unogeza nemvura

iyoyo. Ukaona isina kudzikama, usaibata. Unogara kusvika
musi wainenge yakadzikama. Kana wapedza izvozvo uchaona
zvinoitika. Uyeuke kushandisa fungwa dzako nekuti unenge
uri woga nguva zhinji. Nzvimbo iyi inoyera chaizvo, naizvozvo
uchenjerere kuita kana kutaura kwako urimo. Ukasire kuita
izvi, unondihwa?"

Shingai akada kuti aseke uye kuti aite nharo asi nguva
iyoyo akaona Muthlomo atofuratira achidzokera mumba
makanga makaungana madzimai. Akaita kakuvhunduka
ndokudaidzira achiti,
"Asi chimbodzokorodzai zvamataura nekuti zvimwe
handichazivi ini"
Hapana akamudavira. Shingai akahwa kuita kakutsamwa
asi akashaya kuti aitsamwira ani. Akatarira akaona vamwe
sekuru vake vaduku, mwana waVaMuzanenhamo vadoko
akavavhunza achiti'
"Nhai sekuru, komudzimai wandanga ndichitaura naye apa
apinda mumba umo ndiyani?"
"Unoreva vatete Mai Munashe here?"
"Ehe, ndivavo. Ndingavaona sei?"
"Rega nditumire munhu vadaniwe," sekuru vaya vaduku
vakadero vachitarira wekutuma.

Vatete vacho vakabuda Shingai akanga asina
kumbotaura navo. Akasvoda pavakauya akavavhunza
kuti vakanga vambotaura vose here pachinguva chakanga
chichangopfuura. Vakamuudza kuti kwete, asi kuti ivo vakanga
vangodarika nepaakanga ari asi vasina kutaura vose. Shingai
akazongovaudza kuti fungwa dzake dzaiviringika nenhamo
dzakanga dzaitika idzi. Akazomira kwenguva refu kusvika
pasvika vamwe varume vakanga vauya kuzobata maoko.
Akapinda navo mumba maiva nevakadzi achida kuti awane
kunanga panaMuthlomo agowana kuvhunzisisa zvaakanga
audzwa. Akashama kuona Muthlomo asimo mumba umu.
Akabuda pazhe akatanga kufunga. Chakaita sekumunakidza

kuti akanga aramba achiziva Muthlomo panguva dzino.

Mazuva aaisimbomuona akanga achizomukangamwa kusvikira azodzoka zvakare semunhu airota asi apa akanga aramba achinatsa kumuziva nekuyeuka zvaakanga ataura zvizhinji. Izvi zvaifanira kuva nezvazvaireva chete. Chinhu chimwe chaakakurumidza kuzviudza kuti akanga achifanira kuita, kwaiva kunanga kunzvimbo yakanga yataugwa naMuthlomo pasina kutambisa nguva. Aida kuona chakanga chichinzi chaizoitika chacho.

Chitsauko 31

Chinono chine ngwe, bere rakadhla richifamba. Shingai paakadzeya mashoko aMuthlomo uye akanga ataugwa naMbuya Nyamukuta akaona kuti kukurumidza kwakanga kwakanaka. Muthlomo akanga ati nguva yake yakanga yakwana, naizvozvo aifanira kukurumidza kuronga. Hon'o zita rekuti Mazivandadzoka rakanga ramuudza kuti gwendo gwake gwaiva gwakazara pfumvu, asizve uchi hunonaka hunotowanikwa pane nyuchi dzinopenga nekuruma sedzegonera. Zvaitoda kushinga. Hupenyu hwake hwose hwaairangarira hwaiva hwekushinga chete saka kuinda kuBvuterevadzimu kwakanga kusina imwe zhira kuzhe kwekutongopindamo munaMazivandadzoka macho.

Zvombo zvake akanga adzosegwa zvakakwana uye akanga azvirodzera patsva. Chaaifanira kungoita kwaiva kuzongonyangarika kuitira kuti vanhu vasaziva kwaakanga ainda nako. Kana vanhu vaizoziva, vamwe vaigona kuda kuzomutevera vachimurambidza. Zvekufamba husiku ndiwo waiva mutambo wake. Nekumhanya-mhanya kwaiitwa nevanhu panhamo dzaMbuya Nyamukuta, hapana aizokurumidza kuona kuti akanga asisipo.

Pakati pahwo husiku, mukomana akanga atonanga kuMazivandadzoka. Akafamba chaizvo pamwe achitoita zvokumhanya kuti ainde kure zvachose. Zuva rakazosara kubuda atopedza matunhu aifambiwa nevazhinji kwamazuva maviri. Akatsvaka nzvimbo yakavanda yekuti avate ozosumudzira zuva rorereka. Zvekudhla aizotsvaka zuva raitevera achitoziva kuti chero pane aida kumutevera aizopedzerana nezvikara zvemunaMazivandadzoka. Hope dzakanonoka kumubata asi chimhepo chakazorova ari mubvute maakanga ari dzikazoti "Ndiri shashavo." Haana kuziva kuti akanga avata zvenguva yakareba zvakadii asi akazongoona omuka achidanidzira kuti,

"Aiwa kani handizvo!"

Akamuka achitarira kumativi mana ose akamuruka asi hapana kana munhu waakaona. Zuva rakanga richakacheka nyika. Shingai akanga arota Mbuya Nyamukuta vachimukweva ruoko vachimuvhunza kuti akanga achivatizirei.

Pakutanga akangoti ihope dzakanga dzangomubatavo asi paakarangarira kutanga kuona mbuya vake, akakurumidza kuyeuka kuti mbuya ava vakanga vasiri munhu wedambe kana. Zvaitovapo chete zvavaizama kutaura kwaari. Zvakamunetsa kuti afunge kuti Muthlomo aida here kuti akonane nambuya vake. Mbuya vaizama kumuudza kuti asavatiza asi Muthlomo aimuudza kuti nguva yake yakanga yakwana. Fungwa iyi yakamudambura nepakati. Zuva rakafamba Shingai achizama kuona kuti aifanira kuita zvipi kana kuti oterera upi. Akambotarira-tarira achifunga kuti achaona Muthlomo asi hakuna akauya. Mukufunga umu, Shingai akazoyeuka kubva kwaakanga aita kwaMusita. Akaona kuti vanhu vekwaMusita vakanga vamugashira zvakanaka chaizvo uye dzakanga dziri hama dzake chaidzo. Vanasekuru vake vakanga vamuratidza rudo rukuru kwazvo vakamuudza kuti aizogona kugara zvake chero paaida maMusita. Chero Mambo Musita vakanga vahwisisa nyaya yakevo.

KwaMusita ndiwo wakanga watova musha wake kwete kumwe kwaakanga asingazivi uye kumwe kwaakabva achida kutourawa. Ko zvino aigoda kuinda kupi kwaakanga asingazivi. Fungwa idzi dzakaita kuti ade kudzokera kwaMusita. Shingai akazofungavo shumo iya inoti "Natsa kwawabva kwaunoinda husiku." Akazoona kuti akanga aita zvinhu zvakanga zvakapata chaizvo. Aifanira kubva awoneka, achizivisa madzisekuru ake kuti akanga achambofamba asi achizodzoka zvake. Akazosara kupedzisa fungwa idzi atotanga kufamba achidzokera kwaMusita. Achifunga kudai akazoona kuti akanga asiya muviri wambuya vake uchiri pazhe, zvinova zvinhu zvakanga zvakashata chaizvo. Muthlomo akanga amuyambira kuti ashandise fungwa dzake nguva zhinji. Achifamba kudai, zvakamujekera kuti mbuya vake vaireva kuti aifanira kuzosiya vavigwa mubwiro mavo. Nyama yemunhu mukuru akadai yaifanira kuradzikwa pakanaka sezvo akanga ava pedo nevadzimu. Kutsamwa kana kunyunyuta kwevadzimu kwaizihwa kuti kunopinza nhamo mumusha wose.

Paakasvika pamusha zuva raitevera, hapana akanga ambonyanyavo kumushaya saka zvinhu zvose zvakaindirira mberi zvakanaka. Muchembere aifanira kuzovigwa zuva irori. Pakanga pauya vanhu vakawanda chaizvo kuzovachengeta. Musi uyu hapana aitendegwa kuti acheme zvinohwikwa kana kuonekwa nekuti izvi zvainzi zvaizotsamwisa vekumhepo avo vakanga vauya kuzotora mweya weumwe wavo. Shingai akazohwa kuti guva rambuya vake rakanga ratagwa neumwe murume aiinzi aiva hazvanzi yavo. Murume uyu ndiye aivhunziwa zvakawanda uye ndiye aipigwavo zvakawanda pane zvirongwa zvaiitiwa zvose pakuchengetewa kwambuya Nyamukuta. Mambo Musita vakanga varipo vachiudziwavo zvaiitika asi chavo kwaingova kungogutsirira zvosezvose. VaMusita vakangozovhara zvavo basa nekuudza vanhu zvemazuva aifanira kuti munhu wose wemaMusita azorore kuri kuremekedza kuinda kwaMbuya Nyamukuta.

Moyo waShingai wakanga wopisa nekuda kuti achiinda kwaakanga araigwa naMuthlomo. Aishaiwa kuti oudza sekuru vake vakuru achiti kudii. Akazoinda achivaudza kuti akanga achida kuona kuti paaizovaka pakanga pari papi uye paaizogadziravo munda wake pakanga pari papi zvakare. Sekuru vake vakamuudza kuti nyaya dzakadai dzaifanira kumirira paizogara mwedzi kuti vachitendegwa kusununguka pakuchema nekuremekedza Mbuya Nyamukuta. Shingai zvakamugwadza asi akaramba akamirira kuti nguva yacho ikwane. Payakakwana, sekuru vake vakamuratidza bindu rakanga rakanaka chaizvo rekuti azoronga zvekurima uye

paaizovaka musha wake. Shingai akarovera mbambo dzake
kutenderedza munda wake nepaaizovaka musha pacho,
akataridza kufara chaizvo nezvaakanga aitigwa.

Ramangwana racho Shingai akazoti,
"VaMbwa vangu, ndauyavo neimwe nyaya"
Sekuru vake vakati,
"Taura zvako muzukuru. Ko anovhikwa here mashoko?"
Vaitaura kudai vasina kumurudza musoro. Meso avo aingova
pamupini wavo wavaisesa nekambezo.
"Sekuru, ini ndinoda kumbonyangarika muno maMusita
kwemazuva akati wandei asi ndinodzoka hangu," akadero
Shingai.
VaMuzanenhamo vakuru havana kumira zvavaiita. Shingai
akatombofunga kuti vakanga vasina kuzvihwa asi paakada kuti
atange kuzvidzokorora sekuru vakabva vamugamha vachiti,
"Zvose zviri muzheve muzukuru. Taura hako tihwe"
Shingai akazoindirira mberi achivaudza kuti zviripo
zvaaifambira hake asi zvakanga zvakanaka chaizvo uye akanga
asingadi kuti zvisvike kune vanhu vosevose. Paakapedza
kutaura akanyarara sekuru vake vakaramba vachishanda
mupini wavo. Zvaiita sekuti fungwa dzavo dzakanga
dzakaperera pamupini uyu. Shingai akangoramba akanyarara
akavatarira. Pava paya, sekuru vakazotora chibako chavo
ndokumbokweva mhino mbiri dzebute ravo. Vakazoti,
"Ini handina mazhinji newe muzukuru. Kana zvauri
kuronga zviri zvawakahwa namuchembere hapana kana
rimwe randinobvisa kana kuwedzera. Ini ndakakuudza
zviya kuti muno maMusita ndemako. Uri mwana wemwana
wangu naizvozvo uri mwana wangu. Pane zvaunoita zvose,
chengetedza hunhu hwandakaona pauri. Udzore hasha, kana
kuti ndingati haikona kutungamidza hasha mberi. Zvinhu
zvakawanda hazvina kumira sekuona kwaunozviita. Munhu
une meso mufungwa ndiye unonzi muchenjeri uye njodzi
dzakawanda dzinokonewa kumuvandira. Kana vari kumhepo

vanewe, tinozoonana hedu wadzoka"
"Zvakanakai Shumba. Mashoko enyu makuru chose.
Zvirokwazvo achava nenzvimbo huru kwazvo muhana mangu.
Nemashoko awa, Shingai akasumuka akandogadzirira
zvekufamba kwake.

Paakasumuka hapana akamuona. Hapanavo chero
akamutevera. Akafamba asinganyanyi kuzvitinha sepakutanga.
Chero hana yake yakanga yakagadzikana kwazvo. Shingai
akafamba mazuva akawanda chaizvo achipinda mukati-
kati meMazivandadzoka. Aitarira zvikomo zvakawanda
zvaiva nemazihwe asi haana kuona Mhondoro yaaitsvaka.
Aitoona zvake dzimwevo shumba dzaakanga asina basa
nadzo. Akazosvika mune imwe nzvimbo yaingomuhwisa
dzungu nguva dzose. Munzvimbo iyi aingohwa
seaitenderera panzvimbo imwe chete. Zuva raiita seraibudira
kunzvimbo dzakasiyana-siyana naizvozvo kurashika kwake
kwakanyanya. Akatozobetsereka paakaona kuti mwedzi
wakanga usingamuvhiringidzi. Izvi zvakaita kuti afambe
husiku nguva zhinji kusvika mwedzi wacho wononoka
kubuda. Akambofunga zvekuti pamwe zvefungwa dzake
panaMuthlomo kwaigona kuri kutogwara nefungwa kwake.
Izvi zvaigona kureva kuti aitotevedzera zvake zvinhu zvakanga
zvisina maturo. Fungwa iyi yakamuvhundusa. Achifunga
izvi akaona mamwe mazihwe aiva muchikomo chitukutuku.
Akanga afamba kwenguva yakareba chaizvo husiku hwakanga
hwapfuura saka akaronga zvekuti atsvake pekuvata pedo
nemazihwe iwawo. Akakwira pamusoro perimwe zihwe
pachikomo ichi kuti atarire nekuona zvaivakure sezvo
nzvimbo iyi yakanga isisina makomo.

Ari pamusoro pezihwe iri, akahwa kuomba
kweshumba. Nenguva isipi museve wake wakanga watomirira
kuti chaida kuuya kwaari chisvike zvacho. Akatarira pasi
akaona pane Mhondoro yakanga yakasvibira. Fungwa
dzake dzakamboda kufara kuti zvake zvakanga zvaita,

ndokuzotsamwa oyeuka kuti Muthlomo akanga ati Mhondoro
yacho yaizova iri pamusoro pezihwe. Mhondoro iya
yakaomba zvakare ndokutanga kufamba ichiinda kwakanga
kwabva naShingai. Shingai wakakasira kuitevera akati zvekuti
yakanga yakagara pai yakanga yava imwe nyayavo. Nekunyara
kwaakanga aita akangozvishingisa kuti arambe achitevera
shumba iyi. Zuva rose shumba yakaramba ichingofamba,
Shingai achitevera.
Shingai akashama kuona makomo achitanga kuwanda
nenguva dukuduku. Zuva roda kundovira, Mhondoro
yakaomba runokwana rushanu. Shingai wakacheuka
kwaakanga abva nako kwekanguva kaduku ndokuzotarira
kuMhondoro iya zvakare. Meso ake akashaya kuti
yakanga yanyangarika nepapi. Haana kuzoiona zvakare asi
paaimhanyisa meso ake achiitsvaga akabva aona makomo
eNyamutatu ari mberi kwake asi kuri nechekure. Haana
kumbozama kufananidzira, asi akangoziva kuti ndiwo
makomo akanga arehwa naMuthlomo. Dziva raiva pakati
pemakomo awa. Muthlomo akanga asiri mufungwa dzake
kwete. Muthlomo aiva wechokwadi.
Shingai akanga apinda muBvuterevadzimu, nzvimbo
inoyera. Chose chaakanga oita chaifanigwa kukumbigwa
neruremekedzo. Kungava kuzvibetsera, kuvesa moto
wekubika, kufura mhuka, kudhla michero kana kuvata chaiko,
zvose izvi zvaida kukumbigwa. Munhava yake makanga
makazara chimukuyu saka zvekuvhima zvakanga zvichiri
kure. Shingai akanga asingadi zvekufura-fura mhuka dzaiva
munzvimbo iyi. Panyaya dzaakanga ambohwa zvainzi mhuka
zhinji dzinowanikwa munzvimbo dzakaita sedzidzi dzaitova
vadzimu. Mweya dzevadzimu dzaifamba dziri mumhuka
dzaigara munzvimbo dzaiyera idzi. Shingai akatanga kuita
zvose zvaaiita achiuchira nekukumbira semunyai. Akanga
akazara nekuthla asi aifanira kuita zvaakanga audziwa
naMuthlomo kuti zvose zvaaizoronga zvizomufambira

zvakanaka.

Makomo eNyamutatu aiva makomo makuru akanga akabatana ari matatu. Kana munhu aitarira arikure, makomo awa akanga akafanana chaizvo uye aitaridzika sematenga edzimba dzakapfurigwa neuqhwa. kumavirira kwaiva nemaviri akafanana. Rekumabvazuva ndiro raitaridzika kuti rakanga rakati kurei kudarika mamwe maviri aya. Nguva zhinji pakati pemakomo awa paigara pakakwidibira nemhute. Shingai paakaona misoro yemakomo awa nemhute haana kunonoka kuziva kuti ndiyo nzvimbo yaaitsvaka. Kumwe kose kwaionekwa kwakachena zvakanaka asi pakati pemakomo awa paingoonekwa mhute yaipwititika.

Shingai paakapedza zvirango zvake zvokukumbira nekuvonga akabva angofamba akananga kumakomo awa. Achiri kure akaona kuti nechekuchamhembe kwemakomo eNyamutatu kwaiva nerimwe zidziva ziguru asi rakanga risina mhute. Fungwa dzake dzakamboda kufunga kuti ndiro dziva raakanga araigwa kuti agezeremo naMuthlomo asi akangozoti ambotanga asvika pakati pemakomo kuti aone kuti pakanga pasina rimwe here. Akazonyenyeredza dziva riya kusvika awana paiva nemupata wekuti ainde pakati pemakomo aya. Achingoti pindei mumhute akabva akonewa kuona chero paaifamba chaipo nekuda kwemhute. Akada kudzokera sure asi hakuna chakanga chichaonekwa. Kuthla kwakanga kwamuputira zvino. Akamboda kuridza mhere asi akangofunga kuti zvaizomubetserei akabva anyarara.

Nenguva duku akanga asingachazivi kuti mberi kana kuti sure kwakanga kuri kupi. Akabva agara pasi ndokuuchira maoko achitanga kudembetera. Zvaitaugwa zvakanga zvisingazihwi kuti zvaizodii asi chinhu chimwe chaakazvisimbisa ndechekuti vadzimu vakanga vasiri mapenzi naizvozvo vaiziva kuti moyo wake wakanga wakanaka uye hapana zvakawanda zvaaiziva. Achihuta kudero aitaura achiti, *"Vene venyika,*

vene vamatondo,
Imi vene venzizi namadziva ose.
Zvikara zvose zvinothla imi
Ndinozviziva kuti zheve dzenyu dzakarerekera kwandiri.
Munozviziva imi kuti ini chandinoziva nezveuno ndopasina.
Sekererai zvenyu musesedze mwanakomana wenyu.
Shungu dzekunatsa zhira dzenyu nezvido zvenyu ndozvandisvitsa uno.
Zvino chiperekedzai mhuru yenyu muiraire zvamunoda imi.
Kana makanditarira ndinoziva kuti munoona rupawo gwenyu.
Changu ndamirira imi kuti mundiudze kana kundiratidza zvokuita."

Zvaakapedza kutaura izvi, akabva atereresa kuti ahwe kana pane akanga amudavira. Hapana chaakahwa. Fungwa hadzina muganhu. DzaShingai dzakatanga kuda kuvhunza kuti pane akanga atombomuhwavo here achitaura kana kuti vadzimu vacho vakanga vakatovata zvavo. Fungwa idzi dzaimuthlisa nekuti akanga asingazivi zvaigona kugumbura vadzimu. Nguva ino yakanga isingadi zvekugumbusa vadzimu nekuti aigona kungozopararira imomu mukati mechakasara makadai. Akakurumidza kushandura zvekufunga nekumboterera dumbu rake. Zhara akanga asina zvachose. Aiziva kuti akanga achiri masikati machena, naizvozvo zvekuvata zvakanga zvichiri kure naye. Akafunga kuti paizongopera mhute aibva akurumidza kubva panzvimbo iyi. Fungwa dzakaramba dzichivhunza mivhunzo yakawanda isina aigona kuidavira.

Shingai haana kumboona kuti akanga abatiwa nehope sei zvisina kana kumbomunyevera. Paakamuka akaona ari panzvimbo yaiita semumba asi muri mubako. Nzvimbo huru yebako iri yakanga iri pazhe nekuti Shingai aiona nyeredzi dzakawanda mudenga. Mberi kwake kwaiva nemoto waipfuta nehuni dzaiita sedzisingaperi kutsva. Nyeredzi dzaaiona mudenga akanga asingadzizivi saka kuti azive kuti akanga ari papi haana kuzviziva. Nguva idzi kuzhe kwakanga kwasviba chaizvo asi mhute yairatidza kuti yakanga yainda. Shingai

akatanga kutsvaka zvombo zvake akaona zvose zvakakwana
zviri parutivi gwake. Runyararo gwaiva panzvimbo iyi
gwakawedzera kumuvhundusa. Akazofunga kuti idzi dzaiva
hope dzaairota ndokuita sekuseka zvishoma. Akazvishunya
ruviri kuti agutsikane kuti dzakanga dziri hope asi akahwa
kugwadziwa. Akasumuka achitora zvinhu zvake oda kuti
abude mubako iri. Paakangoti atore nhambwe imwe akahwa
mumhepo semakanga mobuda mahwi akanga asingahwikwi
kuti aitaurei ndokubva ambomira.

Akamira kudaro, akazofunga kuti kana iye akanga
amusvitsa panzvimbo iyi aida kumuparadza angadai akazviita
zviri nyorenyore nekuti izvi zvose zvakaitwa iye asina
chaaiziva. Izvi zvakaita kuti akasire kutenda zvaakanga aitigwa
nevagari vekumhepo. Akagara pasi kusvika kuzhe kwachena.
Ropa rake rakaita serichagwamba nguva yaakaona kuti mubako
maakanga ari makanga makazara matehenya evanhu. Vhudzi
rake rakamira kuti twi-i akatarira matehenya aya.
Nechemumoyo akangoti,
"Ho-o, saka pano ndipo pandinoperera nhai? Dehenya rangu
richatowedzera pane mamwe awa"
Akasumuka zvinyoro-nyoro asingadi kuita kana mutsindo
zvawo. Zasi, pakati pemakomo pakanga pane dziva raiva
nemvura yakanga yakatora ruvara gwedenga. Akatanga
kufamba achidzira kubva mubako muya asi asina kwaakanga
amboinda, mhute yakakaruka yangomuputira zvakare.
Akacheuka akaona moto uya wava kupfuta zvakare. Akafamba
achidzokera kubako, mufungwa dzake aiona matehenya
achimuseka chaizvo. Chakanga chasara kuita zvekushinga
chete. Akashinga akadzokera mubako. Pasina nguva mhute
yakapera. Shingai akaterera dumbu asi zhara yakanga isati
yamushanyira. Chimukuyu chake chakanga chichirimo
munhava.

Izvi zvakaitika kwemazuva anokwana mashanu. Zhara
yakazobata akadhla chimukuyu chiya. Akagara kusvika atojaira

kugara nematehenya evanhu aya. Rimwe zuva akazofamba kusvika pedo nemvura yemudziva riya. Haana kuzomwa kana kugeza nekuti mvura yacho yaitoita seyaifazha mudziva imomo. Izvi zvakangoitika kwezuva rimwe. Rakazotevera Shingai akakwanisa kumwa uyevo kugeza nemvura yemudziva iri. Paakapedza akafamba akananga kune mumwe mupata pakati pemakomo maviri. Hapana chakashanduka. Akatanga kufambisa achithla kuti pamwe mhute yaizodzoka zvakare asi hapana mhute yakauya. Akabuda mumakomo awa ndokuzocheuka ati fambei. Apa ndipo paakaona kuti mhute yakanga yazosumuka zvakare. Akaramba achifamba achizama kufunga kuti ko zvino chakanga chashanduka paari chakanga chiri chii asi akachishaya. Akaramba achifamba ari munzvimbo iyi asi akananga rutivi rumwe.

Zuva rakavira asi mukomana akaramba achingofamba. Kuzhe kwaitonhorera zvakanaka zvekuti chero ziya rakanga risingabudi. Shingai akaona kuti pakanga patova nenguva yakareba kubva zvaakanga abuda ziya. Kubva nguva yose yaakanga ari muBvuterevadzimu akanga asina kumbohwa chando kana kuti kutsva pamuviri chero hazvo mazuva awa chakanga chava chirimo. Shingai akaronga zvekuzozorora kwayedza. Aida chose kuti abude munzvimbo maakanga ari nekuti makanga makasungika zvakanyanya. Nyeredzi dzaiva mudenga akanga asingadzizivi zvakare. Paakazovambuka rumwe rukova gwaiva nemvura shomashoma, Shingai akatanga kuhwa kutsva uye kunyara. Akatarira mudenga akaona nyeredzi dzaaiziva dzavamo. Apa hweva yakanga yatobuda zvino, kureva kuti kuzhe kwakanga koda kuyedza. Paakacheuka kwaakanga abva nako akangoshama kuona pasisina musiyano nepaakanga ari panguva idzodzo. Rukova gwaivapo asi pane chakanga chashanduka. Haana kuzoda kuzvinetsa neizvi sezvo aida kuinda kure kwazvo nenzvimbo yaiyera iyi.

Shingai akatozozorora zuva ratokwira chaizvo.

Akafura mhembwe kuti ambowana kudhla nyama nyoro.
Chimukuyu akanga afinhiwa nacho. Paakavhiya mhembwe
iyi ndipo paakatanga kufunga zvemhembwe yaakanga afura
achiri muduku akaipa mainini vake Marujata. Paakafunga
zita rekuti Marujata, hana yake yakarova. Pakarepo akatanga
kuona kuti ndangariro dzake dzakanga dzadzoka zvakanaka
chaizvo. Akatanga kufunga vanhu vekuDangadema nekutiza
kwaakanga aita nzvimbo iyi achitiza baba vake Chafunga.
Akatombomira kuvhiya mhembwe yake achingonyemwerera
ari oga kudero. Akabatanidza nezvose zvekuMagocha
uye musi waakanga anaiwa nemvura zhinji kusvika awira
pasi. Akayeuka achiona Magodo achimutora nevarume
vakamupa masvusvu. Akaona kuti zvaMuthlomo akanga
achizviyeuka zvose uyezve akazoona kuti zvose zvaiitika
muBvuterevadzimu zvaiva nechokuita nendangariro dzake.
Fungwa dzake zvadzakanga dzadzoka kudai, nguva yake
yakanga yasvika zvomene yekuti achironga zvaaida kuti
zvizoitika nehupenyu hwake zvino. Akaseka zvake paakafunga
kuti vazhinji vekuMagocha vaifunga kuti akanga ari mwana
wakabva kunjuzi.

    Zuva rakanga rakacheka nyika. Bani rose raiita serine
chiutsi chaipfungaira kumativi mana ose nenyaya yekupisa
kwaiita kuzhe. Miti yaionekwa yaiva mishoma-shoma asi
uqhwa hwakaoma hwakanga hwakawanda hwakapfekana.
Chero shiri dzakanga dzakavanda mumimvuri yemiti idzi
kuzhe kwezvapungu zviviri zvaibhururuka zviri mudenga.
Chimhepo chaibva nepakati pekumabvazuva nekuchamhembe
chaipota chichimbotonhodza kuzhe. Shingai akanga akagara
akatsamira pane umwe muti. Akanga akatarira kure chaizvo
asi mufungwa dzake makanga musinei nezvaiva mberi kwake
pameso. Aizama kuona zvaiva mberi kwake muhupenyu
hwake. Chainetsa ndechekuti fungwa dzacho dzairamba
kuti dzigone kunanga pachinhu chimwe. Dzaiti dzikafunga
zvekuMagocha, dzopedzisira pamwe dzatova kuDangadema

makore akanga apfuura kare. Dzimwe nguva dzaiti dziri pakati pekwaMusita, okaruka otofunga zvaShuvai. Zvihasha zvaiuya paaifunga nezvaShuvai asi zvaikurumidza kupera. Pana Mukai ndopadzainyanya kudzoka.

Shingai aizama kuti aronge zvokuita kubva paakanga ari. Muthlomo nambuya vake vakanga vamuudza zvakawanda asi chinhu chavakanga vasimbisa, kunyanya Muthlomo ndechekuti aifanira kushandisa fungwa dzake pane zvose zvaaida kuita. Hupenyu hwake hwakanga hwazara mberi kwake zvino. Fungwa dzake dzakanga dzabuda nezvinhu zvinenge zvitatu zvaivapo kuti ashare kana kuti kutanga kuita. Chekutanga, Shingai aigona kudzokera kwaMusita ondovaka musha wake nekutsvaka aizomubikira sadza. Aigona kuzobetsera mauto aMambo Musita. Izvi zvakanga zviri nyore chaizvo kuita. Hapana chaaizopokana nevadzimu nacho nekuti aingozogara zvake murunyararo. MaMusita mainakidza chaizvo. Vanhu vemo vakanga vasina ndemo dzakawanda sedzevekuMagocha nekuDangadema.

Chechipiri Shingai akanga ahwa kuti baba vake chaivo vaiva Mambo Zihwe wekuDangadema. Muhuduku hwake akanga amboona Mambo Zihwe wacho asi kwete zvekuti akanga achitomuziva chaizvo. Chero dai aisangana naye panguva dzino vaingopfuudzana muzhira. Muthlomo akanga amuudza kuti dare revekumhepo rakanga rashara iye kuti andotora hushe hwekuDangadema. Fungwa iyi yaingomusekesa zvayo. Aitenda chaizvo zvaitaugwa naMuthlomo asi izvi zvaimurambira. Shingai aigona kuinda kuDangadema uku kuti andotora hushe hwake. Izvi zvaireva kundogwisa baba vake kana vakanga varivo vaiva vachiri pachigaro. Umwe moyo wake wakanga uchida kuona kuti baba vake vaizomutora sei kana dai vakanga vazohwa kuti akanga ari mwana wavo.

Ko chero dai vaimugamuchira semwana wavo, vakanga vasina here vamwe vanakomana vaizoda kugara pachigaro

chavo kana pavaizenge vafa? Asizve, Muthlomo akanga ati
kutonga kuri kuitwa naZihwe kwakanga kusiko. Kwakanga
kwashaisa vekumhepo mufaro naizvozvo vakanga vatsvaga
iye Shingai wacho. Kuwirirana naZihwe hakwaizomboita
nyore bodo. Chero kana vakanga vasivo vaivapo zvaingoreva
kugwisana naiye aivapo pachigaro ichocho. Shingai akanga
akabva kuDangadema achiri muduku chaizvo zvekuti
vaimuziva vaiva vashoma. Chero nzvimbo yacho aiiziva zvake
akanga asina ndangariro dzekuti hondo dzeko dzaigwiwa
zvakadii. Akanga asingazivi mamirire akanga akaita mauto
eko. Achifunga zvose izvi, Shingai akaona kuti nyaya
yekuDangadema yakanga yakaoma chaizvo.

Chechitatu, kuMagocha kwairamba kuchimudana.
Kwete kuti akanga asingathli zvaakanga asiya aita kwete.
Hon'o Shingai akanga akurira muMagocha. Zvaaiziva zvizhinji
akanga azvidzidzirako. Vanhu vakawanda vaaiziva vaiva
muMagocha. Kufara kwake kuzhinji kwakanga kwaiitika
munzvimbo iyi. Munhu waakanga amboda zvekukwekwetiwa
moyo wose naye, Shuvai, akanga amuzivira kuMagocha. Chero
hope dzake dzakawanda airota ari munzvimbo iyi. Asi zvose
izvi zvakanga zvisingamukweveriko kudarika shungu dzekuda
kuziva kuti chii chakanga chazoitika kuna Mukai. Shingai
akanga aita mhosva huru pakudarika mutemo naMukai
mukadzi waMambo Rubonga. Rubonga chero zvake akanga
aratidza kuti aida kuuraya Shingai, akanga amuchengeta
zvakanaka semwana wake kwemakore akawanda. Asizve,
Mukai akanga anonga pamuviri paShingai. Shingai aida kuziva
kuti chii chakanga chaitika kumwana wake uye kuti kana
pakanga pane mukana, aida kundotora Mukai wacho kuti
vatize vose vainde kwaMusita.

Achifunga izvi akatohwa havi yekuda kuona mwana
wake ichiwedzera. Mwedzi mipfumbamwe yakanga isati
yakwana kubva zvaakanga atiza kuMagocha asi aizviziva
kuti akazotiza Mukai atova nezvimwedzi zvakati kuti atotora

pamuviri. Izvi zvaireva kuti kwaifanira kuva kwakanga kwava
nemwana wake pari zvino kuMagocha. Shingai aizviziva kuti
Rubonga haizouraya Mukai nekuti izvi zvaizoita kuti Shingai
wacho asadzoka kuzoedza kuba Mukai wacho nemwana wake.
Aiziva kuti Rubonga aida chose kugwadzisa munhu anenge
amutadzira zvichionekwa nevanhu vakawanda. Izvi zvaiita kuti
vazhinji vevanhu vake vamuthle chaizvo uye vavenge kupesana
naye.

Vuvo remakumbo machena rakamhara kumusana
kwaShingai asi iye haana kurihwa. Parakazonyudza chibayo
charo kuti risvete ropa ndipo paakazovhinyuka achizama
kurirova asi achikonewa kurisvikira. Akazoita zvekukwizira
musana wake pamuti waakanga akatsamhira kuti awane
kukwenya. Akanga asina kuona kuti chii chakanga
chamuruma. Akafunga kuti chaigona kuva chikodza
kana kuti rimwe svosve riya dzvuku rineuturu hunovava.
Akadzokera kufungwa dzake ndokuzozvisimbisa kuti aifanira
kungoinda chivande kuMagocha otsvaka zhira dzekuferefeta
nezvaMukai uye kuti aizomuba nezhira ipi. Kana aikwanisa
kuita izvi, aizokurumidza kudzokera kwaMusita ondovaka
musha wake ikoko. KuMagocha aigona kuzoshanyira hake
shamwari yake Masimba kana makore akawanda azopfuura
uye kana oziva kuti Rubonga anenge ava pasi pevhu. Shingai
aiziva pekutangira kusvika. Izvi akazopedzisira kuzvifunga
hope dzatomuba kare. Akazomuka achizamudzira mbama
pachidzva chake chakanga charumwa zvakare nevuvo riya.
Pari zvino akanga ari bata, chidzva chake chazoreka ropa.
Akaritarisisa akabva aziva kuti paiva nenyati dzaiva pedo. Apa
zuva rakanga rarereka zvino. Akazoita zvekutsvaka nyati dziya
kuti awane padzaimwira mvura. Aida kuti amwevo mvura
iyoyo uye aida kuzadza guchu rake kuti achitanga kufamba
kuzhe zvakwakanga kwava kutonhorera. Husiku ndiyo nguva
yakanga yakanaka kufamba kana kwaipisa zvakadai.

Chitsauko 32

Zuva rakanga ratsvuka asi rotarisika nemeso richinyura. Mvura yemugwizi yakanga yachitoravo ruvara gwezuva panhambo iyi. Shiri dzakawanda dzakanga dzatodzokera panzvimbo dzadzaivata kuzhe kwemasekwe akanga achakazara mudenga, mamwevo achiri mumvura achinyangira zvikove kekupedzisira kwemusi uyu. Mhepo inenge yakanga yatozororavo saka chero mashizha emiti nebundo zvakanga zvakadzikama chaizvo. Murunyararo ugu Shingai akabuda mubundo raiva pamapeto egwizi ndokumboyeva mamirire ekuzhe awa. Akafunga mazuva aaimboona zvakadai akatanga kunyemwererera ari oga.

Shingai akayeuka kuti nguva dzakadai dzekuvira kwezuva richitsvukira sezvizvi dzaidiwa naShuvai chaizvo. Shuvai aigara achipopota kuti ko ivo vakanga vasika nyika vakanga vadii kuti nguva yakadai ikwanise kuti kuzhe kurambe kwakangodaro kwenguva yakareba chaizvo. Shingai aizvitendavo izvi. Pakufunga Shuvai akabva aora moyo. Akambofunga kuti kuda pamwe pari zvino Shuvai akanga atova nevana vaviri. Fungwa idzi hadzina kumunakidza nekuti dzaimukanganisa zvirongwa zvake. Iye akanga afambira Mukai, kwete Shuvai wakainda kare. Matakadhla kare ndoasina kumbobvira anyaradza mwana kana.   Ari mubishi rekufunga izvi akatoona kuti kuzhe kwakanga kwatowedzera kusviba. Aifanira kuti ashambire asvike kune rumwe rutivi gwegwizi. Akapinda mumvura ndokushambira zvisina ruzha. Aiziva zvake kuti panzvimbo iyi paiita ngwena shoma. Chake kwaiva kushambira zvisina ruzha chete. Akanga avhenganisa mafuta engwena aigara munhava yake ndokusvinira makavi emutondo, achipedzisira oazora nechemudumbu. Izvi zvainzi zvairashisa ngwena kuti irege kusvika pamunhu akanga akazora mushonga uyu. Shingai aiziva hake vamwe vanhu vakawanda vainzi vakadhliwa nadzo chero vainzi vakanga vakazora mushonga uyoyu. Vamwe vaiti zvaidero nekuti munhu iyeye anenge apokana nevadzimu vake kana kuti anenge akatadzira mwana achiri rusvava.

Achibuda mugwizi kune rumwe rutivi, akangofamba nhambwe dzinokwana nomwe ndokuhwa ambundikigwa nokukurumidza. Pasina nguva akanga agagwa kumusana maoko ose akabatiwa panhu pamwe, musoro wakandonyegwa muvhu. Shingai akada kuti aviruke nehasha asi akanga akabatiwa zvakasimba semunhu wakanga asungwa mbiradzakondo. Panguva duku, fungwa dzake dzakamhanya. Ko akanga akurumidza kubatiwa zvakadai sei? Kuti vanhu vaRubonga vakanga vakasosa pose vachiziva kuti achadzoka chete here? Dzimwe fungwa ndodzaimhanya dzichida kuziva kuti achatanga kutemwa kana kuchekwa pai? Dzimwe dzaironga kuti ozvisunungura sei paakanga akabatiwa. Dzimwe dzakatombozvivhunza kuti akanga ari munhu here kana kuti chaitova chikara chakanga chamubata? Paakazohwa mumwe munhuwi waaiziva wakabva pachikara kana kuti munhu akanga akamugara ndipo paakazoseka achisununguka zvakare.

Gotora akamuregedza ndokusekavo.

"Ko waziva sei kuti ndini?"

"A-ah, mukuru wangu, handiti hamusati mageza here?" Shingai akapindura achiseka. Vakazogwinhana maoko nekumbundikirana vasumuka.

"Ndakuona zvangu usati watombopinda mumvura. Handina chinondivandira chikabudirira ini. Ko uri mupenyu zvako? Kuno shoko rakatombofamba rekuti wakanga wafa kare asi vakawanda ndivo vasina kumbobvira vazvibvuma izvozvo. Asi wakaoma chikomana. Nezvawakasiya waita ungatoshinga kutotsika muvhu raMupingamhuru muno?"

Shingai akatura befu asati apindura ndokuzoti, "A-ah, mukuru wangu, zvepasi pano zvakagozha. Handina hangu kufambira zvakawanda"

Gotora akatarira Shingai mumeso kwenguva yakareba chaizvo ndokuzoti,

"Hande timbopinda mumba tozotaura hedu."

Gotora aigeza ari seri kwerimwe gwenzi murima. Kuzhe kwakanga kwasviba chaizvo. Shingai akanga akagara ari mumba maGotora panhambo idzi. Kubva zvavakanga vawirirana, akanga asina kumbopinda mumba umu. Paaisvika pachinzvimbo ichi aiwanza kungoperera pazhe, pavaigara vachitaura nyaya. Shingai akatarira kubva kuchiruvi achidzira nembariro dzepasi. Nhungo dzakanga dzakasenga denga reimba iyi dzakanga dzakarurama chaizvo uye dzose dzakanga dzakapondogwa. Dzaitongozoonekwa kupondogwa kwadzo nekuda kwekutsveedza kwadzakanga dzakaita asi dzose dzakanga dzava tematema nekuda kwe chiutsi. Shingai zvakamushamisa kuti chin'ai chakanga chiri chishoma muimba iye asi denga rose rakati tsvaa kusviba nekuda kwechiutsi. Mbariro dzechekuzasi dzakanga dzakazara zvinhu zvakasiyana-siyana zvaiva zvakapfekegwa madziri. Shingai akaona ruoko gwegudo neimwe shamhu yaiva yakagadzigwa nemuqhwe wemvuu. Maivavo nemanhenga eshiri dzakasiyana-siyana aiva akasunganidziwa. Paakaona makanda emazinyoka neguugwa remhungu ropa rake rakambomhanya vhudzi ndokumira. Shingai akanga asati ambopinda muimba yakadai kubva chizvarigwe chake.

Mumba umu makanga mune zvigaravakwati zviviri. Shingai akanga akagara pane chimwe chacho chaiva chiduku. Chaikwana zvacho kuti vanhu vaviri vagare asi chairatidza kuti hapana mumwe munhu aimbochigara kuzhe kwaGotora wacho. Chimwe chacho chakanga chakazara matengu nematende aiva nezvinhu zvakawanda. Shingai akanga asinganatsi kuona zvinhu zvaiva nechemuzasi nekuti chiedza chemoto chainyanya kuvhenekera mudenga. Pamoto pakanga pane hadhlana yaivhaira iripo. Chakanyanya kugwadza Shingai igwema rakanga riri mumba umu. Kubva zvaakanga apinda akanga atanga kukosora kwakanga kusingamiri. Akanetseka chaizvo kuti aizogona here kudhla zvaibikwa naGotora usiku uhu.

Shingai akabva pachigaravakwati akabva agara pachituro nekuti aida kuqhwedera pedo nemoto kuti nhunga dzaimuruma dziite shoma. Akanga akangamwa kuzora muto wemumwe muti waibuda mukaka, uyo waidzinga zvitunga kana munhu awuzora. Aizopuhwa zvake umwe naGotora paaingopedza kugeza. Pakazopinda Gotora mumba akatanga kurongedza zvekuti abike. Shingai akakumbira kuti abetsere asi Gotora akaramba. Izvi zvakafadza Shingai nekuti akanga asingadi zvekubikira muimba yainhuwa zvakadai. Aingozoshinga chete zvetsika kuti amedze zvaibikwa zvacho.

"Saka wuno wadzoka kuzodii chaizvoizvo nhaiwe chikomana?"Gotora akavhunza achipakura sadza remasekesa. Shingai akambomira kupindura, meso ake ari kune zvaipakugwa. Kuti avhunze kuti zvakanga zvabikwa zvaiva zvii, zvakanga zvisingaiiti. Tsika dzake dzakanga dzakakwana saka chaakangogona kutarira chete zvichibugwa.

"Kubvira muvhunzo wangu hauna kuuhwa here?"

"Ho-o, aiwa, a-a kuhwa ndahwa hanguzve asi-"

Shingai haana kuzopedzisa kutaura Gotora amuganhura, "Hino?"

"Handina kufambira zvakawanda mukuru wangu. Pandakatiza ndakandosvika kure chaizvo asi ndakandowanavo hama dzangu chaidzo. Ndakandosvika ndikawana kumusha kwamai vangu chaiko. Madzisekuru angu vapenyu uye vakatondipa pekuvaka nepekurima pakanaka zvikuru."

"Heyazve, zvino ukagovingeiko kuno? Kutiza rugare gwakadaro uchiuya kuzosasika ura hwako pazvitsiga zvemuno muMagocha?"

Gotora akavhunza achiratidza kukathlamara zvemazvirokwazvo. Akaindirira mberi achiti,

"Handizivi hangu asi iwe handikuzivi uri munhu akakotsira."

Chindiudza hako ndihwe."

"Mukuru wangu, ini ndakapara mhaka yakaoma
kwazvo. Handimbosvori kuti mambo wangu Rubonga
wakatsamwa kusvika pakuda kundipfuudza nekuti zvandakaita
zvinokodzera chose kuti mweya wangu nenyama yangu
zviparadzaniswe. Chinondigwadza, uye chiri kuramba
chichindibata fungwa ndechekuti handina kuzviparira ini
ndoga bodo. Ndakaparira mwana vevaridzi ndikamuisa
panguva yakaoma chaizvo. Chero hake iye akabetseravo
kupara mhosva yacho hazviinzani neni munhurume. Mwana
uya inhiyo chaiyo yakangokurira muchirugu. Haana zvaanoziva
kana kuti munhukadzi unozvibata zvakaita sei kana mapfumo
evarume amunanga. Haana kubvira awana wakamuraira kuti
iye aifanira kuzvichengetedza ari muruzhowa achidii chero
shungu dzaimutuma kuti abude.

"Nekufamba kwenguva, zvinhu zvose izvi
zvakandiudza kuti hana yangu haizombogari zvakanaka
hupenyu hwangu hwose kana ndikasiya mwana iyeye
achiramwiwa kana kutambudziwa naRubonga. Kutaura
kudai pamwe izvozvi kwatova nemwana wangu naMukai.
Zvino ini ndauya kuti ndizoona kuti zvakamira sei. Kana
Mukai akaramwiwa akadzosegwa kwaMadhlira, ini ndondoita
zvekuba, iye nemwana wangu ndoinda navo kuhama dzangu.
Kana achiri kutambudziwa ari mumusha maRubonga, ini
ndoronga zvekuti ndimunyeruse ndiinde naye. Ndinozviziva
kuti zvakaoma asi kwandiri ndichatowana zhira yekuzviita
chete. Ndananga kwamuri nekuti ndimi mungatondiudza kuti
kuzhe kwakamira sei. Handidi kuti pawane chero mumwe
unoziva kuti ndatombotsika muno muMagocha kana."

Shingai paaitaura zvose izvi, Gotora aingogutsurira
musoro zvishoma nezvishoma achidhla sadza rake. Shingai
akatozoyeuka pava paya kuti aifanira kuva achisema zvaaidhla
asi akatohwa kuti zvaitomunakira. Sadza remasekesa raivavira
zvainaka asi chainyanya kumunakira chimukuyu chaiva nedovi

nezvimhiripiri zvaivavira kure. Munhuwi wemumba wakanga uchimo asi iye akanga ava kuita achiujairira.

Gotora akazotanga kutaura, mumuromo makazara chimukuyu achiti,

"Ummn, yaa, nyaya yako ine mutsindo chokwadi. Handizivi kuti ndotangira papi chaipo. Zvisinei, rega nditange ndakuudza zvakasara zvichiitika muMagocha kubva zvawakainda tozoona hedu kuti zvaungaronga zvii kana ndapedza."

Gotora akaudza Shingai zvakawanda zvakanga zvaitika, kubva kutumwa kwakaita mauto akatumwa naRubonga kutevera Shingai, kudzoka kwavo, kurohwa kwavakaitwa pamberi pechita chevanhu nekuda kwekukonewa kwavakanga vaita kubata munhu mumwe. Akamuudzavo zvemubayiro waizopuhwa uyo waizouya nehumboo kana kuti aizogona kuratidza vanaChakare pakanga pakavanda Shingai. Zvainzi kana aizouya nezvakadai aizopuhwa fuma yakakura chaizvo yaisanganisira danga rine n'ombe gumi neshanu. Kana pane aizouya nemusoro waShingai aizopuhwa chigaro chekuva umwe wevachenjeri gumi neumwe pamusoro pefuma huru chaizvo. Munhu uyu aizopuhwavo Ruvarashe, mwanasikana waRubonga uya aiteverana naKundai kuti amuroore pasina kubvisa fuma.

Shingai akamboseka paakahwa izvi asi Gotora haana kunyanya kuita semunhu ainakigwa nenyaya yacho. Shingai akaudziwa kuti chero zvakadai, vashoma vanhu vaizama kumutsvaka nekuti vazhinji vaitaurirana vachiti zvakanga zvisina kunyanya kusiyana nekutumwa kundogwa neshumba kana kuivhima munhu asina kana chombo chokumubetsera pakuigwisa kwacho. Varipovo zvavo vainzi vaishuvira kuti vawane mukana wekuwana fuma nerukudzo zvakanga zvanikwa pachena izvi.

Nyaya yakanakidza Shingai pane zvakasara zvichiitika ndeyaGwari mwana wemunun'una waRevesai. Gwari aiva mukomana wezera ranaShingai naMasimba. Mazuva avakanga

vari kumakomo ePengapenga, Gwari akanga aratidza
kugona kugwa chaizvo uye akanga aratidza kuti aizoita uto
guru kwazvo muMagocha. Gwari akanga awirirana chaizvo
naShingai. Chakazoitika ndechekuti, pavakadzoka kubva
kuPengapenga, Gwari haana kuzonyanya kugara muMagocha
nekuti akanga ainda kundogara kuBengwa kumadzisekuru
ake pakarambwa mai vake. Revesai akanga akonana chaizvo
nemunun'una wake nekuda kwezvaaiita zvekugara achirova
mukadzi wake. Gwari aiona zvose zvaiitika zvekuti akafarira
bamukuru vake Revesai chaizvo. Nguva zhinji akanga
otogara kugota remwanakomana waRevesai mukuru.
Pakazorambwa mai vake akabva angoindavo navo kumusha
kwavo kuBengwa. Izvi akaitira kuti akwanise kuzobetsera
mai vake basa nekuchengeta vamwe vana vavo vakanga
vachiri vaduku. Zvekuurawa kwemhuri yaRevesai zvakazosara
kuitika Gwari ava kutogara kuBengwa uye baba vake vakanga
vatozonyangarikavo zvavo.

       Zvino Gotora aiti Gwari akambozouya kuti aone
bamukuru vake vaaifarira Revesai nemhuri yavo achivaratidza
mukadzi waakanga atora, wanei mhuri yose yakatsakatika.
Akatoudziwa nevamwe kuti chero dai iye aivapo angadai
akaurawavo naRubonga. Zvinonzi akangozonyangarika zvake
asi ndiye munhu ainzi akanga auya achigara segandanga
muMagocha achiuraya wose aingoratidza kuti akachengetedza
Rubonga. Gotora akatizve, zvaitonzi pane vakawanda vakanga
vamuona panzvimbo dzakawanda paizofuma poonekwa
varindi vamambo vakashizhiwa. Akati zvakare, varipo vamwe
vainzi vaifamba vachiti ndiShingai akanga adzoka ava kuuraya
vamwe vanhu ava uye vamwe vaitofunga kuti Shingai wacho
naGwari vaitoronga vose kuita izvi.

"Zvino Gwari wacho washaisa mhuri yaRubonga mufaro
muno. Arikupedza varindi vamambo vose achivashizha
nezhira yakafanana. Rupawo gwake gwekucheka zvitunha
zvake miromo yezasi haaregeri. Fanike mazuvano, haanonoki!

Zvirikunzi ndiye munhu wawakasiya achishupa muno"

Shingai akaramba achiterera achishamisika pamwechete nekunakigwa nenyaya iyi. Zvakamushamisavo kuti sei akanga asina kumbofungiravo kuti Gwari ndiye aiita izvi.

Gotora akazopedzisa oti,

"Zvino zvinhu zvakamira kudai, muMagocha makaoma chaizvo mazuvano. Mauto akawanda ari kutsvaka Gwari zvekuti paunoda kufamba pose pakasosewa. Zvisinei, chiona zvakazoitika kunaMukai wako. Rubonga paakaona nguva yainda pasina akahwa kuti iwe wakanga uri papi, uku dumbu raMukai rakanga rakura zvino, akadana vanhu vakawanda kumuti wechiutsi.

"Kwakatanga kusheedzewa Gezi, akauya akapfeka nhumbi dzake dzekushopera. Gezi akabva audziwa kuti miti yake yekuvhara vakadzi vamambo kuti vasaita upombwe nevamwe varume wakanga uri wenhema nekuti panaMukai wakakona kushanda. Nemhaka iyi, Gezi akabva agugwa musoro naNdukuyashe pakarepo. Vanhu vakatsikitsira, vakadzi vazhinji vachivhunduka nekuona izvi. Vamwe varume ndivo vaiti Revesai akanga atsihwa asi vakazokurumidza kunyarara Rubonga asumuka. Rubonga akabva atanga kutaura iye omene achipenga chaizvo achiti akanga arera nyoka ino huturu husingaiti mumusha make. Akati chero zvakadero hapana huturu hupi hwaikwanisa kumukunda, naizvozvo aida kuzodzidzisa avo vaishuvira kuzova nhunzvatunzvavo kwaari chidzidzo chaizogara pamoyo dzavo kusvika kare. Achitaura kudero, mauto ake akauya naMukai achimukwekweredza kusvika mudariro. Rubonga akazodanidzira achitaura kuti yakanga iri garoziva kuti mwana wenyoka inyoka uye mwana wemhandu imhanduvo.

"Rubonga akazoti akanga asina basa nekuti mukadzi wake akanga abhinyiwa newe. Akati mukadzi wake akanga asina zvake mhosva asi kuti iye Rubonga aifanira kuuraya mwana wenyoka uyo wakanga akandigwa mudumbu

remukadzi wake kuti auraye rudzi gwenyoka iyi kuti irege
kuzomunetsa mangwana. Vanhu vasingafungidziri, Rubonga
akabva acheka Mukai nokukurumidza achibvisa dumbu
rose nezvose zvaiva mukati. Vanhu vakaridza mhere, Mukai
achiwira pasi achitotandadza pakarepo. Varume vose miromo
yakaramba yakashama pasina kana mumwe akagona kuita
chinhu kana kubata Rubonga. Rubonga akakanyaira achiinda
kumba kwake vakadzi vose iri mhere vakabata matumbu,
vamwe misoro. Masimba akambosara akagara akangotarira
mutumbi waMukai, muromo wakangoshamavo."

Gotora akazosara kupedza kutaura Shingai amuruka
otofamba akananga kugonhi. Gotora akatozama kumumisa
asi haana kumira. Akada kumbomutevera asi akazongomusiya
akadero. Akangozviziva kuti hapana zvakawanda zvaaizogona
kuita. Akazviziva kuti zvakanga zvava kunaShingai wacho
kuita zvaaida. Chaakazongopedzisira kuhwa kurira kwakaita
mvura kuchiratidza kuti Shingai akanga atopinda muMvura
akananga kune rumwe rutivi gwegwizi, kwete kwaakanga abva
nako.

Chitsauko 33

Zuva rakabuda rakatsvuka, richifamba zvishoma asi zvaionekwa. Kumabvazuva shiri dzakanga dzakazara mudenga dzichibhururuka. Chiutsi chaipwititika murusvingo gwaMambo Rubonga, zvairatidza kuti vasikana vaichengeta madzimai nemhuri yaRubonga vakanga vatodzoka kubva kumatsime. Kubva pamusoro paChineninga, zvakanga zvisingabviri kuti munhu aone zvaiitika mukati merusvingo, asi Shingai semunhu akanga agara murusvingo umu kwenguva refu chaizvo aiziva zvaiitika panguva dzino. Zuva rakarova huma yake asi akaramba akangotarira divi rekumabvazuva iroro fungwa dzake dzichitenderera. Parakati kwirei zvakare rakatanga kumuteya zvikabva zvaoma kuti arambe akatarira kurusvingo.

Shingai akanga agara panzvimbo iyi husiku hwose kubva zvaakabva kumba kwaGotora. Akanga aronga zvekugara munaChineninga nekuti muchikomo umu hamuna aitambiramo. Hapana munhu akanga asingathli kusvika pedo nechikomo ichi. Chero mauto ose aimutsvaka hapana waizoita zvivindi zvekumutsvaka munaChineninga. Vatogwa vemunzvimbo iyi ndivo chete vainzi vaitombogona kupindamo vachibuda pasina zvaiitika kwavari. Chero zvakadero hapana vatogwa vaitomboyedza vekumhepo vemuMagocha vachikwira muchikomo ichi.

Zvaakabva kwaGotora, chekutanga Shingai akazvipira kuti aifanira kuuraya Rubonga nekukurumidza. Hutsinye hwaakanga aita hwaitofanira kutsihwa chete chero kwaizouya chiyi. Chechipiri, kana aizofa achizama kuita izvi, zvakanga zvisisina basa kwaari. Hapana kana chero munhu umwe zvake aizogona kumudzivisa izvi. Chechitatu, kana vadzimu vake kana kuti vemuMagocha vaizomuranga kana kumupfuudza nekuda kwekuti akanga apinda kundogara munaChineninga, nzvimbo yakanga yakavata madzimambo avo akanga ainda

senzvimbo yeutiziro yake, zvakanga zviri kwavari. Shungu
nehasha dzake zvakanga zvakawandisa chaizvo. Aida nzvimbo
yekunatsa kuronga kuti mariva ake nezvidzingi zvacho
zvekuti akunde pazano rake aizozvifambisa sei. Zvombo
zvake zvose akanga anazvo saka akanga akakwana. Akasvika
achingokwira muchikomo ichi pasina chero zvekumbozama
kuita zvezvirango zvekukumbira. Akainda pamusoro chaipo
ndokundogarapo achifunga. Hope yekuurawa kwaMukai
yakaramba ichingotamba mufungwa dzake zvekuti kuronga
chaiko hakuna kukurumidza kuuya. Hasha neshungu
ndozvaitoramba zvichikwira uye zvichitungamira. Kwaari,
Rubonga aifanira kufa chete.

Zuva rakakwira Shingai akangogara pamusoro
pechikomo achingofunga zvaiva zvichiwanza kuitika
mukati merusvingo gwaRubonga panhambo dzakaita
seidzodzo. Akatozodzira pasi zvishoma kuti ambotenderera
achidzidza nzvimbo yaakanga ari. Kubva kugara kwaakanga
aita muMagocha, Shingai akanga asina kumbokwira
munaChineninga, naizvozvo akanga asingazivi kuti makanga
makamira sei. Hazvina kuzomutorera mazuva akawanda kuti
anatse kuwana pekugara uye zhira dzakawanda dzekupinda
muchikomo ichi. Kudivi raiva neninga haanavo hake kuda
kuzosvikako. Zviri zvekudhla, mbira dzakanga dzisingazivani
nekuwanda muchikomo ichi. Izvi zvairevavo kuti rovambira
dzaifanira kuva dzakanga dzakawandavo chaizvo imomo.

Mazuva matanhatu apera Shingai ari muchikomo
ichi, fungwa dzake dzakazogona kuronga zvine musoro.
Kubva pane zvaakanga ahwa naGotora, aiziva kuti kusvika
panaRubonga pakanga pangosara zhowa mbiri chete. Mauto
akanga atarigwa matenderedzwa maviri ekuti achengete
akarinda mambo. Matenderedzwa awa aisiya muzinda
wamambo uripakati. Ndukuyashe naChakare vakanga varonga
mauto avo kuvaita zhowa dzekugarira vavengi vamambo
vachiri kure nemuzinda. Ruzhowa gwaiva kumapeto asi gurigo

gwakanga gwakanyoreka zvishoma kupwanya ndegwaChakare.
Gwemukati gwaiva gwaNdukuyashe. ZvaMasimba akanga
asingazvithli nekuti akanga asina chaaisvora kana kugumbuka
nacho paari. Hon'o Masimba haaizorega baba vake vachitakwa
iye akatarira asi izvi akanga aronga kuti zvaizoonekwa
kana nguva yacho yakwana. Shungu dzake dzaida kuti aite
zvekucheka-cheka Rubonga ari mupenyu kusvika afa kuti
anatse kutsiva kuuraya kwaakanga aita Mukai nemwana wake.

Shingai akaona kuti aifanira kungotanga kugwisa
Chakare nekumuuraya pasina kunyanya kugwa nemauto
aiva pasi pake. Kufa kwaChakare kwaizoreva nyonganyonga
pakati pemauto aimutevera nekuti vaibva vashaya aivaudza
zvekuita. Apa ndipo pakanga pakapata kuronga kwavo.
Mauto ose eruzhowa gwaChakare kana kuti gwaNdukuyashe
aingomirira kuhwa kubva kuvakuru ivava chete. Kufa
kwemukuru kwaitoreva kuparara kweruzhowa gwake,
zvichireva kuwedzera kuva pamhene kwamambo. Gotora
akanga amuudzavo kuti mauto akawanda akanga ongoita
zvekumanikidziwa kuti varinde Rubonga nekuti vaithla
kuurayigwa yavakanga vasingazivi. Kana aizobudirira
pakukurumidza kuuraya Chakare, mauto akawanda aizotiza,
izvi zvomupa mukana wekuqhwedera pedo kuti aparadzevo
ruzhowa gwaNdukuyashe.

Fungwa idzi dzakamunakidza zvekuti akatomboita
kakusekerera ari oga kudaro. Akazvivhunza ane kakushamisika
kuti nemhaka yei Gwari akanga akonewa kufunga zano
rakadai. Paakafunga nezvaGwari, ropa rake rakamboti
mhanyei. Akanga asina kumbozvivhunza kuti kana iye
aizosangana naye aizodii? Akati netsekeyi nefungwa idzi.
Aiziva kuti Gwari akanga ari munhu anehunhu kwahwo asi
akanga asina chokwadi kuti Gwari wacho aiziva here kuti
iye Shingai akanga asina kubetsera Rubonga kuteura ropa
raRevesai kana kuti zvakanga zvatomugwadzavo chaizvo.
Fungwa dzake dzakazozororera pakuti iye aingozoona

kuti Gwari wacho aizodii. Kana aida zvekuzomugwisa, aingozozvigashira akafara. Vaingozopedzerana savarume.

Sekutaugwa kwazvakanga zvaitwa naGotora, Chakare akanga amwaya mauto akawanda kwazvo akatenderera muzinda waRubonga. Mauto ake aizogumiravo nechepedo nerusvingo, apo paizotogwa nemauto aNdukuyashe. Shingai aiziva kuti vazhinji vemauto aChakare vakanga vari mbwende zvadzo uye vakanga vamanikidziwa kuti vaite basa iri. Vamwe vavo vakawanda vainzi vakanga vatiza vachiinda kune dzimwe nzvimbo kundovanda. Shingai akanga asingadi kuti auraye vanhu vakawanda uye vakanga vasina kumutadzira. Vanhu vaaida chaivo vaiva Chakare, Ndukuyashe naiye Rubonga pachake. Aiziva zvekuzoita.

Zuva roda kundovira, Shingai akanyangira achiqhwedera kwaiva nemauto aChakare. Mauto awa aiwanikwa panzvimbo dzakawanda kubva kumativi ose akanga akakomberedza muzinda wamambo. Mauto airinda akaita zvikwatazvikwata zvevarume vatatu kana vashanu. Varume ava vaitora majana ekurinda nzvimbo yavakanga vatarigwa naChakare. Vaiti vamwe vakarinda, vamwe vombovata kana kuti kuzorora havo. Shingai akaona chimwe chikwata chemauto matatu chichirangana. Akanyangira pasina akamuhwa kusvika pavakanga vari. Mauto akada kuti aviruke vatore zvombo zvavo asi Shingai akakurumidza kuvaudza kuti varegere kuita zvinhu zvakanga zvakapata. Mauto ose akamira akashama miromo uku achihuta chaizvo.

"Handisi kuvhima imi varume. Hapana kana umwe wenyu wandine mhaka naye uye handifungi kuti pane umwe wenyu ane mhosva neni, handiti?"

"Hapana kana," mauto maviri akapindura nguva imwe chete. Shingai akaramba akavatarira mumeso avo. Varume ava vairatidza kuthla kukuru. Apa Shingai wacho akanga akazvizora zvaiita sekuti madota akavhengana neropa uye vose vaimuziva kuti akanga asiri munhu wekumirisana naye.

"Arikupi Chakare?" Shingai akavhunza nehwi raiva pamusoro. Mauto akatarirana achiita sekuda kuita mukarirano kuti aizopindura aiva ani. Airatidzika sekuti akanga ava murume wakanga akura kudarika vamwe ndiye akazoti, "Ummn, Chakare tinongomuona kana auya kuzotitarira uye kuzovhunza kana pane zvatinenge tasongana nazvo pakurinda kwedu. Zvekuti anouya riini kana kuti nhambo dzipi hazvina anoziva"

Shingai akagutsurira zvishomazvishoma nemusoro ndokuzoti, "Iwe mhanya nekuku, iwe nekoko muchiudza chero mauto amunosongana nawo kuti kwanzi neni 'Kana usiri Chakare, Ndukuyashe kana kuti Rubonga handizi muvengi wako. Unongozoita muvengi wangu kana ukamira pakati pangu nevavengi vangu ava. Ukaita izvi handizoteti kukudambura musoro. Musashandisiwa nevanhu vasara nezvimazuva zvishoma vachiri kufema. Vakangwara ngavabudire kure.' Munozvihwa?" Shingai akazopedza kutaura otofemereka nehasha, zvinova zvakawedzera kuvhundusa mauto aya.

"Tazvihwa mambo!" Vakapindura vose panguva imwe. "Chimhanyai muchiinda! Kana unocheuka ziva kuti unosongana nemuseve wangu" Mauto echiduku aya akatanga kumhanya achiinda. Mukuru uya akazonzi ainde kumba kwake. Chero asina kunzi abve achimhanya akangozviona zvakafanira kuti aite saizvozvo, akabva atangavo kumhanya.

Miridzo neimwe nyonganyonga yakazohwikwa usiku ihwohwo yakaratidza kuti zano raShingai rakanga rashanda. Mauto aida kurinda chaizvo asi vashoma vavo ndivo vakanga vakazvipira kuti vafire munhu akaita saRubonga panguva idzodzo. Zvaizotora nguva yakati rebei kuti iye Rubonga naChakare vakwanise kuunganidza mauto ose akanga opumhuka awa kuti vamadzikamise nekumavimbisa kuti zvinhu zvose zvaizofamba zvakanaka. Mangwana acho Shingai akadzokera kuti achindovhima Chakare. Aiziva kuti Chakare akanga akamurongeravo. Kugwa nezimunhu rakaita saChakare kwaitoda kushinga uye ungwaru chaihwo. Akanga asiri munhu aikuririka zviri nyore bodo. Shingai akanga asingadi zvekunyangira Chakare husiku nekuti akanga asingadi kukaruka auraya munhu asina mhosva achifungira kuti aiva Chakare wacho. Aida kuti kana ogwa naChakare, Chakare wacho anatse kuziva kuti munhu aizomuuraya akanga ari ani.

Achifamba munzvimbo yakanga yakapfumvutira, akakaruka ahwa munhu aimhanya chaizvo. Akaterera kwekanguva kaduku akatarira panhu pamwe kuti anatse kuhwa kuti munhu uyu akanga ari nechepapi. Akazokwakukira mune umwe muti kuti aone zviri kure. Akaona uto raimhanya chaizvo akabva akurumidza kudzaka mumuti uya kuti andoripingidzira mberi. Parakasvika pedo, Shingai akabva abuda paakanga ambovanda achibva atarirana neuto riya. Uto richiti ba-a kuona Shingai rakabva raridza mhere huru chaizvo asi rakakonewa kuti ritize nekuti Shingai akanga ari pedo naro zvakanyanya. Shingai akazama kurinyaradza asi rakaramba richizhamba richiratidza kuvhunduka kukuru. Shingai akazorimhara nemheni yembama richibva rabuda madzihwa pakarepo. Uto rakahwa zheve ichiunga chaizvo ichiita seyakanga yoda kudzivira.

"Ndati nyarara kani iwe!" Shingai akadero nehwi raiva pamusoro chaizvo. Uto rakabva rati kwakaa, kunyarara ndokubva rafugama rakatsikitsira mberi kwaShingai.

"Muruka! Handizi mambo wako ini waunofugamira. Uri kumhanyei sebenzi kudai?" Akavhunza Shingai.

Uto harina kupindura. Rakaramba rakafugama richithla kutarira Shingai. Pasina nguva imwe mbama yakarira ikahwikwa sezvinonzi munhu akanga auchira zvine simba. Shingai akaita sekuti akahwa maungira embama yake achibva muchikomo chaiva pedo.

"Pindura muvhunzo wangu izvozvi ndisati ndakuita kudhla kwamapere! Uri kumhanyirepi kana kuti uri kutizei?"

Panguva idzi uto rakanga rachitarira kumeso kwaShingai,

mumuromo maro mazara ropa.

"Vanhu vose vari kungomhanya-mhanya vamwe vachitsvaka pekuvanda vamwe vachiinda kundotarira kana kuchengetedza mhuri dzavo, vamwe-"

"Vamwe kudii? Chii chiri kuitika, vachitizei?"

Shingai akanga oshamisika. Fungwa dzake dzakanga dzisingachagoni kunatsa kuterera nekuti akanga omhanyira kufunga chero zvakanga zvisati zvataugwa neuto iri. Akafunga kuti zvimwe kwakanga kwamuka hondo neimwe nyika. Zvinhu zvakadai zvaizovhiringidza zvirongwa zvake zvose.

"Iwe kasika kutaura kani!" Akadaro Shingai achisikiza uto riya nembama. Uto riya harina kuzomuudza haro kuti rakanga risina kumbomira kutaura asi kuti iye Shingai ndiye akanga asisina kuterera zvakanaka. Rakangoindirira mberi richiti, "Vanhu vari kutaura zvakasiyana-siyana zvekuti hapachina achazihwa kuti anechokwadi chaicho ndeupi. Zviri kunzi nevamwe iwe wakati unoda kuuraya mauto aRubonga ose, vamwe voti kwanzi watoshizha mhuri dzemauto mazhinji. Vamwe vari kutivo kwanzi iwe wauya kuzosunungura vanhu vashungurudziwa namambo. Vamwevo ndivo vari kuti iwe naGwari mauya nemauto akawanda ekuzogwisa Magocha nawo. Chanyanya kuti ini ndimhanyevo ndichiinda kuvana vangu ndechekuti mukuru wedu Chakare aurawa mangwanani chaiwo. Hapana ari kunatsa kuzihwa kuti pakati pako naGwari amuuraya chaiye ndiyani. Kutaura kudai mauto mazhinji chero anga ari mukati chaimo anotungamirigwa naNduku atotangavo kutiza"

Shingai akambonyarara akatarisa uto riya asi fungwa dzake dzisisipo. Akazoti, "Chimhanya uinde kumhuri yako izvozvi. Ukacheuka wainda. Unohwa?"

Uto rakazodavira makumbo aro atova kumusana kare. Shingai akazoita sekutura befu. Nyaya yake yakanga yatozonakisa chaizvo. Akanga asina kumbofungira kuti

bongozozo raakanga atanga paakatumira shoko nemauto
aya rakanga razunungusa mauto aRubonga kusvika mberi
zvakadero. Shingai akayeuka kuti vanhu vakanga vasina
basa kuti yakanga iri nguva yakadii, kuwedzera vakanga
vasinganonoki uye hapana munhu aida kunzi akanga
asingazivi zvaiitika. Vanhu vemuMagocha vaida chaizvo
kuva ivo vaitanga kutaura nyaya tsva munyika iyi. Izvi zvaiita
kuti kana vakanga vasingazivi vatore zvekuzadzisa nyaya
dzavo. Panguva iyi chokwadi chaicho chainetsa kubata.
Chakaita sekumuvhundusa kuti Gwari akanga atanga kusvika
panaChakare iye asati. Chero zvazvo zvakanga zvakanaka
kuti vanhu vaainanga vakanga vava vashoma, akahwa kagodo
kekuti Gwari aiita seakanga achimukunda pakuronga.

Chitsauko 34

Kuzhe kwakanga kuchipisa kwazvo masikati ezuva iri. Kwakanga kusina mhepo yaivhuvhuta zvekuti chero mashiza akanga akadzikama mumiti. Shiri shoma ndidzo dzaipota dzichihwikwa kurira. Zuva raipota richimbopinda mumakore aifamba zvishomazvishoma, zvichiti kana zvadai komboita bvute raitonhorera. Shingai aipota achifamba zvinyoronyoro achinyangira uye asingadi kuita ruzha. Ukuvo zveve dzake dzakanga dzakamira sedzembwa yahwa chati kwatara muuqhwa. Nzvimbo yaakanga ari yakanga isisina kunaka nekuti akanga aqhwedera zvakanyanya pedo nemisha yakanga yakapoteredza rusvingo gwaRubonga. Aiziva kuti paigona kuva nevakanga vakamumirira kusvika kwake saka aiti akati fambei, otsvaka muti wekukwira kuti aoone zvaiva nechekure. Akaita izvi kwekanguva pasina chaakaona kuzhe kwemisha yemauto yaaiziva uye yaaipota achinzvenga.

Ari mumuti, Shingai akaona mamwe mauto akanga akaungana pamumvuri werimwe zimuti. Mauto akanga arikure nepaakanga ari zvekuti akanga asingaoni kuti vakanga vari vanani kana kuhwa zvavaitaura. Akadzaka mumuti kwakutanga kufamba achiinda nechekure navo. Akanga asingadi zvekuzama kugwisana navo vakawanda kudai. Achifamba achinyangira kudero uye achinzvenga mashizha akanga ari pasi kuti asaita ruzha, akakaruka ahwa zvakaita sepfumo rakakandwa nechekurudhli gwake. Akacheuka pamwepo museve wake watokakwa kare. Meso ake akatangigwa nepfumo rakakandwa rikabaya rimwe zirume. Nguva imwe iyoyo museve wakabva wabaya rimwezve zirume rakanga riri pane rimwe racho. Rume rakaboora senzombe yatungwa neimwe pakugwa. Panguva idzi Shingai akanga atozvipeta achizvivanza muvhu nekugwesha achiinda seri kwemuti. Paakatarira kune rimwe divi akabva asanganidzana meso nerimwezve zirume rakanga rakaita seaya akanga abaiwa

nemuseve. Iri rakanga rakatomunanga nepfumo. Shingai
akakurumidza kuriregedzera museve wakananga pahuro paro
chaipo. Museve waShingai wakatangigwa neumwe wakabva
kwakanga kwambobva rimwe pfumo nemuseve wakanga
wauraya mamwe mazirume aya. Museve waShingai wakazosara
woripferenyura asi rakanga ratorohwa kare nemumwe museve
uya.

Pakamboita sekunyarara kwekanguva kaduku, Shingai
akatanga kutarira kuti aone kuti munhu akanga amuraramisa
akanga ari papi. Haana kumuona asi akaziva kuti aifanira kuva
Gwari. Achiri kutarira kudero akahwa mahwi aitaurira pasi
achiratidza kuti aiqhwedera kwaakanga ari. Mahwi awa aiva
emauto akanga achiinda kwaiva naShingai. Awa mauto akanga
azviparira nekuti vakanga vanyangira yakanga yasvunura
chaizvo. Nguva yavakasvika panaShingai aingoti waabata
kumonya mutsipa kana kudzimika zibanga rake mumutsipa
make. Shingai wakagwa seshumba chaiyo panguva iyi. Akabata
rimwe uto riri benyu kwakurishandisa kuvhikisa mapfumo
aikandiwa nemauto mamwe kwaari. Paakarivhikisa mapfumo
matatu rakabva ratanga kurema. Shingai akariregedza
ndokuuruka sengwe achindomhara pamusoro pemafudze
erimwe uto. Ari ipapo akaita zvake zvekukanda miseve
mitatu yakateverana nenguva dukuduku. Miseve miviri
yakadonhesa mauto maviri asi wechitatu wakainda wakanyura
mugaro rerimwe uto, uto racho richimhanya zvisingabviri
richitiza. Panguva duku Shingai akanga anyudza banga rake
necheparutivi pemutsipa weuto raakanga akatsika pamafudze.
Uto rakadonha zvinyoronyoro, Shingai achibva adzupura
banga rake. Akakoka museve wake ndokutenderera achitarira
kana pane akanga achada zvekumugwisa panguva idzodzo.

Hapana akanga achiripo nekuti pamauto akanga
asara paakaona zvakanga zvaitwa naShingai, hapana akazoda
kuramba ari pedo naye. Mauto akavanga achiuruka zvikwenzi
zvaiva mberi kwawo pasina waicheuka. Shingai akahwa

zvimanyawi nezvaakanga aita. Akatanga kuvhomora miseve
yake kubva kumauto aakanga auraya. Paakapedza kuita izvi,
akahwa kuti pane munhu akanga akamutarira. Akacheuka
nekukurumidza atokoka uta hwake asi hapana waakaona.
Akazokurumidza kuita fungwa dzekutarira kuti pfumo
nemiseve yakanga yabaya mazirume aya yakanga yakadii.
Shingai aiziva zvombo zvevanhu vazhinji vemuMagocha
vaigona zvekugwa. Akanga asinganyanyi hake kuziva zvaGwari
nekuti miseve yavaishandisa kuPengapenga yakanga yakasiyana
neyavakazoshandisa vava mauto muMagocha. Akashama
paakawana zvombo zviya zvatobvisiwa kare.

Shingai akanatsa kutarira mazirume akanga afa
akavaziva. Varume ava vaiva madusvura aya akanga
ambotumwa naRubonga kuti aparadze Vandirai
naShuvai. Mazirume acho akanga akazvizora miti
yakanga yakafanana nemashizha akanga ari munzvimbo
iyi. Akafunga nechemumoyo kuti pamwe Gwari akanga
atumwa nanaMuthlomo kuti azomufudza chete. Akaona
kuti dai pakanga pasina Gwari aidai akaqhwera ava nyama
yamakunguvo zvezuva iri. Akatarira mazirume aya, panguva
iyoyo fungwa dzake dzikamuudza kuti akanga atarigwa
zvakare. Akacheuka akanangisa museve wake kwaaifunga
kuti ndiko kwaiva nemunhu akanga akamutarira akabva
asanganidza meso ake nemunhu waakanga asingambofungiri
zvachose. Shingai akaona kuti munhu akanga akamutarira aiva
Vandirai. Vandirai akanga akabereka uta nemiseve kumusana
mumaoko akabata pfumo. Shingai akashamisika chaizvo
nekuti aiziva kuti Vandirai akanga asingatendegwi kubata
zvombo naRubonga sekuziva kwake. Paakaona kuti Vandirai
akanga asingadi zvekumugwisa akabva adzikisa uta hwake
ndokuramba akatarira Vandirai. Vandirai akaramba akamira
akamutariravo asi hapana chaakataura. Shingai akatoona kuti
Vandirai ndiye akanga amununura kumadusvura aya.

Vandirai akazongotendeuka ndokukamhina achiinda asi

akanga asina mudonzvo wake. Shingai akasara akangoti tuzu
kumira. Akazvituka kuti ko akanga akona kutenda zvaakanga
aitigwa sei. Akademba kuti dai akanga angomumhorosa hake
chete. Angadai akamuvhunza kuti nemhaka yeyi Vandirai
akanga amubetsera. Fungwa dzake dzakatanga kuwanda. Kuti
Vandirai akanga achishanda naGwari? Ko zvakanga zvisiri
nani here kuti vangobatana vari vatatu kugwisa muvengi
wavo uyo akanga ari Rubonga? Ko iye Gwari waakanga
asina kumbosangana naye, kuti akanga ari muMagocha
zvechokwadi here kana kuti vanhu vaingotaura zvenhando?
Shingai akamboda kuti atevere kundotaura izvi naVandirai asi
akazozvidzora. Akayeuka kuti yake hondo yaingova yekutsiva
kuurawa kwakanga kwaitwa Mukai nemwana wake naRubonga
chete. Zvevamwe vanhu zvakanga zviri zvavo voga. Shingai
akazofunga zvohutsinye hwakanga hwaitwa naVandirai
hwekurooresa Shuvai nemumwe munhu wekure kuri kuda
kuti asadanana naShingai chete. Pakufunga zvaShuvai, Shingai
akatozofara kuti akanga asina kuzomhorosa kana kutenda
Vandirai nekuti kudhlidzana chaiko naye, pakanga pasina
uye pakanga pasingatofaniri kuvapo. Kwezuva iri, zvakanga
zvakwana. Shingai akambomirira kuti kuvire ndokuzodzokera
munaChineninga kuti ambondoronga arimo zvakare.

Chitsauko 35

Rubonga akanga akagara pachigaro chake, ruoko gwekuruboshwe gwakabata dama gwekurudhli gwakamonera mbabvu dzake, kuzvikumwe kuchibhabhadzira mbabvu dzokuruboshwe. Musoro waitamba uchitevedzera mbira nehosho zvairidziwa zvisina ruzha nanagwenyambira. Vaimbi ava vakanga vamukira kubva magwanani vachingoridzira mambo nziyo dzaaifarira. Izvi zvakanga zvava nemazuva akawanda zvichiitika. Zvaivaraidza mambo panhamo dzake dzaimunetsa mazuva awa. Mumusha makanga musisina mufaro kwenguva refu. Madzimai nevanasikana vamambo vakanga vava kupota vachiita mamwe mabasa epamba zvavakanga vasingaiti mazuva akare nekuti vanhu vaiuya kuzobetsera mabasa vakanga voita vashoma. Vabereki vavo vaithlira kuti vana vaigona kuzobatanidzigwa pamadzivo akanga achiitika muMagocha ainzi akanga akanyanya kunanga Mambo Rubonga. Musi uyu, Masimba akanga apedza kudhla kwemasikati ari padare pababa vake. Musha wose munhu umwe neumwe akanga achiita zvake kuzhe kwezvana zvakanga zvisingazivi kana kutombofungidzira kuti musha wakanga wava pedo nekuparadzwa.

Rubonga akatarira zvana zvake zvikomana zvaitamba zvichitevedzera kugwa kwen'ombe zvichitungana nemisoro yazvo. Zvikomana zvairatidza kunakigwa chaizvo nekutamba uku. Mufungwa dzake akatombodemba kuti dai akanga achiri pazera iri. Zvinhu zvakanga zvamumomotera. Kudhla aidhla zvake kuti awane simba asi parurimi zvekudhla zvakanga zvisingachamunakiri. Murume akanga oonekwa achitaura oga nguva zhinji. Matare akanga otongoitiwa naMasimba nemamwe makurukota pane vaya veDare Revachenjeri Gumi Neumwe akanga asara achiri kutevera Rubonga. Vagari vemuMagocha vazhinji vakanga vasingachadi zvekufambira

pedo nekumuzinda. Gore iri chero majaya haana kuinda
kuPengapenga nekuti pakanga pasisina aironga zvose izvi.
Nyaya yakanga yangovapo yaiva yekuchengetedza Mambo
Rubonga nemhuri yake. Kune vamwe vanhu vazhinji,
kubudira kure namambo kwaireva rugare uye kurarama kwavo
nemhuri dzavo.

Mbira dzichirira kudai, Masimba akanga achimwa
zvake doro kubva muchipfuko. Akanga asiri kushandisa
mukombe semunhu akanga achimwa ari oga saka
aingomurudza chipfuko okweva kubvamo. Varidzi vembira
vakakaruka vanyarara vose pamwechete ukuvo Rubonga
naMasimba vachimuruka panguva imwe zvakare. Vose
vakatarira kumukova werusvingo. Varindi vekumukova
vakashayiwa zvekuita vakangomiravo vakati tuzu. Rubonga
akambofunga kuti pamwe vavengi vake vakanga vapinda
murusvingo asi akazoona zvinhu zvaakanga akamboona achiri
mwana muduku chaiye. Kwakauya harahwa nechembere
dzemuMagocha dzakanga dzakura chaizvo. Pakanga pane
harahwa dzaisvika gumi nenhatu kuchizoitavo chembere
gumi neimwe. Vose vakanga vakatungamirigwa nechembere
yaidaniwa ichinzi "Zitete revayera Shumba."

Chikwata ichi chichifamba chakananga kudare,
Zitete raituka Rubonga vamwe vose vachiridza tsamwa kana
kudzvova. Vose vaiita sevanhu vakanga vakasvikigwa, uye vose
vakanga vakapfeka matehwe matema. Vamwe vaiva nengundu
mumisoro asi vakanga vasiri vanagodobori havo.
"Iwe mwana waMupingamhuru iwe! Wakashata fani. Wamutsa
hohomwa dzose dzenzvimbo ino, nevakavata karekare nekuda
kwemabasa ako awakatora kuna mai'ko akafumuka kudero!"
Zitete rakambodzvova ndokudzungudza musoro.
Rakazosumudzira roti,
"Mwana wemuroyi! Mai vanomwe ropa chero resvava chaiyo.
Chii chawatiparira chozunungusa nyika yose kudai. Iropa
revanganiko richaita kuti ugute. Kubvira haunavo chero

chimudzimu chitukutuku chinopota chichikudzoravo here?"
Zitete rakamboti nde-e, kutarira Rubonga, ndokumboridza
chikwe-e risati ratanga kudzungudza musoro richiridza kaiita
sekuti katsamwa asi kari kaya kane kusvora kana kane kuhwira
tsitsi mukati richiti,
"Vasikana, ini qhwode zvangu. Izvozvi kwahi vadzimu
vakatsomwaira, uchiri wenyama chikomana. Hon'o ropa rako
rode kugwamba haro asi yeuka kuti mberi kwaunoinda uko
uchandovhunziwa. Hona waparira vana vako zvino."
Dzimwe chembere dzakatura hari ndokubudisa aiita
semadota ndokutanga kumamwaya paruvazhe gose. Harahwa
dzakadiravo doro paruvazhe ipapo.

Hapana akavamisa kana kuvavhunza zvavaiita. Vanhu
vose vakanga vari murusvingo vakanga vangomira vakati tuzu.
Chero zvana zvikomana zviya zvaitamba zvakanga zvamanyira
kumadzimai azvo kundotsvaka pekuvanda. Zitete rakakweva
fodhla yemumhino ndokuhotsira. Rakatanga kugwinha-
gwinha muviri, kumeso kuchiunyaniswa. Dzimwe nguva
kumeso kwaro kwaiita sekunoda kuseka dzimwe nguva koita
sekwaisemesewa. Rakafamba richiqhwedera kunaRubonga
rakamutarira mumeso chaimo. Vanhu vakatombofunga
kuti pamwe raida kundorova Rubonga asi parakasvika paari
rakamutendeka nemudonzvo waro. Masimba akaqhwedera
pedo nababa vake. Paakasvika pedo, Rubonga akamumisa
nekumurudza ruoko gwake gwekurudhli.
Zitete rakazozevezera roti,
"Iwe unoziva zvawakaita zviri kutsamwisa vari kumhepo.
Harisi ropa raurikudeura mazuvano uchiurayisa vana
vasina mhosva roga asi kuti pane zvawakaita karekare
zviri kukudzokera nhasi. Kana wakangwara dai watoronga
zvekutiza hako nekuti chawakadhla chode kupfuka hino."
Zitete rakapfira Rubonga kumeso, mate akayerera, asi
Rubonga haana kumapukuta. Masimba akatarira bambo
vake achifunga kuti pamwe vachaviruka nehasha asi havana.

Magadzamoyo avakanga vapuhwa airema chaizvo. Akanga
agara muviri wavo wose kwete mumoyo chete. Zitete
rakazotungamira boka raro vachibuda murusvingo, vachiimba
guyo gwavo.

Rubonga akaona kuti Masimba akanga anetseka
chaizvo nezvakanga zvaitika pazuva iri. Aizviziva kuti
Masimba aiziva kuti chembere neharahwa zvairemekedzewa
chaizvo muMagocha asi vaivavo nemiganhu yavo kana
zvasvika panamambo. Boka rakanga rauya musi uyu rairatidza
kuti rakanga raita zvirango zvaitozihwa nevakuru, asi iye
Rubonga akanga asina kumboudza Masimba nezvavzo.
Paakacheuka achitarira Masimba, Masimba wacho akabva
amugamha nemuvhuzo.

"Chii chiri kuitika nhai baba? Vanhu vauya kuzoitei ava uye
zvinorevei izvi? Ko sei vati mutize nhai baba?"

"Ndichakuudza rimwe zuva. Hauzivi kuti hushe madzoro
kani? Asi haudivo kuzoita mambo?"

Rubonga akaona kuti mwana wake akanga aita sekufungidzira
kuti pane zvakawanda zvaakanga avanzigwa navo. Masimba
akanga ataridza kusava nemufaro. Akangofamba achiinda
kugota kwake. Vanagwenyambira vakada kutanga kuridza
zvakare asi Rubonga akavarambidza. Akavaudza kuti zvezuva
iri vaifanira kumboinda kundozorora zvavo.

Chakafukidza dzimba matenga uye chinoziva ndovhu
kuti kune denda ranetsa kuvana vembeva. Vaiona Mambo
Rubonga achifamba vaiona simba rogaroga uye vaiona munhu
akanga akagwinya zvikuru. Hon'o, kugwinya muviri wakanga
wakagwinya hawo asi murume wakanga apera mufungwa.
Kana dziri hope dzakanga dzakatama kare chaizvo paari.
Kubva zvaakaona varindi vake vachiurawa akabva aziva
kuti kana munhu kana kuti vanhu ivavo vaiuraya kudero
akakona kuvatangira iye, vaizomutangira ivo. Izvi zvakaita
kuti murume mukuru apindwe negonye mufungwa. Gonye
racho rakamudhla nemukati zvekuti akasara ava chimwe

chinhu. Vemhuri yake ndivo vainyanya kuzviona. Izvi zvaitovashaisavo mufaro asi chekuita pakanga pasina nekuti munhu wacho aironga zvinhu zvake oga. Kundai ndiye anenge aitomboudziwa zvakawanda asi iye hake chaaiziva kana kugona kuita pakanga pasina. Chaitopota chichiita sekumufadza kuti ndiye akanga ari pamoyo pababa vake kudarika vamwe vana vose asi chero zvakadai, aigwadziwavo kuona bambo vake vachitambura zvakadai.

Rubonga zvaakaona kuti Masimba akanga apindwa nekuthla uye kuita kakumutarira neziso rairatidza kutapudzika kwevimbo naye, akashungurudzika nazvo chaizvo. Chinhu chaakanga akahwisisa muhupenyu hwake hwose uye mukuva mambo kwake kwaiva kugona kuziva zvaifungwa nemunhu upi neupi zvake waaikwanisa. Wainyanya kuda kuziva zvaifungwa nevanhu vaaitungamirira asivo ayinyanya kuda kuziva zvaifungwa nevanhu vaiva pedo naye, sehama dzake nemakurukota ake. Izvi zvaiita kuti ade kuhwa chero guhwa ripi neripi zvaro. Aigona kuti chero achihwa chinhu aichitora zvake sechisina kana nebasa rose asi fungwa dzake dzainge dzatodzeya kuti chinhu ichi chaigona kuzoita sei pasimba nembiri yake. Izvi zvakanga zvamubetsera kusimbaradza chigaro chake uye kuti vavengi vake agare akavatsika matundundu.

Rubonga aiziva kuti muvengi aigona kuwana muqhwe waigona kuzotsemura simba kana kuti humambo hwake kubva kuvanhu vemumhuri make kana aipavatira ipapo. Akakasira kuona njodzi yekuti kana Masimba aizoda kutsvaka kuziva zvakawanda zvakanga zvataugwa nezitete revayera Shumba riya aigona kuzosongana nezvakawanda. Akanga asina kupata. Aifanira kukurumidza kuziva kuti Masimba aizozama kuvhunza ani nyaya dzakaita seidzi. Kana aingozoziva munhu wacho, aibva angoronga zvekuti munhu iyeye achekwe rurimi. Izvi zvaigona kuitwa nezhira dzakawanda chaizvo.

Rubonga akadana Ndukuyashe ndokuti,

"VaNduku, ndinoda kuti mutsvake vakomana venyu
vakangwara chaizvo vamunoziva kuti vanogona kufudza
kana kuronda munhu. Vavengi vawanda chaizvo muno
muMagocha. Handiti munozviziva kuti muvengi handiye oga
ari kuuraya vanhu nezvombo zvake asi kuti kune vakawanda
varikutochengeta mhandu idzodzi, vamwe vachitovabikira."

"Zviri muzheve mambo," Ndukuyashe akataura maziso ake ari
mukati meaRubonga.

"Zvino ndinoda kuti vakomana venyu ivavo vafudze
mukomana uyu, Masimba, vaone kuti anotaura nani uye kuti
anofamba achiinda kupi. Ndinoda kukurumidza kuhwa zvinhu
izvozvo munohwa?"

"Zviri muzheve mambo," akapindura zvakare Ndukuyashe.

"Ndinozviziva kuti anopota achifamba oga asi hazvidi kuti
nemamirire akaita kuzhe uku mazuvano munhu wamambo
akaita saye afambe ari oga. Munofanira kumuchengetedza
chaizvo. Zvose izvi munoita iye asingazvizivi nekuti akazviziva
unopumhuka zvikazoshata chaizvo, handiti munondihwa?"

"Zviri muzheve mambo"

"Chiindai mundoronga, mozondizivisa kuti zviri kufamba sei"

Ndukuyashe haana kuzombotambisa nguva. Zuva
rakazosara kunyura vanhu vake votoziva zvekuita vose.
Rubonga akafara kuti akanga akurumidza kufunga zvaiva
nemusoro panguva yazvainetsa kushandisa musoro wake.
Aiziva uye aivimba naNdukuyashe chaizvo. Aiziva kuti
mufungwa dzaNdukuyashe makanga musina chero chimwe
chaifungwa kuzhe kwekufadza mambo wake uye kutumwa
namambo chete.

Husiku uhu, Masimba akashanyarika ashanyarikazve
ari mugota make. Mukukura make akanga ambohwa vanhu
vachitaura zvekushata kwabambo vake asi zviri zviya
zvekungobozhavo vanhu vachitaura havo nemadimikira
akadzika. Aiziva kuti baba vake vaithliwa nevanhu vazhinji
uye kuti akanga ari murume akanga asingajairiki. Aivada

chaizvo uye aishuvira kuzoita zvakawanda zvavaiita mukukura kwake. Aivaverenga semurume pavarume vazhinji. Aiziva kuti baba vake vakanga vavengwa chaizvo neve hama dzavo kunyanya bamunini vavo Vandirai nekuti Vandirai akanga akona kugadziwa humambo hwaaidisa chaizvo zvekuti vakanga vazama huroyi hwavo zvikashaya basa zvose. Chakamunetsa kuti ko izvi zvaitaugwa neharahwa nechembere dzemuMagocha zvakanga zviri zvipizve. Zvakamunetsa kuti baba vake havana kudzivisa vanhu ava kuita zvisina maturo kudero nemhaka yei?

Masimba akafunga mitongo yakanga yamboitiwa naRubonga yakanga isina kumufadza yakaita sekuurayiwa kwaRevesai nekwaMukai akatora sekuti ndizvo zvakanga zvanyanya kutsamwa vakuru vemuMagocha vaya. Chero fungwa idzi dzakauya, pane zvinhu zvakanga zvataugwa zvakawanda zvaaida kunatsa kuziva kuti zvakanga zviri zvii. Akazviudza kuti zvaivapo zvakawanda zvaakanga asina kuudziwa nevabereki vake. Zvakamunetsa kuti sei vakanga vasina kumuudza zvinhu zvinenge zvakanga zvakakosha sezvaitaugwa neharahwa nechembere asi ivo vaigara vachimuudza kuti ndiye aizogara chigaro chamambo kana baba vake vasisipo. Ko zvino aigozogara kwazvo sei iye akanga asingazivi zvaiva pahwaro hwechigaro chehumambo hwacho. Zvakamunetsa kuti ko sei zvinhu zvose izvi zvakanga zvava kuitika panguva yekuti Mambo Rubonga vakanga vangovavo mumwe munhu nekuda kwevavengi vavo. Masimba akambofunga kuti zvose izvi akanga ari mabasa evavengi vamambo chete. Fungwa dzose idzi dzaingomutuma kuti anyanye kuda kuhwisisa kuti chakanga chiri chii chaizvo chaakanga akavanzigwa. Hope dzakazobata hadzo asi huku yekutanga yakanga yatorira. Kuhope ikoko ngoma yakangoramba iriyo, fungwa dzake dzichingovhunzana. Mukomana haana kuvata zvakanaka usiku uhu.

Chitsauko 36

Masimba akamuka achivhunduka. Zuva rakanga ratokwira chaizvo, vazhinji vemumusha vakanga vatowana kudhla kwavo kwamangwanani. Akapukuta mabori ndokuzamura akamira pamukova wegota rake. Chimhepo chepazhe chakamurova kumeso ndokubva achisvunura chaizvo. Mukomana akanga anetsekana nekuwana hope uye paakatanga kuvata akanga asina kudzikama kuhope kwacho. Chinhu chimwe chaakamuka achiyeuka pahope dzaakanga arota, kufara kwaakanga aita anaShingai. Akanga arota vachiri vakomana vaduku vachifara chaizvo. Hope idzi dzakamutuma kuti afunge nezvaShingai. Chero zvake akanga audziwa naRubonga zvekuti angwarire Shingai kubva vachiri vaduku, Masimba akanga asina kumbonyanya kuvhunduka Shingai kana kumufungira zvakawanda zvacho pane zvaaiudziwa. Shingai akanga aita mwana wamai vake chaiye zvekuti aitomufunga mazuva akawanda kubva zvaakanga atiza muMagocha.

Sezvineivo, Masimba achingobuda murusvingo kuti ambotenderera zvake pazhe akabva ahwa chimwe chishiri chavaisitevedzera panguva dzavaisheedzana nemuridzo naShingai. Akayeuka kuti chimuridzo chavo vakanga vachitanga mazuva avakanga vatanga kuita zvevasikana ndokuzoramba vachichiridza chero pavakanga voinda kuhondo nepakuita zvimwe zvakasiyana-siyana. Chimuridzo ichi chakanga chisina aiziva kuti chaireyei kuzhe kwavo vari vaviri. Vakanga vapana chitsidzo chekuti vanhu vasamboziva zvaiitika pavaichiridza. Masimba akaziva zvake kuti chaakanga ahwa musi uyu chakanga chiri chishiri zvacho asi izvozvo zvakamupa fungwa yekuda kumbotsvaka kuti angagona here kuona Shingai uyo ainzi akanga avamuMagocha uye aida kuuraya Rubonga. Masimba akaronga zano rekuti atsvake Shingai asati aparadza baba vake nekuti aivimba kuti kana iye aizozama kukumbira Shingai kuti aregere kuuraya baba vake, Shingai aigona kumuterera nekuda kwekuti aimusvoda. Pamazuva awa, vaitaura vaiti Shingai akanga ava pedo nekusvika pamuzinda wamambo. Masimba akatoona kuti kana aikurumidza kubata Shingai, vari vaviri vaigona kuzobata Gwari kana kuzama zvakare kuti vakumbire Gwari ruregero vakamirira Rubonga.

Mazuva maviri akapera Masimba achipinda panzvimbo dzakawanda dzaaifungira kuti aigona kuwana Shingai achiridza chimuridzo chavo chiya pasina akamupindura. Masimba haana kuora moyo nekusahwa shanduro asi kuti akatowedzera simba rekutsvaka. Paaiita zvose izvi, haana kuona kuti akanga ane muqhwe murefu chaizvo. Vakomana vaNdukuyashe vaimutevera vachigona kunyangira chaizvo uye vari kure naye. Masimba aiita zvekuvanzvenga vasati vambonyanya kuinda kure nerusvingo asi akanga asingaoni kuti vaizviitisa zvavo. Ndukuyashe akanga aronga mauto akatowanda chaizvo aiita basa iri akasvunura kwazvo. Masimba aizosara kupinda murusvingo pakudzoka Rubonga otoziva zvake kuti jaya rake rakanga raqhwerepi. Panguva dzaaidzoka kumba, Masimba aitsvaga Kundai, vombotaura zvakawanda zvavakanga vasingasimboiti mukukura kwavo. Vemhuri vachivaona vachitaura kudai, vaingoti vaitaura nyaya dzevasikana vaMasimba.

Shingai akati apedza kuzvizora mashizha nemadhaka kumeso nedundundu rose ndokutora zvombo zvake zvokugwa nazvo. Fungwa dzakanga dzava pakuchindoparadza Rubonga nawose waizozama kumumisa musi uyu. Akatanga kufamba nemumatenhere akananga kurusvingo. Aiziva paaizondopinda napo nekuti akanga akapadzidza kuti paiva nezinyekenyeke parusvingo ugu. Vanhu vazhinji vaitofunga kuti nzvimbo iyoyo yakanga yakatsamirana rusvingo nemapiripiti egomo ndiyo yakanga yakaomesesa kupinda nayo murusvingo asi iye Shingai akanga atoona kuti paipindika zviri nyore kwazvo.

Asati anyanya kufamba akahwa chimuridzo chake naMasimba chichirira akamira, diti riri mberi. Akatereresa akaziva kuti akanga ari Masimba airidza muridzo kwete chishiri chavo. Shingai haana kumhanya kuushandura. Akafunga kuti Masimba akanga ane vanhu vaida kuzomubata kana kumugwisa chete saka iri rakanga riri zano rekumuredza. Akatsvaka nzvimbo yekuti anatse kuona kuti Masimba wacho akanga ari nechepapi. Uta hwake hwakanga hwatokakwa kare. Akaona Masimba ari oga uye asina chombo chakakokwa. Akamhanya akainda pane imwe nzvimbo ndokubva aridzavo chimuridzo chiya. Achingopedza akabva amhanya nekukurumidza kuinda pane imwe nzvimbo yakanga yakavanda asi iye achiona kufamba kose kwaiita Masimba. Masimba achihwa chimuridzo ichi, akamhanyavo akananga pachakanga chabva. Akasvika akatarira pose nemumuti asi haana kuona Shingai. Akaridza zvakare, akatohwa chodavigwa kumwe. Masimba akabva amhanya achiindako asi akawana pasisina munhu zvakare. Vakomana vakamboramba vachiita izvi Shingai achida kunatsa kuona kuti Masimba akanga aronga chii. Paakaita sekugutsikana, Shingai akazoramba akamira panhu pamwe asi akakaka uta hwake, museve wakananga Masimba.

Masimba akamuvinga akafara chaizvo achitoita sekuti akanga asingaoni kuti museve wakanga wakamunanga uchishuvira chose kuda kutumwa neuta. Shingai paakaona kuti Masimba akanga asiri kuthla uye aitoramba achiqhwedera kwaakanga ari, akabva atanga kutarira kosekose kuti aone kuti kwakanga kusina vamwe here vaimuvandira. Haana kuona chero munhu. Apa nhume dzaNdukuyashe padzakaona Masimba omhanya sebenzi dzakakurumidza kuvanda dzisingachazivivo zvokuita. Dzakatora nguva refu dzichakavanda kudero.

"Baba, ndini ndoga kani. Dzisai museve uyo pasi" Masimba aitoratidza zvake kufara chaizvo uye aitosekerera nguva dzose dzaaitaura izvi.

"Ndati dzisai museve wenyu pasi kani," pari zvino Masimba akanga atosvika panaShingai chaipo. Shingai ndiye aitorohwa nehana. Aifarira Masimba chaizvo asi panguva idzi kuvimba naye kana nemumwe munhu zvake zvakanga zvisinganatsi kuita kwaari. Shingai akadzasa museve wake akaudzosera munhava yake yekumusana.

"Chindipavo chishanu changu mwana wamai," Masimba akadero anika ruoko gwake mberi kwaShingai. Shingai akazosiya ruoko gwacho gwakadero oita zvekumumbundikira. Vakambotora nguva yakareba vakambundikirana kudero vachibhabhadzirana kumisana ndokuzogwinhana maoko zvine simba chaizvo.

"Moyo wangu wazofara nhasi vakomana, ummmn, kuona Shingi chaiye zvakare! Haiwa, ndokunonzi kufarigwazve nevekunyikadzimu uku"

"Usadaro shamwari, ndini ndanyanyisa kufara chaizvo nekuti ndanga ndichiti hauchazofizve wakataura neni nekuda kwezvandakasiya ndaita muno muMagocha kuna Mhungu," akapindura Shingai.

Vaviri vakamboseka zvavo ndokuzoindirira mberi votaura zvimwe. Vari pakati pekutaura Shingai akambokaruka abudisa museve wake achiti akanga ahwa sekuti pane munhu kana kuti vanhu vakanga vakavatarira. Vakatarira mativi ose akanga akavatenderedza asi havana kuona munhu. Vakazongoti zvakanga zviri zvimwe zvipukavo zvaingozvifambira mudondo umu ndokuzoronga zvekuinda panzvimbo yavaigona kuona mativi mana ose kusvika kure, uku kuri kuitira kuti kana pane chaida kuvavinga, vaizochibata chisati chazviziva. Vakomana vakandogara padivi perimwe zihwe ndokutanga kutaura zvakawanda chaizvo. Vakaudzana zvakanga zvaitika kwavari panguva dzose dzavakanga vamboparadzana. Kutaura kose uku kwakatora nguva huru chaizvo. Shingai akatombokangamwa kuti chero aiva

muvhimi waRubonga, iye Rubonga nevanhu vake vakanga
vachitomuvhimavo.

Masimba akazotaura zano rake achiti,
"Zvino chiona umwe wangu. Vakuru vakati mvura yateuka
haigoni kuworegwa. Hon'o Mhungu akaresva chaizvo
pakuzouraya mwana kana kuti vanhu vaviri vakanga vasina
mhosva, asi chero iwe unobvumavo kuti apa yakanga ine
zvekutsamwira apa. Mainini Mukai vakatoinda, havachadzoki.
Chero ukauraya hako mambo unenge wangoita asi kuti
zvidzose vakainda hazvichaiti. Zvino sezvandinokuudza,
baba vangu ndinovaziva uye ndagara navo kwenguva yakati
rebei. Murume uya pane zvaakaita zviri kumudhla mukati-
kati zvekuti hazvishamisi kana zvikanzi pasina mwedzi
mitatu wongohwa kuti shasha yakangozodonha kana kuti
yakazongomuka yakati nhoo, kufa chaiko nekuti pari zvino
yangova hari yofazhirofa. Mukati mavo hamuchina chero
chinhu. Handifari kuti ndozviri kuitika kwavari asi murume
atambura chaizvo uye hapana anoziva kuti vangaita zvokudii
kuti izvi zvipfuure. Mumusha mose mose munhu umwe
neumwe mitsipa yakarereka kuri kushuwisiwa nenyaya iyoyi.

"Sezvandambotaura paya kuti harahwa nechembere
dzemuMagocha dzakauuya dzichitaura zvisingahwisisiki.
Kwandiri ndiri kuzviona kuti mazuva avo anenge oda
kuganhugwa. Vanogona kusvika pakutozogwara nefungwa
chaiko zvekuti hazvizobviri kuti varambe vari pachigaro.
Mazuvano nyaya zhinji hadzichatotambwi kana ndisipo
padare. Iwe zvawati utorivo nehumambo hwakakumirira
kunyika yekwako, zvazvakadii kuti uchirega zvekugwisana
naMhungu, wodzokera pasina anokuona wondovaka
kwanasekuru vako uko. Kana nguva yakwana, iwe wotora
humambo hwako tozoonana tosimbisa nyika dzedu murugare.
Kufungavo kwangu shamwari. Hameno kuti iwe unopaonavo
sei apa?"

Shingai akamboramba akatarira pasi achifunga.

Akafunga mashoko asekuru vake, VaMuzanenhamo baba
vamai vake, ekuti hasha hadzina kuvaka mukati. Zano
raMasimba rakanga rakanaka. Izvi zvekugwisa Rubonga,
hon'o zvakanga zvichizotsiva kufa kwaMukai nemwana
wake waasina kuzoona asi zvaigozodii kana zvapera?
Masimba aimuremekedza uye chero kana aizoita mambo
wekuDangadema aizodavo kudhlidzana nevanhu vaaiziva
pakati pemamwe madzimambo. KuMagocha kwaiva kure asi
pane zvidzidzo zvakawanda nezvinhu zvaaigona kutora kubva
muMagocha achizondozvishandisa kwake.

Akazotaura achiti,
"Dai usiri iwe wauya, hapana aizondigona kundimisa
pane zvandanga ndakaronga asi mashoko ako akanaka
chaizvo. Magocha musha wakandichengetavo zvekuti
haufaniri kuparara ndakatarisa kana kuti uparare nemaoko
angu. Pachinhambo chekuparadza, ngatitangei hedu
zvokuvaka. Ini hangu rega ndichitoronga zvekunyangarika
ndimbondotanga nezvimwe. Usanyanya kundithlira, kana
mvura yakabvongodzeka iyi yagarana unondiona. Asi iwewe
wozvichengetavo zvakanaka shamwari. Ko kana Gwari ari
kunzi ari kunetsa uyu akabudirira handiti anokukuvadza?"
"Hi-i, shamwari, uye wazondihwisisa zvisingaiti. Handizivi kuti
ndichakuita zvokudii chaizvo. Asi chidaizve, iwe chitora nguvo
dzangu dzehushe idzi, kuti kana wodzoka kuno unongouya
wakadzipfeka. Izvi zvinoita kuti vanhu vose vazoziva kuti isu
tinozivana uye kuti chero woinda izvozvi, hapana unogona
kukukuvadza kana chero varipo vanga vakakuvandira.
Ini ndombopfeka dehwe rako iri kuti ndiwane kusvika
kumba. Kana zvaGwari zviri zvechokwadi, a-a, bva izvozvo
ngatichizvisiira vekumhepo. Chandinoziva ndechekuti kana
aida zvekundiuraya angadai akatozviita kare. Shungu dzake
ndedzepana Mhungu chete. Zvivarindi zvinorongwa naNduku
zvichavhunduka pazvinondiona ndisina kushongedzwa
semwana wamambo"

Vakaseka chaizvo Masimba paakataura zvezvivarindi
zvaNdukuyashe. Vakazopanana nhumbi dziya ndokuzobatana
maoko, Masimba oinda.

Masimba akabva atanga kumhanya achipinda
mune zvimwe zvimatenhere achiridza chimuridzo chavo.
Shingai akaramba akamutarira achinyemwerera achingoti
nechemumoyo,
"ZvaMasimba vakomana" Masimba akanga asina
kumboshanduka. Aingoda zvekufara chete. Shingai akaramba
akamutarira asi zvaakazoona zvakamuvhundusa. Masimba
zvaakamhanya achiti apinde mune chimwe chitenhere,
mubundo rakanga riri pedo naye rakanga rakaoma asi
rakareba makakaruka mamera varume vanokwana vatanhatu.
Shingai semunhu akanga ari nechepamusoro akaona kuti
munhu akanga ari mberi kwevarume ava aiva Rubonga
pachake. Kwechinguva chiduku akatombofunga kuti
Masimba akanga amuteya asi asati atanga kutiza akashama
kuona Rubonga achikanda museve uchinyura mumbabvu
dzaMasimba. Masimba akawira pasi sezviya zvinoita mhara
kana yafugwa nemuseve iri mudenga ichiuruka. Rubonga
akamhanya akatanga kuzvinda Masimba nezinduku raakanga
agashidziwa nerimwe uto rake. Akarova svimbo imwe asi
paakada kukanda yechipiri, Shingai akaona Rubonga achiridza
mhere nekusumudza Masimba panguva imwe. Rubonga
akaridza mhere yakazara bani rose akabata Masimba.
Masimba wacho ropa rakanga rongojuja nemumuromo,
kutaura pasisina. Akanga angotarira baba vake asi maziso ake
achitovhara zvishoma nezvishoma. Chakakona kupera paari
kakunyemwerera kwaaizihwa nako.

Shingai akaviruka nehasha, kumeso achingoona moto
wogawoga. Akamhanya akananga pakanga pananaRubonga
achisvika achibaya mauto maviri nebanga rake pasina akanga
aona zvaiitika. Mamwe mauto maviri paakangoti baa kuona
Shingai akabva akasira kumhanya chaizvo achiinda kure.

Mamwe maviri akasara akangomira asingazivi kuti chakanga chanatsoitika chaiva chii. Shingai akamhanya akandobvuta Masimba kubva kunaRubonga akada kuzama kumudana, "Masimba, Masimba! Iwe Masimba kani! Nhai Masimba kani umwe wangu, chiiko chiri kuitika ichi?"

Akamupindura ndiye akashaikwa. Akaramba akamubata mumaoko achimupukuta guruva neuqhwa zvakanga zvazara muviri wake wose. Shingai akafugama achichema achiradzika Masimba pasi zvishoma nezvishoma. Rubonga aingoridzavo mhere akangobata mudumbu akatarira zvaiitika panaShingai naMasimba. Kwechinguva chiduku anenge akatombofunga kuti pamwe Shingai aigona kukaruka amutsa Masimba. Rubonga akachema, ndokutaura achiti,

"Ndirikurota here ini? Mashura eiko iwawa? Ko ndiyaniko ungandipedzisa ini? Maiwe kani, huyai mundionerevo nhema dziri pano veduwe-e. Masimba here kani, hee. Nhai VaMupingamhuru, davirai kani baba vangu."

Shingai akaramba akatsikitsira, fungwa dzake dzichiramba kuti zvakanga zvaitika izvi zvakanga zviri zvechokwadi. Chaakanga asina kuziva ndechekuti vakomana vaNdukuyashe pavakaona Masimba achitaura naye vakabva vamhanya vose kundoudza Rubonga zvakanga zvichiitika. Hapana akanga ada kusara akarinda nekuti vose vaithla kubatwa nekuurawa naShingai. Vakaudza mambo zvakanga zvakapfekwa naShingai zvekuti pavakadzoka naRubonga vakavandira vari kure uye vakazoona Masimba omhanya akapfeka nhumbi dzaShingai, vakabva vafunga kuti akanga ariShingai wacho.

Shingai zvaakanga akatsikitsira kudero achifunga, akakaruka ahwa chibhakira chichimumhara pahuma. Padukuduku akakaruka atowira pasi negotsi. Akamurudza musoro ndokutozonzvenga chimwe chakanga chouya achiurukira kwakadero. Akaona Rubonga ratsvukisa maziso uye rakakunga zvibhakira richiti,

"Ndiwe muparanzvongo wazvose izvi. Ndiwe wauraya mwana wangu saka chiziva kuti pako nhasi pakupereravo!"
Shingai akativo,
"Ho-o nhai, zvino ini ndanga ndichitokutsvakavo. Zvirokwazvo utondiuraya zvako nhasi nekuti ukasandiuraya iwe, wotozivavo kuti zvauri kuona izvi ndizvo zvekupedzisira."
Shingai asina kupedza kutaura, Rubonga akanga atogadzikwa zviviri zvemumatsenganzungu. Rume rakapfira ropa. Shingai paakada kuti adzokere kundotsveta chimwe akabva atangigwavo. Chekutanga chakakona kusvika kumeso kwake asi chechipiri chakamhara muchifuva make akadzadzarika. Varume vakarovana zvisingabviri ipapo. Shingai akashama kuti ndiye here munhu ainzi akanga apera naMasimba iyeyu? Pakazosvika pekuti zvibhakera zvaShingai zvakanga zvonaya semvura panaRubonga. Rume rikadzadzarika richidzokera sure asi ndokuzongokaruka radzokera ndokudzvinya Shingai pahuro. Rakamutendeudza nokukasira ndokuchinyatsosvina nemazioko aro richiwedzera kudzipa. Shingai akahwa dzungu uye ropa kuita serakanga ramira kufamba. Akapfakanyika asi Rubonga akanga asunga. Iye Rubonga akanga otofemeravo pamusoro kuti akwanise kuramba akadzvinya.

Mauto maviri aya akanga akangotarira, votofunga kuti zvopera. Vakazoshama kuona Shingai otanga kutenderedza Rubonga achiita zvishoma pekutanga kusvika omumhanyisa chaiko. Shingai akatanga kurova Rubonga negokora rekuruboshwe achiwana simba kubva kune rumwe ruoko gwake. Akazviita zvakasimba zvekuti Rubonga akagomera ndokutanga kuregedza paakanga akadzipa. Paakangoregedza chete, murume akaona moto chaiwo. Shingai akanga ava nehasha chaidzo dzekufumhiwa nerufu. Rubonga akarohwa nezhira dzaakanga asingaoni kuti dzaibva nekupi. Shingai wakazoita zvekuuruka ndokuzeya ari mudenga achirova Rubonga musoro nechitsitsinho chake. Rubonga wakawira pasi achibva agagwa dundundu pakarepo, Shingai

ndokuchitanga kutsonda achisakadza muromo wose
nezvibhakira. Meno aRubonga epamberi akazununguka ose,
apa iye akanga asingachavhiki zvibhakira zvacho. Shingai
akada kuti atsvage bakatwa rake kuti apedze nazvo kamwe
asi panguva iyoyo ndokubva aona Vandirai achifamba mberi
kwake. Paakati anatse kusumudza musoro aone zvakanaka
akabva azadziwa svimbo nechemumusoro naVandirai,
nyeredzi ndokuti wa-a, Shingai ndiye mwi-i.

Chitsauko 37

Shingai akatanga kuhwa mutsipa kugwadza, ndokusvunura kuti amuke. Akaona kuzhe riri rima rogaroga. Akada kuti abate mutsipa waigwadza akakonewa kufambisa maoko. Akadazve kuti ashandise makumbo kupfakanyika akahwa zvichiramba. Ropa richifamba akatanga kuhwa kuti akanga akaita kutsamhira musana wose pamuti nekuti makwati emuti wacho aimukwenga-kwenga. Akatombofunga kuti akanga ari pakati pedzikirira asi zvishoma nezvishoma fungwa dzake dzakatanga kudzoka. Akayeuka kuti akanga agwa zvakasimba naRubonga asi Vandirai akanga amurova nesvimbo ndokubva fungwa dzake dzadzima. Paakafunga izvi akabva azama zvakare kuti afambise nhengo dzake asi zvakaramba. Akaona kuti akanga akasungirigwa pamuti zvakasimba. Mukuramba achipepuka akazohwa kuti pane vanhu vakanga vari pedo naye nekuda kwekufema kwavo. Haana kuziva kuti vakanga vari vanani.

Nguva yakafamba zvishomashoma kusvika koda kuyedza. Apa Shingai akanga asingazivi kuti akanga adzima kwenguva yakareba zvakadii uye kuti chakanga chazosara chichiitika kubva zvaakadzima chakanga chiri chii. Huku dzakarira utonga hukatsvuka. Shingai akatanga kuona kuti pakanga pane varindi vana vakanga vakarinda iye nemumwe munhu anenge akanga akasungwavo. Varindi ava vakanga vakamira vakati budirei kubva pakanga pane vasungwa. Vakanga vakabata uta nemiseve uyevo mapfumo. Kuchiwedzera kuchena, Shingai akashamisika achiona mumwe musungwa wake. Akada kutomboita hasha asi akazoyeuka kuti gashu rakanga rakamusunga raifanira kuva redehwe renyati naizvozvo kuridambura nemaoko kwakanga kusingabviri. Vandirai akanga akasungwavo pane mumwe muti waiva pedo naye. Akanga akatarira Shingai neziso dzvukudzvuku. Shingai akamutariravo nerake rakazara noruvengo. Vakaramba vakatarirana kwekanguva pasina aitaudza umwe.

Shingai akashama chaizvo kuti munhu akanga akanganisa zvirongwa zvake zvose zvekuparadza Rubonga akanga asungwavo nemhaka yei? Mumoyo make akazvisimbisa kuti Rubonga naVandirai vakanga vari vamwe chete uye apa pane zvavaida kuzama kuita kwaari. Akangoti aizongozviona chete. Chakaita sekumufadza kuti kana dai Rubonga akanga ada zvekumuuraya angadai akamupedzisa nguva yaakarohwa nesvimbo naVandirai. Vaitofanira kuzomuuraya akasungwa chete nekuti kana vaizokaruka vapata zvekungomusunungura, aizofa nevake vakawanda.

Achifunga kudai akahwa Vandirai otaura nevarindi vana vaya achiti,

"Nhai'mi vakomana. Kubvira munototi muchinamambo here panaRubonga wamunoramba muchiterera zvakapata kudai? Hamuoni kuti hapachina mazuva paari? Kana makangwara chitotizai zvenyu nguva ichakanaka nekuti mukanonoka muchaqhwera mava kumatare ekunyikadzimu uko, munozvihwa?"

Varindi vakatarirana asi hapana zvavakaita. Shingai akaona kuti vanenge vaitenda zvaitaugwa naVandirai asi kuti vose vaithla kuzoreverana kunaRubonga. Varindi vakaramba vakanyarara. Shingai akashaya kuti zvii zvaitaugwa naVandirai. "Mashoko angu mamahwa here vakomana?" Vandirai akavhunza akatarira varindi vaya. Varindi vacho vakangoramba vakanyarara asi vachingotarirana. Shingai akaona kuti umwe wevarindi ava akanga ava kuhuta. Pasina nguva uto iri rakambotarira Shingai kwenguva yakareba ndokuzoudza vamwe varo richiti rakanga richamboinda kundozvibatsira.

Vandirai akazoti kuvarindi vakanga vasara, "Tarirai mumwe wenyu wachenjera akatokusiyai moga. Munofunga kuti kuchiri kuzvibatsira ikoko?" Apa pakanga pava nechinhambo chakati rebei kubva rimwe uto riya razivisa vamwe varo zvekuinda kwaro kundozvibatsira.

Vandirai achingopedza kutaura mashoko awa, miseve mitatu
yakabva yasvika ichibaya mauto matatu aya akanga asara
akarinda, umwe noumwe museve wake. Hapana wakagona
kutaura kana kuridza mhere asi vose vakangowira pasi.
Vaviri vakabayiwa nechemumitsipa umwe ndiye akabayiwa
nechemumbabvu. Shingai akavhunduka nezvakanga zvaitika.
Akati rimwe ziso kumauto rimwe panaVandirai. Vandirai
haana kuratidza kushamisika zvake. Akaramba akanyarara.
Shingai akazoona munhu akanga akazara mapazi emakwenzi
uye uso hwake hwakanyogwa-nyogwa nemazimbe. Haana
kugona kuti aone zvakanaka nekuti munhu wacho akangoti
mvee, ndiye tsvi, seri kwemuti wakanga wakasungirigwa
Vandirai. Pasina nguva munhu uya akabva amhanya
achidzokera mudondo. Munhu wacho aingoita segwenzi riri
kumhanya roga richipinda mudondo. Achingonyangarikira
mudondo muya, Vandirai akabva atanga kuzvitasanudza
achiratidza kuti akanga asunungugwa. Nechemumoyo, Shingai
akangoti hake Vandirai naGwari vaitozivana zvavo.

Imwe fungwa yakati Vandirai akanga ochimuuraya
zvino akasungwa kudai. Vandirai akafamba achikamhina
achiinda kumucheto kwedondo ndokudzoka akabata uta
nemiseve zvake. Shingai akatarira Vandirai, moyo wake
uchimuti pake pakanga pamuperera zvino.

Vandirai akasuka pahuro ndokuti,
"Unoona mwana, hondo yekwaMupingamhuru
ndeyekwaMupingamhuru. Iwe unokwana papi ipapo? Tisiye
tiite zvekwedu. Ropa raunoda kuteura iri haurizivi zvakanaka.
Zvino iwe chihwa; Pasina nguva pachasvika mauto akawanda
pano achiuya kuzotora iwe neni kuti tiinde kundourawa
pamberi pevanhu vose naRubonga. Chatononosa vanhu
ava kuuya ndechekuti Rubonga agariswa dare raari kutukwa
neharahwa neChembere dzemuMagocha zvakare. Shungu
dzake dzanga dziri dzekuti izvi zviitwe vatana ava vasipo asi
vari kunzi varamba kubvapo. Uri kuhwa vanhu vavakuuya

avo, ini handichamiri uye handikusununguri iyezvino.
Uchasunungugwa hako nekuti zvanhasi hariviri mweya
waRubonga uchakabatana nemuviri wake. Uchazviona chete
zvandinotaura."

Vandirai akapedza kutaura izvi otokamhina
achinyangarikira mudondo. Shingai akangosara achakarashika
kuri kukonewa kuhwisisa zvakanga zvichiitika zvose. Zvakanga
zvataugwa naVandirai akanga azvihwa asi hazvina kureva
kuti Vandirai wacho akanga ari munhu wekuvimba naye. Dai
aiva munhu kwaye handiti angadai akanga amusununguravo
kuti vatize vose? Ko kana zvaaironga zvaizokona handiti
zvaingoreva kuti gwaingova rufu chete kwaari? Shingai
akaramba akavhiringika.

Mauto akasvika akavhunduka nezvaakaona. Akashama
kuti Vandirai akanga apukunyuka sei uye kuti mauto akanga
aurawa nani iye Shingai zvaakanga achakangosungwa. Vakaita
sevanhu vaidongorera shumba yakanga yawira muchizarira
vachida kuti vaone kuti Shingai akanga achakasungwa
zvechokwadi here kana kuti kwete. Pavakazosvika paari,
Shingai haana kuitavo nharo kana kuzama kuvagwisa. Mauto
akauya kuzomutora vairatidza kuti vaimukudza chaizvo.
Shingai aingozviona mumeso avo uye havanavo kuita
zvohutsinye kwaari. Akahwa mukutaura kwaiita mauto awa
kuti Vandirai paakangopedza kumurova nesvimbo, akabva
asungwa nemauto maviri aRubonga. Vaiti akanga asina
kumbozama kugwisa pavakamusunga. Panguva idzi Shingai
akanga abvisiwa nhumbi dzaMasimba angopfekedzewa dzake
dzemuchiuno chete.

Shingai akasvika achitsvetewa pakati pedariro. Vanhu
vakanga vakagara padare repamuti wechiutsi vakabva
vasumuka vachidongorera kuti vanatse kuona Shingai.
Ndukuyashe ndiye akazodanidzira kuti vanhu vose vagare
pasi vaterere zvaizotevera. Musi uyu vanhu vemuMagocha
vakanga vauya vakawanda chaizvo uye vemazera ose. Vazhinji

vakanga vauya kuzochema mwana wamambo, Masimba uyo wavakanga vahwa kuti akanga ashaika. Vazhinji vakanga vahwa zvakanga zvaitika chaizvo kuti Mambo Rubonga akanga auraya mwana wake Masimba achifunga kuti akanga abata Shingai asi Rubonga wacho aida kupomera Vandirai naShingai mhosva iyi. Shoko remusangano uyu rakanga rafambavo chaizvo. Nyika yose yakanga yahwavo kuti Rubonga akanga atukwa nevatana vemusha naizvozvo vatana ava vaigona kuzogadza umwe mwana waRubonga chero muduku chaiye pachigaro. Vamwe vakanga vatohwa sekuti iye Rubonga wacho ndiye akanga atofa. Nekuda kwezvose izvi, vanhu vakawanda vakanga vauya kuti vachirega zvekupima nyoka negavi iyo nyoka yacho yakanga iri pachena.

Rubonga wakanga asina simba nekuda kwekugwa kwaakanga akaita naShingai. Akanga akagara pachigaro chake chakanga chakatsamira pamuti wechiutsi. Nguva zhinji musi uyu akanga akagara akabata shaya yake nemuromo neruoko gwekuruboshwe. Izvi aizama kunyaradza kutema kwaiita meno ake nokuda kwekurohwa kwemusi uya. Shingai akanga akasungwa maoko nemakumbo, akagarisiwa pakati pedariro, apo paingova nemutumbu waMasimba uyo wakanga wakafukidziwa nemucheka mutema. Akanga akatarira kunaRubonga. Rubonga akada kumbosumuka akabva akonewa. Mhuri yake yakanga yakashuwa kwazvo. Shingai akatombohwira Kundai tsitsi pavakasanganidzana meso. Kufa kwaMasimba kwakanga kwavabvisa chaiva kumeso chose.

Shingai akahwa mahon'era evanhu vaiva kumativi nesure kwake. Paakada kuti acheuke akabva aona Vandirai achidarika neparutivi pake akananga kunaRubonga. Mauto akada kumumisa asi imwe harahwa yakamuruka ikavaudza kuti vamuregere aiite zvaaida kuita.

"Chawakadhla chamuka nhasi mukoma! Wakaparadza mhuri yangu yose uchiti wakangwara handiti!" Vandirai akataura achidanidzira. Vanhu vose vakanyarara kuti mwi-i, vachiterera. Shingai nevamwe vakashamisika kuti Vandirai aivimba nei chaizvo kudenha Rubonga iye akanga asina kana chekuzogwisa nacho kuzhe kwemaoko ake. Rubonga akasvasvavira pfumo rake pasina aizviona nekuti meso evanhu vose aiva panaVandirai. Paakati ade kurikanda kuna Vandirai, ruoko gwake gwokurudhli gwakanga gwakabata pfumo racho gwakabva gwanamigwa pamuti nemuseve. Rubonga paakaridza mhere, vanhu vakashaya kuti museve wakanga wabva nekupi. Panguva iyoyo vakahwa mhere yakaridziwa ichipinda mudariro iri mugwenzi raifamba ichiti,

"Iyiyiyyiyiyyyyyyiiiiii! Iyeeeee, Iyiyiyyiyiyiyi!"

Meso ose akambomhanya kugwenzi iri. Munhu aiva mugwenzi akatanga kubvisa zvimapazi zvaiva nemashizha paari kuchisara kwava nemunhu chete. Vanhu vose vakashama miromo nemunhu wavakaona.

Shuvai akamira akakata uta hwake museve wakananga Rubonga. Achiona izvi, meso aRubonga akabuda pazhe seegozho rachikinyiwa, uku museve wakanga wakamubayira pamuti wake wechiutsi. Vandirai akadanidzira zvakare, "Waiti wakangwaraka uchiti ukauraya vanakomana vangu hakuna aizozvitsiva, zvino hoyo munhu wakapedza ungwaru hwako hwose uyu!"

Vandirai akabva andogara zvake pasi pedo neharahwa nechembere.

Umwe wevarindi varubonga akauruka achipinda mudariro kuti abaye Shuvai nepfumo asi vanhu vakazoshama nezvakaitika ipapo. Murume uyu akakaruka arohwa neruoko gumwe naShuvai. Pasina nguva akanga atodzikwa banga muhuro, dumbu richitochekwavo. Nguva imwe iyoyo Shuvai akacheka zvanza zvemurindi uyu achizvisima mudumbu remutumbi wake. Akabva ango cheka muromo wezasi wechitunha ichi akaundonyeravo mudumbu rake. Vanhu vose vakabva vaziva kuti Shuvai ndiye munhu akanga apedza varindi varubonga vose. Meso arubonga akaramba

akavhurika chaizvo achiratidza kuvhunduka nezvakanga
zvaitika mberi kwake. Shuvai akamira akatendeka museve wake
kunaRubonga zvakare. Vanhu vari mukati mekushamisika kuti
zvinhu zvakadai zvaigona kuitwa nemunhukadzi, Ndukuyashe
akabva aurukavo achipinda mudariro ndokumira mberi
kwaShuvai achidzivirira kuti museve usananga Rubonga.
     Shuvai akatsveta zvombo zvake pasi ndokutarirana
naNdukuyashe. Ndukuyashe akakunga zvibhakira ndokutanga
kuuruka-uruka ari mberi kwaShuvai. Achiuruka kudero
Shuvai akamurova mbama nhatu pamatama nekukurumidza
zvekuti vashoma vakaona zvakanga zvaitika. Ndukuyashe
akabata matama ake achishamisika. Vanhu vakatanga
kukuza Shuvai, Ndukuyashe akaita hasha huru ndokuzama
kuda kuuruka achida kuzamudzira Shuvai nezvibhakira
asi Shuvai akangonzvenga ndokubva atanga kuchiita
zvekukava Ndukuyashe kumeso negaya chete kusvika
kumeso kose kwaota. Vanhu vakaramba vachishamisika
chaizvo nezvavaiona. Ndukuyashe akakonewa chero kusvitsa
chibhakira chimwe kuna Shuvai. Shuvai akazonzvenga
achipinda nemumateya make ndokubva aita zvekuuruka
achindomudzvinya muhuro nemakumbo ake. Rume
rakatatarika rikambozama kushinga asi rakazowira pasi. Shuvai
akaregedza ndokumira akafuratira Rubonga. Ndukuyashe
akaumburuka achiqhwedera kwakanga kwakagara varume
ndokukaruka abvuta pfumo reumwe murume kwakurikanda
zvinesimba rakananga Shuvai. Shuvai akarinzvenga
nemutumbi chete asi akaramba makumbo ake akamira panhu
pamwe. Pfumo rakasvika richimhara paditi raRubonga
richimupedzisa ipapo. Vanhu vakaita ruzha gwekuvhunduka.
     Shuvai akatendeuka akaona Rubonga atorembera kare,
ropa richingojuja. Akatarira kudero akahwa vanhu voridza
mhere zvakare. Akahwa hwi raShingai richiti,
"Shuvai hokoyo!" Akakurumidza kucheuka ndokuona
Ndukuyashe achikanda rimwe pfumo kwaari. Shuvai

akangoinda parutivi zvishoma ndokubata pfumo pfumo riya risati rapfuura. Vanhu vakashamisika vachiona izvi. Shuvai akafamba achiinda kunaNdukuyashe ndokusvika achizamudzira pfumo muvhu pedo nepaakanga akavata. Ndukuyashe akanga atovhara meso achiti pake pakanga pazopera zvino.

Shuvai akatora banga rake akacheka makashu akanga akasungisiwa Shingai. Shingai akamuruka vakabva vatarirana mumeso. Shuvai akarereka musoro ndokutanga kunyemwerera achiti,

"Ko wakakona kumirira here nhai mudiwa, zvatakapanana chitsidzo inga wani?"

Shingai akasvoda. Akashaiwa pekutangira napo. Akati, "Saka chokwadi ndiwe hako wakanga uchiita izvi? Inga wakaoma. Ko murume wako wakakuroora anoti uripi izvozvi?"

"A-ah, Shingi vakomana, saka wakatenda nhema dzakadero here? Kwaingova kurashisa chete kwababa uko. Chete zvainetsa nekuti zvinhu zvacho zvose izvi takazvironga kwenguva yakarebesa chaizvo, kubva bamukuru Rubonga pavakangopisira mhuri yababa vangu mudzimba. Baba vakangoti zvakanga zvisingazoindi zvoga"

Vaviri vakatarirana mumeso zvakare ndokubva vambundikirana. Apa vanhu vose vakanga vakanda meso kwavari. Varume vakauchira vakadzi nevasikana vachiridza mhururu. Ndukuyashe akamuka vanhu ndokutanga kumusveveredza. Akatsamwa akadazve kuti akande pfumo kunaVandirai uyo akanga achitaura nevatana vemunyika iyi. Haana hake kuzogona kuzviita nekuti pane museve wakabva nechekudondo uchimhara mumutsipa wake, achibva awira pasi ndiye zi-i. Vanhu vakatevera kwakanga kwabva nemuseve ndokuona Gotora achiseka zvaakanga asati amboonekwa achiita. Vanhu vakasekavo zvakare vachifara kuti Ndukuyashe akanga azovasiya zvachose uye kuona Gotora achiseka.

Gotora akabva atodzokera mudondo make nguva idzodzo.

Kundai akabva panababa vake paakanga ari akainda paiva naShingai naShuvai akambomira akavatarira. Akazobva avambundikira vose, iye naShuvai vakatanga kuchema. Kundai akangoti,

"Mukoma Masimba vainda havo asi vakandiudza zvakawanda chaizvo zvatakakura tisingazivi. Mundiregererevo hama dzangu" Akabva afamba achidzokera kwaiva nanamai vake misodzi ichingoyerera.

Mutungamiriri weboka reharahwa nechembere, Zitete revayera Shumba rakasumuka vanhu vakanyarara. Rakatarira mudenga kwekanguva ndokuzotaura richiti,

"Varume, moronga zvekuti mugadzire panoradzikwa Rubonga. Haakwiri kundochengetewa kunaChineninga. Uko kuchainda Masimba. Chigadzirai kuti vose vavate pakanaka zvehusiku hwanhasi nekuti kuchauya mvura huru." Zitete rakazotarira Vandirai rikati,

"VaMupingamhuru, chisunungurai vanhu venyu vainde kumisha yavo. Yeukai kuti pamuti pano pane mazai emheni" Chembere yakatozopedza kutaura izvi mvura yototanga kudonha. Vanhu vakasumuka vachifamba vachiinda.

Mukati mevakadzi vaifamba vachiinda ava, Shingai akaona Muthlomo achitofambavo achiinda asi akamutarira. Muthlomo akagutsirira kamwe nemusoro Shingai akaitavo zvimwezvo. Shingai akabata Shuvai ruoko ndokutanga kufamba vachiinda kumuzinda.